Liebe kann man nicht kaufen

Begehren

von Vivian Hall

Liebe kann man nicht kaufen

Korrektorat: Linda Mignani
Lektorat: Stefanie Johann
©Coverdesign: Vercodesign
https://www.vercopremadebookcover.de

Impressum:
V. Coenen
Höhenstr. 40
89584 Ehingen

Liebe Leser,

der erste Teil der „Liebe kann man nicht kaufen“- Trilogie ist bereits im Dezember 2017 beim Plaisir d’ Amour Verlag erschienen. Ich möchte darauf hinweisen, damit der erste Teil nicht aus Versehen doppelt gekauft wird.

Mit freundlichen Grüßen

Eure Vivian Hall

Widmung

Für Karin und Elisabeth, die seit so vielen Jahren mein Leben bereichern.

Kapitel 1

Ohrenbetäubender Lärm weckte mich. Schlaftrunken streckte ich die Hand aus und brachte den Wecker zum Schweigen.

„Nur noch ein paar Minuten." Während ich verschlafen vor mich hinmurmelte, kuschelte ich mich tiefer in die warme Kuhle, die mein Körper über Nacht in die Matratze gedrückt hatte. Eigentlich konnte ich mir diesen Luxus nicht erlauben. Ich musste Danny rechtzeitig in der Schule abliefern und anschließend zur Arbeit fahren. Mein Chef würde sicher keine Freudentänze vollführen, wenn ich nicht pünktlich erschien. Seufzend setzte ich mich auf und versuchte, den trägen Schleier, den der Schlaf auf mich gelegt hatte, loszuwerden.

Müde blinzelte ich Richtung Fenster und starrte direkt auf die hässliche Fassade des Nachbargebäudes, da die defekten Jalousien oben klemmten und ich gezwungenermaßen bei jeder Tag-und Nachtzeit hinausschauen konnte.

Eine Reparatur auf eigene Kosten konnte ich mir nicht leisten. Die blöde Hausverwaltung vertröstete mich schon seit drei Monaten und versicherte mir bei jeder Nachfrage, mein Antrag sei in Bearbeitung. Mittlerweile hatte ich mich damit abgefunden, dass sie wohl nie jemanden vorbeischicken würden. „Mit mir kann man es ja machen."

Müde schwang ich die Beine aus dem Bett und trottete ins Bad. Ich schaffte es kaum, die Augen offen zu halten. Aufgrund der krankheitsbedingten dünnen Personaldecke in *Lou's Diner* musste ich seit drei Tagen Doppelschichten schieben. Selbst mein freier Samstag fiel ins Wasser. Das bedeutete, ich musste nach der Schicht im Diner direkt im Anschluss zur zweiten Arbeitsstelle. An den Wochenenden bediente ich zusätzlich im *Night Runners*, einem beliebten Club Downtown. Zwar ein lukratives Zubrot, allerdings zerrten die anstrengenden Stunden an meiner Substanz. Wie lange ich diese Doppelbelastung noch durchhalten konnte, ohne zusammenzuklappen, stand in den Sternen, doch Rechnungen zahlten sich nicht von allein und schienen sich auf magische Weise zu vermehren. Kaum war eine beglichen, flatterte mir schon die nächste in den Briefkasten.

Mein Leben bestand aus Arbeit und Verpflichtungen, doch ich tat es gern, um meinem Sohn Danny eine möglichst sorgenfreie Kindheit zu schenken. Auch ohne Vaterfigur. Die meisten Männer flüchteten ohnehin, sobald sie erfuhren, dass ich einen Sohn hatte. Oder sie hielten mich für leichte Beute, die man sich ins Bett nahm und danach schnellstmöglich abschob. Nur, dass ich mich nicht flachlegen ließ! Lieber machte ich es mir selbst, anstatt erneut auf einen halbseidenen Typen wie Corey Sanders hereinzufallen, und *so* toll war Sex überhaupt nicht. Außerdem war ich zu stolz, um als Kerbe im Bettpfosten eines minderbemittelten Idioten zu enden.

Sollte ich den Mut aufbringen, eine Beziehung einzugehen, müsste der neue Mann an meiner Seite nett sein, zuverlässig, mit einer souveränen Persönlichkeit und starken Schultern zum Anlehnen. Für mich die bedeutsamsten Eigenschaften. Ein blendendes Aussehen und Charme konnten einen anständigen Charakter auf Dauer nicht ersetzen. Außerdem nahmen sich attraktive Männer zu wichtig, vor allem, wenn sie über ein dickes Bankkonto verfügten. Im *Night Runners* begegneten mir laufend Typen, die dachten, sie könnten mit Geld alles kaufen. Solchen Kerlen ging es nur ums Ficken.

Trotz meiner Entschlossenheit, niemals wieder das Opfer eines verlogenen Frauenhelden zu werden, vermisste ich ab und an die körperliche Nähe zu einem anderen Menschen. Jemand, der meine Sorgen teilte und mir in den dunkelsten Stunden Mut zusprach.

Ich schüttelte die deprimierenden Gedanken ab und putzte mir die Zähne. Der Geruch von getrockneter Wäsche lag in der Luft. Ich kippte das Fenster und frischer Sauerstoff strömte in den Raum. Danach schob ich den Wäscheständer zur Seite, um den Weg zur Dusche freizumachen. Während ich unter der Brause stand, beschloss ich, Lou um eine kleine

Auszeit zu bitten, sobald die anderen Mädels wieder fit waren. An manchen Tagen war ich so müde, dass ich ohne zu zittern, kaum die Kaffeetasse halten konnte, Lou Kiriakis gehörte zu den anständigen Typen unter den Arbeitgebern. Er würde mir den Wunsch sicher nicht abschlagen.

Ein winziges Lächeln huschte über meine Lippen, sobald ich an das Diner dachte. Ich mochte die Gäste, meine Kolleginnen – na ja, fast alle – und die behagliche Stimmung im Restaurant. *Lou's Diner* verströmte den nostalgischen Charme der frühen Fünfzigerjahre.

Die Atmosphäre dort war ganz anders als im *Night Runners*, auch meine beiden Chefs unterschieden sich wie Tag und Nacht. Aaron Ramsay konnte man am ehesten als kühl und zurückhaltend beschreiben. Er war zielorientiert, erfolgsverwöhnt und extrem sexy, sprach mich persönlich als Mann allerdings nicht an. Trotz seines guten Aussehens ließ er die Finger vom weiblichen Personal. Sehr zum Verdruss meiner Kollegin Jenna. Sie arbeitete Vollzeit im Club und hegte seit jeher tiefe Gefühle für Aaron. Der jedoch trennte Arbeit und Vergnügen strikt und zeigte wirklich null Interesse an ihr.

Nachdem ich mich fertiggemacht hatte, betrat ich Dannys Zimmer. Die Tür knarzte leise. Für einen Moment blieb ich am Türrahmen stehen und betrachtete versonnen die kindlichen Gesichtszüge meines Sohnes. Er lag auf der Seite, die Hände gefaltet und unter die Wange geschoben. Bei seinem Anblick floss mir das Herz vor lauter Liebe über. Das lockige braune Haar fiel ihm in die blasse Stirn, und unter seinen geschlossenen Lidern verbargen sich die blauesten Augen, die man sich vorstellen konnte. Er ähnelte mir und nicht Corey. Eine Tatsache, die ich dankbar akzeptierte. Ich wollte nicht täglich an den elenden Mistkerl erinnert werden.

Vorsichtig trat ich ans Bett heran und rüttelte ihn an der Schulter. „Hey, aufwachen, mein Schatz."

Es dauerte eine Weile, ehe er blinzelnd die Augen öffnete und mich anlächelte. Mein Herz hämmerte, allein der Anblick dieses kindlich-verschlafenen Grinsens vertrieb vorübergehend alle Sorgen.

„Mag liegen bleiben …“, nuschelte er und drehte sich zur Wand. Danach hörte ich ihn leise schmatzen. Das klang so süß, ich musste krampfhaft ein Lachen verkneifen.

„Baby, du kannst nicht liegen bleiben.“

Heftig schüttelte er den Kopf. „Kann ich wohl“, antwortete er und ich seufzte. Mit seinen sechs Jahren konnte er ganz schön stur sein. „Danny, wir kommen zu spät, wenn du trödelst.“

„Kann ich nicht hierbleiben? Ich mach auch nichts kaputt.“

Ich unterdrückte die aufkeimende Ungeduld, die sicherlich jede Mutter kennt. Morgens fochten wir stets den gleichen Kampf aus. „Du weißt, das geht nicht. Mommy bekommt Ärger, wenn sie dich allein lässt.“

„Menno.“ Murrend drehte er sich auf den Rücken und setzte sich dann umständlich auf. Seinen Teddy hielt er unterm Arm eingeklemmt und gähnte herzhaft.

„Nun komm schon, du willst doch frühstücken, oder?“

Die Aussicht auf etwas Essbares beschleunigte seinen Aufwachprozess. Amüsiert sah ich dabei zu, wie er wie der Blitz vom Bett rutschte und ins Bad flitzte. Wenn er erst einmal den Schlaf abgeschüttelt hatte, war dieses kleine Energiebündel nur schwer zu bremsen. Einige Minuten später saßen wir am Küchentisch und löffelten unsere Cornflakes.

„Holst du mich heut ab, Mommy?“

Ich verstand kaum, was er sagte, da er den Mund noch voll hatte.

„Erst schlucken, dann reden“, tadelte ich automatisch, ehe ich seine Frage beantwortete. „Und ja, ich werde dich nachher abholen.“

Liebevoll zerwühlte ich sein frisch gekämmtes Haar und lächelte ihn an. „Bibi hat keine Zeit, und Lou hat versprochen, dass ich pünktlich Schluss machen kann.“

Bibi – eigentlich hieß sie Barbara – wohnte im Apartment gegenüber. Seit meinem Einzug war sie sowas wie Dannys

Ersatzgroßmutter und gleichzeitig meine größte mentale Stütze. Diese wunderbare Frau hatte sich meiner angenommen, als es mir richtig dreckig ging. Wenn es Schutzengel gab, dann war Bibi definitiv meiner. Sie kümmerte sich hingebungsvoll um Danny, bis ich von der Arbeit kam. Und das jeden Tag, seit etlichen Jahren. Ohne sie wäre es mir unmöglich, Kind und Job unter einen Hut zu bringen. Ich verspürte nicht selten ein schlechtes Gewissen, weil ich sie so vereinnahmte, doch sie winkte immer entrüstet ab, wenn ich dieses Thema anschnitt, und versicherte mir, Danny und ich würden sie vor der Vereinsamung bewahren. Ihre eigenen Kinder lebten alle weit weg, sie sah sie lediglich an Weihnachten, und deswegen überschüttete sie nicht nur Danny mit ihrer Fürsorge, sondern auch mich.

„Gehst du nach der Arbeit mit mir in den Park?“

Dannys Frage riss mich aus den Gedanken. „Wenn es nicht regnet, ja“, versicherte ich. Ein bisschen frische Luft würde uns beiden guttun.

Mein Sohn fiel mir jubelnd um den Hals. „Juhu, dann können wir auf den Spielplatz.“

Für einen Moment erwiderte ich die Umarmung und atmete den sauberen, süßen Kinderduft ein. Schließlich befreite ich mich sanft aus seiner Umklammerung und deutete mit strenger Miene auf seine Schüssel. „Aber nur, wenn du deine Cornflakes ordentlich aufisst.“

Glücklich gehorchte er, und bald schon machten wir uns auf den Weg, damit ich ihn vor sieben an der Schule abliefern konnte. Nach einer kurzen Busfahrt erreichten wir das Gebäude. Danny ging hinein und ich lief den Rest der Strecke zu Fuß. Gerade noch rechtzeitig hastete ich durch den Hintereingang des Restaurants und betrat den Personalraum. Mehrere Spinde standen uns zur Verfügung. Ich verstaute meine Sachen und schlüpfte in die vorgeschriebene Arbeitskleidung. Ein wirklich hässliches cremefarbenes Ding mit einer aufgedruckten braunen Schürze. Seufzend zog ich in den taillierten Kittel und anschließend die bequemen weißen

Sneakers an. Auf dem Weg nach draußen kam ich am mannshohen Spiegel vorbei und seufzte bei meinem Anblick. In dem Aufzug hätte selbst Gisele Bündchen altbacken und unattraktiv ausgesehen.

Im Flur zog ich die Stempelkarte durch den Schlitz der Zeiterfassung und machte mich auf den Weg in die Küche. Sobald ich an Lous Büro vorbeikam, öffnete sich die Tür und mein Boss stand auf der Schwelle. Demonstrativ blickte er auf seine Armbanduhr.

Grinsend begegnete ich seinem kritischen Blick. „Hey, ich bin immer noch pünktlich."

Lous Miene wurde weich, er lächelte. „Du hattest nur Glück. Beim nächsten Mal krieg ich dich, junge Dame!"

„Wir werden ja sehen, bis jetzt warst du nicht sehr erfolgreich", erwiderte ich keck.

Lou brummte etwas in seinen nicht vorhandenen Bart und rieb sich mit der flachen Hand über den Schädel. Seine Glatze glänzte wie eine blank polierte Billardkugel. Die einzigen Haare an seinem Körper wucherten unter dem Hemd, bis hoch zum Hals. Auf den ersten Blick wirkte er Furcht einflößend wie ein Schläger, doch wer ihn näher kannte, der lernte sehr schnell, dass Lou Kiriakis keiner Fliege was zuleide tun konnte.

„Eigentlich habe ich dich abgefangen, um dir zu sagen, dass Anna nicht kommt. Die Grippe hat auch sie erwischt."

„Na super, das hat uns noch gefehlt", murmelte ich.

Lou rieb sich betreten über den kahlen Schädel. „Jetzt wird es langsam eng, aber für heute ist personell alles abgedeckt. Maria kommt zusätzlich, allerdings kann sie nur wenige Stunden bleiben. Ich selbst muss gleich zur Bank."

„Kannst du das nicht verschieben?"

Er schüttelte bedauernd den Kopf. „Tut mir leid, ist wichtig. Du hältst hier die Stellung, bis ich wiederkomme."

Nicht zum ersten Mal übertrug er mir die Verantwortung, wenn er außerhalb Termine wahrnahm. Sein Vertrauen ehrte mich. Leider sorgte das für Spannungen zwischen mir und meiner Kollegin Anna. Sie arbeitete deutlich länger als ich für Lou und fühlte sich übergangen.

„Du kannst dich auf mich verlassen“, versicherte ich ihm.

Lou nickte erleichtert und verschwand wieder in seinem Büro. Ich betrat das Restaurant und entdeckte meine Kollegin und zugleich beste Freundin Riley. Ihr honigblondes Haar leuchtete im grellen Deckenlicht der Leuchtstoffröhren wie alte spanische Goldmünzen. Ihr Gesichtsausdruck war jedoch weniger strahlend. Missmutig wischte sie die Tische ab, sah plötzlich auf und bemerkte mich. Sofort verschwand der schlecht gelaunte Ausdruck und sie grinste frech.

„Guten Morgen, du bist zu spät!“

Ich streckte ihr die Zunge raus. „Bin ich nicht!“ Ein Gähnen unterdrückend, trat ich näher und stellte mich neben sie.

Mit dem Lappen in der Hand musterte sie mich eingehend. „Geht es dir gut? Du siehst ganz schön fertig aus.“

Ich schnitt eine Grimasse in ihre Richtung. „Vielen Dank. Das will eine Frau am frühen Morgen hören.“

Mein Sarkasmus entlockte ihr lediglich ein Schulterzucken. „Ist nur die Wahrheit. Wenn du ebenfalls krank wirst, kann der Rest von uns die Schlafsäcke mitbringen und gleich hier einziehen. Anna hat es auch erwischt. Ich nehme an, Lou wird dir das schon erzählt haben.“

„Hm … Aber mach dir keine Sorgen. Mir geht es blendend. Hab bloß schlecht geschlafen. Nichts, was ein starker Kaffee nicht richten könnte.“

Das hatte mein Dad stets gesagt. Wie immer, wenn ich an ihn dachte, verspürte ich einen schmerzhaften Stich im Herzen. Seine Weigerung, Danny oder mich zu sehen, tat heute noch genauso weh wie vor ein paar Jahren. Ändern konnte ich seine Einstellung nicht. Mein überaus konservativer Vater konnte einfach nicht akzeptieren, dass ich eine alleinerziehende Mutter war. Für ihn Grund genug, mich zum Teufel zu schicken, nachdem ich mich mit achtzehn geweigert hatte, das Kind abzutreiben. Auch nach Dannys Geburt zeigte er kein Interesse an einer Versöhnung. Seine Entscheidung, sein Verlust. Nie im Leben würde ich ihn um Vergebung für etwas anbetteln, was ich nicht eine Sekunde bereute.

Die nächsten Stunden verliefen relativ entspannt. Es würde ein ruhiger Tag werden, und so beschlossen wir bei Marias Ankunft, unsere Pause gemeinsam zu nehmen, damit Maria rechtzeitig gehen konnte.

Im Aufenthaltsraum biss ich gerade ein Stück von meinem Sandwich ab, da überraschte mich Riley mit einer Frage. „Sag mal, du arbeitest doch in diesem Club", fing sie an.

Da ich den Mund voll hatte, nickte ich nur.

„Weißt du, ob die noch jemanden brauchen? Ich würde mir gerne ein bisschen Extrakohle dazuverdienen."

Ein wenig skeptisch begegnete ich ihrem Blick. „Willst du dir das ernsthaft antun? Die Gäste dort sind nicht ohne. Bei deinem Aussehen wirst du dich vor dummen Sprüchen nicht retten können. Die graben ja selbst mich an, und ich bin weiß Gott nichts Besonderes."

Riley sah mich vorwurfsvoll an. „Maxine, wie oft muss ich dir noch sagen, dass du dich nicht schlechtmachen sollst? Du bist bildhübsch. Wie kommst du nur auf die Idee, du wärst nicht attraktiv?"

„Vielleicht, weil ich seit Dannys Geburt kein Date mehr hatte", erwiderte ich spitz.

„Du hast keine Dates, weil du keinen Typen an dich ranlässt. Dein ständiger ‚lass ja die Finger von mir'-Blick verjagt selbst die mutigsten Männer. Willst du im Ernst behaupten, du merkst nicht, wie sie dich alle anstarren, sobald du durchs Diner läufst?"

Wenn sie damit die älteren Herren unter unseren Stammgästen meinte, hatte sie sicher recht. Doch die hätten jede Frau beäugt wie den letzten Schluck Wasser in der Wüste. Ansonsten konnte ich Rileys Einschätzung, was meine weibliche Anziehungskraft anging, nicht teilen. Ich war bestenfalls guter Durchschnitt. Sicher nicht hässlich, aber auch nicht überwältigend hübsch. Normal eben.

Da die Richtung des Gespräches, mir Unbehagen bereitete, wechselte ich das Thema.

„Lass uns nicht über Männer diskutieren, davon krieg ich nur Kopfweh", sagte ich energisch. „Wenn du Interesse an einem Job im *Night Runners* hast, könnte ich was arrangieren. Aaron sucht immer fähige Leute."

„Super, das werde ich dir nie vergessen!" Riley beugte sich zu mir und umarmte mich fest, als plötzlich Lou in der Tür stand. Sein Gesichtsausdruck verhieß nichts Gutes.

„Maxine, ich brauche dich heute Abend länger. Gillian hat sich auch krankgemeldet."

„Oh Lou, du weißt doch, dass ich Danny abholen muss. Das passt mir wirklich nicht."

„Ich würde nicht fragen, hätte ich eine Wahl."

Verdammt noch mal! Diese Ungerechtigkeit war so ätzend. Jedes Mal, wenn ich mir was mit Danny vornahm, kam etwas dazwischen. Andererseits konnte ich Lou nicht hängen lassen. Obwohl er mich über die finanzielle Lage des Diners nicht bis zum letzten Detail informierte, konnte ich mir anhand der schwindenden Kundschaft ausmalen, wie bitter nötig er jeden Dollar hatte. Sobald die Gäste ewig warten mussten, weil das Personal fehlte, würden sie woanders hingehen. Letztendlich hing auch mein Job davon ab, ob der Laden Gewinn abwarf oder nicht.

Seufzend lenkte ich ein. „Ich bleibe, aber ich muss Danny hierherbringen, bis Bibi ihn abends holen kann. Anders geht es nicht."

Lous wirkte erleichtert. „Kein Problem. Du weißt, ich mag den kleinen Kerl. Er kann im Büro bleiben. Das wird ihm gefallen."

Das mochte sein, trotzdem würde er wahnsinnig enttäuscht sein, weil ich mein Versprechen, mit ihm in den Park zu gehen, nicht halten konnte. Mit einem Wutanfall oder Krokodilstränen rechnete ich nicht. Für einen Sechsjährigen verhielt sich Danny erstaunlich pragmatisch und manchmal jagte mir das Angst ein. Kinder sollten eigentlich nicht so angepasst und vernünftig sein und hin und wieder wünschte ich mir, er würde heulen, kreischen oder sich vor Wut auf den Boden schmeißen, wie viele andere Kinder in seinem Alter auch.

Kapitel 2

Am frühen Nachmittag machte ich mich wie geplant auf den Weg, um Danny zu holen. Sobald er mich erblickte, kam er mir entgegengerannt. Liebevoll schloss ich ihn in meine Arme und drückte ihn fest an mich. „Hey, Schätzchen. War's schön heute?"

Er nickte und sah mich mit sehnsüchtig leuchtenden Augen an. „Gehen wir jetzt in den Park?"

„Danny, das wird leider nichts. Ich muss länger arbeiten, aber Lou würde sich freuen, wenn du ihn besuchen kommst. Ist das okay für dich?"

Mein Herz klopfte, weil ich mich vor der Enttäuschung in seinem Blick fürchtete. Gleich darauf konnte ich aufatmen. Die Aussicht, sich in Lous Büro breitmachen zu dürfen, begeisterte ihm. „Darf ich mit dem Lochdings spielen?".

Den geplanten Nachmittag im Park schien er umgehend aus seinem Gedächtnis gestrichen zu haben. „Wenn du mir schwörst, sein Büro nicht wieder in eine Winterlandschaft zu verwandeln, könnte es sein, dass du mit dem spielen darfst."

Danny hatte beim letzten Besuch versucht, mit ausgestanztem Papier einen Schneehaufen zu basteln, mit dem Ergebnis, dass Lous Büro aussah, als hätte es darin weißes Konfetti geregnet. Danach hatte er sich mit Malstiften an Lous Schreibtisch gesetzt und ein Bild gemalt, das er ihm mit feierlicher Miene überreichte. Er bewunderte meinen Boss maßlos.

Ich seufzte still. Auch wenn ich es nur ungern zugab, Danny fehlte eindeutig eine männliche Bezugsperson in seinem Leben. Manche behaupteten, selbst der schlechteste Vater wäre besser als keiner, doch ich war da anderer Ansicht. Ich hielt Corey für den verantwortungslosesten Menschen auf diesem Planeten. Er zeigte null Interesse an Danny und zahlte nicht einmal Unterhalt. Seit Dannys Geburt war ich auf mich allein gestellt, und soweit es mich betraf, waren wir ohne Corey besser dran. Alle Männer in meinem Leben hatten mich maßlos desillusioniert. Ich wollte meinem Sohn keinen „Daddy“ präsentieren, der sich nicht mit der Verantwortung für ein Kind belasten wollte.

Danny hüpfte derweil aufgeregt von einem Bein aufs andere und griff nach meiner Hand. Wir liefen die Straße entlang, während er unaufhörlich plapperte. Wie ein unglückliches und enttäuschtes Kind verhielt er sich nicht und das beruhigte mein schlechtes Gewissen. Einige Minuten später betraten wir das Restaurant. Riley entdeckte uns sofort und breitete die Arme aus. Danny rannte auf sie zu und ließ sich von ihr herzen und drücken. Auch wenn man es auf den ersten Blick nie vermutet hätte, so war sie doch total vernarrt in Kinder. Sie vergötterte Danny, der die Zuneigung in gleichem Maße erwiderte. Er drückte ihr einen dicken Schmatzer auf die Backe. Lachend wischte sie die Spuren des Liebesbeweises weg und zerzauste ihm die dunklen Locken. „Hilfst du Lou bei seiner Arbeit?“

Danny straffte die schmächtigen Schultern. „Mom meint, ich darf wieder Schneeflocken machen, wenn ich danach aufräume, aber vielleicht helfe ich ihm auch beim Briefeschreiben.“

„Briefe schreiben?“ Sie zog die Augenbrauen fragend in die Höhe, während ich grinsend hinter meinem altklugen Sprössling stand.

„Lou sagt mir die Buchstaben vor und ich drücke auf die Tasten“, erklärte er eifrig und mit unverkennbarem Stolz. „Ich kann schon das Alphabet.“

Danny war recht weit für sein Alter und verfügte über eine ungemein gute Auffassungsgabe, die er definitiv nicht von seinem Vater geerbt hatte.

„Da kann Lou aber froh sein, wenn er einen so eifrigen Helfer hat wie dich.“

Noch ein Grund, warum ich so gerne hier arbeitete. Alle mochten Danny und keiner störte sich an seinen Besuchen im Restaurant. Nachdem ich ihn bei Lou unter großem Hallo abgegeben hatte, machte ich mich an die Arbeit. Heute Nachmittag war mehr los als sonst und die Zeit verflog rasend schnell, vor allem, als Maria sich verabschiedete und ich mit Riley allein zurückblieb.

Sobald es endlich mal ruhiger wurde und alle Gäste versorgt waren, nutzte Riley die kurze Verschnaufpause für eine Frage. „Hast du Lust auf Pizza morgen Abend? Maria hat da Abendschicht und Lillian sollte auch wieder fit sein. Zumindest hat sie Lou gesagt, sie würde wiederkommen. Wir könnten pünktlich gehen und uns einen netten Abend machen. Wir essen gemütlich, und sobald Danny schläft, wird getratscht und eine Flasche Alkohol vernichtet. Was hältst du davon?“

Das hielt ich für eine hervorragende Idee. Eine leckere, fettige Pizza, dick belegt mit Käse und Pilzen, dazu billigen Wein und ein gutes Gespräch unter Frauen.

„Das klingt großartig“, begeisterte ich mich.

Zu einer detaillierten Planung kamen wir nicht. Eine Gruppe Teenager betrat lärmend das Restaurant und wir kümmerten uns um die eingehenden Bestellungen.

***

Der nächste Tag verlief ohne Überraschungen. Nach dem Ende meiner Schicht kam Riley gleich mit zu mir. Danny sprudelte fast über vor Aufregung und plapperte unentwegt vor sich hin, während Riley ihn in das Geheimnis eines perfekten Pizzateiges einweihte. „Du musst ihn lange kneten, damit er richtig geschmeidig wird.“

Mein Sohn lauschte ehrfürchtig ihren Ausführungen. Ich kümmerte mich unterdessen um den Belag und die Soße. Schon bald zog leckerer Pizzaduft durch die Küche.

Nachdem wir alles bis auf den letzten Krümel verputzt hatten, räumte ich das Geschirr weg und strich Danny über den Kopf. „So, mein Liebling. Sag Riley Gute Nacht, und dann geht’s ab zum Zähneputzen.“

„Oh Mommy, noch nicht. Ich bin gar nicht müde", bettelte er, doch ich blieb hart.

„Es tut mir leid, aber du brauchst deinen Schlaf."

An meinem Tonfall erkannte er, wie zwecklos es wäre, weiter auf mich einzureden. Wenn ich Nein sagte, dann meinte ich es auch so. Murrend wünschte er Riley eine gute Nacht und schlurfte beleidigt ins Badezimmer. Ich richtete in der Zwischenzeit sein Bett her und legte den Schlafanzug raus. Minuten später lag er unter der Decke, und obwohl er steif und fest behauptet hatte, nicht müde zu sein, gähnte er ausgiebig. Nach einer Gutenachtgeschichte kuschelte er sich in sein Kissen. Kurz darauf verrieten seine gleichmäßigen Atemzüge, dass er eingeschlafen war.

Leise ging ich zurück ins Wohnzimmer und setzte mich zu Riley. Sie hatte uns Rotwein eingeschenkt und eine Duftkerze entzündet. Ich genoss die behagliche Atmosphäre, spürte jedoch Rileys durchdringenden Blick auf mir, als ich mich gegen die Rückenlehne der Couch kuschelte und versonnen an dem Wein nippte. „Bist du okay, Maxine? Dir brennt doch was auf der Seele."

Ihre direkte Art konnte Segen und Fluch zugleich sein. Seufzend schüttelte ich den Kopf. „Ach, ich weiß auch nicht. Irgendwie fühle ich mich seit einiger Zeit so leer."

Nach diesem Eingeständnis spielte ich angelegentlich mit meinen Fingern.

„Vielleicht geht es dir besser, wenn du darüber redest. Ich kann gut zuhören, obwohl man mir das nicht unbedingt ansieht."

Dankbar lächelte ich sie an. „Es ist nichts Dramatisches. Es ist nur … manchmal frage ich mich, ob das alles ist, was ich noch vom Leben zu erwarten habe. Morgens aufstehen, Danny zur Schule bringen, den ganzen Tag arbeiten, abends fernsehen und dann ins Bett." Schuldbewusst senkte ich den Blick. Ich fühlte mich furchtbar, weil ich nicht zu schätzen wusste, was mir das Schicksal geschenkt hatte. Einen wunderbaren und gesunden Sohn und natürlich auch Freunde, denen etwas an meinem Wohlergehen lag. Freunde wie Riley zum Beispiel.

„Weißt du, was am allerschlimmsten ist?“, fügte ich hinzu.

Riley schüttelte den Kopf, und ich versuchte, den bitteren Klang aus meiner Stimme zu nehmen, bevor ich weitersprach. „Ich habe viel zu wenig Zeit für meinen Sohn. Die Jahre fliegen an uns vorbei, und ich habe Angst, vor lauter Arbeit die wichtigen Dinge in seinem Leben zu verpassen. Das kann ich nie wieder gut machen.“

„Gib doch den Job im Club auf“, schlug sie vor. „Du hättest wenigstens die Wochenenden zur freien Verfügung.“

„Und wovon soll ich die Rechnungen bezahlen? Eigentlich bräuchte ich einen dritten Job, nicht einen weniger. Selbst dann werde ich auf absehbare Zeit das Auto aufgeben müssen. Ich benutze es ja nur noch, wenn ich ins *Night Runners* fahre, weil ich nachts ungern die öffentlichen Verkehrsmittel nutze. Trotzdem ist die Kiste ständig kaputt. Die Reparaturkosten fressen meine gesamten Reserven auf.“

Rileys neutraler Gesichtsausdruck wich Betroffenheit. „Ich habe nicht gewusst, dass es finanziell so eng bei dir ist.“ Sie legte ihre Hand über meine. „Hör mal, ich habe ein bisschen was gespart“, fing sie an, wurde jedoch von mir unterbrochen.

„Nein!“, lehnte ich rigoros ab. „Komm bloß nicht auf die Idee, mir Geld leihen zu wollen. Ich werde es dir niemals zurückzahlen können.“

„Aber …“

„Nichts aber“, wiegelte ich ab. „Es ist wirklich unheimlich lieb von dir, mir deine Hilfe anzubieten, Jedoch muss ich allein dadurch und bis jetzt bin ich immer über die Runden gekommen. Das werde ich auch weiterhin schaffen, ich muss mich einfach noch ein wenig mehr einschränken.“

Riley wirkte alles andere als überzeugt. „Du gönnst dir fast nichts.“

„Das ist nicht dein Problem“, erwiderte ich sanft.

Sie lehnte sich schmollend zurück. „Na gut, ich kann dich ja nicht zwingen, mein Geld zu nehmen. Aber du kannst jederzeit auf mich zählen, wenn es hart auf hart kommt. Bevor ihr euch nichts mehr zu essen leisten könnt, möchte ich, dass du zu mir kommst. Ich habe nicht viel, für dich und Danny reicht es allerdings allemal."

Mein Blick verschwamm, während ich um Fassung rang. Trotz aller Probleme war ich von Menschen umgeben, die es gut mit mir meinten, und nun schämte ich mich doppelt für das Gejammer.

„Du hast keine Ahnung, was mir das bedeutet", brachte ich nach einigen Sekunden heraus. „Du bist eine tolle Frau."

Verlegen winkte sie ab. „Das ist doch nichts Besonderes. Du würdest es umgekehrt genauso machen."

Danach stießen wir auf unser Wohl an und wünschten uns gegenseitig bessere Zeiten. Rileys Gesellschaft vertrieb meine trübsinnige Stimmung. Trotzdem konnte ich später, als sie schon längst nicht mehr da war, nicht einschlafen. Ich stand auf und setzte mich auf die Feuerleiter, die neben dem Schlafzimmerfenster nach unten führte. Während ich den nächtlichen Geräuschen der Großstadt zuhörte – Autolärm, Polizeisirenen und Geschrei von Jugendlichen, die abends durch die Straßen zogen – gingen mir die verschiedensten Dinge durch den Kopf.

Vor allem eine Frage beschäftigte mich: Was würde mit Danny geschehen, wenn mir etwas passieren sollte? Ich hasste es, daran zu denken, musste mich aber mit diesem Thema auseinandersetzen. Wohin würde man ihn bringen? Die Möglichkeit, er könnte im Heim landen, weil weder sein Vater noch sein Großvater ihn bei sich haben wollten, ängstigte mich zu Tode.

Meine Gedanken kreisten und kreisten, während der Zeiger der Uhr unerbittlich weiterkroch. Gegen zwei Uhr früh legte ich mich wieder hin, doch es dauerte eine gute Stunde, ehe ich von Sorgen geplagt in den Schlaf fiel.

Samstagabend wartete ich am Hintereingang des Clubs auf Riley. Die Minuten vergingen, sie kam nicht, und ich fing an, mir Sorgen zu machen. Riley war die Zuverlässigkeit in Person; dass sie sich verspätete, sah ihr überhaupt nicht ähnlich. Endlich bog sie um die Ecke und stürmte an den überfüllten Mülltonnen vorbei auf mich zu. Das Gesicht leuchtete krebsrot vor Anstrengung, sie keuchte und kam schnaufend zum Stehen.

„Wo warst du denn? Ich dachte schon, du tauchst gar nicht mehr auf."

„Entschuldige!" Atemlos beugte sie sich vor. „Der Bus kam viel zu spät und dann gab es auch noch einen Unfall auf der Strecke." Sie japste erneut nach Luft. „Oh Mann, ich sollte dringend was für meine Fitness tun."

„Hauptsache, du bist jetzt da. Komm, Aaron gehört nicht zum geduldigsten Menschenschlag. Warten ist für ihn Verschwendung von Zeit und Energie."

Wir traten durch die Hintertür in einen schmalen, sehr langen Gang, der zu den Privaträumen des Clubs führte. Der Putz der kahlen Wände zeigte erste Risse und auch sonst wirkte die Umgebung nicht sonderlich einladend. Ich fing Rileys zweifelnden Blick auf, ignorierte ihn und ging mit ihr zum zweiten Eingang. Seitlich von der Tür war ein Apparat befestigt – die Alarmanlage. Der kleine grüne Punkt in der Mitte leuchtete, ein Zeichen dafür, dass die Anlage nicht scharf geschaltet war. Gewohnheitsmäßig zog ich meine Personalkarte durch den Schlitz, ein leises Summen ertönte und ich konnte die dicke Stahltür aufstoßen, hinein in Aarons Reich. Riley sah sich neugierig um, denn das Innenleben wirkte längst nicht so heruntergekommen wie der Bereich vor dem Eingang. Die Wände leuchteten strahlend weiß, der Boden war blitzsauber und auch sonst machte alles einen viel solideren Eindruck. Hier befanden sich mehrere Türen. Der Personalraum war verschlossen, genau wie Aarons Büro. Am Ende des langen Flurs blickte man auf eine dunkel vertäfelte Tür. Von dort aus gelangte man direkt in den Club.

Mit Riley im Schlepptau steuerte ich auf Aarons Büro zu und klopfte an.

„Herein!“

Ich nickte Riley aufmunternd zu. „Viel Glück!“

„Wirst du beim Gespräch dabei sein?“ Sie machte nun doch einen leicht nervösen Eindruck.

„Ich sag nur kurz Hallo und geh dann an die Arbeit. Aber keine Sorge, Aaron beißt nicht“, beruhigte ich sie. „Du brauchst auch keine Angst zu haben, dass er dich dumm anmacht. Er lässt sich grundsätzlich nicht auf sein weibliches Personal ein.“

Entschlossen stieß ich die Tür auf und warf einen schnellen Blick hinein. Aaron saß an seinem Schreibtisch, hinter ihm flackerten die Überwachungsmonitore, die das Geschehen im Club aufnahmen. Sein scharf geschnittenes Gesicht verzog sich zu einem Lächeln. „Guten Abend. Wie ich sehe, hast du Ms Jennings mitgebracht.“

Aaron wahrte immer professionelle Distanz und blieb stets freundlich. Er erhob sich und kam auf uns zu. „Schön, dass Sie es einrichten konnten. Setzen Sie sich doch.“

Meine Freundin war sichtlich beeindruckt von Aarons überlegenem Auftreten und seiner Attraktivität. Für mich war sie nebensächlich, auch wenn ich zugeben musste, dass er beeindruckend gut aussah mit dem dunkelblonden Haar und den blitzenden eisblauen Augen. Riley blieb jedenfalls ungewohnt stumm, als sie ihm die Hand schüttelte. Mich wunderte das nicht. Aaron strahlte aus jeder Pore Härte und Disziplin aus, das konnte selbst einem so redseligen Menschen wie Riley kurz die Sprache verschlagen.

Tatsächlich klang ihre Antwort ziemlich einsilbig. „Die Freude ist ganz auf meiner Seite“, krächzte sie und warf mir einen Hilfe suchenden Blick zu.

Grinsend trat ich den Rückzug an. „Also, ich geh dann mal.“

Aaron nickte mir zu. „Danke. Wenn alles glatt läuft, kannst du sie nächste Woche einarbeiten.“

Das klang so, als hätte er seine Entscheidung schon längst getroffen. Vorsichtig schloss ich die Tür und zwinkerte meiner Freundin aufmunternd zu. Da langsam die Zeit knapp wurde, beeilte ich mich und rannte in den Umkleideraum. Alle weiblichen Bedienungen trugen ein kurzes, schwarzes Kleid. Es war sexy, wirkte aber zum Glück nicht billig und endete über den Knien in einem leicht ausgestellten Rock. Trotzdem fand ich den Aufzug zu aufreizend. Ich fühlte mich in Jeans und meinen heiß geliebten Rollkragenpullovern einfach am wohlsten.

Schnell schlüpfte ich in das Kleidchen und zupfte am Ausschnitt, in dem völlig aussichtslosen Versuch, ihn ein gutes Stück nach oben zu ziehen. Danach prüfte ich noch im Spiegel den Sitz meiner hochgesteckten Haare und ging in den Clubraum. Es war jedes Mal von neuem beeindruckend. Das Herz bildete eine quadratische Bar. Die Gäste konnten es sich drum herum auf den Barhockern gemütlich machen oder sich in die etwas versteckteren Ecken mit den Tischgruppen zurückziehen. Die überall präsenten Palmen verliehen der Umgebung ein südamerikanisches Flair und boten dabei ausreichend Sichtschutz. Auf der oberen Etage befand sich der VIP-Bereich, wo sich immer nur die reichsten und wichtigsten Gäste aufhielten. Zwei bullige Security-Typen verhinderten, dass ein Normalsterblicher dort hinaufgelangte.

Lächelnd trat ich an die Bar und nickte unserem frechen Barkeeper Juan zu. „Hey, schön dich zu sehen“, grüßte ich und wurde sofort mit einem charmanten Lächeln belohnt.

„Querida, dein Anblick blendet mich“, antwortete er und übertrieb wie immer maßlos. „Du bist das Licht meines Lebens.“

Juan war auf überzogene Weise liebenswürdig, ein Hallodri wie er im Buche stand und stets zu einem Scherz aufgelegt. Lässig warf er eine Wodkaflasche in die Luft und fing sie hinter seinem Rücken wieder auf. Grinsend über diese Angeberei wandte ich mich von ihm ab und schaute mir den heutigen Einsatzplan an. Sofort stöhnte ich innerlich auf. Ich musste mich mit Jenna um die Superreichen im VIP-Bereich kümmern. Das bedeutete eine lange Nacht mit arroganten Kerlen und dämlichen Sprüchen.

Ich sah mich um und entdeckte Jenna auf der anderen Seite der Bar. Sie lachte gerade über die Bemerkung einer Kollegin und befestigte nebenbei ihren Geldbeutel an der Hüfte. Als sie mit dem Kopf einen kurzen Schwenk in meine Richtung machte, winkte ich ihr zu.

Sie strahlte mich an und kam zu mir rüber. „Hey, da bist du ja!“

Ich war mir sicher, dass Jenna so ziemlich der einzige Mensch in meinem Bekanntenkreis war, den ich noch nie ohne ein Lächeln auf dem Gesicht angetroffen hatte. Es lag einfach in ihrer Natur, gute Laune zu versprühen, und wenn sie lächelte, dann funkelten ihre grünen Augen wie Smaragde. Ein schöner Kontrast zu ihrem rabenschwarzen Haar.

Mit einer leichten Kopfbewegung deutete ich auf den Einsatzplan. „Hast du schon gesehen? Wir haben wieder die Ehre.“ Wenig erfreut verzog ich das Gesicht. „Wir werden ja sehen, was für Weisheiten die oberen Zehntausend heute bereithalten.“

Jenna zuckte nur mit den Schultern. „Solang die Trinkgelder stimmen, gehen mir ihre Kommentare am Arsch vorbei. Hauptsache, sie behalten ihre Pfoten bei sich.“

Ganz so locker nahm ich das nicht. Sicher, die Trinkgelder waren hervorragend, aber lieber hätte ich den Abend mit einer Horde Affen verbracht, als mir das geistlose Gequatsche von diesen neureichen Neandertalern anzutun.

Ich holte meinen mit Wechselgeld bestückten Geldbeutel aus dem kleinen Tresor unterhalb der Bar, hängte ihn mir um die Hüfte und machte mich mit ihr zusammen auf den Weg zur VIP-Lounge. Jeden Augenblick würde der Club seine Pforten öffnen und die Gäste hereinströmen. Auch das restliche Personal hielt sich bereit, um die verwöhnte Meute abzufertigen, die heute Abend erwartet wurde. Erfahrungsgemäß flaute der Betrieb erst gegen drei Uhr morgens ab.

Kurz darauf war es so weit. Die Türsteher-Security ließ sie rein und der Laden füllte sich innerhalb weniger Minuten. Die Nacht würde wahnsinnig anstrengend werden. Kellnern war ein knochenharter Job. Die Leute, die hier regelmäßig zum Feiern herkamen, waren unglaublich anspruchsvoll. Es fiel mir schwer, ihnen immer gerecht zu werden. Dazu dröhnte einem laufend die laute Musik in den Ohren, und spätestens in zwei bis drei Stunden würde die Luft im Raum zum Schneiden dick sein. Ich blendete all diese Eindrücke aus und machte mich an die Arbeit.

Während ich die Gäste bediente, sah ich mich hin und wieder nach Riley um. Das Gespräch dauerte nun schon eine Weile an und ich betrachtete das als gutes Zeichen. Wäre sie nicht geeignet, hätte Aaron die Unterhaltung relativ schnell abgebrochen.

Etwas später entdeckte ich ihren blonden Haarschopf in der Menge. Sie winkte mir zu, als sie mich oben stehen sah, und versuchte zeitgleich, einen Typen loszuwerden, der sich an ihren Rockzipfel gehängt hatte. Riley kämpfte sich bis ans Fußende der Treppe. Hier endete ihr Weg. Der Kerl vom clubeigenen Sicherheitsdienst hinderte sie daran, weiterzugehen. Auch der herzerweichende Blick aus ihren babyblauen Augen half ihr da nicht weiter.

Schnell stieg ich mit meinem leeren Tablett in der Hand die Stufen herunter und zog sie ein Stück zur Seite. „Wie ist es gelaufen?“

„Ich habe den Job! Nächste Woche fange ich an.“ Riley grinste triumphierend.

„Das ist ja großartig!“ Ich drückte sie begeistert und deutete gleich danach nach oben. „Hör mal, ich muss weitermachen. Wir telefonieren morgen, okay?“

Sie nickte glücklich und verließ das *Night Runners* unter den begehrlichen Blicken etlicher Männer. Etwas besser gelaunt, machte ich mich an die Arbeit. Selbst die Gäste waren zur Abwechslung ganz erträglich. Ein Eindruck, den ich wieder revidieren musste. Man sollte sich eben nie zu früh freuen.

Ich wischte gerade die Oberfläche eines reservierten Tisches ab, da vernahm ich direkt hinter mir den geringschätzigen Kommentar einer Frau.

„Ash, warum sind diese Bedienungen immer so lahm? Man sollte Aaron sagen, was für unfähiges Personal er sich da ins Haus geholt hat."

Entrüstet drehte ich mich um und stand mehreren Personen gegenüber. Im ersten Moment hatte ich jedoch nur Augen für die ziemlich attraktive Frau, die so abfällig ihr Urteil über meine Arbeit abgegeben und sicher in ihrem ganzen Leben noch nie einen Lappen in die Hand genommen hatte. Die Rothaarige musterte mich wie ein ekliges Insekt, und meine Empörung wandelte sich in Unbehagen. Eingeschüchtert von der offenen Ablehnung, die mir von ihr entgegenschlug, nahm ich die anderen nur schemenhaft wahr. Trotzdem versuchte ich, mir meine Verunsicherung nicht anmerken zu lassen, schluckte den Ärger runter und lächelte sie freundlich an. Aaron verhielt sich immer fair, doch der Gast war für ihn König und ich musste durchaus in Betracht ziehen, dass er mich über die Klinge springen ließ, wenn sich jemand unzufrieden zeigte.

„Entschuldigen Sie die Verzögerung, Madame. Sie können den Tisch sofort besetzen."

Ich ratterte diesen Satz hinunter, darauf bedacht, zwar bedauernd, aber nicht allzu unterwürfig zu erscheinen. Wer sich wie ein Opfer verhielt, wurde erst recht getriezt. Das hatte ich während meiner Zeit im Service schnell lernen müssen.

„Ja, ist schon gut", erklärte sie zu meiner grenzenlosen Erleichterung. „Wischen Sie endlich zu Ende, damit wir uns setzen können! Ich habe keine Lust, hier rumzustehen wie eine Vollidiotin."

Das kriegst du auch im Sitzen gut hin, schoss es mir spontan durch den Kopf. Sollte ich jemals viel Geld besitzen, würde ich die Menschen nicht so von oben herab behandeln. Jeder verdiente Respekt, egal, ob arm oder reich. Ich beugte mich noch mal über den Tisch, zog die letzten Kreise mit dem Tuch und richtete mich wieder auf. Als ich mich umdrehte, erstarrte ich wie vom Blitz getroffen, denn nun nahm ich auch die anderen bewusst wahr. Zwei Frauen, drei Männer. Einer von ihnen stach wie ein funkelnder Diamant aus dem Trupp heraus und sein Anblick traf mich völlig unvorbereitet. Neben der Rothaarigen stand der schönste Mann, den ich jemals gesehen hatte. Mein Kopf fühlte sich total leer an. Ich versuchte verzweifelt, meinen Herzschlag unter Kontrolle zu bringen, sobald sich unsere Blicke kreuzten. Jadegrüne Augen dominierten die attraktiven Züge. Die hohen Wangenknochen verliehen den Konturen eine gewisse Schärfe und sein Mund … ich unterdrückte ein Seufzen … wirkte durch das halbe Lächeln verführerisch und spöttisch zugleich.

„Ich glaube, sie ist jetzt fertig."

Oh Allmächtiger! Beim Klang seiner seidenweichen Stimme krochen unzählige Schauer über meine Haut. Sie klang schmeichelnd, aber auch ziemlich gelangweilt. Dennoch schwang unverkennbar männliche Autorität darin mit. Der Kerl ließ sich von niemandem etwas sagen, das ahnte ich instinktiv. Zur Salzsäule erstarrt sah ich dabei zu, wie er den rechten Arm um die schmale Taille der rothaarigen Hexe schlang. Besitzergreifend und bestimmend, was mir ein unbehagliches Gefühl vermittelte. Er behandelte sie wie sein Eigentum. Zu meiner großen Überraschung mutierte sie direkt vor meinen Augen zu einem zuckrigen Weibchen. Sie lächelte zu ihm auf und rieb sich unauffällig an ihm. Er beachtete sie gar nicht weiter und widmete *mir* seine gesamte Aufmerksamkeit.

Ein langsames Lächeln breitete sich auf seinen Lippen aus. Sachte streichelte er über die Hüfte seiner Begleiterin, und obwohl er gerade eine andere Frau liebkoste, brannte sich sein Blick in meinen. Innerhalb von Sekunden gab er mir das Gefühl, mutterseelenallein mit ihm zu sein. Die Geräusche rückten in den Hintergrund, selbst die unzähligen Menschen nahm ich nur noch verschwommen wahr und musterte ihn genauso eingehend, wie er es bei mir tat.

Das respektlose und geradezu anzügliche Lächeln auf den schön geformten Lippen verlieh ihm die Ausstrahlung gelangweilter Dekadenz. Er war groß, schätzungsweise um die 1,85 Meter. Damit überragte er mich um gute zwanzig Zentimeter. Wie ferngesteuert wanderte mein Blick über seine Gestalt, ich registrierte jedes noch so kleine Detail. Ein moderner Haarschnitt sorgte dafür, dass die mokkabraunen Strähnen lässig um seinen Kopf lagen. Nicht zu lang, nicht zu kurz. Die Farbe harmonierte perfekt mit dem leicht gebräunten Teint. Seine Schultern waren breit, der restliche Körper wirkte allerdings eher athletisch und agil und nicht übertrieben kräftig. Dennoch konnte man erahnen, dass sich unter dem schwarzen Hemd eine klar definierte Muskulatur verbarg. Alles in allem versprühte er mörderischen Sex-Appeal, männlich markant, gepaart mit klassischer Eleganz.

Ein James-Bond-Typ, schoss es mir durch den Kopf, während mir sein intensiver Blick die Hitze in die Wangen trieb. Bevor ich mich komplett lächerlich machte, brach ich den Augenkontakt ab und trat zur Seite, damit sich die Gruppe setzen konnte. Einer der Männer sah dem Bond-Typ ähnlich, doch die Parallelen bezogen sich nur auf das Gesicht. Er war insgesamt etwas massiger gebaut und noch ein Stückchen größer. Außerdem besaß sein Lächeln eine Wärme, die dem Bond-Typen total abging. Vielleicht waren sie Cousins oder sogar Brüder. Der Große war auch der Einzige in der Gruppe, der mich freundlich und nicht überheblich anlächelte. Neben der Rothaarigen stand ein blonder Kerl mit schmierigem Grinsen, der eine aufgetakelte Schwarzhaarige im Arm hielt. Die beiden beachteten mich nicht, sondern hatten nur Augen füreinander.

Sie schoben sich an mir vorbei, um endlich den ersehnten Sitzplatz in Beschlag zu nehmen. Der Bond-Typ streifte mich dabei seitlich und die plötzliche Berührung jagte mir einen Blitz durch den Unterleib. Entsetzt über seine Wirkung, atmete ich tief ein und wurde von der nächsten warmen Welle überwältigt, als ich seinen männlich-herben Geruch wahrnahm. Verwirrt über meine heftige Reaktion wartete ich ab, bis alle Platz genommen hatten, und rang mir ein unpersönliches Lächeln ab. „Was kann ich euch bringen?“

Der attraktive Fremde mit den grünen Augen grinste süffisant. „Wenn du uns deinen Namen verrätst, sagen wir dir auch, was wir trinken wollen.“

Wieso interessierte ihn mein Name? Ich ließ mir nicht anmerken, wie sehr mich seine Art verstörte, und beantwortete die Frage. „Ich heiße Maxine.“

„Maxine …“ Er zog die Buchstaben in die Länge. Die Art und Weise, wie er ihn aussprach, hatte etwas Schlüpfriges an sich. „Hübsch“, stellte er anschließend fest und musterte mich erneut abschätzend. Seine Lippen verzogen sich zu einem trägen Grinsen. „Du bist also heute Abend für unseren Tisch zuständig.“

Ich nickte langsam und blieb auf der Hut. Trotz seiner Anziehungskraft war er mir nicht ganz geheuer. Konnte er nicht einfach bestellen, einen dummen Spruch ablassen und mich dann wieder ignorieren?

Unbehaglich wand ich mich, weil er nicht aufhörte, mich anzüglich zu mustern.

„Ash, hör auf, sie zu ärgern. Du siehst doch, wie unangenehm es ihr ist, wenn du sie so anstarrst.“

Der Einwand kam von dem großen Dunkelhaarigen, der mich vorhin so nett angelächelt hatte. Er warf diesem Ash – vermutlich die Abkürzung von Ashton oder Ashley – einen warnenden Blick zu.

Der ignorierte das völlig. Stattdessen fixierte er mich mit brütender Intensität, bis ich das Verlangen verspürte, möglichst schnell, möglichst weit wegzurennen. Vor ihm, seinem Gestarre und der merkwürdigen Macht, die er über mich ausübte. Noch nie hatte es ein Mann geschafft, mich derartig aufzuwühlen. Um mich zu schützen, baute ich mit rasender Geschwindigkeit eine Mauer auf. Obwohl ich es hier mit einem übersättigten und von sich selbst überzeugten

Frauenhelden zu tun hatte, konnte ich mich seinem Charme nicht ganz entziehen. Leider war ich doch empfänglich für sein Äußeres und die Überlegenheit, die er ausstrahlte.

„Ich denke, dass Maxine“, er schien es auszukosten, meinen Namen wie eine Liebkosung auszusprechen, „genau weiß, wie solche Unterhaltungen ablaufen.“

Mir wurde klar, worauf er anspielte. Die Begutachtung meiner Person erstreckte sich nicht nur auf mein Gesicht. Dreist betrachtete er auch den Rest von mir. Mit anzüglich gekrümmten Mundwinkeln, wohlgemerkt. Mir wurde heiß vor Scham, als sich seine Blicke an meinen Brüsten festsaugten. Sein nächster Satz kühlte meine Verlegenheit schlagartig ab.

„Sag mir, Maxine, wie weit geht denn dein Service?“

Entsetzt schnappte ich nach Luft. Ich war doch keine Nutte! Die anderen fanden das ziemlich lustig und grinsten dreckig. Nur der Große verzog angewidert den Mund und warf mir ein entschuldigendes Lächeln zu.

Wenigstens einer mit ein bisschen Anstand, dachte ich und fragte mich gleichzeitig, warum er mit solchen Idioten unterwegs war.

„Krieg ich keine Antwort?“ Zwar sprach er sanft, doch in seiner Stimme lag unterschwellige Ungeduld.

Die Hände zu Fäusten geballt, unterdrückte ich den Drang, ihm eins auf die Nase zu geben. „Sir, ich bin für Ihre Getränke zuständig, für alles andere müssen Sie jemand anderen bemühen.“

Gespielt selbstsicher schaute ich auf ihn herunter. Tatsächlich zitterten mir die Knie unter seinen Blicken. Fast schon zärtlich fuhr er die Konturen meines Körpers nach. Wohlige Schwäche erfasste meine Gliedmaßen. Das war nicht gut.

Er lachte leise und biss sich lasziv auf die Unterlippe.

„Wie schade, wir hätten eine Menge Spaß haben können.“

Mit einem fiesen Grinsen wandte er sich wieder an die Rothaarige. „Hast du gehört? Sie will mich nicht, Tracy. So wie es aussieht, hast du mich heute ganz für dich allein.“

Mir blieb der Mund offenstehen. *Was für ein Riesenarschloch*, schoss es mir durch den Kopf. Ich fühlte mich von so viel unverschämter Arroganz abgestoßen. Mir tat sogar diese Tracy leid, doch die nahm seinen Kommentar lediglich mit einem Schulterzucken zur Kenntnis.

„Dann solltest du dich vielleicht mal anstrengen", riet sie verschlagen und warf mir ein boshaftes Grinsen zu. „Meinetwegen kannst du dich mit ihr vergnügen, so lange du willst. Du hast genug Kraft und Ausdauer, um mit zwei Frauen fertigzuwerden."

Mir wurde schlecht. Die Gruppe präsentierte eindrucksvoll, wie zu viel Geld den Charakter verdarb. Sie interessierten sich einen Scheißdreck für die Gefühle anderer, und schienen selbst keine zu besitzen. Machte es ihr denn gar nichts aus, dass ihre Begleitung offen mit mir flirtete? Auch seine Freunde fanden sein Verhalten allem Anschein nach nicht schlimm. Keiner störte sich an seinem Benehmen. Der einzig normale Mensch in dieser Runde war der Dunkelhaarige, der dieser unwürdigen Szene nun ein Ende setzte.

„Bringen Sie uns allen eine Margarita. Ich denke, das war's fürs Erste."

Mit seiner entschiedenen Einmischung half er mir, mich dieser Bande zu entziehen, und ich fragte mich wiederholt, warum sich ein netter Typ wie er, mit denen abgab.

Die Frage wurde mir gleich darauf beantwortet. „Ich bin noch nicht fertig mit ihr, Bruderherz", zischte Ash eiskalt und warf mir einen Blick zu, unter dem mir ganz unwohl zumute wurde. Ich fühlte mich wie ein gehetztes Beutetier, und er war der Jäger, dem während der Hatz fast einer abging. Doch nun zeigte er Gefühle, wenn auch negativer Art. Die Einmischung seines Bruders passte ihm nicht und er machte keinen Hehl aus seinem Unmut.

Mir reichte es. So nötig konnte ich das Geld gar nicht haben, um mir so ein Verhalten gefallen zu lassen.

„Aber ich bin fertig mit Ihnen!", fauchte ich stinksauer und trat einen Schritt näher an ihn heran. Da er in dem Sessel thronte wie ein Prinz, war ich diejenige, die ihn überragte. Ich lehnte mich ein Stück nach vorn und achtete nicht darauf, dass ich ihm einen hübschen Einblick in mein bescheidenes Dekolleté gewährte.

„Jetzt hören Sie gut zu, Freundchen! Sie sind der schlimmste Kotzbrocken, der mir hier jemals begegnet ist, und glauben Sie mir, ich habe schon einige kennengelernt. Meinetwegen rennen Sie zu meinem Boss und heulen ihm die Ohren voll, aber mit mir spielen Sie solche Spielchen nicht. Lieber lass ich mich feuern."

Seine Augen weiteten sich erstaunt. Ich nutzte seine augenblickliche Sprachlosigkeit, drehte mich auf dem Absatz um und stürmte die Treppen runter. Als hätte er etwas geahnt, kam mir Aaron entgegen und ich segelte direkt in seine Arme. Mein Chef bemerkte natürlich sofort meine aufgewühlte Verfassung.

„Hey, was ist denn los?"

Ich warf einen raschen Blick auf die Empore und registrierte unbehaglich, dass dieser Ash an das Geländer herangetreten war und mich von dort beobachtete. Sein Gesichtsausdruck wirkte verbissen, sogar aus der Entfernung konnte man nicht übersehen, wie es in ihm brodelte.

Verzweifelt wandte ich mich Aaron zu. „Siehst du den Kerl oben am Geländer? Ich kann ihn und seine Freunde nicht länger bedienen. Er behandelt mich wie ein Stück Fleisch. Mich kriegen keine zehn Pferde mehr da rauf. Selbst wenn du mich dafür feuerst."

Aaron verzog mitleidig sein Gesicht. „Du bist mit Ashton Hunter aneinandergeraten", sagte er, als wäre schon die bloße Nennung seines Namens selbsterklärend.

Meine Augenbrauen formten einen fragenden Bogen. „Und was soll mir das jetzt sagen?"

„Nun ja, Ash ist ein bisschen schwierig", antwortete er diplomatisch und seufzte, als hätte er eine schwere Bürde zu tragen. Zumindest schien er nicht böse auf mich zu sein.

„Heißt das, ich muss da nicht mehr rauf?“ Lieber hätte ich die Bahnhofstoiletten geschrubbt, als mich noch mal in die Nähe dieses arroganten Mistkerls zu wagen.

Aaron erwies sich als Engel in der Not, denn er schüttelte entschieden den Kopf. „Nein, das musst du nicht. Sally soll deinen Platz einnehmen. Gib die Bestellung an sie weiter. Ich rede in der Zwischenzeit mit Hunter und regle das mit ihm. Ich will ihn als Gast nicht verlieren, jedoch nicht um jeden Preis.“

Pure Erleichterung über Aarons Verständnis machte sich in mir breit. „Ich danke dir, und es tut leid, wenn ich dir Umstände mache. Ich lasse mir ja eine Menge gefallen, aber was der Kerl abzieht, ist einfach zu viel.“

„Ist schon okay. Immerhin führe ich einen Club und kein Bordell“, erklärt er bestimmt. „Meine Bedienungen sind nicht hier, um die Männer zu belustigen. Das werde ich ihm noch mal in aller Deutlichkeit begreiflich machen. Allerdings kann es sein, dass du mit deiner ablehnenden Haltung erst recht seinen Jagdtrieb geweckt hast.“

„Wenn ich nicht will, kann er gar nichts ausrichten.“

Aarons Miene blieb ernst. „Mach nicht den Fehler, ihn zu unterschätzen, Maxine. Ash ist ein eiskalter Hund. Fühl dich nicht zu sicher und versuch, ihm möglichst aus dem Weg zu gehen.“

„Woher kennst du ihn so gut?“

„Ich bin mit seinem Bruder Colin befreundet und daher bestens über Ash Hunters Charakter im Bilde.“

Verstohlen schielte ich aufwärts und merkte entsetzt, dass Hunter uns immer noch beobachtete. Die Lichter im Club umspielten seine schlanken Konturen, seine Finger wanden sich um das stählerne Geländer und sein intensiver Blick ging mir durch und durch. Aaron könnte eventuell recht behalten. Ich hatte durch meinen offen gezeigten Widerwillen ungewollt sein Interesse geweckt. Aber warum in aller Welt ausgerechnet ich? Im Vergleich zu dieser Tracy war ich nichts Besonderes. Mit den dunklen Haaren und der viel zu blassen

Haut ging ich als hübsch durch, die Rothaarige hingegen sah spektakulär aus. Das Einzige, worauf ich wirklich stolz sein konnte, war meine schlanke Figur mit den dazu passenden perfekten Proportionen, doch sonst …

Alles in allem spielte er in einer anderen Liga und hätte, trotz des schweinischen Benehmens, ein Dutzend schönerer und vor allem williger Frauen haben können. Wenigstens blieb mir für heute eine weitere Konfrontation mit ihm erspart.

„Geh wieder an die Arbeit und mach dir keine Sorgen. Ich stutze ihn schon zurecht."

Aaron klopfte mir auf die Schulter und begab sich nach oben. Ich kämpfte mich zu Sally durch und erklärte ihr kurz die Lage. Wir tauschten die Bereiche und fürs Erste war ich Ash Hunter los. Ich fühlte mich sicher.

Nach ein paar Minuten wagte ich einen schnellen Blick zur Empore. Hunter lehnte am Geländer und unterhielt sich mit Aaron. Ich konnte sehen, wie mein Chef auf ihn einredete, auch Tracy hatte sich zwischenzeitlich dazugesellt. Kurz darauf verschwand Aaron und Hunter zog Tracy an sich, um sie hart und verlangend zu küssen. Der Anblick versetzte mir unerwartet einen kleinen Stich, doch schnell schüttelte ich dieses absurde Gefühl ab. Ich konnte froh sein, wenn er sein Interesse wieder auf seine Freundin verlagerte. Leider schaffte ich es kaum, die Augen von dieser Szene abzuwenden, und ich erschrak zu Tode, als mir auffiel, dass er mich währenddessen die ganze Zeit über beobachtete.

Dieser Kuss war eine reine Machtdemonstration. Es ging nicht darum, sich oder ihr Genuss zu verschaffen. Er wollte mir nur zeigen, dass er sich einfach nahm, was er wollte, und dass er es in der Regel auch bekam. Endlich ließ er von ihr ab und zwinkerte mir übertrieben zu. Sein Mund formte lautlose Worte und ich glaubte ein „Es ist noch nicht vorbei" von seinen Lippen abzulesen. Blitzartig drehte ich mich um, mein Herz schlug frenetisch gegen meine Rippen, und es dauerte eine Weile, bis ich mich beruhigte.

Keine Ahnung, wie ich den Rest des Abends überstand, denn er hörte nicht auf, mich zu stalken. Er war wie ein Schatten, den man einfach nicht mehr loswurde. Das und seine bloße Anwesenheit reichten aus, um mich total aus dem Konzept zu bringen. Ständig verwechselte ich Bestellungen und fühlte mich wie ein Tier in der Falle. Als die schreckliche Schicht endlich ein Ende fand, lagen meine Nerven blank und ich hätte vor Erleichterung am liebsten geheult.

Todmüde stieg ich in mein Auto und senkte den Kopf auf das Lenkrad, um erst mal richtig durchzuatmen. Erneut blitzte sein Gesicht vor meinem geistigen Auge auf und es war vorbei mit der Entspannung. Würde er mir nächstes Mal wieder auflauern oder mich bis dahin vergessen haben? Bestimmt wollte er keine Mühe darauf verwenden, eine kleine Kellnerin zu verführen, wo es doch so viele Frauen gab, die ihm sicher freiwillig alles schenkten, was er begehrte.

Verwirrt startete ich den Wagen. Statt dem Aufheulen des Motors hörte ich nur ein grauenvolles Röcheln und Knattern und Rauch stieg unter der Motorhaube auf. Fluchend verließ ich das Auto. Auch ohne die professionelle Einschätzung eines Automechanikers ahnte ich, dass mein fahrbarer Untersatz die letzte Reise in den Autohimmel angetreten hatte.

Wütend und überfordert, verpasste ich dem VW einen kräftigen Tritt. „Du blödes Ding, hättest du damit nicht warten können, bis ich wieder daheim bin?“ Ich blickte verzweifelt in den Himmel. Was hatte ich in meinem früheren Leben nur verbrochen, dass ich so gestraft wurde?

„Kann ich dir irgendwie helfen?“

Obwohl ich diese Stimme vor wenigen Stunden zum ersten Mal vernommen hatte, hätte ich sie unter tausenden wiedererkannt. Wie in Zeitlupe, weil ich den Moment der Wahrheit hinauszögern wollte, drehte ich mich um.

„Das darf doch nicht wahr sein“, murmelte ich entnervt und verfluchte mein Karma, das mir das Unglück in Gestalt eines gehässig grinsenden Ash Hunter vorbeischickte.

Kapitel 3

„Sie schon wieder!“ Hoffentlich bewegte ihn meine Reaktion zum sofortigen Rückzug.

Keine Chance. Er blieb stehen und weidete sich an meinem genervten Gesichtsausdruck. Lächelnd, herzlos. Für ihn stellte mein persönliches Pech ein unerwartetes Amüsement dar. Ich war jedoch nicht gewillt, mich von seiner Unverschämtheit in die Knie zwingen zu lassen, selbst wenn mir das unvermeidliche Streitgespräch mit diesem Kerl die letzten Kräfte rauben würde.

Gemächlich schlenderte Hunter in meine Richtung, die Hände locker in den Hosentaschen vergraben. Gelangweilt begutachtete er den qualmenden Wagen. „Scheint so, als würde die Kiste schlappmachen.“ Sein anzüglicher Blick streifte mich. „Brauchst du vielleicht Hilfe?“

„Von Ihnen? Nein danke, lieber krieche ich auf allen vieren nach Hause.“

Ohne ihn zu beachten, holte ich die Handtasche vom Beifahrersitz und verschloss den Wagen. Ich schlug den Weg zur Bushaltestelle ein, doch ich kam nicht weit. Überraschend kräftige Finger wanden sich um meinen Oberarm und hielten mich fest.

„Nicht so schnell, meine Süße.“

„Loslassen!“, forderte ich energisch und versuchte, seine Finger abzuschütteln. Um ihn anzusehen, musste ich den Kopf in den Nacken legen.

„Wieso läufst du ständig weg, Maxine?“

Ich musste zugeben, es schmeichelte meiner Eitelkeit, dass er sich meinen Namen gemerkt hatte – bis mir seine rothaarige Begleitung wieder einfiel. Wo steckte sie? Wartete sie wie ein braves Schoßhündchen in seiner Wohnung oder hatte sie ihren Zweck bereits erfüllt und war auf dem Weg nach Hause?

Stinksauer über sein unmögliches Benehmen zog ich die Unterlippe zwischen die Zähne. Sein Blick ruhte auf meinem

Gesicht. Hörbar sog er den Atem ein, ein Knistern lag in der Luft und mir wurde die Kehle eng. Mit weit aufgerissenen Augen beobachtete ich, wie er die Hand hob. Seine Fingerspitzen glitten kaum spürbar über meine erhitzte Haut. Sie fühlten sich kühl an und erschreckend gut.

„Du bist atemberaubend“, flüsterte er. „Ich glaube, ich habe noch nie so zarte Haut berührt, so blass und durchscheinend.“

Wie hypnotisiert ließ ich zu, dass seine Finger von meiner Wange zu meinem Nacken glitten. Er schob sie in mein Haar. „Ich mag die Farbe deiner Augen“, fuhr er fort. „Sie sind nicht einfach blau. Sie sehen aus wie der Himmel vor einem Sommergewitter. Eine Spur Violett, gemischt mit Grau. Ich könnte stundenlang hineinschauen. So was habe ich noch nie gesehen.“

Mir verschlug es buchstäblich die Sprache. Was für ein Spiel trieb er mit mir? Hunter konnte offenbar nach Belieben den Schalter umlegen. In einem Moment gab er sich spöttisch und verletzend, im nächsten mutierte er zum verführerischen Casanova. Es kostete mich meine ganze Kraft, seinem lockenden Blick nicht zu erliegen. Corey hatte sich zu Beginn auch mit Komplimenten überschlagen, um mein Herz später mit Füßen zu treten. Die Erinnerung an ihn und seine Feigheit half mir, mich aus Hunters Bann zu befreien.

Entschieden zog ich seine Hand von meinem Nacken und machte einen Schritt von ihm weg. „Nehmen Sie die Pfoten von mir!“

Meine Forderung verpuffte unter seinem mitleidigen Lächeln. „Das willst du doch gar nicht.“

„Und ob ich das will“, antwortete ich atemlos. Mein Herz stolperte, denn er schloss den Abstand zwischen unseren Körpern und legte die Handfläche über dem Mantel auf mein hämmerndes Herz. Die Berührung war leicht und hatte auch nichts Übergriffiges an sich. Ich hätte mich jederzeit von ihm lösen können, und doch blieb ich an Ort und Stelle stehen und starrte in das flimmernde Grün seiner wunderschönen Augen.

Oh Maxine, tadelte mein Verstand, *hast du denn gar nichts aus der Sache mit Corey gelernt?*

„Du tust so, als wäre ich dir egal, aber ich kann fühlen, was es mit dir anstellt, wenn ich dir nahekomme. Dafür musst du dich nicht schämen, Süße. Ich will dich nämlich auch, also wieso sträubst du dich dagegen? Wir sind erwachsen, warum also nicht ein bisschen unverbindlichen Sex genießen?“

Die erzwungene Nähe zu ihm, seine Stimme und sein Geruch überforderten mich. Was hier geschah, zeigte überdeutlich, wie sehr ich mich nach einem Mann sehnte. Seit Jahren lag die körperliche Seite in mir brach, ich unterdrückte meine Bedürfnisse, weil ich Angst vor einer neuerlichen Enttäuschung hatte. Und dann kam er daher, verhielt sich wie der schlimmste Macho unter der Sonne, und mein gesunder Menschenverstand verabschiedete sich schneller, als ich meinen Namen buchstabieren konnte. Meine Gedanken gerieten ins Trudeln. Ich wollte ihn am liebsten von mir stoßen und im gleichen Atemzug die Arme um ihn schlingen und mich gegen seinen harten Körper pressen.

„Also, was ist? Willst du weiter die Unberührbare spielen oder gibst du endlich zu, dass du mit mir ficken willst? “

Er wirkte in diesem Moment so abgebrüht, dass es mir eiskalt den Rücken runterlief. Gleichzeitig stieg unfassbare Wut in mir hoch. Meine Gefühle und meine Lust interessierten ihn kein bisschen. Ihm ging es nur darum, seinen Jagdtrieb zu befriedigen.

„Pah, Sie haben nicht die geringste Ahnung von meinen Gefühlen“, zischte ich aufgebracht.

„Ach ja? Dann zeig es mir. Was fühlst du, Süße?“

Unwillkürlich packte er mich an den Aufschlägen meines Mantels und zog mich dichter zu sich heran. Eine Ohrfeige wäre die einzig passende Reaktion gewesen, doch ich konnte kaum meine Hand heben, so sehr schwächte mich seine Nähe. Als sich zu guter Letzt meine Brustspitzen aufstellten und ich ein Stöhnen nicht unterdrücken konnte, verabschiedete sich mein Widerstand vollends. Weich und nachgiebig lag ich in seinen Armen und musste sein triumphierendes Grinsen ertragen. „Ich wusste es, du kannst mir nicht widerstehen!“

Das brachte mich augenblicklich zur Vernunft. Heftig stieß ich ihn weg. Eine Stinkwut auf diesen eingebildeten Beau verlieh mir neuen Mut. „Bilden Sie sich nichts ein! Verschwinden Sie und kommen Sie mir nicht mehr zu nah. Ihre dekadenten Spielchen langweilen mich nur.“

Sein kühler Blick streifte mein aufgebrachtes Gesicht. „Jetzt werde bitte nicht albern.“

Ungläubig starrte ich ihn an. Verstand er unsere Sprache nicht? „Sind Sie taub? Ich sagte: Ich will das nicht!“

Kopfschüttelnd sah er mich an. „Meine Süße, wenn ich in meinem Leben bei jedem Nein aufgegeben hätte, wäre mir eine Menge Spaß entgangen.“

Himmel, er war so dreist. Er ging wirklich davon aus, wenn er nur hartnäckig genug blieb, würde ich in seine Arme sinken. An unterentwickeltem Selbstbewusstsein litt der Bursche jedenfalls nicht.

„Das bedeutet nicht, dass Sie sich aufführen dürfen wie ein triebgesteuerter Gorilla.“

Versonnen betrachtete er mich. „Du bist verdammt frech. Aber genau das macht dich so reizvoll. Um ehrlich zu sein, kann ich mich nicht erinnern, jemals auf so viel Widerstand gestoßen zu sein. Bis jetzt hat mich noch keine abgewiesen, und ich werde dafür sorgen, dass es so bleibt.“

„Sie sind als Kind wohl zu heiß gebadet worden.“

Schnaubend vor Entrüstung verschränkte ich die Arme vor der Brust und fragte mich, wieso ich mich überhaupt auf eine Diskussion mit ihm einließ, statt einfach zur Bushaltestelle zu laufen. Plötzlich spürte ich eine sachte Berührung an der Unterlippe. Hunter tippte sie mit der Fingerkuppe an, ehe er dazu überging, die Umrisse meines Mundes nachzufahren. Wann war er mir wieder so nahegekommen? Ich durfte in seiner Gegenwart nie unaufmerksam sein. Erneut schlug ich seine Hand weg. „Aufhören! Ich kann Ihnen gar nicht sagen, wie sehr ich Kerle wie Sie verabscheue. Ihr denkt, ihr könnt alles haben und die Frauen zum Vergnügen benutzen.“

„Dass du mich hasst, ist mir egal, solange du mich gleichzeitig begehrst“, antwortete er gelassen. „Und das tust du, meine Süße. Schon bald wirst du unter mir liegen, und dann werde ich so tief in dir sein, dass du nicht mehr weißt, wo dein Körper endet und meiner beginnt. Verlass dich darauf.“

Fassungslos lauschte ich seiner Prophezeiung. Ash Hunter wollte mich mit Haut und Haaren verschlingen, mich benutzen, bis nichts übrigblieb. Leider war ich viel zu empfänglich für seinen Sex-Appeal. Ich hätte Widerwillen empfinden müssen, doch das beharrliche Klopfen zwischen den Beinen verdeutlichte meine Sehnsucht, wenigstens für ein paar Stunden ganz Frau zu sein. Für ihn. Eine beschämende Tatsache, die ich nicht wegdiskutieren konnte. Was war ich nur für ein erbärmlicher Schwächling!

Abrupt riss ich mich los und taumelte rückwärts. Ich durfte nicht in seiner Reichweite bleiben. Ash Hunter bedeutete Herzschmerz der schlimmsten Sorte, wenn man ihn zu nah an sich heranließ.

„Zum allerletzten Mal, Mr. Hunter. Lassen Sie mich in Ruhe und hören Sie auf, sich wie ein Stalker an meine Fersen zu heften.“

Er besaß die Frechheit zu lachen. „Du bist verdammt niedlich, wenn du wütend bist. Es wird bestimmt ein Riesenspaß, dich zu zähmen.“

„Mich muss man nicht zähmen. Im Gegensatz zu Ihnen besitze ich zivilisierte Umgangsformen.“

Er kam wieder näher heran und versuchte, seinen Arm um meine Taille zu schlingen. Ich wich gerade noch rechtzeitig aus, indem ich einen Schritt nach hinten machte.

Hunter verdrehte ungeduldig die Augen. „Komm schon, Süße. Ich habe mittlerweile verstanden, dass du nicht zu den Mädchen gehörst, die leicht rumzukriegen sind. Ich mag das. Ehrlich. Immerhin bin ich ein Mann, und der Jagdtrieb steckt tief in uns, aber …“, er lächelte beinahe entschuldigend, „ich bin auch ein viel beschäftigter Mann. Ein wenig Entgegenkommen von deiner Seite würde uns eine Menge Zeit sparen.“

Dem Kerl war wirklich nicht mehr zu helfen. Geschickt wich ich zurück und ließ es mir nicht nehmen, ihm einen zutiefst verächtlichen Blick zuzuwerfen. „Dann sollten Sie sich ein anderes Opfer suchen. An mir werden Sie sich nämlich die Zähne ausbeißen, Mr. Hunter!“

Ich kehrte ihm den Rücken zu und rannte, so schnell mich meine Füße trugen, vor ihm davon.

„Ich liebe Herausforderungen, das ist dir hoffentlich klar!", brüllte er hinterher.

Ich hob lediglich die Hand und zeigte ihm den Mittelfinger. Hunter reagierte mit Gelächter und schien keineswegs demotiviert.

Gerade noch rechtzeitig erwischte ich den Bus und sank erschöpft auf einen der verschlissenen Sitze. Meine Gedanken fuhren Achterbahn. Ash Hunter hatte ich vorhin sicher nicht zum letzten Mal gesehen.

An der dritten Haltestelle stieg ich aus. Mittlerweile war es kurz vor sechs Uhr morgens und die Morgenluft kühlte meine brennende Haut. Ich musste noch ungefähr einen halben Kilometer zurücklegen, bis ich den Wohnblock meines Zuhauses betrat. Müde schleppte ich mich die Stufen hoch.

Mein erster Weg führte mich zu Bibi. Danny schlief immer bei ihr, wenn ich Samstagnacht im *Night Runners* arbeitete. So konnte ich nach meiner Heimkehr bis Mittag schlafen, während sie auf ihn aufpasste. Da sie selbst an den Wochenenden gegen halb sechs aufstand, verspürte ich deswegen auch kein schlechtes Gewissen. Sie war ein Morgenmensch.

Heute war ich allerdings später dran als sonst. Ich klingelte und wartete. Hinter der Tür vernahm ich Schritte, gleich darauf wurde sie aufgerissen und Bibi zeigte sich unendlich erleichtert. „Da bist du ja! Ich dachte, dir wäre was passiert“, begrüßte sie mich und ließ mich eintreten.

„Mein Wagen hat den Geist aufgegeben und ich musste dann leider den Bus nehmen.“

Bibi verzog mitleidig das Gesicht. „Nicht schon wieder. Was für ein unzuverlässiges Auto!“, schimpfte sie und schüttelte missbilligend den Kopf. „Komm erst mal in die Küche. Ich mach dir einen Tee, bevor du dich schlafen legst.“

Im Flur roch es nach Bohnerwachs und Zitrone, und alle Anspannung fiel von mir ab. Schwankend vor Müdigkeit zog ich den Küchenstuhl zurück und setzte mich. Während sie den Tee zubereitete, beobachtete ich sie unauffällig. Für ihre knapp sechzig Jahre sah sie sehr gut aus. Viele Spaziergänge an der frischen Luft hielten sie geistig und körperlich fit. Ihr blondes Haar färbte sie regelmäßig und schlang es stets zu einem eleganten Nackenknoten à la Grace Kelly. Sie wollte möglichst in Würde altern, und versuchte nie, sich jünger zu geben, als sie tatsächlich war. Allerdings schloss das graues Haar nicht mit ein, da siegte dann doch die weibliche Eitelkeit.

Man sah ihr die Schicksalsschläge ihres Lebens jedenfalls nicht an. Bereits mit Mitte zwanzig hatte ein Unglück ihr den Mann geraubt. Plötzlich stand sie vor dem Nichts und musste sich und ihre zwei kleinen Kinder allein durchbringen. Vermutlich erinnerte sie meine Situation an ihre eigene vor vielen Jahren. Nachdem mein Vater mich erbärmlich im Stich gelassen hatte, war sie der einzige Mensch, der mich unterstützte.

„Hat Danny gut geschlafen?“. Energisch verdrängte ich die trüben Gedanken.

„Wie ein Murmeltier“, versicherte Bibi fröhlich, ehe sie mich eingehend musterte. Es war mir unangenehm.

„Irgendwas ist anders an dir.“

Verdammt, an meinem Pokerface musste ich definitiv noch arbeiten. „Wahrscheinlich sind es meine Augenringe. Die dürften tiefer liegen als gewöhnlich.“

Meine scherzhafte Erwiderung täuschte sie nicht. Bibi schüttelte den Kopf. „Nein, es liegt nicht daran. Du wirkst irgendwie … lebendiger“, meinte sie und betrachtete mich intensiver. „Wütend, und gleichzeitig strahlst du von innen.

Ist etwas vorgefallen? Du weißt, du kannst mir wirklich alles anvertrauen."

Verdammt, Bibi besaß einen viel zu feinen Radar für meine Stimmungen. Sollte ich ihr von Hunter erzählen oder die Sache einfach unter den Tisch fallen lassen? Immerhin verfügte sie über Unmengen an Lebenserfahrung. Sie konnte mir bestimmt einen Rat geben, doch im Moment fühlte ich mich zu müde, um mich über sein überdimensionales Ego auszulassen.

„Wärst du mir böse, wenn wir diese Unterhaltung später führen? Ich bin stehend k.o."

Verständnisvoll nickte sie. „Selbstverständlich bin ich nicht böse. Leg dich ein paar Stunden hin, Liebes. Gegen dreizehn Uhr können wir essen."

Erleichtert erhob ich mich, ohne den Tee angerührt zu haben, den sie mir vorhin hingestellt hatte. „Ich sehe nach Danny, bevor ich gehe."

„Mach das", antwortete Bibi freundlich.

Ich betrat das Wohnzimmer. Danny lag schlummernd auf dem ausgezogenen Sofa. Auf Zehenspitzen bewegte ich mich auf ihn zu und küsste zärtlich seine rosige Wange. Anschließend schlich ich zurück zur Küche. Ich trat nicht ein, sondern steckte nur den Kopf durch die Tür.

„Also bis später. Falls ich verschlafe, weck mich bitte."

„Wird gemacht", erwiderte sie und fuhr fort, ihre Blumen auf der Fensterbank zu gießen. Ich ging in meine eigene Wohnung und fiel komplett angezogen aufs Bett. Trotz des inneren Unfriedens brauchte es nur kurze Zeit, bis ich wegdämmerte.

Um die Mittagszeit wachte ich auf und quälte mich aus dem Bett. Es dauerte nicht lange, ehe mein schlaftrunkenes Gehirn die Erinnerung an die Begegnung mit Ash Hunter erneut aufleben ließ. Wieso war es mir nicht möglich, diesen arroganten Schnösel aus den Gedanken zu verbannen? Jede Sekunde, die ich an ihn verschwendete, war eine zu viel.

Blöderweise war ich absolut machtlos dagegen. Also gab ich es auf, dagegen anzukämpfen, und verlegte mich darauf, Hunter zu verfluchen. Nach einer erfrischenden Dusche schlüpfte ich in meine geliebten Jeans und einen dunklen Rollkragenpullover. Die handtuchtrockenen Haare schlang ich am Hinterkopf zu einem unordentlichen Knoten und kniff mir ein paarmal in die bleichen Wangen, um ihnen ein wenig Farbe zu verleihen. Danach verließ ich die Wohnung. Die Tür fiel geräuschvoll ins Schloss, die zu Bibis kleinem Apartment wurde in der gleichen Sekunde aufgerissen und mein Sohn stürmte mir über den schmalen Hausgang direkt in die Arme.

„Mama!“ Danny sprang an mir hoch und schmiegte sein Gesicht fest gegen meinen Hals.

Seufzend drückte ich ihn an mich und gab ihm einen Kuss aufs Haar. „Guten Morgen, Schätzchen. Ich habe dich vermisst.“

„Hab dich auch vermisst“, versicherte er treuherzig und klammerte sich wie ein Äffchen an mir fest. Da er auf Dauer zu schwer wurde, ließ ich ihn am Körper heruntergleiten, bis er mit beiden Beinen auf dem Boden stand. Lächelnd strich ich die Locken an seiner Schläfe glatt. Er musste dringend zum Friseur.

„Na, hast du Bibi beim Kochen geholfen?“

Danny hantierte leidenschaftlich gerne in der Küche, und richtete dabei meistens ein heilloses Chaos an. Seine Freude und sein Eifer machten die entstandene Unordnung jedoch wieder wett.

„Klar, es gibt Hühnchen mit Kartoffeln. Ich habe sie ganz allein geschält.“

Ich konnte mir so ungefähr ausmalen, wie wenig von ihnen noch übriggeblieben war. „Fein, ich bin wirklich schrecklich hungrig.“

Gemeinsam betraten wir die Wohnung und kurz darauf die Küche. Bibi verteilte bereits das Essen auf den Tellern und sah auf. „Ah, da bist du ja. Jetzt siehst du schon viel besser aus, Liebes. Setz dich und iss, bevor es kalt wird.“

„Das sieht aber lecker aus!“

Mein leerer Magen zog sich beim Anblick des knusprig gebratenen Hühnchens heißhungrig zusammen. Das gemeinsame Sonntagsessen hatte sich zu einer festen Tradition entwickelt und vermittelte Danny das Gefühl, eine Familie zu haben. *Und wir sind auch eine*, dachte ich entschieden, während ich genüsslich ein saftiges Stück Fleisch von einer Keule abbiss und einen Laut des Wohlbehagens ausstieß. „Das schmeckt so unfassbar gut.“

Ich spießte eine gebackene Kartoffelspalte auf meine Gabel. Dazu gab es einen frischen Salat. Unter Dannys Geplapper dezimierte sich der Inhalt unserer Teller, bis wir alle gesättigt das Besteck weglegten.

„Das habe ich gebraucht“, gestand ich und fühlte mich wie neugeboren.

„Darf ich fernsehen?“, fragte Danny und setzte ohne Hemmungen seinen treuherzigsten Welpenblick auf. Der verfehlte höchst selten seine Wirkung.

„Ja, darfst du“, sagte ich ergeben. „Aber nicht zu lange. Wir wollen später noch ein wenig raus an die frische Luft.“

Jubelnd verschwand er im Wohnzimmer. Ich blieb mit Bibi in der Küche zurück. Sie musterte mich schweigend und eindeutig erwartungsvoll. „Und, wie heißt der Kerl, der für deine komische Stimmung verantwortlich ist?“

Mir entwich ein kapitulierender Seufzer. Sie legte den Finger direkt auf die Wunde, und da ich eine miserable Lügnerin war, würde ich nicht drum herumkommen, ihr alles zu erzählen. Dennoch spielte ich auf Zeit. Ich wusste ja selbst nicht, was genau mit mir los war.

„Wie kommst du darauf, ein Mann könnte dafür verantwortlich sein?“

Bibi schüttelte tadelnd den Kopf. „Eine alte Frau wie ich merkt so etwas sofort. Seit Jahren bist du am Sonntagmorgen bei mir, bevor du dich hinlegst. Du wirkst dabei immer ausgeglichen. Heute früh lag ein Glanz in deinen Augen, den nur ein Mann hervorrufen kann.“

Verblüfft über ihre Beobachtungsgabe erwiderte ich ihren durchdringenden Blick. War es denn wirklich so offensichtlich, dass diese wandelnde Pestbeule Ash Hunter trotz seiner Arroganz die Frau in mir ansprach? Ich starrte auf meine Hände. Sie ruhten regungslos auf der Tischplatte. „Also gut, ich habe im Club jemanden kennengelernt."

„Aber das ist doch großartig!", freute sie sich.

Bevor ihre Euphorie überhandnahm, bremste ich sie. „Daran ist gar nichts großartig", antwortete ich mit verbissener Miene. „Der Typ hat mir nachgestellt und mich behandelt wie ein Stück Fleisch. Ich gebe zu, er ist ausgesprochen attraktiv, charakterlich allerdings ein Totalausfall. Ich wünschte, der Kerl wäre mir nie begegnet."

„Bist du dir da sicher?"

„Das bin ich. Er ist ein schrecklicher Mensch. Unverschämt, rücksichtslos und nur auf das Eine aus."

„Aber du findest ihn heiß." Eine Feststellung, keine Frage.

„Dass ich ihn heiß finde, ändert nichts an meiner Einstellung. Er ist ein reicher und gelangweilter Schnösel, dem es bloß um Sex geht." Ich zitterte vor neu erwachter Entrüstung.

„Ein bisschen Sex würde dir tatsächlich nicht schaden", erwiderte sie dermaßen überzeugt, dass mir kurz die Luft wegblieb.

„Ich bin aber niemand, der sich auf lockere Beziehungen einlässt."

Bibi verstand offensichtlich nicht, wie es in mir aussah. Wie sehr mich meine eigenen Gefühle für Ash Hunter ängstigten, weil er mich Dinge empfinden ließ, die jeder Beschreibung spotteten.

„Er ist kein anständiger Kerl, Bibi. Obwohl er sich in Begleitung einer anderen Frau befand, hat er offen mit mir geflirtet und mir ins Gesicht gesagt, dass er nur mit mir ins Bett will. Ich hasse ihn."

„Du musst ihn doch nicht mögen, um mit ihm ins Bett zu steigen“, erklärte meine so zurückhaltend wirkende Freundin allen Ernstes.

„Bibi!“

Mein Entsetzen war keineswegs gespielt. Natürlich gehörte sie nicht zur Nonnen-Fraktion, die jedwede Art von Erotik verteufelte, dessen war ich mir durchaus bewusst. Seit dem Tod ihres Mannes hatte sie sich die ein oder andere Affäre gegönnt, ohne sich je wieder an einen Mann zu binden, aber so eine Einstellung schockierte mich.

„Jetzt schau nicht so entsetzt“, antwortete sie ungerührt. „Ein bisschen körperliche Nähe braucht jeder Mensch. Du bist eine junge Frau und unterdrückst deine Bedürfnisse. Auf Dauer ist das nicht gesund. Wenn er dich anmacht, dann ignorier sein schlechtes Benehmen und lass dich mal wieder richtig durch…“

„Bibi!“ Diesmal schrie ich ihren Namen förmlich. Meine Wangen brannten vor Verlegenheit. In meiner Fantasie lief umgehend ein ganz und gar nicht jugendfreier Film ab, in dem Hunter die männliche Hauptrolle spielte. Ich stellte mir seinen muskulösen Körper vor, wie er sich nackt über meinen schob und …

Mein Verstand wehrte sich gegen die Bilder in meinem Kopf und ich riss mich zusammen. „Das kommt nicht infrage. Der Typ ist absolut unerträglich.“

Bibi fixierte mich erstaunt. „Auweia, der muss dir ganz schön unter die Haut gehen, wenn er so eine heftige Reaktion bei dir auslöst.“

Unwirsch schnipste ich mir einen Krümel vom Ärmel und wich Bibis Blick aus. „Er geht mir nur tierisch auf die Nerven, das ist alles“, knurrte ich schlecht gelaunt.

„Wenn du das sagst, wird es wohl so sein“, meinte sie versöhnlich. Dennoch lag in ihrem Tonfall eine Note, die klar besagte, wie wenig glaubhaft sie meine Abwehrhaltung fand.

„Können wir vielleicht das Thema wechseln?“

„Aber natürlich. Was hältst du davon, wenn wir abräumen und danach alle zusammen in den Park gehen? Ein bisschen frische Luft wird wieder Farbe auf deine Wangen zaubern.“

„Das ist eine tolle Idee“, stimmte ich zu und packte die Gelegenheit zum Themenwechsel sofort beim Schopf. Bibi konnte verdammt hartnäckig werden, doch sie spürte wohl, ganz im Gegensatz zu Mr. Hochwohlgeboren Ash Hunter, wann sie bei mir auf Granit biss. Niemals würde ich mich so einem genusssüchtigen Schönling an den Hals werfen, selbst wenn ich untenrum Spinnweben ansetzte.

Kapitel 4

Ungefähr vier Wochen später legte ich letzte Hand an mein Make-up und freute mich auf einen lustigen Abend mit Riley und Jenna. Da sich die personelle Situation im Diner entspannt hatte, gönnte Lou uns beiden einen freien Samstag. So konnten wir ausgehen und ich es morgen mit Danny ruhig angehen lassen. Bibi würde sich in meiner Wohnung einquartieren und sich mit ihm den neuesten SpongeBob-Film ansehen.

Ashton Hunter hatte sie mit keiner Silbe mehr erwähnt und meine Meinung war immer noch dieselbe. Doch in einer Sache hatte sie nicht ganz unrecht: Ab und an musste man sich ein bisschen Spaß gönnen. Sex klammerte ich jedoch absichtlich aus. Corey war mein erster und bisher einziger Liebhaber gewesen, und bis zur Begegnung mit Ash Hunter war mir nicht einmal bewusst gewesen, dass mir etwas fehlte.

Abgesehen von meinem mehr oder weniger freiwilligen Verzicht auf männliche Gesellschaft, ging es mir gut. Ich hatte mich sogar mit dem Umstand versöhnt, keinen fahrbaren Untersatz mehr zu besitzen, auch wenn ich den Bus zum *Night Runners* nehmen und von der Haltestelle aus ein ganzes Stück zu Fuß zurücklegen musste. Eine Reparatur lohnte sich nicht, die Kosten hätten den Wert des Wagens überstiegen, und so war mir nur noch der Weg zum Schrotthändler geblieben, der mir zweihundert Dollar für die Ersatzteile ausgezahlt hatte. Zumindest sparte ich zukünftige teure Reparaturkosten und die nicht unerhebliche jährliche Versicherungssumme. Die Busverbindungen in Seattle waren zudem sehr gut und ich kam überall hin. Zur Not konnte ich mir immer noch Bibis Auto leihen, wenn es gar nicht anders ging.

Nur eine Sache setzte mir nach wie vor zu. Ich konnte diesen Kotzbrocken Hunter einfach nicht vergessen. Ich träumte von ihm. Heiße, verwirrende, nächtliche Fantasien, die mir bewusstmachten, wie sehr mir die Berührung eines Mannes abging. Der sexuelle Akt an sich hatte mich nie besonders gereizt. Corey wurde grundsätzlich fertig, bevor ich auch nur in die Nähe eines Orgasmus gelangen konnte. In der kurzen Zeit unseres Zusammenseins war er immer ein egoistischer Liebhaber gewesen, der sich einen Scheiß um meine Bedürfnisse kümmerte. Früher hatte ich das akzeptiert, ich kannte ja den Unterschied nicht, doch mit den Jahren wuchs mein theoretisches Wissen, und von Riley wusste ich, dass es durchaus anders sein konnte. Zumindest das Vorspiel – so flüchtig es stets gewesen war – hatte ich immer genossen: Die Küsse, das Streicheln, das Gefühl von nackter Haut auf meiner; nur die endgültige Erfüllung war mir verwehrt geblieben.

Tja, und dann kam dieser arrogante Kerl mit seinem überdimensionalen Ego daher, triefend vor Unverschämtheit, und schon explodierten die Synapsen in meinem Hirn. Ich konnte ihn nicht leiden, und ich war froh, ihn wahrscheinlich niemals wiedersehen zu müssen, doch er blieb in meinen Gedanken präsent. Selbst Wochen nach unserer letzten Begegnung suchte er meine Träume heim. Es waren nicht Coreys Muskeln, die in meinen erotischen Fantasien über meine Kurven rieben, sondern Ash Hunters durchtrainierter Körper. Ein Teil von mir verspürte wahnsinnige Neugier. Wie würden sich seine Lippen auf meinen anfühlen oder seine schönen Hände, die meine Schenkel teilten, bis er offenlegte, was er so dringend besitzen wollte? Wie roch er während des Sexes? Verströmte sein erhitzter Leib einen ganz speziellen Duft, der nur dann entstand, wenn sich sein Schweiß mit meinem vermischte?

Schockiert über meine Gedankengänge starrte ich in den Spiegel. Die Mascara in meiner Hand zitterte, weil ich den Arm nicht mehr ruhighalten konnte. Aufgewühlt schraubte ich den Deckel zu und holte tief Luft.

„Hör auf, an ihn zu denken!“

Entschlossen straffte ich die Schultern. Ich durfte diesem Arsch nicht so viel Raum in meinen Gedanken einräumen.

Abgesehen davon würde ich ihn sowieso nicht mehr wiedersehen. Seit er mir im Hinterhof des *Night Runners* aufgelauert hatte, war einige Zeit ohne ein Lebenszeichen verstrichen. In meine Erleichterung mischte sich ein Hauch von Enttäuschung, weil er so schnell aufgab. Wahrscheinlich hatte er ein willigeres Opfer gefunden. Eine, die sofort mit ihm ins Bett stieg, sobald er sie mit einem anzüglichen Grinsen bedachte. Hunter zeigte keinen Respekt und behandelte Frauen wie Spielzeug, das man benutzte und nach einer Weile gegen etwas Neueres und Interessanteres austauschte. Ich sollte mich glücklich schätzen, ihm entkommen zu sein, und doch fiel es mir wahnsinnig schwer, ihn aus den Gedanken zu verbannen. Die Minuten in seiner Gegenwart hatten sich wie ein Tattoo in meine Erinnerung gebrannt und machten aus mir eine Frau, die einfach nur genommen und gehalten werden wollte, während ich mich dem harten Rhythmus seiner Lenden beugte.

Ein Schauer übermannte mich, ich fing an zu zittern und mein Herz schlug mir wie verrückt gegen die Rippen.

„Maxine, krieg dich wieder in den Griff."

Erhitzt ließ ich eiskaltes Wasser über meine Handgelenke laufen und ging anschließend ins Schlafzimmer. In Kürze würden Riley und Jenna eintreffen und ich war noch nicht einmal angezogen. Etwas unschlüssig stand ich vor dem Kleiderschrank, da brummte auch schon mein Handy und Jenna rief an.

„Wir stehen vor deiner Tür. Ich wusste nicht, ob Danny schläft, und dachte, ich rufe lieber an."

„Keine Sorge, er ist noch wach. Wartet, ich lass euch rein."

Wenige Minuten später standen sie bei mir im Schlafzimmer und ich verwies frustriert auf den überschaubaren Inhalt meines Kleiderschranks. „Ich habe nichts zum Anziehen", teilte ich den beiden düster mit und verzog schmollend die Lippen. Neben ihnen kam ich mir vor wie Aschenputtel.

Riley sah in ihrem dunkelblauen Samtkleid umwerfend aus. Genau wie Jenna. Ihr zierlicher Körper steckte in einer schwarzen, gerade geschnittenen Hose. Darüber trug sie eine dunkelgrüne Korsage, die ihren hübschen Busen und die zarte, elfenbeinfarbene Haut ihrer Schultern perfekt zur Geltung brachte.

„Vielleicht solltet ihr einfach ohne mich gehen", meinte ich in einem Anfall von Selbstmitleid. „Wenn ich euch so anschaue, dann komme ich mir total unzulänglich vor."

Jenna riss empört die Augen auf. „Bist du verrückt? Lass mal sehen, was dein Kleiderschrank so hergibt, bevor wir ins *Night Runners* gehen."

Hatte ich mich verhört?

„Was soll das heißen, wir wollen in den Club?"

Jenna lächelte harmlos. „Ja, hast du was dagegen?"

„Oh, kommt schon ... Wir arbeiten da. Ich will nicht auch noch meine Freizeit in dem Laden verbringen."

Oder riskieren, Hunter doch über den Weg zu laufen, fügte ich in Gedanken hinzu.

Jenna griff nach meiner Hand. „Maxine, bitte, ich muss da heute Abend hin. Aaron wird privat da sein, und das ist meine Chance, ihn auch mal außerhalb der Arbeit zu erwischen. Vielleicht spricht er sogar mit mir. Du kannst mir das nicht abschlagen."

Seufzend sank ich aufs Bett. „Das ist echt unfair", brummte ich missmutig.

„Bitteee!"

Gegen eine bettelnde Jenna kam man schwer an. „Also gut, aber nur für ein oder zwei Stunden, dann gehen wir noch woanders hin. Schwör mir das!"

„Ich schwöre!", erwiderte Jenna feierlich und wirkte unheimlich zufrieden.

Riley, die bislang nichts von Jennas Leidenschaft für Aaron gewusst hatte, grinste. „Sieh mal einer an! Du bist also in den hübschen Chef verknallt."

„Verknallt ist noch untertrieben", klärte ich Riley auf, bevor Jenna antworten konnte. „Seit sie dort arbeitet, träumt sie davon, Mrs. Aaron Ramsay zu werden. Leider fängt er nichts mit dem weiblichen Personal an. Was das angeht, ist er ziemlich eisern."

Jenna seufzte tonlos. „Ich weiß, es ist das absolute Klischee: Kellnerin liebt gutaussehenden Boss. Ich komme nur nicht gegen meine Gefühle für ihn an. Ich habe es ja versucht, aber seit unserer ersten Begegnung gibt es für mich keine anderen Männer mehr. Ich liebe ihn", schloss sie theatralisch.

Riley schien fasziniert, sie fuhr total auf diese komplizierten Beziehungskisten ab und konnte selbst den fürchterlichsten Seifenopern im Fernsehen etwas abgewinnen. Interessiert musterte sie Jenna. „Hat er denn nie einen Blick in deine Richtung geworfen?"

Betrübt schüttelte sie den Kopf. „Nein, er schenkt mir nicht mehr Aufmerksamkeit als jeder anderen Bedienung im Club." Ein entschlossener Ausdruck trat auf ihr Gesicht. „Aber eines Tages wird er mich ansehen und merken, dass ich die Richtige bin."

Riley und ich warfen uns bedeutsame Blicke zu. Ob Aaron ihre Gefühle jemals erwidern würde, stand in den Sternen, doch keine von uns wollte ihre Träume zerstören. Sie würde irgendwann von selbst darauf kommen, wie wenig realistisch ihre Wünsche waren. Aaron behandelte sie mit professioneller Höflichkeit, zeigte aber ansonsten keinerlei Interesse an Jennas elfenhafter Schönheit. Aaron liebte allein seinen Club und seine Arbeit. Sex nutzte er höchstens zur Entspannung. Jeder im *Night Runners* wusste das, Jenna ebenfalls, nur glaubte sie fest daran, diejenige zu sein, die ihn erobern konnte.

„So, genug von Aaron und mir." Jenna stemmte die Hände in die Hüften. „Maxine, Kleiderschrank auf!", kommandierte sie in einem Ton, der jedem Boot Camp Sergeant zur Ehre gereicht hätte. Wenn es um Mode ging, verstand sie keinen Spaß.

Ergeben begab ich mich in ihre Hände und nach kurzer Zeit hatte sie das perfekte Outfit für mich zusammengestellt. Eingehend betrachtete ich mich im Spiegel. Das sommerliche

Neckholdertop aus weinroter Seide, mit einem wirklich tiefen V-Ausschnitt schmeichelte durch die figurbetonte Passform meinen zierlichen Kurven und wurde im Nacken verknotet. Der größte Teil meines Rückens blieb frei. Ein ziemlich offenherziges Kleidungsstück für meine Verhältnisse. Ich hatte es vor zwei Jahren in einem Anfall von Wahnsinn in einem Secondhand-Laden gekauft und nie getragen.

„Das sieht irre gut an dir aus", lobte Jenna. Riley nickte beifällig.

„Und dazu das hier." Jenna reichte mir meinen schwarzen Bleistiftrock und nötigte mich, ihn anzuziehen. „Der passt perfekt", schwärmte sie.

„Jenna, in dem fühle ich mich nicht wohl", protestierte ich und sehnte mich nach bequemen Jeans, während ich den seitlich angebrachten Reißverschluss hochzog. Zu meiner Überraschung saß das Kleidungsstück wie angegossen. Durch den Stress in den letzten Wochen musste ich ein oder zwei Kilo abgenommen haben, denn das einengende Gefühl wollte sich nicht einstellen. Wie von Jenna prophezeit bildetet er die ideale Ergänzung zum Oberteil. Dazu schwarze, hochhackige Pumps, und am Ende musste sogar ich zugeben, dass ich richtig gut aussah.

„Atemberaubend", lobte Riley. Sie musterte mich lobend. „Du wirst dich vor Männern nicht mehr retten können."

„Atemberaubend ist untertrieben. Sie sieht rattenscharf aus", ergänzte Jenna.

Ein wenig verlegen drehte ich mich vor dem Spiegel hin und her.

„Jetzt die Haare", murmelte Jenna und griff in die Strähnen. Zu meiner Überraschung schüttelte sie den Kopf. „Weißt du was? Lass sie einfach offen. Es wäre eine Schande, die weichen Wellen hochzustecken oder zusammenzubinden."

Damit konnte ich gut leben und umarmte sie. „Vielen Dank! An dir ist wirklich eine Stylistin verlorengegangen."

„Wenn man so hübsch ist wie du, ist es nicht schwer, mit wenigen Mitteln eine fantastische Wirkung zu erzielen", wehrte Jenna bescheiden ab. „Du siehst unglaublich toll aus, Maxine. Kein Wunder, dass dieser Hunter dich angemacht hat."

Jenna hatte damals am Rande mitbekommen, was im Club vorgefallen war. Riley hatte ich davon nichts erzählt. Ein klein wenig beleidigt verschränkte sie die Arme vor der Brust.

„Maxine Nichols, verheimlichst du mir etwas? Wer ist dieser Kerl? Sieht er gut aus? Ist er reich?"

Oh Mann, ich legte wirklich keinen gesteigerten Wert darauf, über ihn zu reden.

„Können wir vielleicht das Thema wechseln? Ich wurde von einem Idioten angebaggert und ich habe ihn abblitzen lassen. Seitdem habe ich ihn nicht mehr gesehen, und ich würde ihn gerne vergessen, weil er nur auf das Eine aus war."

„Sind sie das nicht alle?", erwiderte Riley ironisch und verdrehte die Augen.

„Das mag sein, aber die meisten akzeptieren ein Nein und gehen dann ihrer Wege. Ash Hunter ist ein Härtefall und hat sich total danebenbenommen. Ich will weder über ihn reden, noch an ihn denken."

Riley schnappte nach Luft. „Habe ich richtig gehört? Ash Hunter hat dich angemacht und du hast ihm ernsthaft die kalte Schulter gezeigt?"

Sie sah aus, als würde sie jeden Augenblick in Ohnmacht fallen. „Heilige Scheiße, Maxine, weißt du denn nicht, wer der Kerl ist?"

Zickig zog ich die Augenbraue hoch. „Nein, sollte ich etwa?"

„Nun ja, er ist ziemlich prominent. Jedenfalls, wenn man sich ein wenig mit dem Klatsch und Tratsch rund um Seattle beschäftigt."

„Anscheinend sind wir nicht up to date", warf Jenna schelmisch ein. „Ich weiß nämlich auch nicht, wer der Typ ist. Also klär uns auf, bevor du vor Aufregung hyperventilierst."

„Oh Mädels, ihr lebt echt auf dem Mond", meinte Riley kopfschüttelnd. „Der Kerl ist der Erbe eines stinkreichen

Unternehmers und hat nach seinem Studium in Wirtschaftswissenschaften zwei Jahre in Europa verbracht. Dort hat er für einen Wirtschaftsmagnaten gearbeitet und sich nebenher kräftig die Hörner abgestoßen. Seit Kurzem ist er wieder da, um seinen Vater im Familienunternehmen zu unterstützen. Er gehört zu den begehrtesten Junggesellen, die auf diesem verdammten Planeten herumlaufen, und jedes weibliche Wesen würde *töten*, um ihn zu kriegen. Lest ihr zwei denn keine Klatschzeitungen? Die sind voll von ihm und seinen Weibergeschichten."

„Von mir aus können sie ihn alle haben", erwiderte ich steif. „Und nein, weder lese ich irgendwelche Klatschzeitungen, noch war mir sein Name ein Begriff. Aber ich kann mir lebhaft vorstellen, dass jedes Wort, das über ihn geschrieben wird, der Wahrheit entspricht, denn er ist ein arrogantes, von sich selbst überzeugtes Arschloch."

Nach diesem Ausbruch herrschte Stille im Schlafzimmer. Die zwei sahen mich aus großen Augen an. Verlegen räusperte ich mich. Ihre Verwunderung war verständlich. Normalerweise drückte ich mich ein bisschen gewählter aus.

„Sorry, aber der Kerl regt mich tierisch auf, und das wirkt sich auf meine Umgangsformen aus. Lasst uns einfach gehen, okay?"

Beide nickten und ich lächelte erleichtert.

Sobald wir den Club erreichten, liefen wir unter den Blicken einiger Neider auf den Eingang zu und wurden von Jack, dem bulligen Türsteher, direkt durchgewunken. Es hatte schon seine Vorteile, wenn man an seinem Arbeitsplatz feiern konnte und so der langen Warteschlange entging. Gemeinsam kämpften wir uns zur Bar vor. Juan winkte uns fröhlich zu sich heran. Während Riley Cocktails für uns bestellte, wanderte mein Blick neugierig durch die Menge. Insgeheim hatte ich befürchtet, meine Glückssträhne könnte bald ein Ende finden und das Schicksal würde mir Hunter direkt vor die Nase setzen. Aber auch heute war er nirgends zu sehen. Statt froh darüber zu sein, fühlte ich erneut einen feinen Stich der Enttäuschung.

Angewidert über diese Torheit starrte ich in mein Cocktailglas. Ash Hunter sollte der letzte Mensch auf Erden sein, den ich herbeisehnen sollte, und doch spukte er mir immer noch im Kopf herum und störte meinen Seelenfrieden. Ich kapierte nicht, wieso er so eine Faszination auf mich ausübte. Ich kannte ihn kaum, und das, was er bislang von sich gegeben hatte, machte ihn nicht sonderlich sympathisch. Seufzend schloss ich die Lippen um den Strohhalm und saugte durstig. Ich nahm etwas Scharfes unter der Fruchtnote wahr und warf Riley einen vorwurfsvollen Blick zu. „Ist da etwa Alkohol drin?"

Sie blickte unschuldig in meine Richtung und formte mit Daumen und Mittelfinger einen Kreis. „Nur ein winziges bisschen", gab sie zu. „Stell dich nicht so an. Du musst ja nicht fahren."

„Ist auch wieder wahr", stimmte ich gutmütig zu und nahm einen weiteren Schluck. Hm, was immer Riley da bestellt hatte, es schmeckte gut.

In diesem Augenblick quietschte Jenna glückselig auf. „Oh mein Gott, da kommt Aaron."

Umgehend verfiel sie in fanatische Anbetung. Ihre Freude über sein Auftauchen wurde allerdings schnell getrübt, denn er befand sich in weiblicher Begleitung. Sein Arm lag lässig um die Schultern einer aufregenden Blondine. Entgegen seines sonst so unterkühlten Verhaltens, wirkte er jetzt locker und gelöst. Sein Lächeln war verführerisch und sexy. So wie ich das sah, würde die Frau an seiner Seite heute Nacht sein Bett teilen. Für die hoffnungslos verknallte Jenna sicher ein Schock. So was tat einfach nur weh.

Ein kurzer Blick auf sie bestätigte meine schlimmsten Befürchtungen. In ihren Augen glänzten Tränen, sie schien Mühe zu haben, ihre Emotionen unter Kontrolle zu halten. Für Aaron zu schwärmen mit dem Wissen, dass er sie wohl nie beachten würde, war eine Sache, aber live mitzuerleben, wie er mit einer anderen rummachte, musste wahnsinnig schmerzhaft sein.

Riley bekam die Szene mit und reagierte goldrichtig.

„Hör auf zu heulen, Jenna!“, forderte sie mit hartem Unterton. „Andere Mütter haben auch hübsche Söhne, und du kannst an jedem Finger zehn haben. Trinkt eure Cocktails aus, Mädels. Wir stürmen jetzt die Tanzfläche.“

Rileys riss Jenna mit ihrem Enthusiasmus mit. Wir leerten unsere Gläser und mischten uns unter die Tanzenden. Zuerst fühlte ich mich unwohl, doch schon bald fuhr mir der Sound in Beine und Körper. Mit geschlossenen Augen ließ ich mich vom Rhythmus treiben. Dem Takt der Musik folgend, hörte ich auf zu denken und genoss die Freiheit, einfach nur ich selbst zu sein.

Nach einer halben Stunde wechselten wir wieder zur Bar. Da wir bei den Getränken Personalrabatt bekamen, hielt sich der finanzielle Aufwand in Grenzen und ich bestellte einen weiteren Cocktail. Die Auswirkungen des Alkohols ließen nicht lange auf sich warten. Ich hatte das Gefühl zu schweben, mein Blut kochte und meine Wahrnehmung verschwamm. Kurzum: Ich war leicht angesäuselt und fühlte mich großartig.

Jenna flirtete auf Teufel komm raus mit allem, was Hosen trug, und schaffte es tatsächlich, Aaron komplett zu ignorieren. Der, nebenbei bemerkt, hemmungslos mit seiner Blondine herumknutschte. Sehr ungewöhnlich für ihn, denn normalerweise verhielt er sich zurückhaltender. Die beiden saßen direkt am Geländer. Die anderen Plätze waren leer und ich vermutete, dass er noch ein paar Freunde erwartete. Aaron würde für sein Privatvergnügen keinen Tisch für mehrere Personen blockieren, außer, er hatte Gesellschaft eingeplant.

Achselzuckend sah ich weg. Was Aaron machte, ging mich ohnehin nichts an. Nach einer weiteren Runde auf der Tanzfläche schlug Riley vor, eine kleine Pause einzulegen, da nicht unweit von uns ein Tisch frei wurde. Meine Schuhe drückten ein wenig und dieser Cut kam gerade zum richtigen Zeitpunkt.

Erleichtert setzten wir uns und unterhielten uns über belanglose Sachen, als Riley einen leisen Pfiff ausstieß. „Wow, Aaron hat Gäste, und der Kerl an seinem Tisch sieht aus wie ein Gott.“

Neugierig richtete ich den Blick hoch zur Empore und erstarrte. Riley merkte, dass etwas nicht stimmte. „Kennst du ihn?“

Ich war zu entsetzt, um zu antworten. Wenn Colin sich hier rumtrieb, dann bestand durchaus die Möglichkeit, dass sein eingebildeter Bruder ebenfalls im Club auftauchte.

„Max, ich habe dich was gefragt“, beschwerte sich Riley.

Tief durchatmend rang ich mir ein Lächeln ab. „Das ist Hunters Bruder Colin“, klärte ich sie auf und registrierte voller Unbehagen den verträumten Ausdruck auf ihren Gesichtszügen, während sie Colin begutachtete. Riley fuhr auf solche kernigen, rauen Kerle ab. Sie mochte den Typ bartloser Holzfäller, das wusste ich. Ash hingegen strahlte dekadente Eleganz aus und war der geborene Verführer.

„Colin …“ Der Name floss wie eine Liebkosung von Rileys Lippen und ich seufzte ungehalten. Hoffentlich beschränkte sie sich aufs Schauen.

„Hör mal, schlag dir den aus dem Kopf. Der spielt in einer anderen Liga.“

Okay, das war gemein. Riley war genauso viel wert – und auch viel hübscher – als die ganzen It-Girls, die sich im Club tummelten.

„Jetzt krieg dich wieder ein, ich will ihn ja nicht heiraten“, antwortete Riley unbeeindruckt und hörte nicht auf, Colin mit den Augen auszuziehen. Sie stieß einen unartikulierten Laut aus. „Himmel, sieh ihn dir doch an! Er ist der Hammer.“

„Wenigstens scheint er nicht in den Klatschmagazinen vertreten zu sein, wenn du ihn nicht kennst“, sagte ich und fand mich damit ab, dass sie Colin wahrscheinlich anbaggern würde.

Erneut wanderte mein Blick verstohlen durch den Raum und immer wieder rauf zur Empore.

Gott, bitte lass ihn nicht hier sein, betete ich stumm. Wie so oft im Leben wurde ich vom Pech verfolgt, denn gerade als ich zum Eingangsbereich des Clubs schaute, kam er hereinstolziert wie der Kronprinz von England. An jedem Arm hing eine Schönheit, die ihn anhimmelte, und er schien sich in der Bewunderung seiner Begleiterinnen zu suhlen. Angewidert und fasziniert beobachtete ich, wie er mit seiner Eskorte die Treppe zur Lounge hochstieg und seinen Platz an Aarons Tisch einnahm. Er konnte von dort aus alles überblicken. Sofort nahm ich die Karte an mich und versteckte mich dahinter. Während ich mich wie ein Feigling unsichtbar machte, versuchte ich zu ergründen, warum es mich so aus der Fassung brachte, ihn mit anderen Frauen zu sehen. Die Antwort darauf blieb ich mir schuldig. Aus einem Impuls heraus senkte ich die Karte und blickte erneut zu ihm.

Aufgeregt schnappte ich nach Luft. Ach du Schande. Er starrte geradewegs in meine Richtung. Sämtliche Härchen auf meinem Körper stellten sich auf. Seine Augen wurden zu unsichtbaren Fesseln, die mich an ihn ketteten. Ich geriet in Panik, als er den Stuhl zurückschob und aufstand. Das Blut floss mir wie dickflüssige Lava durch die Adern, alles in mir zog sich abwehrend zusammen, und doch bettelte der einsame Teil in mir, er möge zu mir kommen, mich packen und mich irgendwohin entführen, um mich stundenlang zu lieben.

Liebe, höhnte meine innere Stimme. *Der Kerl hat doch keine Ahnung, was dieses Wort bedeutet. Er wird dich vögeln und wegwerfen wie einen alten Schuh.*

Wie paralysiert saß ich da und sah, wie er nach zu mir kam und sich den Weg durch die Menge bahnte.

Kapitel 5

Sobald er vor unserem Tisch stehen blieb und auf mich heruntersah, ergriff blinde Ohnmacht von mir Besitz. Vier Wochen ohne jeglichen Kontakt, und ich dumme Nuss hatte mir eingeredet, er wäre nur halb so aufregend, wie es mir die Erinnerung tagtäglich vor Augen führte. Was für ein Irrtum! Sein selbstsicheres Auftreten und das kühle Glitzern in seinem Blick beschleunigten meinen Puls auf Rekordgeschwindigkeit. Und er *wusste*, wie ich auf ihn reagierte.

Ein selbstgefälliges Schmunzeln hing in seinen Mundwinkeln. Kein Zweifel, er genoss es, mich aus der Fassung zu bringen.

„Sieh mal einer an! Wen haben wir denn da?“ Das Grinsen wurde breiter. „Heute scheine ich das Glück gepachtet zu haben. Mit dir hätte ich hier nicht gerechnet.“

Dann freu dich mal, du Idiot!

Wie gern hätte ich ihm das direkt ins Gesicht geschleudert! Ich hielt mich zurück. Trotz des lockeren Tonfalls, den er anschlug, hörte ich den unterschwelligen Ernst in seinen Worten heraus. Als wollte er sagen: Wag es nicht noch einmal, vor mir davonzulaufen.

Meine Freundinnen waren mir auch keine Hilfe. Sie saßen stumm da und schienen fasziniert von dem Austausch, der zwischen Hunter und mir stattfand.

„Rück mal ein Stück rüber.“

Dieser unverschämte Kerl schob sich auf den freien Platz an meiner Seite und legte den Arm auf die obere Begrenzung der Sitzbank. Er rückte viel zu dicht an mich heran. Mir stockte der Atem, da sich sein fester Schenkel gegen meinen drückte, und ich war unfähig zu reagieren. Ich saß nur da. Überrumpelt, zitternd und ein Stück weit verängstigt, weil er Dinge in mir auslöste, die ich nicht beeinflussen konnte.

Seine Finger griffen nach einer Haarsträhne, er spielte mit den Spitzen und grinste über meine stocksteife Haltung. „Entspann dich, Maxine. Ich beiße nicht."

Sein warmer Atem streifte meinen Hals. Ich warf einen Hilfe suchenden Blick rüber zu Riley und Jenna, die mittlerweile so taten, als wären sie in eine intensive Unterhaltung verwickelt. *Elende Verräterinnen*, hallte es dumpf durch meinen Kopf. Ich musste mich wohl selbst von seiner Gegenwart befreien.

„Was wollen Sie?", fauchte ich und war stolz auf mich, weil ich ihn so konsequent siezte. Bloß keine Nähe zulassen. Was sich gar nicht so einfach gestaltete, wenn seine sinnlichen Lippen nur zwei Handbreit von mir entfernt schwebten und sein Geruch mich fast um den Verstand brachte. Ich musste ihn loswerden, bevor ich ihm auf den Schoß krabbelte und …

„Falls es Ihnen nicht aufgefallen ist, ich bin privat hier", erwiderte ich hochnäsig. „Ich muss weder mit Ihnen reden noch Ihren Anblick ertragen."

Das überhebliche Grinsen erlosch auf der Stelle und sein nunmehr eisiger Gesichtsausdruck zerschnitt das erregende Band, das wir beim ersten Blickkontakt dieses Abends geknüpft hatten. „Tatsächlich? Dabei war ich mir bis eben sicher, du bist nur im Club aufgetaucht in der Hoffnung, mir zu begegnen."

Dieser Mistkerl!

„Da täuschen Sie sich. Da man Sie in den letzten Wochen kein einziges Mal hier gesehen hat, hielt ich das *Night Runners* für eine sichere Zone. Mein Fehler, man sollte sich nie zu früh freuen."

Meine Angriffslust schien ihn zu amüsieren, der beleidigte Zug um seine Lippen verschwand und wurde durch ein boshaftes Lächeln ersetzt. „Belüg dich nur selbst, Maxine. Ich wette, du hast dich innerlich danach verzehrt, mich so schnell wie möglich wiederzusehen."

Sein Lächeln wurde sogar noch überheblicher. „Du hast Glück, Süße. Ich bin hier und ganz der Deine."

So ein Arsch. Seine arrogante Kaltschnäuzigkeit war beispiellos. Leider machte das einen großen Teil seiner Anziehungskraft aus. Sein anmaßendes Verhalten brachte Frauen dazu, ihn zähmen zu wollen. Nur war ich nicht die Richtige für so was, wenngleich sich ein freches Teufelchen auf meiner Schulter platzierte und mir lockend zuflüsterte: *Versuch es doch einfach. Vielleicht hast du ja Erfolg.*

Trotzig verschränkte ich die Arme vor der Brust. „Falls die Ironie in meinen Worten Sie nicht erreicht haben sollte, übersetze ich Ihnen gerne den Sinn, der dahintersteckt. Also noch mal zum Mitschreiben: Ich will, dass Sie verschwinden."

„Kratzbürstig wie immer, du kleine Zicke."

Seine unglaublichen Lippen verzogen sich zu einem sanften Lächeln. Schlagartig erhitzte sich mein Blut, ein leises Sirren begleitete das Rauschen in meinen Ohren, während ich in Ash Hunters viel zu schönen Augen versank.

Riley erwies sich schlussendlich als echte Freundin und half mir aus dieser unangenehmen Situation heraus. Sie erhob sich und blickte auffordernd zu mir herunter. „Maxine, kommst du? Wir wollten tanzen gehen."

Sie schenkte Ash ein süßliches Lächeln. „Nichts für ungut, Casanova, aber heute ist Frauenabend. Du musst dir ein anderes Mädchen zum Flirten suchen."

Rileys Stimme klang harmlos, doch sie würde nicht zögern, jeden Typen zu kastrieren, der ihr oder mir ungewollt näherkam. Eilig nutzte ich die Möglichkeit, mich vor ihm in Sicherheit zu bringen, und rutschte auf der anderen Seite aus unserem Sitzbereich. Hunter blieb, wo er war, die Miene zu einer undurchdringlichen Maske erstarrt, und schwieg. Ohne einen Blick zurückzuwerfen, folgte ich meinen Freundinnen zur Tanzfläche und warf mich mitten in die Menge.

„Danke! Ich bin fast in Ohnmacht gefallen, als er plötzlich vor uns stand", brüllte ich Riley ins Ohr.

Sie zwinkerte mir zu. „Gern geschehen", schrie sie zurück. „Allerdings würde ich meinen Hintern verwetten, dass du insgeheim total scharf auf ihn bist. Du willst es dir nur nicht eingestehen. Stimmt's? "

„Den Kommentar hättest du dir echt sparen können!", erwiderte ich sauer.

Meine beleidigte Reaktion entlockte ihr nur ein Schulterzucken, gleich darauf wurde sie von einem hübschen Kerl Marke Gigolo angetanzt und tauchte in der Menge unter. Jenna hatte ich ebenfalls aus den Augen verloren. Da sich Hunter vermutlich in der Nähe herumtrieb, um seine wenig subtilen Verführungsversuche fortzusetzen, sobald er mich wieder zu fassen bekam, traute ich mich nicht, an unseren Tisch zurückzukehren, und gab mich stattdessen dem Rhythmus der Musik hin. Jede Drehung, jeder Schwung trieb mich tiefer in die tanzende Menschenmenge. Der donnernde Bass aus den Boxen dröhnte in meinen Ohren und ich schloss die Augen. Plötzlich legten sich zwei starke Hände um meine Hüften und ich wurde mit dem Rücken an eine muskulöse Brust gepresst. Es war nicht nötig, mich umzudrehen, um herauszufinden, wer die Unverfrorenheit besaß, sich mir auf diese Weise zu nähern. Ich kannte den Duft, der mir umgehend in die Nase stieg; auch die Hitze, die einem Feuerball gleich durch mein Inneres raste, war mit mittlerweile vertraut. Es gab nur einen, der solche Empfindungen in mir auslösen konnte. Ash Hunter war mir auf die Tanzfläche gefolgt, hielt mich in seinen Armen, und Gott möge mir beistehen, ich konnte mich nicht gegen diese massive Welle sexuellen Begehrens wehren, die mich unvermittelt überwältigte.

„Bitte nicht ...", wisperte ich und keuchte entsetzt auf, als sich seine Hände auf meinen Bauch schoben. Flüssige Hitze strömte wie Lava durch meine Adern. Verzweifelt legte ich meine Hände über seine, wollte sie wegschieben. Mir fehlte die Kraft, ihn fortzustoßen. Himmel, was passierte hier nur?

Es lag sicher zum Teil am Alkohol, dass ich so wenig Widerstand leistete, doch ich konnte nicht alles auf die Cocktails schieben. Etwas in mir wehrte sich gegen die vernünftige Maxine und wollte das abenteuerlustige und nach Liebe hungernde Mädchen hervorholen, das ich einst gewesen war. Vor Corey und all den Enttäuschungen, die mich zwangen, einen eisenharten Panzer um mich herum zu errichteten, damit mich niemand mehr verletzen konnte.

Hunter schmiegte sich an meine Rückseite. „Eine Schönheit wie du sollte nicht allein tanzen!“, raunte er heiser und sein heißer Atem fächerte verführerisch warm über meine Haut. Mein ganzer Leib fing an zu kribbeln, als würden sich Millionen von Ameisen auf ihm tummeln. Willenlos ließ ich zu, dass er meine Bewegungen führte und mich dabei berührte. Er tat dies mit einer Selbstverständlichkeit, die mich erschütterte. Als hätte er jedes Recht der Welt dazu. Er presste sich immer dichter an mich, eine Hand lag nach wie vor locker auf meinem Bauch, während die andere schamlos auf Wanderschaft ging.

Er streichelte mein empfindliches Dekolleté und beugte den Kopf, bis sein Kinn auf meiner nackten Schulter aufkam. Gleich darauf spürte ich seine wunderbar weichen Lippen und stöhnte unterdrückt auf, als er mit der Zungenspitze eine feuchte Spur über meine Haut zog. Dass ausgerechnet Ash Hunter meine Weiblichkeit zum Leben erweckte, ängstigte mich zu Tode. Trotzdem wehrte ich ihn nicht ab, wiegte mich mithilfe seiner Führung in den Hüften und rieb den Hintern an seiner Erektion. Die Frau in mir triumphierte, weil ich diesen übersättigten und dekadenten Upperclass-Sprössling erregen konnte. Ich, Maxine Nichols, eine einfache Kellnerin, während hier Supermodels rumliefen, die wohl ihren rechten Arm geopfert hätten, um an meiner Stelle zu sein. Für ein paar Augenblicke ließ ich diese Nähe zu und genoss es.

„Du fühlst dich so gut an“, hauchte er und neckte mein Ohrläppchen mit der Zunge. Zärtlich fuhr er die Kontur meiner Ohrmuschel nach. Es hätte nicht viel gefehlt und ich wäre ihm überall hin gefolgt. Selbst in die Hölle wäre ich ihm nachgelaufen, solange er mich nur weiterhin festhielt und mir nichts als süße Lügen zuflüsterte.

„Ash …“ Trotz des enormen Geräuschpegels hörte er mich seinen Namen stöhnen und atmete scharf ein. Indem ich seinen Namen aussprach, fiel eine weitere Schranke. Sein Arm schlang sich einer Stahlfessel gleich um meinen Bauch.

„Komm mit mir“, drängte er mit dunkler Stimme und versuchte mich von der Tanzfläche zu ziehen. Sein lüsterner Tonfall lullte mich ein, machte mich trunken vor Begehren, ich konnte kaum noch klar denken.

„Nein, ich …“

„Komm schon“, lockte er. „Du wirst es nicht bereuen.“

Heftig biss ich mir auf die Unterlippe, denn sobald das letzte Wort verhallt war, fing er an, meinen Po zu streicheln. Das Gefühl schoss direkt in meinen Unterleib, ich keuchte unterdrückt auf und griff Halt suchend nach seinem Arm, weil mir die Knie weich wurden. „Nicht …“

Ash fuhr fort, meine Kurven nachzuzeichnen und ich wurde zu Wachs unter seinen kundigen Fingern, während der hämmernde Clubsound die Schreie der Vernunft einfach übertönte. Ich fühlte mich wie in einer Seifenblase, die uns von der Außenwelt abschnitt und uns über allem schweben ließ. Als würde ich in seinen Armen der Mittelmäßigkeit meines Daseins entkommen.

Mit geschlossenen Augen ergab ich mich seinen Liebkosungen, die mir neues Leben einhauchten, und sehnte mich verzweifelt danach, seinen Mund auf meinem zu spüren. Unbewusst drängte ich mich dichter an ihn. Eine Berührung an meiner Kehle schreckte mich auf. Er legte die Finger locker über meinen Hals und bog ihn zurück. Unwillkürlich hob ich die Lider und blickte direkt auf die Empore. Dort standen die Blondinen, mit denen er gekommen war. Das machte mir bewusst, mit was für einem skrupellosen Kerl ich es zu tun hatte. Oh Gott, was tat ich nur? Ein paar Berührungen und ich knickte ein. Tiefer konnte man gar nicht mehr sinken.

Abrupt machte ich mich los und wirbelte herum. „Fass mich nie wieder an, hörst du?“, schrie ich ihn an und benutzte nun doch das vertrauliche Du.

Er lächelte kühl, packte mich am Arm und riss mich zurück an seinen angespannten Leib. Jeder Muskel in ihm schien zu vibrieren. „Tu nicht so, es hat dir gefallen."

Ich wand mich aus seinem Griff. „Du hast mich eben in einem schwachen Moment erwischt. Na und? Du bist ein Profi in diesen Dingen, aber jetzt bin ich wieder klar im Kopf." Ich tippte mir mit dem Finger gegen die Schläfe und blähte die Nasenflügel vor lauter Zorn. Zorn auf ihn, auf mich, auf die ganze verdammte Welt. Entschlossen trat ich an ihn heran, so dicht, dass ich beim Sprechen fast seine Lippen berührte. „Ich sage es dir nicht noch einmal. Halt dich von mir fern, Hunter!"

Danach machte ich einen Schritt zurück und wollte von der Tanzfläche stürmen, doch ich unterschätzte die kalte Wut, die meine Worte in ihm freilegten. Ash packte mich an den Schultern und zog mich erneut zu sich. Er war mir körperlich überlegen, und diese Tatsache nutzte er gnadenlos zu seinem Vorteil aus. Sein Mund kam näher, hielt dicht vor meinem inne.

„Mich von dir fernhalten? Ernsthaft?" Ein höhnisches Grinsen legte sich auf seine Lippen. „Dafür ist es zu spät, Maxine. Ich will dich, und ich bekomme immer, was ich haben möchte. Irgendwann wirst du unter mir liegen und meinen Namen schreien."

„Ich schreie höchstens um Hilfe, du eingebildeter Bastard."

Sein Mund kam näher, ich fing an, in seiner Umarmung zu zappeln. Wenn er mich jetzt küsste, war ich verloren. Meine Sinne kollabierten allein bei der Vorstellung, diese weichen Lippen auf meinen zu spüren.

„Lass mich los, bitte!"

Meine Augen füllten sich mit Tränen. Irgendwas blitzte in seinem Blick auf. Mitleid? Reue? Was es auch war, es reichte aus, um mich freizugeben. Sofort nutzte ich die Chance, in der tanzenden Menge unterzutauchen und mich in die Damentoilette zu flüchten. Vor mir ging noch jemand rein hinein und verschwand in einer der Kabinen.

Schwer atmend beugte ich mich übers Waschbecken und starrte in den Spiegel. Die Frau, die mir entgegenblickte, erkannte ich fast nicht wieder. Ich schien von innen heraus zu glühen, meine Wangen leuchteten hochrot. Ash verstand es vorzüglich, die passenden Knöpfe zu drücken und mich aus der Reserve zu locken. Mein Körper brannte vor fiebriger Erregung und dem Gefühl, begehrt zu werden. Wenn ich nicht achtgab, rannte ich geradewegs ins Verderben.

Nach dieser theatralischen Einsicht hielt ich meine Handgelenke unters kalte Wasser und rang um Fassung. Wie konnte ich es nur so weit kommen lassen? Ausgerechnet mit dem Mann, der ein Paradebeispiel für all die Egoisten darstellte, die ihre Partnerinnen ohne Gewissensbisse betrogen und sie dann wegwarfen wie einen alten Schuh.

Eine Gruppe plappernder junger Frauen betrat die Toilette. Ich ging wieder raus und verzog mich in eine dunkle Ecke. Erschöpft schloss ich die Augen und lehnte mich gegen die Wand. Es verstrichen einige Sekunden, da spürte ich auf einmal einen Lufthauch und ein wunderbarer Duft stieg mir in die Nase. Ash. Ich wusste, er stand direkt vor mir. Ich konnte ihn spüren.

Langsam hob ich die Lider und unterdrückte einen klagenden Laut. Ich konnte ihm nicht entkommen. Nicht, wenn er es nicht wollte. Ash machte einen weiteren Schritt auf mich zu, uns trennten höchstens noch zwanzig Zentimeter. Seine Wärme vertrieb wohltuend die Kälte in meinem Inneren. Himmel, er war so schön …

„Maxine …“

Der Klang meines Namens glich einer Liebkosung. Er schloss den restlichen Abstand zwischen unseren Körpern und beugte sich über mich. Dabei stemmte er den rechten Unterarm gegen die Wand hinter meinem Rücken.

„Wieso verfolgst du mich?“, fragte ich verzweifelt.

Warum konnte er mich nicht einfach in Ruhe lassen? In meiner eigenen kleinen Welt, in der ich mich vielleicht einsam, dafür aber sicher fühlte.

Seine Hände legten sich auf meine Wangen und umschlossen mein Gesicht. „Weil ich da noch etwas zu erledigen habe“, hauchte er und senkte seine Lippen auf meine. Sie schmiegten sich aneinander, bewegten sich zuerst sanft aufeinander, dann immer fordernder. Ich konnte seine Zungenspitze fühlen. Zärtlich drängend begehrte sie Einlass. Ich konnte ihm nicht länger widerstehen und öffnete den Mund. Sein Geschmack flutete meine Sinne, ich wollte mehr davon und verlor mich in ihm. Alles versank in sinnlichem Nebel, ich irrte umher und fand den dringend benötigten Halt in Hunters Armen. Mit vierundzwanzig Jahren bekam ich den erotischsten, heißesten, süßesten und erschütterndsten Kuss meines Lebens. Die langsamen Bewegungen seiner Zunge an meiner trieben meine Erregung auf die Spitze. Nie war ich mir der Leere zwischen meinen Schenkeln bewusster gewesen, ich war gebeutelt von einem Hunger, der in mir nagte. Ich brauchte etwas, brauchte Hunter.

Ohne zu zögern, presste ich die flachen Hände auf seine Schulterblätter und stellte mich auf die Zehenspitzen, um ihm noch näher zu kommen. Ich dachte nicht nach, folgte einfach nur dem natürlichen Instinkt meines Körpers. Verschwommen registrierte ich, wie sich seine kräftigen Finger um meine Pobacken schlossen. Ich wollte meine Beine spreizen, ihm Platz machen, doch dieser blöde Rock war viel zu eng geschnitten und machte mir einen fetten Strich durch die Rechnung. Stattdessen wühlte ich mich durch sein dichtes Haar, überrascht, wie verdammt weich es sich anfühlte. Wimmernd verkrallte ich mich in den seidigen Strähnen und stöhnte leise in seinen Mund. Der Laut, den er daraufhin ausstieß, klang wie ein Echo.

Meine Selbstbeherrschung geriet ins Strudeln und löste sich unter dem Vorstoß seiner Zunge im Nichts auf. Ashs Hüften schoben mich gegen die Wand. Die harten Muskeln seines Körpers führten ein Eigenleben, zuckten unter seinen Atemzügen, als er unsere Lippen für einen Augenblick trennte und gegen meinen zurückgebogenen Hals atmete. Dieser Mann machte mich schwach und hilflos.

„Du duftest unbeschreiblich“, raunte er und fuhr mit seinem Mund über mein Kinn. Dunkle Begierde erfasste mich, senkte sich in jede Faser meines Körpers. Keuchend umfasste ich seinen Nacken, bis seine Lippen wieder meine berührten. Ich ergab mich dem Ansturm seiner Zunge. Tief, wild und gierig erforschte er jeden Millimeter und ich bekam eine vage Ahnung davon, wie es sich anfühlen würde, sobald er sich der Stelle zwischen meinen Schenkeln widmete.

Gedankenlos rieb ich mich an der gewaltigen Erektion, die er in gleichmäßigem Rhythmus an meiner Mitte presste. Feuchtigkeit durchnässte meinen Slip. Wenn er jetzt hineingriff, würde er begreifen, dass all mein vorgeschobener Widerstand nichts als eine Lüge gewesen war. Ash keuchte gegen meine Lippen, in seinen Augen schimmerte ein unnatürlicher Glanz, ein animalisches Verlangen, das mich aus der Realität fortriss.

„Jesus, Maxine, ich brauche mehr von dir!“, wisperte er beschwörend, senkte erneut das schöne Haupt und saugte meine Zungenspitze ein. Viel zu schnell unterbrach er den Kuss. Stattdessen bog er meinen Hals zurück, ich ließ es mir gefallen und erschauerte lustvoll. „Ich will in dir sein, Süße. Lass mich deine feuchte Enge um meinen Schwanz fühlen.“

Seine unverblümte Bitte entzündete Feuerfunken zwischen meinen Schenkeln. Die quälende Leere peinigte mich, gleichzeitig empfand ich einen Anflug von Scham, weil ich mich hier in der Öffentlichkeit einem Mann hingab, den ich eigentlich wegen seiner lockeren Moral verachten sollte. Peinlich berührt vergrub ich das Gesicht an seiner Schulter. Er ließ das nicht zu und leckte besitzergreifend über meine Kehle. Meine Haut brannte, heißkalte Schauer jagten mir das Rückgrat hinauf, während sich mein Unterleib hungrig zusammenzog.

Ash hob den Kopf und schüttelte ihn. Trotz all des Trubels um uns herum schien sich niemand für uns zu interessieren.

„Hier sind zu viele Menschen.“ Verführerisch nagte er mit den Zähnen an meiner geschwollenen Unterlippe. „Ich nehme dich mit in meine Wohnung und dort werden wir die ganze Nacht Liebe machen, meine Süße. Ich kann es kaum abwarten zu spüren, wie du dich nackt unter meinem Körper rekelst.“

Die Ernüchterung überkam mich schlagartig. Liebe. Wie konnte er dieses Wort nur so entweihen? Hier ging es um schnöden Sex, nicht um zärtliche Gefühle. So war ich doch gar nicht. Die schnelle Lustbefriedigung Lust würde mich hinterher noch leerer zurücklassen. Desillusioniert leckte ich mir über die Lippen, um das Prickeln wegzuwischen, das sein Kuss hinterlassen hatte.

„Was du von mir willst, hat mit Liebemachen überhaupt nichts zu tun.“

Traurigkeit schwang in meiner Stimme mit. Gerne hätte ich in seinen Armen meine Einsamkeit vergessen, das musste ich mir eingestehen. Doch zu welchem Preis? Ash würde mein Herz in Stücke reißen, falls ich den Fehler beging, ihn zu nah an mich heranzulassen.

Irritiert starrte er mir in die verschleierten Augen. „Wäre es dir lieber, ich würde es als Ficken bezeichnen?“

Er fuhr unter mein Oberteil und umfasste meine Brust. Mit der Handfläche rieb er über die schmerzhaft erstarrte Spitze. Mein Körper reagierte mit zahlreichen Wonneschauern, das herausbrechende Stöhnen wurde von seinem Mund verschluckt. Es gelang mir dennoch, ihm meine Lippen zu entreißen.

„Es wäre zumindest ehrlicher, es so zu nennen“, würgte ich hervor.

Ein zynisches Lächeln breitete sich auf seinem Gesicht aus. „Wenn du es unbedingt so haben möchtest. Mir ist es gleich, solange ich deine süße Pussy ausgiebig genießen darf.“

Angewidert stieß ich ihn von mir.

„Du bist ein Schwein. Eher springe ich von einem Hochhaus, bevor ich mit dir ins Bett steige.“

Ash trat einen Schritt zurück, die Brauen zu arroganten Bögen erhoben. „Das glaubst du doch selbst nicht."

Ein selbstsicheres Grinsen zupfte an seinen Mundwinkeln, ein wunderschöner gefallener Engel in Menschengestalt – oder der Teufel, der es darauf anlegte, meine Seele zu fangen und sie zu verschlingen.

„Verschwinde. Mach, dass du wegkommst, und bleib mir vom Leib." Blind vor Wut starrte ich in seine lüstern glänzenden Augen.

„Lauf ruhig weg, aber egal wie schnell du rennst, ich werde dich immer einholen. Bald bist du fällig, Süße. Es ist bloß noch eine Frage der Zeit."

„Du bist so ein Arsch!"

Ash reizte mich mit seiner überheblichen Art bis aufs Blut. Mein Kopf platzte fast vor unterdrückter Wut, ich suchte nach Worten, um ihm eine Beleidigung entgegenzuschleudern, doch mir fielen keine passenden ein, um meiner Entrüstung angemessen Ausdruck zu verleihen. Das frustrierte mich zusätzlich.

Seine zuckenden Mundwinkel kräuselten sich anzüglich. „Möchtest du mir vielleicht noch etwas sagen, bevor ich zurück zu Mindy und Clarissa gehe?"

Die zwei Blondinen. Dumm und dümmer. Die passten viel besser zu ihm als ich, und wenn er keine Hemmungen hatte, sich nach all diesen heißen Küssen an den beiden abzuarbeiten, verdiente er den seelenlosen Sex, den er offensichtlich bevorzugte.

Schmerzhaft tief bohrte ich die Nägel in meine Handflächen und schleuderte hasserfüllte Blicke in seine Richtung. „Hoffentlich erstickst du eines Tages an deiner eigenen Arroganz."

Statt beleidigt zu reagieren, amüsierte er sich über meinen Ausbruch. „Du bist verteufelt hübsch, wenn du wütend wirst, und so sehr ich diesen Anblick auch genieße, so muss ich dich jetzt doch verlassen. Da oben", er deutete hinter sich auf die

Empore, „warten gleich zwei junge Damen auf mich, die sich nicht so anstellen wie du.“

Wie versteinert beobachtete ich seinen Abgang, sah zu, wie er die Stufen zum VIP-Bereich erklomm und sich zu den Frauen am Geländer gesellte, die ihn sehnsüchtig in Empfang nahmen. Mein Selbsthass erreicht ungeahnte Ausmaße, weil ich vor Eifersucht kochte. Ich wollte schreien, um mich schlagen, diese Weiber an ihren Haaren von ihm wegziehen.

Entsetzt wandte ich mich ab. Ich kniff die Augen zusammen, als könnte ich so das Bild verscheuchen. Entschlossen, diesen fürchterlichen Abend schnellstmöglich zu beenden, machte ich mich auf, um nach Riley und Jenna zu suchen. Beide saßen an unserem Tisch. Bebend vor Zorn warf ich mich auf meinen Platz.

„Hey, was ist denn mit dir los? Du siehst schrecklich aus.“

Rileys verblüffter Kommentar und ihr bohrender Blick waren zu viel. Ich schenkte ihr ein erschöpftes Lächeln. „Bitte frag nicht. Ich will jetzt nicht darüber reden.“

Mitfühlend nickte sie und lächelte mich aufmunternd an. „Na klar. Aber wenn du reden willst, bin ich für dich da. Ich hol noch einen Cocktail für Jenna, magst du auch einen?“

Ich schüttelte den Kopf, dankbar für ihr Verständnis. „Nein, lass mal. Ich denke, ich hatte genug für heute.“

Riley verschwand, und ich beschloss, meine Befindlichkeiten hintenan zu stellen. Stattdessen widmete ich mich Jenna. Die saß stumm wie ein Fisch am Tisch und wirkte kreuzunglücklich. Ihre Unterlippe bebte verdächtig. Verstohlen – ich hatte eine Scheißangst, Ash mit seinen beiden Bunnys in Aktion zu erleben – huschte mein Blick nach oben und ich seufzte mitfühlend. Kein Wunder, dass Jenna aussah wie ein Häufchen Elend. Aaron hing gierig an den Lippen seiner neuen Freundin. Leider konnte ich nur zu gut nachvollziehen, wie sie sich gerade fühlte. Auch ich musste leiden, denn natürlich entdeckte ich *ihn*. Ash beschäftigte sich intensiv mit seinen Begleiterinnen, und es war so was von klar, wie dieser Abend für ihn enden würde. Mit einem flotten Dreier.

Riley kam zurück und stellte mit leicht gerunzelter Stirn den Cocktail vor die apathisch dreinschauende Jenna. Die griff wortlos danach und sog an dem Strohhalm, als ginge es um ihr Leben.

„Hey, wenn du nicht aufpasst, bist du in der nächsten halben Stunde betrunken!"

Meine ernst gemeinte Warnung entlockte ihr lediglich ein gleichgültiges Achselzucken.

„Genau das … ist das Ziel", erwiderte sie dumpf und deutete mit dem Kinn zu Aaron. „Anders ertrage ich den Abend nicht."

Oh weia. Jenna hatte bereits ordentlich getankt. Immer, wenn sie zu viel Alkohol intus hatte, wurde sie rührselig und anhänglich. Möglicherweise wäre es klüger, sie aus dem Club zu schaffen, bevor sie vollends die Kontrolle verlor und Aaron im Suff ihre Liebe gestand.

„Sollen wir vielleicht woanders hingehen?", schlug ich vor.

„Wieso? Denkst du … hicks … ich komm damit nicht klar?", fragte Jenna und schüttelte energisch den Kopf. „Vergiss es!" Erneut bekam sie Schluckauf und verzog genervt das Gesicht. „Wir bleiben", erklärte sie entschieden, wenn auch mit etwas schleppender Stimme. „Der kann … hicks … mich mal."

Seufzend lehnte ich mich nach hinten und ergab mich dem Verlangen, Ash zu beobachten. Erstaunlicherweise hatte er die gleiche Idee und ignorierte mit einem Mal seine zwei heißen Geschosse, die schmollend neben ihm standen. Riley schnippte mit den Fingern vor meinem Gesicht herum und holte mich in die Realität.

„Erde an Maxine, kannst du mich hören?"

Verwirrt wandte ich mich ihr zu. Grinsend betrachtete sie mich. „Meine Güte, ihr zwei fresst euch ja fast mit den Augen auf. Warum nehmt ihr euch kein Zimmer und bringt es endlich hinter euch? Dann könntet ihr beide ruhig schlafen."

Meine Blicke wurden zu Dolchen, die sich wütend in die meiner Freundin bohrten. „Nimm das sofort zurück, Riley! Den Kerl lasse ich nicht mal in die Nähe meiner Vagina."

Verständnislos erwiderte sie meinen kriegerischen Gesichtsausdruck. „Jetzt krieg dich wieder ein. Verstehst du keinen Spaß?"

Betroffen senkte ich den Kopf. „Entschuldigung, ich bin einfach nicht ich selbst, sobald es um ihn geht."

„Hör auf, Trübsal zu blasen", meinte Riley versöhnlich. „Was hältst du davon, wenn wir Jenna nehmen und sie nach Hause bringen?"

Erleichtert nickte ich. Riley konnte niemandem lange böse sein, egal, wie unmöglich man sich aufführte. „Das hört sich vernünftig an. Ich habe ehrlich gesagt auch genug für heute."

Jenna, die in der Zwischenzeit ihren Cocktail bis auf den letzten Tropfen geleert hatte, war bereits zu angetrunken, um zu protestieren. Wir packten sie an den Armen, ich links, Riley rechts, und schoben sie Richtung Ausgang. Ständig wurden wir angerempelt und auseinandergerissen. Jenna taumelte gegen eine rassige Dunkelhaarige, die ein Glas in der Hand hielt und etwas vom Inhalt auf ihr Kleid schüttete.

„Kannst du nicht aufpassen, du Gartenzwerg!"

Ich unterdrückte ein Stöhnen. Jennas leicht benebelter Gesichtsausdruck klärte sich nach dieser Beleidigung und wurde zu einer wütenden Grimasse. Ihre geringe Körpergröße war ihre persönliche Achillesferse. Sie hasste es, wenn man sie deswegen aufzog.

„Wie hast du mich eben genannt?"

„Du hast mich schon verstanden, du Zwerg." Die Dunkelhaarige – sie gehörte zu den Stammgästen im *Night Runners* und hatte hin und wieder was mit Juan am Laufen – starrte auf ihr Kleid. „Schau dir diese Sauerei an! Die Reinigung wirst du mir bezahlen, du Winzling."

Ob es am Alkohol lag oder einfach nur an ihrer Enttäuschung wegen Aarons Liebelei, Jenna verlor die Kontrolle und stürzte sich auf ihre Gegnerin. Das Glas der

Frau landete auf dem Boden, zerbrach aber nicht, da es auf dem Schuh eines männlichen Gastes aufkam, ehe es wegrollte.

„Du gemeines Biest, niemand nennt mich einen Winzling", fauchte sie.

Erschrocken stand ich da und sah zu, wie sie die Frau an den Haaren zog.

„Lass los, du Miststück!", keuchte die Dunkelhaarige und wand sich wie verrückt unter Jennas Attacke. Die erneute Beleidigung stachelte meine Freundin weiter an. „Nenn mich nicht Miststück, Miststück."

Vor lauter Entsetzen konnte ich mich nicht bewegen. Auch Riley wirkte wie paralysiert. Um uns herum bildete sich mittlerweile ein Kreis, die Leute johlten und lachten, feuerten die beiden sogar an. Endlich löste sich der Knoten in mir und ich ging dazwischen. Mit aller Kraft versuchte ich, Jenna von der kreischenden Frau wegzuziehen.

„Jenna, hör auf! Du machst dich nur unglücklich", schrie ich.

Auch Riley kam ebenfalls zur Besinnung. Zusammen zerrten wir Jenna fort, und ich betete, Aaron möge nicht plötzlich auftauchen. Das Gerangel fand im Bereich unter der Empore statt und vielleicht bekam er da oben nichts mit. Leider hoffte ich umsonst.

„Was geht hier vor sich?"

Beim Klang seiner autoritären Stimme erstarrte Jenna zur Salzsäule. Die Dunkelhaarige ging auf Abstand und klopfte sich mit bitterböser Miene den Staub vom Kleid.

„Die Verrückte hat mich angefallen", keifte sie wild gestikulierend, um ihren Worten den nötigen Nachdruck zu verleihen. „In diesen Laden setze ich nie wieder einen Fuß. Da muss man ja Angst um sein Leben haben."

Riley und ich wechselten einen schnellen Blick und waren wohl beide erleichtert, dass diese Furie schimpfend abzog und sich Richtung Ausgang bewegte. Aaron seufzte und wandte sich an Jenna. Offenbar registrierte er erst jetzt, wer sich mit der Frau geprügelt hatte.

„Du?“ In seinem Ton schwang Fassungslosigkeit mit. „Das hätte ich nicht von dir erwartet, Jenna. Wie kommst du dazu, dich mit meinen Gästen zu prügeln?“

Die Ärmste brachte keinen Pieps raus. Ihre Lippen zitterten, die Iriden glänzten feucht. Sie würde jeden Augenblick in Tränen ausbrechen und sah wirklich jämmerlich aus. Aaron dagegen kannte kein Mitleid. Seine Stimme bebte vor Zorn.

„Du bist fristlos entlassen. Hol morgen deine Sachen und den Lohn für den Rest des Monats. Danach will ich dich hier nicht mehr sehen.“

Ein Schluchzer entrang sich ihrer Kehle. An einem einzigen Abend verlor sie nicht nur die Hoffnung, jemals seine Freundin zu sein, sondern auch ihren Job und seinen Respekt. Mir schwanden fast die Sinne vor Bestürzung. Das war alles so unfair. Jenna gehörte zu den guten Menschen, sie war lediglich zu impulsiv.

„Aaron, bitte sei nicht so hart. Sie hat zu viel getrunken und ist von dieser Frau beleidigt worden. Da ist sie einfach ausgetickt. Schlaf noch eine Nacht drüber, schmeiß sie nicht raus.“

Unverhofft bekam ich Unterstützung von einer weiteren Person. Es war Ash, der wie aus dem Nichts auftauchte und Aaron freundschaftlich auf die Schulter klopfte. „Jetzt hab dich nicht so wegen dieser Showeinlage. Den Gästen hat es doch gefallen.“ Er deutete auf die schluchzende Jenna, die zumindest teilweise von Riley abgeschirmt und getröstet wurde. „Schau sie dir an! Die Kleine sieht aus, als könnte ein Windhauch sie umpusten. Willst du sie wirklich raus in die kalte Welt der Arbeitslosen schicken?“

Mit diesem lässig hingeworfenen Satz rettete er vermutlich Jennas Job. Aaron schloss kurz die Augen, atmete tief durch und gab nach. „Also gut, ich nehme die Kündigung zurück“, sagte er und trat dicht an Jenna heran. Unerbittlich fixierte er ihr verweintes Gesicht. Zuckte da so was wie Mitleid über seine Züge? Was es auch war, es reichte bei weitem nicht aus, um die ganze Sache zu vergessen.

„Ich werde dich in Zukunft beobachten. Eine Verfehlung, und du fliegst in hohem Bogen raus. Ich hoffe, wir haben uns verstanden?"

Jenna nickte kläglich. Aaron bedachte sie mit einem langen Blick, dann wandte er sich um und ging. Sie brach erneut in Tränen aus, wirkte zierlich und schutzbedürftig. Der Eindruck täuschte, das wusste ich, doch im Moment zerfiel sie vor meinen Augen und ich konnte ihren Schmerz spüren, als wäre es mein eigener. Morgen würde es ihr noch beschissener gehen. Wenn ihr richtig bewusstwurde, dass sie in Aarons Ansehen nicht mehr tiefer sinken konnte. Wenigstens durfte sie ihren Job behalten, was mich prompt an den Mann erinnerte, dem sie das zu verdanken hatte. So viel Nächstenliebe hätte ich Ash gar nicht zugetraut. Gerade wollte ich mich für seine Hilfe bedanken, da rief er mir eindrucksvoll in Erinnerung, wieso ich mich besser von ihm fernhalten sollte. Er schob sich neben mich und lächelte selbstherrlich.

„Für die Aktion bist du mir was schuldig, Süße. Überleg dir, wie du das wiedergutmachen kannst."

Einmal Arschloch, immer Arschloch. Wann lernte ich das endlich?

„Keiner hat dich um deine Hilfe gebeten, Hunter. Schon gar nicht ich. Mach bloß, dass du wegkommst, bevor ich mich vergesse."

Ohne ihn weiter zu beachten, hakte ich den Arm unter Jennas Ellenbogen und schob sie zum Ausgang. Riley übernahm die andere Seite und erklärte sich dazu bereit, heute Nacht bei Jenna zu schlafen. Keine von uns hätte nach dieser Tragödie ein gutes Gefühl dabeigehabt, sie alleinzulassen.
Beruhigt machte ich mich auf den Heimweg. Zu Hause wälzte ich mich im Bett ruhelos von einer Seite zur anderen und dachte die ganze Zeit an Ashs unbeschreiblichen Kuss. Die Erinnerung erregte mich, ich rieb die Schenkel aneinander und die sinnliche Empfindung von Haut auf Haut entzündete kleine Glutfunken in meinem Unterleib. Seine Hand auf meiner Brust hatte ein ähnliches Gefühl in mir hervorgerufen.

Mir entwich ein klagender Laut. Ich konnte noch immer seinen Kuss auf meiner Zunge schmecken, und fühlte die männliche Kraft, die sich an meine viel zartere Weiblichkeit drängte und jeden Zentimeter in mir mit purem Wohlbehagen erfüllte. Wieso schaffte es dieser Kerl, diese Gier in mir zu wecken? Diese Eindrücke waren falsch.

Verlogen. Zerstörerisch. Nicht von dieser Welt …

Mein Körper interessierte sich nicht für das richtig oder falsch. Irgendwann hielt ich es nicht mehr aus. Erhitzt trat ich die Bettdecke weg und legte die flache Hand auf meine Kehle, so wie er es getan hatte. Noch immer konnte ich das Brennen an dieser Stelle spüren. Langsam wanderten meine Finger abwärts, nahmen das Trägerhemd mit sich und setzten meine Brüste der kühlen Luft im Schlafzimmer aus. Meine Nippel stellten sich auf. Das Gefühl schwappte über, sammelte sich als feuchtschwere Hitze zwischen meinen Beinen. Lautlos seufzend führte ich die sinnliche Reise fort. Die Muskeln unter meiner Bauchdecke zogen sich straff zusammen, sobald meine Finger darüber hinwegstreiften und schließlich den Saum meines Höschens erreichten. Es kribbelte, es pochte, ich wurde gierig.

Die Augen schließend, verbot ich mir meine Fantasien nicht länger. Hier konnte mich niemand sehen, niemand hören. Keiner würde je in meinen Kopf schauen und feststellen, wie verdammt schwach ich sein konnte. Dem Wunsch nach körperlicher Erfüllung nachgebend, hob ich die Hände an meine Brüste und rieb die Spitzen. Mit sachtem Druck massierte ich sie und gestattete mir ein erregtes Wimmern. Heiße Ströme wanden sich durch mich, das Blut in meinen Venen fing an zu kochen. Ich wurde nass und nachgiebig. Keuchend presste ich ein Kissen zwischen meine Beine und drehte mich auf den Bauch. Langsam rieb ich mich daran, eine Hand legte sich auf den dünnen Stoff über meinen Venushügel und übte leichten Druck aus, der mich zum Zittern brachte.

Überwältigende Lust vermischte sich mit dem schlechten Gewissen, weil ich mir wünschte, Ash wäre hier, um seine

Zunge über meinen angespannten Leib gleiten zu lassen. Mit geschlossenen Augen massierte ich einen der aufgerichteten Nippel, sehnte Ashs Mund herbei, der die Spitze einsaugte und mit quälenden Bissen entflammte. Meine Fingerspitzen verschwanden etwas zögerlich in meinem Slip und liebkosten die geschwollene Knospe. Vorsichtig reizte ich meinen Eingang und drang dann mit einem Finger ein. Ich versank in nasser Seide, zog mich zurück, kam wieder. Ich ahmte den Rhythmus nach, den Ash genutzt hatte, um mich mit seinen Hüften gegen die Wand im Club zu drängen. Oh, das fühlte sich so wahnsinnig gut an. Sein Name hallte in meinem Kopf wider. Immer und immer wieder.
Pochende Erregung riss mich aus dem Hier und Jetzt. Mein Daumen legte sich auf den Kitzler. Ich rieb immer fester, immer schneller, doch erst als ich mir vorstellte, wie Ash mich an dieser delikaten Stelle leckte, kam es mir explosionsartig. Ich biss in das Kissen, um das herausbrechende laute Stöhnen zu ersticken, und genoss die heißen Wellen der Erlösung, die durch meinen Körper rasten. Danach lag ich zwar ermattet, aber wunderbar befriedigt im Bett und musste plötzlich lachen. Ashton Hunter hatte mir gerade einen verdammt guten Orgasmus beschert, und der Ärmste war noch nicht mal dabei.

Kapitel 6

Am Montag saß ich mit Danny beim Frühstück und hing meinen Gedanken nach, als er an meinem Ärmel zupfte.

„Kann ich noch einen Toast haben, Mom?“

„Wieso sagst du denn auf einmal Mom zu mir?“, fragte ich leicht irritiert, stand auf und steckte einen weiteren Toast in das Gerät. Kurz darauf sprang er heraus. Ich legte die frische Scheibe auf seinen Teller. Danny schabte ein wenig Butter ab und verteilte sie konzentriert auf der gerösteten Oberfläche.

„*Mommy* sagen nur die kleinen Jungs“, teilte er mir mit. „Aber ich bin ja groß! Ab jetzt werde ich bloß noch Mom zu dir sagen.“

Er biss ab und kaute selbstzufrieden. Wehmütig betrachtete ich ihn. Schon wieder ein neuer Abschnitt in seinem Leben. Mir kam es vor wie gestern, als er schreiend in meinen Armen lag, kaum größer als eine Puppe. Doch er war gewachsen, und mit jedem weiteren Jahr würde er ein Stück seiner Kindlichkeit verlieren, bis mir irgendwann einmal ein Mann gegenüberstand, der selbst eine Familie gründen konnte. Ich würde ihn dann nur noch selten sehen. Durch Bibi bekam ich ja mit, wie so was ablief. Ihre Kinder lebten viel zu weit weg, um sie regelmäßig zu besuchen, und obwohl sie ein wirklich gutes Verhältnis zu ihnen hatte, sahen sie sich höchstens zweimal im Jahr. Meist zu Weihnachten und an Thanksgiving. In einem ihrer wenigen dunklen Momente hatte sie mir gestanden, dass sie ohne mich und Danny ein verdammt einsames Leben führen würde. Blühte mir ein ähnliches Schicksal? Ich schluckte bei dem Gedanken, irgendwann als alleingelassene alte Frau zu enden.

„Mom, hast du was?“

Kinder spürten instinktiv, wenn es einem nicht gut ging. Dannys Stimme klang besorgt und ich rang mir ein Lächeln ab. „Es ist alles bestens, mein Schatz. Iss einfach auf.“

Liebevoll küsste ich ihn aufs lockige Haupt und informierte ihn über den heutigen Tagesablauf. „Bibi wird dich heute Nachmittag in der Schule abholen, ich muss bis abends im Diner arbeiten."

Er nickte ohne nennenswerte Regung im Gesicht. Für ihn war das normal, er kannte das nicht anders. Wir machten uns fertig und liefen zur Busstation. Danny blickte während der Fahrt neugierig aus dem Fenster, ich hingegen ließ meine Gedanken wandern. Nach kurzer Zeit lullte mich das Geräusch des brummenden Motors ein, mit halbem Ohr lauschte ich den leisen Unterhaltungen um mich herum. Alles vermischte sich zu einem gleichmäßigen Singsang und ich sah aus dem Fenster. Mein Spiegelbild wurde auf der Scheibe reflektiert und für einen verrückten Augenblick glaubte ich sogar, Ashs Antlitz neben meinem zu erkennen. Erschrocken über diese Wahnvorstellung senkte ich den Blick auf meinen Schoß und war froh, als wir endlich aussteigen konnten.

Einige Stunden später verzog ich mich mit Riley in den Aufenthaltsraum, um einen Kaffee mit ihr zu trinken. Ich wollte unbedingt in Erfahrung bringen, wie es Jenna in jener Nacht ergangen war, und bislang hatte sich keine Gelegenheit zum Gespräch ergeben. Weder mit ihr noch mit Riley.

„Okay, raus mit der Sprache. Wie hat sie es aufgenommen, als sie wieder nüchtern war?"

Riley verzog das Gesicht zu einer Grimasse. „Was denkst du? Total beschissen, natürlich. Sie will den Job im *Night Runners* nun selbst kündigen."

„Machst du Witze? Wovon will sie denn leben? Ich werde mit ihr reden", meinte ich entschlossen.

Riley seufzte und rieb sich über den Nasenrücken, wie immer, wenn sie mit ihrem Latein am Ende war. „Ich kenn sie ja nicht so gut wie du, aber irgendwie habe ich das Gefühl, gutes Zureden wird dich nicht weiterbringen. Sie hat durchaus mitbekommen, dass sie den Job nur noch aufgrund von Hunters Beistand hat. Was ich übrigens sehr nett von ihm fand! Ich weiß gar nicht, was du hast. Der Typ scheint, bis auf sein übersteigertes Ego, ganz okay zu sein."

„Alles Show", antwortete ich verächtlich. „Gleich danach hat mir der feine Herr erklärt, dafür sei ich ihm was schuldig."

„Ist nicht wahr?" Riley bekam den Mund nicht mehr zu. „Und was hast du geantwortet?"

„Dass er sich das abschminken kann."

Skeptisch betrachtete sie mich. „Bist du dir sicher?"

„Selbstverständlich!"

„Ehrlich gesagt, glaube ich dir nicht. Ich war dabei und habe gesehen, wie du ihn ansiehst. Es fällt mir schwer anzunehmen, du könntest ihm widerstehen, wenn er es darauf anlegt, dich zu verführen. Dem Kerl bist du nicht gewachsen."

Beleidigt verschränkte ich die Arme vor der Brust. „Ich bin nicht das kleine, hilflose Ding, für das ihr mich alle haltet. Sollte er nicht aufhören mir nachzustellen, wird er sein blaues Wunder erleben."

Seit sechs Jahren war ich mehr oder weniger auf mich allein gestellt, und plötzlich tauchte Hunter auf und wollte mir meine mühsam erkämpfte Unabhängigkeit streitig machen, indem er dafür sorgte, dass ich mich an meinem Arbeitsplatz unwohl fühlte. Das konnte ich keinesfalls zulassen. An mir würde er sich die Zähne ausbeißen.

„Sein blaues Wunder erleben? Das klingt, als wolltest du in den Krieg ziehen", entgegnete Riley belustigt.

„Wenn du es so nennen willst", meinte ich achselzuckend.

Meine Freundin stand auf, um ihre Kaffeetasse im Spülbecken der Küchenzeile abzustellen. Anschließend lehnte sie sich dagegen. „Ich nehme an, du willst diesen Krieg gewinnen. Aber wie willst du das anstellen?"

„Indem ich ihn immer wieder an mich heranlasse und ihn dann im letzten Moment zurückweise. Was denkst du, wie lange er das mitmacht, bevor sein Ego verkümmert?"

Es war ein Spiel mit dem Feuer, das ich anzetteln würde, wenn mich vorher nicht der Mut verließ. Ich sah jedoch keinen anderen Ausweg. Er musste von sich aus aufgeben, sonst würde ich früher oder später doch in seinen Armen landen. Meine Euphorie, ihn mit seinen eigenen Waffen zu schlagen, machte mich wagemutig. Großspurig lächelte ich Riley an.

„Ich werde diesen selbstverliebten Schönling in den Wahnsinn treiben, bis er bettelnd vor mir auf dem Boden kriecht.“

„Dein Wort in Gottes Ohr“, murmelte sie und blickte auf ihre Uhr. „Wir müssen wieder“, stellte sie fest.

Gemeinsam begaben wir uns hinaus und lösten die anderen ab. Wir hatten gerade benutztes Geschirr in die Küche getragen, da stieß Riley einen leisen Pfiff aus. Belustigt sah ich zu ihr rüber, während ich die Teller in die Spülmaschine räumte. Sie schielte durch das kleine Bullauge der Küchentür und drehte sich anschließend mit vielsagend erhobenen Augenbrauen um.

„Hast du vorhin nicht gesagt, du willst ihn mit seinen eigenen Waffen schlagen?“

Bert, der Koch, stieß hinter mir ein wieherndes Lachen aus. „Hast du dir endlich einen Kerl angelacht, Herzchen? Wird auch Zeit.“

„Ach, sei still“, schimpfte ich gutmütig und wandte mich wieder an Riley. „Wieso sagst du das?“

„Na ja, falls du das ernst gemeint hast, kannst du das gleich unter Beweis stellen. Er sitzt nämlich da draußen.“

Entsetzt riss ich die Augen auf. „Nicht wahr?“

Hektisch rannte ich zu ihr und starrte durch das kreisrunde Fenster. Riley hatte nicht geflunkert. Er saß tatsächlich an einem der hinteren Tische und war zur Abwechslung nicht in Begleitung einer Frau, sondern in Gesellschaft eines dunkelhaarigen Mannes. Diesen konnte ich von hier aus nicht erkennen, da er mir den Rücken zukehrte. Angesichts seiner Statur tippte ich auf Colin. Meine gesamte Großspurigkeit löste sich vollständig in seine Bestandteile auf.

„Oh nein!“ Jammernd und von anwachsender Panik erfüllt, griff ich mir an die Schläfe. „Darauf bin ich nicht vorbereitet.

Geh du raus, und falls er sich nach mir erkundigt, sag ihm, ich wäre in den Kongo ausgewandert."

„Ich lüge nicht für dich", empörte sie sich.

„Wieso nicht? Du hast doch sonst auch kein Problem damit." Schmollend kreuzte ich die Arme über meinem Busen und warf erneut einen Blick nach draußen. Ash sah sich genauestens um und war definitiv nicht zufällig hier. Er wusste, dass ich hier arbeitete, da war ich mir ganz sicher.

„Sei kein Frosch! Du bist Maxine, die Verführerin. Schon vergessen? Geh da raus und treib ihn zur Weißglut. Aber vorher ziehst du deinen BH aus. Gib ihn mir!", forderte sie.

„Spinnst du?"

„Willst du ihn scharfmachen und dann abblitzen lassen, oder nicht? Dafür musst du schon schwere Geschütze auffahren, sonst wird das nichts."

Also bei meinem kleinen Busen von schweren Geschützen zu reden, grenzte an Realitätsverlust, da ich nur ein bisschen mehr als ein A-Körbchen vorweisen konnte. „Sorry, Riley, aber der BH bleibt, wo er ist."

Genervt verdrehte sie die Augen. „Dann mach wenigstens die obersten Knöpfe auf, damit du nicht wie eine Klosterschülerin aussiehst."

Da sie ja ohnehin keine Ruhe geben würde und die Klosterschülerin empfindlich an meiner weiblichen Ehre kratzte, öffnete ich die oberen Knöpfe der Uniform. Ich musste definitiv den Verstand verloren haben, dass ich mich auf so ein Niveau hinabließ.

„Schon viel besser", meinte Riley und zog meinen Ausschnitt ein wenig zurecht, um wenigstens den Ansatz meines Dekolletés zu zeigen. „So, los jetzt!"

Ich trat einen zögerlichen Schritt nach vorn, blieb erneut stehen und machte wieder zwei Schritte rückwärts.

„Ich kann da nicht raus!", rief ich und klammerte mich an Rileys Arm fest. Die schob mich gnadenlos Richtung Tür. Ich wehrte mich, bis sie einen frustrierten Schrei ausstieß.

„Stell dich nicht an wie eine Jungfrau! Nutz die Chance, ihm seine Frechheiten heimzuzahlen. Er ist nur ein Mann, Maxine, und ich habe gesehen, wie er dich anstarrt. Du wirst nicht lang brauchen, um ihn geil zu machen."

Ich stöhnte gepeinigt auf, meine Wangen fingen an zu glühen, als ich Berts interessierten Blick wahrnahm. Er hütete sich jedoch, einen Kommentar abzugeben.

„Wie du immer redest", brachte ich schwach hervor.

„Ich nenne die Dinge nur gerne beim Namen, und nun troll dich, bevor er wieder verschwindet."

Das wäre mir persönlich am liebsten gewesen.

Murrend setzte ich mich in Bewegung. „Ich geh ja schon."

Mit Block und Bleistift bewaffnet, wollte ich das Restaurant betreten, drehte mich aber noch einmal um. „Hast du zufällig Kaugummis?"

Verwirrt holte sie das Päckchen aus der Tasche ihrer Uniform und reichte sie mir. „Was willst du denn damit?"

„Ein wenig frischer Atem schadet nicht", antwortete ich. Mich von ihr abwendend, schob ich gleich drei auf einmal in den Mund und betrat anschließend die Höhle des Löwen. Wenn ich ein bisschen Glück hatte, würde er in ein paar Minuten zum zahmen Stubentiger mutieren.

Ash Hunter brauchte nur Sekunden, bis er mich entdeckte. Mit einem Ausdruck von Zufriedenheit lehnte er sich zurück und taxierte mich von oben bis unten. Die Mundwinkel bildeten süffisante Häkchen in seinem Gesicht. Winzige Schauer rieselten mir das Rückgrat entlang, sobald sich unsere Blicke kreuzten. Sein Lächeln wurde eine Spur breiter. Konnte er vielleicht Gedanken lesen?

Na warte, dir wird das Lachen schon noch vergehen.

Betont langsam zog ich den Stift aus meinem Haarknoten und zückte den Block, als ich den Tisch erreichte und nun auch Colin wiedererkannte, der unverdrossen freundlich dreinschaute. Nicht zu fassen, dass die beiden Brüder waren.

„Na Jungs, was kann ich euch bringen?"

Um meinen Auftritt als wandelndes Klischee eines Service-mäuschens perfekt zu machen, pustete ich den Kaugummi zu einer riesengroßen Blase auf, die nur Sekunden später mit einem hörbaren Plopp zerplatzte.

Ash fiel förmlich die Kinnlade runter. Wunderbar. Ich unterdrückte heroisch ein Kichern und schenkte ihm das lieblichste Lächeln, zu dem ich fähig war. Hinter seiner Stirn begann es zu arbeiten, während ich mich an dem Gefühl ergötzte, seiner überheblichen Fassade einen kleinen Dämpfer versetzt zu haben. Zu meinem Bedauern hielt dieser Zustand nicht lange an. Ash beugte sich halb über den Tisch und bedachte mich einem trägen Grinsen. „Ich hätte gern die Spezialität des Hauses."

Sein Tonfall ließ keinen Zweifel darüber aufkommen, worum es ihm wirklich ging. Er wollte mich nervös machen. Nun, das Spiel beherrschte ich ebenfalls. Ich ließ absichtlich meinen Kuli fallen. „Ups, wie ungeschickt von mir", hauchte ich und holte ihn mir wieder zurück. Während ich mich nach vorn beugte, um den Stift vom Boden aufzuheben, gewährte ich ihm einen großzügigen Einblick in meinen Ausschnitt. Als ich mich aufrichtete, erschrak ich über den begierigen Glanz in seinen Augen. Ob es klug von mir war, ihn dermaßen herauszufordern? Meine Finger krampften sich um den Block, anschließend legte ich mich so richtig ins Zeug.

„Wenn Sie etwas *Besonderes* möchten, empfehle ich Ihnen unseren Spezial-Burger. Saftiges Fleisch, unglaublich zart", gurrte ich. Um dem Ganzen die Krone aufzusetzen, schlug ich schüchtern die Lider nieder und bedachte ihn mit einem gekonnten Augenaufschlag. Sein Kiefer spannte sich an. Ich sah, wie er die Finger um die Tischkante krallte, bis die Knöchel weiß hervortraten.

„Dieser Burger … Sie denken, er wird mir schmecken?"

„Sicher", antwortete ich und zupfte am Kragen meiner Uniform herum. „Sie müssen davon kosten. Ich schwöre, Sie werden danach nie wieder etwas anderes wollen."

„Ist das so, ja?"

Statt zu antworten, lächelte ich bedeutsam. Eine Spur Misstrauen schlich sich in seinen Blick. Er lehnte sich erneut zurück und musterte mich mit einer gewissen Schärfe. So ganz traute er der Angelegenheit nicht, doch anscheinend gehörte er zu den Menschen, die gerne ein Risiko eingingen. „Dann vertraue ich Ihrem Urteil und nehme den Spezial-Burger. Ich bin gespannt, ob er meinen Hunger stillen kann."

Doppeldeutige Unterhaltungen konnten ein Mädchen in Teufels Küche bringen. Leider genoss ich dieses Geplänkel viel zu sehr. Räuspernd verscheuchte ich die ungebetenen Auswirkungen seiner Nähe auf meinen verräterischen Körper.

„Welche Soße darf ich Ihnen dazu servieren? Normal, scharf oder extrascharf?"

„Extrascharf, bitte. Ich verabscheue halbe Sachen."

Sein Bruder, der still neben ihm saß, bestellte sich nur einen Kaffee. Mit wiegenden Hüften schlenderte ich zurück in die Küche.

„Oh mein Gott, was war denn das bitte?"

Rileys Mimik wechselte zwischen maßloser Bewunderung und Entsetzen.

„Oh, ich werde diesem eingebildeten Kerl die Hölle heißmachen. Damit er endlich begreift, wie egal mir seine lahmen Komplimente sind." Grimmig verschränkte ich die Arme vor der Brust und warf einen bösen Blick in seine Richtung. „Und sobald ich mit ihm fertig bin, knöpfe ich mir Aaron vor. Hunter kann nur von ihm wissen, wo ich unter der Woche arbeite. Elender Verräter!"

„Toughes Mädchen", lobte Riley anerkennend. Sie klopfte mir auf die Schulter und schüttelte leise in sich hineinlachend den Kopf. „Hast du sein Gesicht gesehen, während du den Kaugummi aufgeblasen hast? Das war unbezahlbar."

Sie gluckste. „Und als du den Kuli aufgehoben hast, habe ich ernsthaft befürchtet, er springt über den Tisch und vögelt dich vor versammelter Mannschaft."

„Davon träumt der höchstens", sagte ich geringschätzig und gab die Bestellung an unseren Koch weiter. Anschließend holte ich aus dem Hängeschrank mit den Gewürzen ein winziges Fläschchen.

Riley sah sofort, was ich da zwischen den Händen hielt, und keuchte entsetzt. „Lous superscharfe Chilisauce? Willst du ihn umbringen?“

Ein hysterisches Kichern drängte aus meiner Kehle. „Er hat behauptet, er mag es extrascharf.“

Meine allerliebste Freundin war schwer beeindruckt und musterte mich ehrfürchtig. „Das Zeug wird ihm die Zunge wegätzen.“

„Genau das ist der Plan. Vielleicht hört er dann endlich auf, mir nachzustellen.“

Gewissenhaft verteilte ich eine ordentliche Menge der Soße auf Ash Hunters Burger und grinste in mich hinein. Ich konnte es kaum erwarten, ihn mit rotem Gesicht und dampfenden Ohren aus dem Restaurant rennen zu sehen. Ich bedeckte das vor Chilisauce triefende Fleisch mit einem dekorativen Salatblatt und der zweiten Brötchenhälfte und nahm den Teller an mich. „So, dann will ich unseren hungrigen Gast nicht länger warten lassen.“

Ich stellte noch Colins Kaffee mit aufs Tablett und ein großes Glas Wasser, ehe ich meine kostbare Fracht raustrug.

„Bitte schön, die Herren“, flötete ich zuckersüß. „Wie gewünscht, Kaffee und ein Burger.“

„Ich habe das nicht bestellt“, meinte Ash stirnrunzelnd.

„Tatsächlich?“ Ich tat erstaunt und winkte dann ab. „Da muss ich was falsch verstanden haben. Das Wasser geht selbstverständlich aufs Haus“, antwortete ich gespielt freundlich und wünschte ihm anschließend einen guten Appetit.

Nach einem letzten misstrauischen Blick nahm er den Burger zwischen seine Hände und biss ein großes Stück davon ab. Er kaute genüsslich. Zwei Wimpernschläge später keuchte er, Tränen stiegen ihm in die Augen und eine ungesunde Röte breitete sich auf seinem Gesicht aus.

Ash pflückte die Serviette vom Tisch und spuckte alles aus. Hustend und keuchend betastete er seinen Hals. Das Teufelszeug löste vermutlich in diesen Sekunden seine Schleimhäute auf. Da ich von Natur aus ein hilfsbereiter Mensch war, griff ich nach dem Wasser und hielt es ihm vor die Nase. „Hier, bitte, ich glaube, Sie können einen Schluck brauchen."

Hunter entriss mir das Glas. Das würde ihm nicht helfen …

„Ash, nicht!" Colins Warnung kam zu spät, er stürzte den Inhalt in einem Zug hinunter, nur um festzustellen, dass es das Brennen nicht minderte, sondern es sogar verstärkte.

„Du Luder", brachte er krächzend hervor und griff sich erneut an die Kehle.

Kalt lächelnd stützte ich die Handflächen auf dem Tisch ab und beugte mich zu ihm. „Ist das scharf genug für dich?", fragte ich zweideutig und biss mir lasziv auf die Unterlippe.

Colin neben ihm schmunzelte und schien nur wenig Mitleid zu empfinden. „Ich fürchte, Sie hat es dir so richtig gegeben, großer Bruder." Seine Mundwinkel zuckten vor Belustigung.

Hunter hingegen fand die Aktion nicht sonderlich lustig und warf mir einen bitterbösen Blick zu, ehe er mir ein kaltes Grinsen schenkte. Ein Hauch von Grausamkeit lag in seinem Lächeln. „Die Soße ist ein wenig gewöhnungsbedürftig, aber ich mag die Schärfe und würde bei Gelegenheit gerne mehr davon zu kosten."

„Hoffentlich verbrennst du dir nicht noch einmal die Zunge."

„Ich finde schon eine Möglichkeit, um sie abzukühlen. Honig soll eine sehr mildernde Wirkung bei Verbrennungen haben", antwortete er gedehnt und blickte dabei direkt auf meinen Schritt. Offenbar stellte er sich vor, wie er sich an meinem ganz persönlichen Honigtopf bediente. Außerdem war er viel zu ruhig.

Unbehaglich betrachtete ich sein ausdrucksloses Gesicht und lächelte betont munter. „Also dann, der Burger und der Kaffee gehen aufs Haus. Solltet ihr noch einen Wunsch haben, wird sich eine meiner Kolleginnen um euch kümmern."

Mit einem angedeuteten Kopfnicken wandte ich mich ab und eilte zurück in die Küche. Dort vergrub ich das flammend rote Gesicht in den Händen. Mein ganzer Triumph war wie weggeblasen. Wie konnte ich mich bloß so kindisch verhalten? Ich konnte von Glück sagen, wenn er mich nicht wegen versuchter Körperverletzung anzeigte.

„Oh Gott, Riley!“, rief ich. „Was hat mich da nur geritten?“

„Tja, für Reue ist es jetzt zu spät. Übertriebenes Schamgefühl bringt dich nicht weiter, stattdessen solltest du deinen Sieg auskosten.“

Ob ich da wirklich einen Sieg davongetragen hatte, würde sich noch herausstellen. Hunter würde diese Schlappe nicht kommentarlos hinnehmen. Langsam ließ ich die Hände sinken und warf ihr einen kläglichen Blick zu. „Wärst du so nett und übernimmst für mich? Ich werde im Büro die Bestellungen eingeben. Ich habe einfach nicht den Schneid, da noch mal rauszugehen.“

„Klar doch. Ich erledige das schon.“

Schnell verzog ich mich in Lous Büro und versuchte, meine Arbeit zu machen. Nach ein paar erfolglosen Anläufen, mich zu konzentrieren, gab ich entnervt auf und starrte aus dem Fenster. Was war nur mit mir los? So provokativ verhielt ich mich Männern gegenüber normalerweise nicht. Sämtliche Anstandsregeln, die man mir von Kindheit an eingebläut hatte, gerieten in Vergessenheit, sobald Ash meinen Weg kreuzte, und ich benahm mich wie ein unreifer Teenager.

Hinter mir wurde die Bürotür geöffnet und wieder geschlossen. Im Glauben, Riley wäre hereingekommen war, drehte ich mich um und ließ vor Schreck den Stift ein zweites Mal an diesem Tag fallen. Ash war mir gefolgt und lehnte sich hämisch grinsend gegen die Tür.

„Maxine“, säuselte er und klang recht verspielt. „Du warst wirklich sehr, sehr ungezogen.“

Plötzlich geschah etwas Komisches. Ohne es selbst zu forcieren, ergriff die Maxine von früher Besitz von mir. Das furchtlose Mädchen, das kein Risiko scheute und hinter jedem

Schmetterling eine verzauberte Fee vermutete. Das Kind, das beim Schaukeln fröhlich lachend die Beine nach oben warf, weil es den Himmel berühren wollte. Und der verrückte Teenager, der nicht davor zurückscheute, einem Gegner die Stirn zu bieten, selbst wenn es noch so aussichtslos erschien. Diese Maxine kuschte nicht vor einem Ash Hunter. Vor keinem Mann!

Langsam ging ich um den Tisch herum, steuerte direkt auf ihn zu und blieb nur wenige Zentimeter entfernt von ihm stehen. „Ich dachte, du magst böse Mädchen“, flüsterte ich und lächelte ihn verheißungsvoll an.

Kapitel 7

Dass ich die Initiative ergriff, gefiel ihm anscheinend sehr. Ein zufriedenes Lächeln umspielte seine Lippen. Jetzt, da ich wusste, wie sich Ashs Mund auf meinem anfühlte, fiel es mir noch schwerer, ihm zu widerstehen.

Selbstsicher streckte er eine Hand aus. „Frauen, die sich wehren können, sind wahnsinnig erotisch", raunte er mit kehliger Stimme und schob seinen Zeigefinger in den Spalt zwischen meinen Brüsten. Oh, verdammt, das fühlte sich gut an. Unwillkürlich trat ich näher. Ashs Lippen strichen federleicht über meinen Nasenrücken. Um meine aufwallenden Gefühle unter Kontrolle zu bringen, biss ich mir hart in die Zunge. Der Schmerz holte mich aus dem betäubenden Rausch, in den ich zu fallen drohte, und erinnerte mich daran, was ich vorhatte. Mit einer Hand griff ich hinter ihn. Für ihn musste es so aussehen, als würde ich ihn umarmen, doch in Wahrheit legte ich die Finger um den Knauf und drehte ihn ganz langsam um. Das würde mir später wertvolle Sekunden Zeit bringen. Das leise Klicken übertönte ich mit einem heiseren Stöhnen. Noch immer streichelte er die Wölbung meiner Brüste, ich musste ihm nicht einmal etwas vormachen.

Trotz der demütigenden Tatsache, wie rasend schnell er mich erregen konnte, hegte ich keineswegs die Absicht, seiner erotischen Finesse zu erliegen. Sein Brustkorb bewegte sich schwer an meinen. Ash packte meinen Hintern und drückte mich dicht an seine Erektion. Erneut kämpfte ich gegen das immer machtvoller wütende Bedürfnis an, einfach aufzugeben und mich von ihm ficken zu lassen. Hier und jetzt, gleich an der Tür.

Sein Herz ist rabenschwarz, seine Seele eiskalt. Du würdest es dein Leben lang bereuen.

Meine innere Stimme kam zur rechten Zeit und brachte mich zur Vernunft, bevor ich etwas Dummes tun konnte. Es gelang mir, ein klein wenig Abstand zwischen unsere Körper zu bringen.

Sofort verfinsterte sich sein Gesichtsausdruck. „Was ist los? Kriegst du auf einmal kalte Füße?"

Arschloch, dachte ich nur und schenkte ihm ein liebliches Lächeln. „Keineswegs, aber so an der Tür ist es doch ein bisschen unbequem. Komm …"

Sanft griff ich nach seiner Hand und zog ihn hinter Lous unordentlichen Schreibtisch. Dort nötigte ich ihn, sich auf den Stuhl zu setzen, und stellte mich zwischen seine Beine. Ein verstehendes Grinsen erschien auf seinem Gesicht.

„Verrätst du mir, was du gerade vorhast, meine Süße?"

Eine Antwort blieb ich ihm schuldig. Stattdessen wich ich einen Schritt nach hinten zurück und nestelte provozierend an den Knöpfen der Uniform herum. Ash beobachtete mein Treiben mit erwartungsvoller Miene und streckte verlangend die Hand nach mir aus. „Komm endlich zu mir, verflucht noch mal. Ich. Will. Dich."

„Du hast das Zauberwort vergessen", antwortete ich keck und amüsierte mich über sein ungeduldiges Schnauben.

„Reiz mich nicht zu sehr, Maxine. Mit meiner Geduld ist es nicht mehr weit her."

„Dann will ich dich nicht länger quälen", hauchte ich und setzte mich rittlings auf seinen Schoß. Erregend hart presste sich die Beule unter seiner Hose gegen mein Zentrum.

„Ich glaube, ich träume", keuchte er heiser.

Mit klopfendem Herzen schob mich ein paar Zentimeter nach hinten. Mit zitternden Fingern öffnete ich seinen Gürtel und zog ihn durch die Schlaufen. Das Geräusch klang sexy, auch Ash hielt den Kopf unten und sah zu. Sobald er ihn wieder hob, entzündete sein fiebriger Blick ein wildes Feuerwerk in mir.

„Du bist so ein heißes Miststück. Die ganze Zeit über hast du mir die empörte Unschuld vorgespielt. Eine oscarreife Vorstellung. Ich habe dir die Entrüstung sogar abgekauft."

Mit beiden Händen umfasste er meinen Kopf und zog meinen Mund auf seine Lippen. Überrumpelt schnappte ich nach Luft, arrogant drang er ein und saugte mir jegliche Willenskraft aus dem Körper. Sein zügelloser Kuss offenbarte, wie sehr er mich wollte. Endlich hatte ich ihn genau da, wo ich ihn haben wollte. Jetzt kam es nur noch darauf an, nicht selbst den Kopf zu verlieren.

Unendlich langsam zog ich den Reißverschluss seiner Hose auf und griff hinein. Im Geiste rezitierte ich alte Gedichte, um mich abzulenken. Sein Schwanz lag heiß und dick zwischen meinen Fingern. Neugierig fuhr ich die Länge entlang, bis ich die Spitze erreichte. Behutsam ertastete ich die feuchte Zartheit seiner Eichel und touchierte den empfindlichen Schlitz in der Mitte.

Ashs Kiefer malte, sein ganzer Körper war zum Bersten angespannt. „Fuuuck …“, stieß er hervor und rekelte sich unter meiner Berührung.

Seufzend berührte ich sein Ohr und atmete heiß hinein. Ash erschauerte, das Vibrieren seiner Muskeln ging in trägen Wellen auf mich über. Sie schwappten über mich hinweg, trugen mich immer weiter fort aus dem Hier und Jetzt.

„Du machst mich so unglaublich an“, brachte er heraus und stahl sich einen Kuss. Ich trank seine rauen Atemzüge und spürte, wie sich seine Hände unter den Saum der Uniform schoben. Er glitt seitlich an meinen Schenkeln entlang, arbeitete sich vor, bis sich seine Finger hart in meine Pobacken gruben. Der perfekte Zeitpunkt, um die Sache zu beenden.

Bevor ich selbst nicht mehr klar denken konnte, entzog ich mich seinem Kuss.

Ash öffnete die Augen. „War das schon alles?“

Herzlichen Dank, dass du mich freundlicherweise daran erinnerst, was für ein Kotzbrocken du sein kannst, dachte ich grimmig.

Langsam erhob ich mich von seinem Schoß und sank vor ihm auf die Knie. Sein scharfes Einatmen, gepaart mit dem ungläubigen Blick hätten mich um ein Haar zum Lachen gebracht. Ich brachte ihn hier ziemlich durcheinander und ich suhlte mich in seiner Verwirrung.

„Heb die Hüften, ich will dir die Hose runterziehen“, bat ich ihn und verlieh meiner Stimme einen betont hingebungsvollen Klang.

Ash half mir. Schon glitt der Stoff über die sehnigen Schenkel und rutschte hinab bis zu seinen Knöcheln. Nun saß er in Unterhose vor mir auf dem Stuhl. Er trug enganliegende schwarze Herrenpants, die ziemlich eindrucksvoll von seiner Erektion ausgebeult wurde. Ein erregender Anblick. Meine Vagina wurde feucht und pulsierte aufdringlich.

Schau nicht hin, soufflierte ich mir selbst. Es war der denkbar schlechteste Zeitpunkt, mich mit seinen körperlichen Vorzügen auseinanderzusetzen.

Geschmeidig erhob ich mich und entfernte mich ein Stück. Stirnrunzelnd nahm er meinen Rückzug hin.

„Was hast du jetzt vor?“

„Wonach sieht es denn aus?“

Während ich das sagte, spielte ich an den Knöpfen meiner Uniform. Die ersten beiden rutschten durch die Öffnungen und Ashs gereizte Miene weichte auf. Offenbar glaubte er, ich wollte für ihn strippen, und konnte es kaum erwarten, mehr davon zu sehen. Die in ihm brodelnde Ungeduld war förmlich greifbar. Ein erhebendes Gefühl, einen Mann derartig reizen zu können, aber auch gefährlich, denn bei allem Triumph durfte ich nicht vergessen, wer da vor mir saß. Ich musste verschwinden, bevor er die Kontrolle übernahm und ich in die eigene Falle tappte.

Tänzelnd bewegte ich mich rückwärts und fuhr mit der rechten Hand meinen Brustkorb entlang, bis die Finger zwischen meinen Brüsten ruhten. Dann spürte ich das harte Holz der Tür im Rücken.

„Wieso bist du so weit weg?“

Da er so nett fragte, ließ ich die Maske fallen und kostete meinen Triumph weidlich aus. „Weil du nicht ganz das bist, was ich erwartet habe. Du wirst wohl allein zu Ende bringen müssen, was wir eben begonnen haben. Ich stehe dafür nicht zur Verfügung."

Den Schock des Verstehens, dass ich ihn nach Strich und Faden verarscht hatte, bekam ich gerade noch mit, bevor ich hastig den Schlüssel von Lous Lieferwagen von der Hakenleiste neben der Tür riss und aus dem Raum stürzte. Ein hysterisches Lachen kitzelte meine Kehle, als ich seinen Wutschrei vernahm. Da er erst die Hose anziehen musste, konnte er mir nicht sofort nachjagen. Ich klopfte mir auf die Schulter für meine Weitsicht und rannte durch den Hinterausgang auf den Hof. Lou hatte mir heute Morgen aufgetragen, im Lauf des Tages zum Großhandel zu fahren, um eine zusätzliche Bestellung abzuholen. Riley würde ich von dort aus anrufen, damit sie sich keine Sorgen machte.

Meine Füße flogen förmlich über den Boden, ich erreichte den Sprinter, hüpfte hinein und startete den Motor. Die Türverriegelung aktivierte ich wohlweislich, falls er mich einholte, bevor ich es schaffte, mit dem Fahrzeug in den laufenden Verkehr einzufädeln.

Im Rückspiegel sah ich, wie er aus dem Gebäude stürmte und mir hinterherkam. Er stellte schnell fest, wie sinnlos es war, einen fahrenden Wagen zu verfolgen, und blieb mit furchterregender Miene stehen. Fehlte nur noch, dass ihm Dampf aus den Ohren quoll. Ein wenig unwohl war mir schon zumute. Mit dieser Aktion hatte ich ihm sozusagen den Fehdehandschuh vor die Füße geschmissen. Entweder würde er sich wie ein geprügelter Hund zurückziehen oder bittere Rache schwören.

Wesentlich später kehrte ich mit bangem Herzen ins Restaurant zurück und stellte zu meiner Erleichterung fest, dass er nicht mehr da war. Dafür musste ich mich Riley stellen. Am Telefon hatte ich nicht viel erzählt und selbstverständlich war sie neugierig. Sobald es der Betrieb im Diner zuließ, nahm sie mich beiseite.

„Heiliger Bimbam, was hast du nur mit Hunter angestellt? Wenn Blicke töten könnten, wären hier alle Gäste der Reihe nach umgefallen.“

Sie sprach nicht besonders laut, wofür ich dankbar war. Ich legte keinen Wert darauf, mein Privatleben vor den anderen Kolleginnen auszubreiten.

Da sie nicht lockerlassen würde, schilderte ich ihr die Kurzversion meiner Aktion.

Riley stieß einen Pfiff aus. „Mutig, mutig. Dir ist aber schon bewusst, dass er das nicht auf sich sitzen lassen wird?“

„Du hast mich doch genötigt, rauszugehen und ihm eine Lektion zu erteilen. Erinnerst du dich nicht mehr daran?“

„Klar weiß ich das noch. Aber ich dachte da eher an eine verbale Attacke, auch wenn ich deinen Anschlag mit Lous Chilisauce verdammt amüsant fand“, gab sie grinsend zu. „Fassen wir es mal zusammen: Zuerst hast du versucht, ihm die Kehle wegzuätzen, und anschließend hast du ihn mit heruntergelassener Hose und einer Menge Druck in den Eiern im Büro sitzen lassen. Das ist wirklich krasser Scheiß.“

„Ach, dir kann man auch nichts recht machen“, schimpfte ich beleidigt und errötete über ihre unverblümte Ausdrucksweise. „Hören wir auf, uns über Hunter zu unterhalten. Das verdirbt mir nur die Laune.“

Erstaunlicherweise versuchte sie nicht mehr, das Thema anzuschneiden, und wir kümmerten uns um die eintreffenden Gäste. Nachmittags war es immer ruhiger, also beschloss ich, etwas Nützliches zu tun und die Tresen zu säubern. Dieser monotone Bewegungsablauf hatte eine enorm beruhigende Wirkung auf mich. Als sich nur noch zwei Leute im Diner befanden, kam Riley ebenfalls hinter die Theke und fing an, die Kaffeemaschine zu reinigen. Neugierig sah ich zu ihr rüber. Sie wirkte nachdenklich, fast ein wenig weggetreten, ja, man konnte sogar behaupten: irgendwie traurig.

„Bist du eigentlich sauer wegen vorhin?“, fragte ich. „Du siehst irgendwie so geknickt aus.“

Zuerst schwieg sie, dann rückte sie mit der Sprache heraus. „Ich habe Hunters Bruder meine Handynummer in die Hand gedrückt, bevor er und dein Romeo verschwunden sind."

Ich hätte niemals den Mut gehabt, etwas Derartiges zu tun. Für Riley war es jedoch nichts Ungewöhnliches. Sie holte sich ohnehin nie eine Abfuhr.

„Du findest ihn doch gut. Wo also liegt das Problem?"

Sie zögerte kurz, dann biss sie sich auf die Lippe. „Ich habe durch die Scheibe gesehen, wie er den Zettel draußen in den nächsten Mülleimer geschmissen hat. Er hätte einfach sagen können, dass er nichts von mir will. Das wäre zumindest ehrlich gewesen."

Anscheinend lag das Arschloch-Gen doch in der Familie. Dabei hätte ich Stein und Bein geschworen, dass Colin anders tickte als sein Bruder. Mitfühlend lächelte ich sie an. „Sei nicht traurig. Diese Hunters sind einfach nichts für so tolle und anständige Mädels wie uns."

„Vielleicht hast du recht", antwortete sie, klang aber nicht sonderlich begeistert. Stolz hob sie das Kinn. „Soll er ruhig mit seinen High-Society-Puppen rummachen. Ich brauch keinen schwerreichen Schnösel zum Glücklichsein."

Nach dieser Feststellung besserte sich ihre Laune sichtlich, doch hin und wieder sah sie aus dem großen Fenster und schien mit ihren Gedanken ganz weit weg zu sein …

***

Am Abend leerte ich den Briefkasten im Treppenhaus. Flüchtig überflog ich die Absender und unterdrückte ein genervtes Stöhnen. Rechnungen, Rechnungen und nochmals Rechnungen! Das Geld floss mir wie Wasser durch die Finger. Ziemlich gefrustet, weil ich wohl nie in der Lage sein würde, etwas zu kaufen, ohne auf jeden Cent achten zu müssen, stopfte ich die Umschläge in meine Handtasche und betrat kurz darauf die Wohnung. Die antik anmutende Wanduhr, die ich auf einem Trödelmarkt für ein paar Dollar erstanden hatte, schlug gerade halb acht. Sie war, neben dem Schuhschrank, das einzige Möbelstück in diesem schmalen Gang.

Nachdem ich den Mantel aufgehängt und die Schuhe achtlos abgestreift hatte, ging ich den Wohnraum und entdeckte Danny vor dem Fernseher. Bibi saß strickend auf dem Sofa und blickte auf.

„Da bist du ja“, grüßte sie gut gelaunt. „Danny hat dich bereits sehnsüchtig erwartet.“

Ich setzte mich neben ihn und drückte ihm einen Kuss auf die Schläfe. „Na, mein Großer, bereit fürs Bett?“

Schmollend schob er die Unterlippe vor. „Wieso denn jetzt schon? Es ist noch früh.“

„Für dich nicht. Kinder brauchen ihren Schlaf“, leierte ich herunter und erinnerte mich daran, wie sehr ich diese Floskel als Kind verabscheut hatte. Nun nutzte ich sie selbst und hatte überhaupt kein schlechtes Gewissen dabei.

„Aber nur, wenn du dich noch ein bisschen zu mir legst und mir eine Geschichte erzählst“, lenkte er unerwartet ein.

Feixend zwickte ich ihn in die Nase. „Ich dachte, große Jungs wie du stehen nicht mehr auf Gute-Nacht-Geschichten.“

„Heute mache ich eine Ausnahme“, erwiderte er feierlich und brachte mich zum Lachen.

„Was immer der Herr wünscht“, sagte ich schmunzelnd und kitzelte ihn unterm Kinn.

In seinem Zimmer streckte ich mich neben ihm aus und ließ ihn zuerst ein paar Minuten von seinem Tag berichten. Es war ein kleines, aber wichtiges Ritual zwischen uns, damit er nie das Gefühl bekam, ich würde durch die viele Arbeit etwas aus seinem Leben verpassen. Danach erzählte ich ihm die versprochene Geschichte. Schon bald blinzelte er immer öfter gegen die Müdigkeit an. Am Ende verlor er den Kampf und fiel in seligen Schlummer. Zart küsste ich seine rosige Wange, deckte ihn zu und schlich vorsichtig hinaus, nachdem ich das Nachtlicht eingeschaltet hatte. Er mochte es nicht, nachts in völliger Dunkelheit aufzuwachen. Ich schlüpfte noch schnell in etwas bequemere Klamotten – einen dunkelbraunen

Jogginganzug aus samtig-weichem Nicky-Material – und gesellte mich zu Bibi ins Wohnzimmer. Sie erwartete mich mit wachsamer Miene und sah mir meinen inneren Aufruhr vermutlich an der Nasenspitze an.

„Du wirkst aus, als hättest du Redebedarf", meinte sie beiläufig und lächelte harmlos.

Oh Bibi, wenn du wüsstest.

Mein Lächeln geriet ein wenig kläglich. „Wie man es nimmt." Beschämt zupfte ich am Ärmel meines Oberteils herum und räusperte mich.

„Na los, jetzt rück schon raus mit der Sprache."

Endlich brach es aus mir heraus. „Oh Gott, Bibi, ich habe eine riesige Dummheit begangen!"

Sie griff nach meiner Hand und strich beruhigend darüber. „Na, na, Kindchen. So schlimm wird es sicher nicht sein."

„Oh doch, es ist schlimm", versicherte ich im Brustton der Überzeugung.

Schonungslos berichtete ich von der peinlichen Aktion im Diner und konnte ihr dabei nicht einmal in die Augen schauen.

Bibi lachte, sie machte eher einen amüsierten und keineswegs einen geschockten Eindruck. „Ich muss schon sagen: So viel Mumm hätte ich dir niemals zugetraut."

Ich vergrub mein Gesicht in den Händen. „Das ist nichts, worauf ich stolz sein kann", jammerte ich verzweifelt. „Ich schäme mich so. Ich habe mich aufgeführt wie die letzte Schlampe."

„Ach was, mach aus einer Mücke keinen Elefanten. Ich weiß ja, dass du ihn für den Teufel persönlich hältst, aber ich finde seinen Einfluss auf dich, ehrlich gesagt, ziemlich erfrischend."

„Erfrischend?" Verdattert suchte ich in ihrem Gesicht nach Anzeichen von Wahnsinn oder Fieber. „Bibi, ich habe ihn mit runtergelassener Hose sitzen lassen. Das ist nicht erfrischend, sondern infantil und größenwahnsinnig."

„Na ja, eine Sternstunde war das sicher nicht für dich", fing sie an und lächelte verschmitzt, „trotzdem bin ich froh, dass du mal so richtig aus dir rausgegangen bist. Weißt du, Kind, ich mache mir Sorgen um dich. Du kümmerst dich wirklich hingebungsvoll um Danny, aber dir selbst gönnst du kaum eine Pause und alles rast an dir vorbei."

Das wollte ich gar nicht hören. „Das Leben ist eben keine ewige Party, und andere Frauen haben es auch schwer."

Es widerstrebte mir, in eine Opferrolle gedrängt zu werden. Niemand hatte mich gezwungen, ohne Verhütung mit Corey zu schlafen oder als Achtzehnjährige mutterseelenallein ein Baby großzuziehen, das außer mir offenbar niemand haben wollte. Trotzdem bereute ich nichts davon und hätte mich immer wieder so entschieden.

„Ich rede aber nicht von anderen Frauen, sondern von dir. Bei aller Aufopferung solltest du die Liebe nicht vergessen. Leidenschaft und aufgeregtes Herzklopfen, wenn du vor einem Mann stehst, dessen bloßer Anblick dich in pures Entzücken versetzt."

„Ash Hunter versetzt mich höchstens in Wut."

„Das ist gelogen und das weißt du", sagte Bibi streng. „Ich sehe doch, wie deine Augen glitzern, sobald du von ihm sprichst, wie lebendig und aufgeregt du wirkst. Er hat dich wachgeküsst, Maxine."

„Er will mich lediglich ins Bett kriegen, das habe ich dir neulich schon gesagt", antwortete ich bedrückt. „Er gibt ja offen zu, dass er mich nur …" Ich stockte kurz und suchte nach dem passenden Adjektiv, um seine Absichten zu beschreiben, ohne ins Ordinäre abzudriften.

„… ficken will?", half Bibi an dieser Stelle aus und stürzte mich damit in Verlegenheit.

„Musst du so direkt sein?"

„Entschuldige bitte, aber warum um den heißen Brei herumreden? Wir sind erwachsene Frauen, und obwohl es bei mir schon einige Jährchen her ist, habe ich nicht vergessen, was Leidenschaft bedeutet. Meine Offenheit muss dir also nicht unangenehm sein. Ich bin nur so ehrlich, weil ich mich um dich sorge. Du brauchst einen Menschen an deiner Seite,

Maxine. Wenn es nicht dieser Hunter sein kann, dann eben einen anderen. Nicht alle sind wie er. Es gibt durchaus ein paar Exemplare der männlichen Spezies, die eine Frau mit Respekt behandeln und dich auf Händen tragen würden."

„Mir fehlt der Glaube daran", murmelte ich. „Gebranntes Kind und so ..."

Bibi stellte sich das so einfach vor. Ledige Kerle wuchsen nun einmal nicht auf Bäumen, und selbst wenn es anders wäre, wollten die wenigsten die Verantwortung für ein Kind mit übernehmen, das nicht von ihnen war. Niemals würde ich meinen Sohn in die Situation bringen, jemanden ins Herz zu schließen, der sich dann als Enttäuschung entpuppte und auf Nimmerwiedersehen verschwand.

„Da mir klar war, dass du so reagierst, habe ich eine Verabredung für dich engagiert", sagte sie plötzlich.

Das zog mir den Boden unter den Füßen weg. „Du schickst mich zu einem Blind Date? Ohne mich zu fragen? Bist du noch zu retten?"

Sie hatte wenigstens den Anstand zu erröten. „Nun schau mich nicht so entsetzt an. Ich gebe zu, es war ein bisschen eigenmächtig, doch George ist wirklich ein liebenswerter Kerl. Er ist vor ein paar Wochen hier ins Haus gezogen und sehr von dir angetan."

„Wieso fragt er mich nicht selbst nach einer Verabredung, wenn er mich so toll findet?"

„Er ist ein wenig schüchtern, aber eine Seele von Mensch und genau der Richtige, damit dir die Entscheidung bezüglich Ash Hunter leichter fällt."

„Da gibt es nichts zu entscheiden. Ich will von diesem unsensiblen Weiberhelden nichts wissen."

„Dann hast du keinen Grund, nicht mit George auszugehen", erklärte sie und strahlte mich so verschwörerisch an, als hätte sie mir eben den wahren Inhalt der JFK-Akten anvertraut. „Was spricht denn dagegen? Wenn du ihn nicht magst, wird es keine Wiederholung geben, und bestenfalls findest du

Gefallen an Georges freundlichem Wesen. Was hast du schon zu verlieren? Oder bist du zu feige?“

Entwaffnet begegnete ich ihrem Blick und schüttelte den Kopf. „Bibi Vogelman, du bist ein manipulatives Weib.“

Ihre Augen funkelten vor Vergnügen. Die Erleichterung über meine doch recht gemäßigte Reaktion stand ihr ins Gesicht geschrieben. „Ich spiele nur ein bisschen Amor, sonst nichts. Und wenn der Pfeil nicht trifft, suchen wir eben weiter. Bis du den Mann deiner Träume triffst.“

„Der muss erst noch geboren werden“, sagte ich dumpf.

„Warum so pessimistisch? So kenne ich dich gar nicht.“

Möglicherweise hatte sie ja recht. Ich konnte mich nicht ewig vergraben, und wenn ich mir mithilfe eines anderen Mannes diesen verführerischen Mistkerl aus dem Kopf schlagen konnte, schlug ich gleich zwei Fliegen mit einer Klappe.

„Na gut. Versuch macht klug, und da ich davon ausgehe, dir am Herzen zu liegen, wirst du mich nicht mit Quasimodo verkuppelt haben.“

Bibis spontaner Hustenanfall gab mir zu denken, ebenso ihr übertrieben strahlendes Lächeln. „Was glaubst du denn von mir? George ist ein Juwel, er braucht nur noch ein wenig Schliff.“

„Dein Wort in Gottes Ohr“, murrte ich.

Kapitel 8

Blinde Dates mussten die Erfindung eines chronisch einsamen Menschen sein und endeten grundsätzlich in einem Desaster. Nach wie vor fassungslos, weil ich mich auf diesen Unsinn einließ, stellte ich mich vor den Spiegel und versuchte herauszufinden, ob mein Outfit nicht zu aufreizend auf George wirken könnte. Allein das Tiefrot des Kleides stellte eine einzige Herausforderung dar. Andererseits stand es mir ausgesprochen gut und war trotz der auffälligen Farbe sehr hübsch. Der weit schwingende Glockenrock bauschte sich bei jedem Schritt luftig um meine Beine und endete etwa eine Handbreit über den Knien. Aufgrund mangelnder Alternativen ließ ich es an.

Mit wenigen Handgriffen fasste ich mein Haar zu einem weichen Knoten im Nacken zusammen. Anschließend sprühte ich mir einen Hauch Parfum auf die Handgelenke, den Hals und das Dekolleté.

„Oh, du siehst entzückend aus!"

Ich fuhr herum. „Bibi, lieber Himmel, du hast mich fast zu Tode erschreckt", beschwerte ich mich und legte die Hand auf mein hämmerndes Herz. Seit ich Ash kannte, war ich ein wenig schreckhaft geworden, als erwartete ich ständig sein plötzliches Auftauchen. Sogar wenn ich mich in meinen eigenen vier Wänden befand.

Bibi kicherte. „Entschuldige, war keine Absicht." Danach musterte sie mich anerkennend. „George wird auf die Knie fallen und dich wie eine Göttin verehren, sobald er dich sieht."

„Es reicht schon, wenn er nicht schreiend davonläuft, sobald er mich sieht."

Bibi schmunzelte. „Ich denke nicht, dass es so weit kommen wird", antwortete sie und schenkte mir anschließend ein unsicheres Lächeln. „Hör mal, Maxine. Es tut mir leid, sollte ich dich mit dieser Verabredung überrumpelt haben. Es war wirklich nur gut gemeint."

„Das weiß ich, Bibi.“ Ich drückte sie kurz und atmete dann tief durch. „Okay, ich würde sagen, ich mache mich langsam auf den Weg. Je eher ich hingehe, umso schneller habe ich es hinter mir.“

„Du klingst, als wäre das Date eine Strafe.“ Nun war sie doch ein klein wenig gekränkt.

„Ich empfinde es nicht als Strafe. Ich bin nur nervös. Immerhin ist es meine erste Verabredung seit Corey, und ich befürchte, ich bin ziemlich aus der Übung, wenn es um Zwischenmenschliches geht.“

„Lass die Dinge einfach auf dich zukommen und mach dir nicht so viele Gedanken. Das ist völlig unnötig.“

Ich vertraute auf Bibis Lebenserfahrung und machte mich nach einem kurzen Blick in Dannys Zimmer auf den Weg. Das italienische Restaurant, in dem wir essen wollten, war nur einen Block entfernt und gut zu Fuß zu erreichen. Nach ungefähr zwanzig Minuten stand ich im *Raccalto* und wurde von einem freundlichen Kellner in Empfang genommen.

„Guten Abend, Miss. Darf ich Ihnen die Jacke abnehmen?“

Ich trug einen unauffälligen Trenchcoat, den ich von den Schultern gleiten ließ. Nachdem ich ihn abgegeben hatte, führte man mich an den reservierten Tisch. Meine Nerven flatterten, mein Fluchtinstinkt erwachte wieder zum Leben.

Reiß dich zusammen. Es ist nur ein Abendessen, keine Hinrichtung.

Wir näherten uns dem hinteren Bereich des Restaurants und kamen dabei an festlich gedeckten Tischen vorbei. Es war mein erster Besuch hier, das gediegene Ambiente und die angenehme Atmosphäre beeindruckten mich. Neugierig schweifte mein Blick über die elegant gekleideten Gäste, und ich beglückwünschte mich zu dem Entschluss, mein rotes Kleid zu tragen. Eine Hose und eine Bluse wären hier fehl am Platz gewesen. Schließlich kam der Augenblick der Wahrheit. Wir erreichten den Tisch, an dem meine heutige Verabredung bereits saß, und ich wurde nach einem kurzen Räuspern artig und unendlich steif begrüßt. „Guten Abend, sehr erfreut, Sie heute hier begrüßen zu dürfen.“

Ach du Schande. Ich blickte auf die fleischgewordene Verkörperung männlicher Durchschnittlichkeit, gespickt mit einer Portion vororttauglicher Spießigkeit. George Sanders' Alter konnte man nur schwer schätzen. Vielleicht dreißig? Er hätte aber genauso gut schon Mitte vierzig sein können.

Jede Strähne seines ordentlich gescheitelten Haars saß akkurat und die Augen unter der dicken Hornbrille waren von einem stumpfen Braun. Er deutete so was wie ein Lächeln an, während ich ihn stumm und ein wenig sprachlos anstarrte. Ich wollte wirklich nicht gemein sein, aber dachte Bibi ernsthaft, George Sanders könnte irgendein Gefühl von Aufregung oder gar Lust in mir auslösen? Der Typ besaß die Ausstrahlung einer alten Wollsocke. Bequem, gemütlich und so bieder, dass es fast an Lächerlichkeit grenzte.

Letztlich besann ich mich wieder meiner Manieren und streckte die Hand aus. „Ich freue mich ebenfalls sehr, Sie kennenzulernen, Mr. Sanders“, grüßte ich beherrscht zurück.

„George“, antwortete er und musterte mich verstohlen. Dieser George schien, genau wie ich, keine besonderen Erwartungen zu haben. Er wies auf den Stuhl. „Setzen Sie sich doch.“

Sofort ließ ich mich nieder und beschloss, eine Konversation in Gang zu bringen. „Das ist eine ziemlich komische Situation. Finden Sie nicht auch?“

„Ja.“ Wenn er so einsilbig blieb, stand mir ein verdammt langer Abend bevor.

George blinzelte nervös und sah immer wieder an mir vorbei. Das verunsicherte mich jetzt doch ein wenig.

„Erwarten Sie noch jemanden?“

Kaum hatte ich die Frage gestellt, fiel mir auch das dritte Gedeck am Tisch auf. Manchmal war man eben blind für das Offensichtliche.

Konsterniert griff ich nach meiner Handtasche. „Falls Sie denken, ich würde mich auf einen Dreier einlassen, haben Sie sich verrechnet, Freundchen. So eine bin ich nicht.“ Meine Stimme klang heiser vor Ärger.

„Nein, warten Sie, lassen Sie mich erklären.“

„Sparen Sie sich das“, erwiderte ich schnippisch und wollte mich gerade erheben, als plötzlich aus dem Nichts heraus eine zierliche Person um den Tisch lief und sich neben George setzte.

Blassgraue Augen musterten mich kritisch. „Ist sie das? Ich muss sagen, Sie ist ein wenig flachbrüstig. Aber dann steigen ihr wenigstens keine anderen Kerle hinterher.“

So viel Unverschämtheit machte mich sprachlos. Ich wäre ohnehin nicht zu Wort gekommen. Sie riss die Unterhaltung komplett an sich. „Ich bin Elsa Sanders, Georges Mutter, und ich stelle fest, Mrs. Vogelman hat maßlos übertrieben, als sie mir Ihre Vorzüge angepriesen hat. Aber da wir nun einmal hier sind und mein Sohn auch kein Hauptgewinn ist, machen wir einfach das Beste daraus.“

George räusperte sich und ignorierte die Beleidigung. Nur das Flehen in seinen Augen verriet, wie unangenehm ihm diese Situation sein musste. „Ich hoffe, es stört Sie nicht, wenn wir zu dritt essen.“ Mit den Lippen formte er die Worte: „Bitte bleiben Sie“.

Ob er Angst hatte, sie könnte ihm die Schuld geben, sollte ich vorzeitig gehen? Innerlich verfluchte ich meinen ausgeprägten Samariterkomplex, der mich davon abhielt, auf der Stelle zu verschwinden.

Noch immer fassungslos über diese unerwartete Wendung machte ich gute Miene zum bösen Spiel und lächelte sie an. „Es tut mir sehr leid, wenn mein Anblick Ihren Erwartungen nicht entspricht. Ich hoffe, Sie können meine Anwesenheit trotzdem genießen.“

„Das wird sich ja rausstellen“, brummte Elsa Sanders.

Eins war klar: Diese Frau hatte nicht die geringsten Ambitionen, Nettigkeiten auszutauschen, und griff lieber nach der Speisekarte. Ob sie schon immer so gewesen war, oder hatte das Leben sie so hart gemacht?

„Wir sollten endlich bestellen“, verfügte sie und warf ihrem Sohn einen kurzen Seitenblick zu. „George, denk an deine Laktoseintoleranz, mein Junge.“

Das erste Mal blitzte so was wie Wärme in ihren Augen auf, und ich war mir sicher, dass ihr unmögliches Verhalten dazu dienen sollte, ihren Sohn zu beschützen und auch an sich zu binden. Geschäftig kramte sie in ihrer Handtasche herum und drückte ihm einen Blister mit Tabletten in die Hand. „Hier, nimm eine von denen, falls die dir doch irgendwie Sahne ins Essen mischen. Wir sollten kein Risiko eingehen. Du weißt, wie unangenehm es sonst in deinem Bauch rumort.“

Konnte man an unterdrücktem Gelächter ersticken? Ich war auf dem besten Weg, das herauszufinden, und biss mir fast die Zunge blutig. Erst Georges todunglücklicher Gesichtsausdruck half mir, den drohenden Lachkrampf zu überwinden. Unbeholfen griff er sich an den Kragen und zog ihn ein Stück zur Seite, als hätte er Mühe, ausreichend Luft zu bekommen. Er war schon ein vom Schicksal mehrfach gebeutelter Mensch. Nicht nur, dass er optisch kaum jemals als Leckerbissen durchgehen würde, er war zu allem Überfluss mit einer dominanten Mutter und einer Laktoseintoleranz gestraft.

Eingehend studierte ich die Speisekarte, um mein Gesicht dahinter verstecken zu können. Zumindest, bis Elsa wieder eine ihrer verbalen Abscheulichkeiten loswerden musste.

„Bestellen Sie nicht gleich das teuerste Gericht auf der Karte. Mein George verdient sein Geld nicht, damit es andere zum Fenster rausschmeißen.“

Ich wollte etwas sagen, mir fiel nur nichts Passendes ein, ohne ausfallend zu werden. Georges Gesichtsfarbe wechselte in der Zwischenzeit zwischen puterrot und kalkweiß, beinahe so, als könnte sein Körper sich nicht entscheiden. Um keine Katastrophe heraufzubeschwören, bestellte ich das günstigste Gericht: einen Salat nach Art des Hauses. Die Auswahl der beiden sah ähnlich kärglich aus.

Ich zerbrach mir den Kopf, wie ich das furchtbare Zusammensein schnellstmöglich beenden konnte, und lauschte nebenbei

Elsas ellenlangem Monolog über die Unverschämtheit der heutigen Jugend. Mir plumpste ein Stein vom Herzen, als endlich das Essen serviert wurde und ich mich mit dem Aufspießen einzelner Salatblätter beschäftigen konnte. Laufend warf ich sehnsüchtige Blicke Richtung Ausgang. Wenn der Abend nur schon vorbei wäre …

„Entschuldige meine Verspätung, aber das Meeting wollte einfach nicht enden."

Ich erstarrte innerlich zu Stein und wandte langsam den Kopf. Litt ich jetzt an Halluzinationen?

Ash setzte sich neben mich und lächelte mich gewohnt selbstsicher an. Wieso in Dreiteufelsnamen tauchte er hier auf und tat so, als bestünde irgendeine wie auch immer geartete Verbindung zwischen uns?

„Maxine, wer ist dieser Mann?" Mrs. Sanders unterzog Ash einer eingehenden Musterung. Mein Herz schlug im Stakkato, überfordert griff ich nach dem Wasserglas. Unterdessen zeigte sich Ash von seiner charmantesten Seite.

„Ich bin Maxines Freund. Hat Sie nicht erwähnt, dass ich etwas später nachkommen würde?"

Prompt verschluckte ich mich. Hustend ließ ich das Glas sinken und funkelte ihn wütend an. Musste er die beiden gleich anlügen? Auch wenn ich in diesem speziellen Fall nicht gerade unglücklich über sein Auftauchen war, fand ich es trotzdem nicht in Ordnung, falsche Informationen über unseren Beziehungsstatus zu verbreiten.

„Er ist nicht mein Freund, sondern ein Bekannter", korrigierte ich hochnäsig und zuckte unter seinem scharfen Blick zusammen. Nachdem die erste Erleichterung verpufft war, erinnerte ich mich wieder an unsere letzte Begegnung. Er, halb nackt auf dem Stuhl, gedemütigt von einer Kellnerin, die sich standhaft weigerte, mit ihm ins Bett zu steigen. Ashton Hunter hatte noch eine Rechnung mit mir offen, und möglicherweise zeugte es nicht von Klugheit, wenn ich ihn von oben herab behandelte.

Als hätte er meine Gedanken gelesen, rückte er näher und legte mir den Arm um die Schultern. Sein straffer Körper so dicht an meinem fühlte sich viel zu gut an. Ich versuchte abzurücken und scheiterte. Sein Griff festigte sich umgehend. Ash dachte gar nicht daran, mich freizugeben.

„Maxine ist ein bisschen schüchtern, wenn es um uns geht."

Ich verpasste ihm einen Tritt unter dem Tisch, mein Blick, erfüllt vor Zorn, kreuzte den seinen. Unbeeindruckt beugte er sich zu mir herab, ich spürte seinen warmen Atem, an meinem Ohr. „Nun gehörst du mir, Süße."

Er küsste mich liebevoll auf die Lippen, als hätte er jedes Recht der Welt dazu.

Elsa fächelte sich mit ihrer Stoffserviette Luft zu und warf mir einen erbosten Blick zu. „Das verstehe ich jetzt nicht. Mrs. Vogelman meinte, Sie seien alleinstehend."

Anscheinend sah sie die Chancen, ihren Sohnemann unter die Haube zu bringen, rapide schwinden. Ich unterdrückte ein hysterisches Lachen. Als ob mein Beziehungsstatus dabei eine Rolle gespielt hätte. Solange diese Frau das Leben ihres bedauernswerten Sohnes diktierte, würde er nie zum Zug kommen.

Bevor ich etwas sagen konnte, schlichen sich Ashs Finger unters Kleid und blieben auf meinem Knie liegen. Empört versuchte ich, sie wegzuschieben, und scheiterte. Leider fühlte sich seine Hand auf meiner Haut unglaublich gut an, und als er ein kleines Stück nach oben rutschte und die Innenseiten meiner Schenkel berührte, klemmte ich sie zusammen, damit er nicht in intimere Regionen gelangen konnte.

Er steckte fest. Zwischen meinen Beinen. Mitten in einem Restaurant, wo man sein Treiben jederzeit entdecken konnte.

„Oh Gott, das passiert jetzt nicht wirklich", murmelte ich. Das musste ein Albtraum sein. Ich saß nicht hier und ließ mich befummeln, während die Schwiegermutter des Grauens mir giftige Blicke zusandte.

„Wir sind … nicht … zusammen", stellte ich mühevoll klar. Egal, was er ausheckte, ich würde ihm einen Strich durch die

Rechnung machen. Erneut wagte ich den Versuch, möglichst unauffällig seine Hand wegzuschieben. Ich hatte wirklich keine Lust, in hohem Bogen hier rauszufliegen. Wegen Unzucht oder Ähnlichem.

„Ich fürchte, ich habe Maxine ziemlich vernachlässigt, wenn sie sich wie ein Single fühlt."

Ashs Spott brachte mich in eine äußerst unangenehme Lage. Vielleicht war es ja besser, zum Schein auf diese Behauptung einzugehen. Immerhin wollte ich ein Wiedersehen mit George oder vielmehr mit Elsa verhindern. Um Ash konnte ich mich dann später kümmern. Ich schenkte ihm ein zuckersüßes Lächeln und klimperte übertrieben mit den Wimpern.

„Dass ich mich wie ein Single fühle, liegt an seinen breit gefächerten Interessen. Da bleibt nicht viel Zeit für mich übrig."

Sein belustigtes Grinsen brachte meinen Herzschlag aus dem Takt.

„Ich werde versuchen, mich zu bessern", versprach er artig und spitzte anzüglich die Lippen. Gleichzeitig versuchte er, die Hand tiefer zu zwängen, aber ich gab keinen Millimeter nach. Trotzdem breitete sich zwischen meinen Beinen sengende Hitze aus.

Elsa betrachtete mich mit einer Spur Sorge, und für einen klitzekleinen Moment hatte ich den Eindruck, hinter der Fassade des furchterregenden Schwiegerdrachens in spe könnte sich doch eine nette Frau verbergen. „Was ist denn mit Ihnen? Sie sehen aus, als hätten Sie Fieber?"

Ich sah nur einen Ausweg, um seinen Berührungen zu entgehen. „Um ehrlich zu sein, ist mir wirklich nicht ganz wohl. Ich sollte nach Hause, ehe es schlimmer wird."

Jetzt noch die Handtasche schnappen und schnell abhauen, dachte ich.

„Ich begleite dich", sagte Ash und klang nicht so, als würde er ein Nein akzeptieren.

Halt! So war das nicht geplant.

„Das musst du nicht. Ich kann auch …"

Sein Mund schloss sich über meinen Lippen, ganz kurz nur, doch der süße Kuss reichte aus, um mich rasend schnell in einen Zustand vorübergehender Unzurechnungsfähigkeit zu versetzen.

„Keine Widerrede. Ich bringe dich nach Hause. Was wäre ich für ein Freund, wenn ich meine Liebste nicht vor den dunklen Gestalten da draußen beschütze?"

So ein Mistkerl. „Manchmal sind die dunklen Gestalten der Nacht nur halb so schlimm wie die gierigen Bestien, die einem bei Licht begegnen."

„Da magst du recht haben", antwortete er aalglatt. Mit einer fließenden Bewegung erhob er sich und streckte mir die Hand hin. „Kommst du?"

Verdrossen stellte ich mir die Frage, was ich in meinem früheren Leben verbrochen hatte, um mit so einem lästigen Stalker gestraft zu werden. Zähneknirschend stand ich ebenfalls auf und registrierte nur am Rande, wie Ash mehrere Geldscheine hervorzog und in die kleine Ledermappe legte. Er wandte sich an Mutter und Sohn. „Das Essen geht auf mich. Ich wünsche Ihnen noch einen schönen Abend."

Da ich keine Szene provozieren wollte, folgte ich ihm mit wackligen Beinen aus dem Restaurantbereich, doch anstatt mit mir zur Garderobe zu laufen, damit ich meinen Mantel holen konnte, zerrte er mich unnachgiebig die Treppen hoch ins Obergeschoss.

Ich versuchte, ihm meine Hand zu entziehen. „Was soll das? Wo bringst du mich hin?"

Er antwortete nicht, sondern riss eine Tür auf und stieß mich hinein. Ich stolperte nach hinten und merkte, dass wir in einer Abstellkammer gelandet waren. Hier stapelten sich Dutzende von Tischdecken, der Duft von Wäschestärke lag im Raum. Ash schloss die Tür, schaltete das Licht ein und kam dann mit der Eleganz eines Raubtiers auf mich zu.

„So, mein Herz, jetzt reden wir mal über deine Angewohnheit, Männer mit offener Hose sitzen zu lassen."

„Da gibt es nichts zu reden. Du hast es verdient. Ist doch nicht meine Schuld, wenn du glaubst, ich wäre scharf auf dich."

Falsche Antwort, Maxine. Das wird ihn nicht gnädiger stimmen.

Meine innere Stimme sollte recht behalten. Ash rückte zu mir auf, schlang den Arm um meine Taille und zog mich fest an seinen muskulösen Leib. Wütend schlug ich gegen seine Brust. „Wenn du mich nicht augenblicklich loslässt, trete ich dir zwischen die Beine, du Mistkerl."

„Dann mach doch. Wehr dich, gib mir einen Grund, dich zu zähmen, du süße Wildkatze."

Die Stimmung heizte sich auf, genau wie unsere Körper, die allem Streit zum Trotz vor Sehnsucht zitterten. Verzweiflung brach über mich herein. Wieso konnte ich nicht stärker sein?

„Du bist eine Plage, Ash Hunter, und ich habe so was von genug von deiner Überheblichkeit und deinen Spielchen."

„Und mich kotzt es an, dass du dich jedes Mal wie eine Eiskönigin verhältst, sobald ich dir zu nahekomme. Dabei bist du eine Frau aus Fleisch und Blut. Ich kann deine Leidenschaft spüren, Maxine. Ich wette, du bist schon jetzt nass und bereit für mich."

Sein fiebriger Blick zeigte ganz deutlich, dass er mit seiner Geduld am Ende war. Plötzlich presste er den Mund auf meine Lippen, küsste mich rücksichtlos und spielte seine körperliche Überlegenheit aus. Hart. Wild. Zügellos. Ohne mit der Zunge einzudringen. Er schien darauf zu warten, dass ich mich freiwillig öffnete, und lieber Gott, ich stand so kurz davor, meiner Selbstbeherrschung einen Tritt zu verpassen und mich ihm hinzugeben. Es wäre so einfach gewesen. Entgegen besseren Wissens verlor ich für ein paar Augenblicke den Kopf und stöhnte heiser auf. Ashs Beherrschung schwand. Seine Zunge sank schwer in meinen Mund, strich schmeichelnd an meiner entlang. Das Gefühl berauschte mich und ich verspürte nicht den geringsten Wunsch, diesen süßen Wahnsinn zu beenden. Ich konnte nicht. Viel lieber berauschte ich mich an seinem Geschmack, an seinem Duft und an seiner Stärke, sodass es ihm gelang, innerhalb von Sekundenbruchteilen meinen Widerstand mit seiner Nähe auszulöschen.

Mein Körper holte sich, was er brauchte, und weigerte sich, meinem Verstand zu folgen und Widerwillen zu heucheln. *Scheiß drauf.* Betört von dem Kuss vergrub ich lustvoll seufzend die Hände in seinem weichen Haar. Ashs Hüften bedrängten meinen Unterleib, ich stolperte rückwärts, krachte mit dem Rücken gegen einen Schrank. Meine Arme legten sich um seinen Hals.

„So ist es gut. Halt dich fest, lass nicht los", murmelte er und küsste beide Mundwinkel. Verführerisch sanft wanderte er mit den Lippen über meinen Kiefer, glitt gezielt tiefer und streichelte über meinen Hals. Seiner erotischen Finesse fühlte ich mich machtlos ausgeliefert. Statt ihn zum Teufel zu jagen, kämpfte ich nur gegen mich selbst.

„Sag, dass du mich willst", wisperte er heiser. „Sag es, verdammt!"

Er knabberte an der zarten Haut meiner Kehle. Heiße Schauer überrannten jede Stelle meines Körpers. Ich schluchzte fast, da ich mich für mein Verlangen schämte. Das hinderte mich jedoch nicht daran, meine nackte Wade an seinem Hosenbein zu reiben. Weil ich den Kontakt brauchte. Weil ich gar nicht anders konnte. Weil mein Instinkt das Kommando übernahm.

Ich verhalte mich nicht besser als ein Tier, dachte ich unzusammenhängend.

„Bitte lass mich los!", flehte ich und wand mich vor unerfülltem Verlangen. Ich konnte die harte Beule seiner Erregung am Bauch spüren und rieb mich an ihr.

„Fuck, du hast es nicht anders gewollt", stieß er hervor und hob mich hoch. Seine Hände lagen unter meinem Po, sein Körper drückte mich gegen die Schranktür und verhinderte mein Abrutschen.

„Schling die Beine um meine Hüften."

Mein Magen vollführte Saltos, zwischen meinen Schenkeln loderte ein Feuer, das mich zu Asche verbrennen würde, wenn ich nicht zur Vernunft kam. Die hatte sich schon längst verabschiedet oder mit meinem Verlangen verbrüdert. Ich wollte diese Intimität, brauchte das Gefühl, wie er sich machtvoll und hart wie Stein gegen mich drängte. Ich wollte ihn anfassen, ihn ganz tief in mir spüren.

Sobald er den Unterleib in unmissverständlichem Rhythmus an meinem rieb und dabei wieder und wieder das Innere meines Mundes mit seiner Zunge schändete, büßte ich die Fähigkeit zum klaren Denken vollständig ein. Ich fühlte nur noch. Atmete ihn ein, genoss ihn, gab mich ihm hin. Meine Handflächen umfingen zärtlich seine Wangen, unsere Lippen fanden und verloren sich, ein erotisches Wechselspiel, das sich steigerte, bis unsere Herzen im gleichen Takt schlugen.

Als er in meinen Slip tauchte, erwachte ich langsam aus dem lustvollen Delirium. Seine Finger glitten unter das peinlich feuchte Höschen und erforschten die seidige Glätte. Verstört von dem Wunsch, er möge weitergehen, bis an meine Grenzen und darüber hinaus, registrierte ich zu spät den eindringenden Finger. Entschlossen schob er sich tief in meine zitternde Vagina und verwöhnte mich mit zärtlichen Vorstößen.

„Gott, du fühlst dich wie eine verdammte Jungfrau an“, keuchte er an meinen Lippen und saugte gierig die untere ein. Er benutzte noch einen zweiten Finger, dehnte mich, bis ich nicht mehr sagen konnte, ob seine Eroberung mir guttat oder einfach nur schmerzte. Ewigkeiten war es her, dass mich ein Mann so intim berührt hatte. Auf diese Weise genommen zu werden, kam mir vor wie ein surrealer Traum, aus dem ich jeden Augenblick wieder erwachen würde.

„Herrgott, du bist so verflucht eng“, presste er hervor. „Ich kann es kaum erwarten, dich um meinen Schwanz zu spüren.“

Er beschleunigte den Rhythmus noch einmal, öffnete mich vollständig, und ich wehrte mich nicht mehr gegen die Flut, die über mich kam. Seine Küsse raubten mir ebenfalls den Verstand. Er schmeckte mich, sorgte dafür, dass auch ich von ihm kostete. Die Dekadenz dieser Situation überwältigte mich. Seine Zunge und sein Finger jagten herrliche Wogen süßer Lust in jeden Winkel meines Körpers. Rein, raus. Rein, raus. Immer tiefer, immer schneller.

Ash wollte mich erobern und vereinnahmen, damit ich nie wieder an einen anderen denken konnte. Plötzlich sah ich meine mögliche Zukunft klar und deutlich vor mir. Verliebt, sitzen gelassen und todunglücklich, weil mich seine köstlichen Küsse und Berührungen in die Sucht getrieben hatten.

Dieses jämmerliche Bild von mir selbst wirkte wie eine eiskalte Dusche. Keuchend entriss ich ihm meine Lippen. Für mich ein Gewaltakt, der mir mehr wehtat als ihm. Dennoch war es nötig. Lieber Himmel, wie dumm konnte eine einzelne Frau eigentlich sein? Obwohl er klipp und klar kommuniziert hatte, dass er nichts von mir wollte, was über Sex hinausging, verhielt ich mich wie eine willenlose Schlampe, die er in irgendeiner billigen Bar aufgegabelt hatte. Ein weiteres Indiz dafür, wie stark er mich manipulieren konnte. Ich hielt ihn nicht nur für berechnend, ich fand ihn gefährlich. Schlimmer, als Corey es je sein könnte, denn meinem Ex war es nie gelungen, mich derartig zu überwältigen.

„Lass mich umgehend runter, sonst wirst du es bereuen."

Irgendwas in meiner Stimme musste ihn wohl davon überzeugen, wie ernst ich das meinte. Ash ging sofort auf Abstand und ich kam auf die Füße. Mit butterweichen Knien strich ich mein Kleid glatt und mied den Augenkontakt. Ich wollte hier nur noch raus.

„Jetzt hast du mich schon zum zweiten Mal auflaufen lassen, Maxine."

Ein Hauch von Verbitterung schwang in seinem Ton mit. Überrascht wagte ich einen schnellen Blick in sein Gesicht. Das trübe Licht der kleinen Lampe über uns verbreitete genug Helligkeit, um jede Regung analysieren zu können. Er war sauer. Natürlich, wie könnte es auch anders sein.

Mach das nicht zu deinem Problem, Maxine, flüsterte es in mir. *Er hat angefangen und sich aufgeführt wie ein Kronprinz, der sich alles herausnehmen darf.*

„Pluster dich nicht so auf! Du kannst nicht mit den Gefühlen von Frauen spielen und dich dann über Gegenwind wundern."

„Du hältst dich für besonders schlau, nicht wahr?"

Das süffisante Lächeln, das seinen fein geschwungenen Mund umspielte, erreichte seine Augen nicht. „Suhl dich nur in deinem Triumph", fuhr er fort. „Ich würde mein gesamtes Vermögen darauf wetten, dass du früher oder später einknickst. Und sobald dieser Tag gekommen ist, werde ich dich einen Monat lang nicht aus meinem Bett lassen."

Abrupt drehte er sich um und verließ den Abstellraum.

Lieber Himmel, der Kerl führte sich auf wie eine beleidigte Primadonna.

Erschöpft schloss ich meine Augen. „Verdammter Bockmist", murmelte ich und ging nach unten an die Garderobe. Ich holte meine Jacke und stürmte auf die Straße.

Die Lichter der Laternen leuchteten, trotzdem fühlte ich mich so allein als Frau nicht wohl. Ob ich umkehren und mir im Restaurant ein Taxi rufen sollte? Ein wenig unschlüssig vergrub ich die Fäuste in meinen Manteltaschen und kaute auf der Unterlippe herum. Das wäre verschwendetes Geld, andererseits reizte mich die Aussicht, mutterseelenallein durch die Straßen zu wandern und überfallen zu werden, nicht allzu sehr.

„Angst im Dunkeln?"

Die samtige Männerstimme fuhr wie ein Messer in meinen Magen. Bebend wandte ich mich um. Eine Zigarette erglühte in der Dunkelheit, dann trat Ash aus dem Schatten heraus. Lässig grinste er mich an.

Abwehrend verschränkte ich die Arme vor der Brust. „Was machst du denn noch hier?"

Ash blies den Rauch aus. „Ich gönne mir die Zigarette danach, sieht man das nicht?"

Er klang nicht gerade entspannt, wütend war er aber anscheinend auch nicht, obwohl unser spontanes Zusammensein ein unschönes Ende gefunden hatte. Der Hauch eines ergebenen Grinsens schlich sich auf meine Lippen. Irgendwie schien das zu uns beiden zu gehören.

„Warum lächelst du?“ Er warf die Zigarette auf den Boden und trat sie mit dem Absatz seiner Schuhe aus.

Mir war nicht nach streiten, deswegen antwortete ich ihm völlig normal. „Ich dachte nur daran, wie unwirklich mir alles vorkommt. Erst George und seine verrückte Mutter, dann du …“ Ich beendete den Satz nicht und betrachtete stattdessen sein Gesicht. Wenn er so ausgeglichen aussah, fand ich ihn fast unnatürlich schön. Scharfe Züge, wie in Stein gemeißelt, dazu ein Mund mit einer aufregend sinnlichen Unterlippe, die ich am liebsten angeknabbert hätte.

Halt! Hör auf, so einen Mist zu denken!

Plötzlich hörte ich ihn seufzen und beobachtete alarmiert, wie er auf mich zusteuerte. Der Abstand zwischen uns schmolz rapide dahin. Was hatte er denn jetzt vor?

„Schau nicht so verängstigt!“, meinte er gereizt. „Selbst ich laufe nicht dauergeil durch die Gegend. Ich möchte dich nur nach Hause begleiten oder zumindest dafür sorgen, dass du dir ein Taxi nimmst.“

„Ich brauche weder ein Taxi noch deine Gesellschaft. Ich komme auch ohne Hilfe zurecht.“

„Sei nicht albern. Um diese Uhrzeit ist es zu gefährlich für eine Frau, allein durch die Straßen zu laufen.“

Polizeisirenen im Hintergrund untermauerten das Gesagte, und so gab ich schließlich nach. Er würde mich ohnehin so lange nerven, bis er seinen Willen bekam, und mir fehlte die Kraft zum Streiten.

„Dann tu, was du nicht lassen kannst“, grummelte ich und setzte mich in Bewegung.

Ein paar Minuten später fragte ich mich, ob ein Überfall nicht das kleinere Übel gewesen wäre. Seine Nähe verunsicherte mich, ich wusste nicht, wohin mit meinen Händen. Um wenigstens nach außen hin ein wenig Selbstbewusstsein zu zeigen, straffte ich die Schultern und ging möglichst aufrecht.

Schweigend liefen wir nebeneinander her. Ash schien tief in Gedanken versunken. Nach einer Weile hielt ich die Stille nicht mehr aus. „Kann ich dich was fragen?"

Der Schein der Straßenlaternen verlieh seinem Gesicht einen unnatürlichen Schimmer, als er den Kopf in meine Richtung wandte. „Sicher, nur raus damit."

„Warum bist du so scharf auf mich? Ich bin doch wirklich nichts Besonderes."

Das sagte ich nicht, um nach Komplimenten zu fischen, ich machte mir bezüglich meines Aussehens keine Illusionen. Ashs weiblicher Anhang spielte normalerweise in einer ganz anderen Liga, da konnte ich nicht mithalten.

Er stoppte abrupt, umfasste mich sacht an den Schultern und betrachtete mich eingehend. „Kann es wirklich sein, dass du nicht weißt, wie wunderschön du bist?"

Die letzten Worte klangen ungläubig. Das brachte mich in Verlegenheit.

„Das ist keine Antwort auf meine Frage, Ash."

Ob ich ihn ermutigte, wenn ich ihn mit seinem Vornamen ansprach? Ich tat es trotzdem, weil es sich richtig anfühlte. Er hob beinahe entschuldigend die breiten Schultern. Im Gegensatz zu mir trug er über seinem dunkelblauen Hemd nur ein lässiges schwarzes Jackett. „Es ist simpel, Maxine. Ich will dich, und aktuell kann ich dich nicht haben. Das macht dich interessant und unsere Begegnungen sind immer explosiv, voller Feuer."

„Man könnte meinen, ein Mann wie du wäre zu stolz, um einer Frau hinterherzurennen, die ihn nicht will."

Lüge, Lüge, Lüge. Ich wollte ihn. Ich wollte ihn sogar sehr.

Ash strich mir zart über die Wange. Ein leichtes Prickeln erfasste meine Haut, genau dort, wo er mich berührte. „Ich langweile mich schnell, Maxine. Vor allem, seit ich aus Europa zurück bin. Die gleichen Gesichter, die gleichen Frauen, die gleichen Clubs und Gespräche. In den Wochen nach meiner Rückkehr dachte ich, ich flippe aus, wenn nicht irgendwas passiert. Und dann kamst du.“ Seine Mundwinkel hoben sich ein wenig. „Der erste Eindruck ist prägend, Süße. Du hast dich umgedreht und Gift und Galle gespuckt. Ich fand das ziemlich beeindruckend.“ Sein heisereres Lachen klang sogar im Nachhinein eine Spur ungläubig. „Du hast geglüht vor Empörung und gleichzeitig so eindeutige Signale gesendet, dass ich dich am liebsten in aller Öffentlichkeit gepackt und gegen die nächste Wand gevögelt hätte.“

Seine Worte paralysierten mich, fast schon andächtig lauschte ich ihnen, und ich erbebte, sobald er die Hand von meiner Schulter löste und mir sacht eine Haarsträhne aus dem Gesicht strich. Mit dieser zärtlichen Geste überrumpelte er mich. Wie konnte er in einem Augenblick der schlimmste Mistkerl unter der Sonne sein und dann plötzlich so nett? Es wäre so leicht gewesen, einfach die Augen zu schließen und mich in seine Arme sinken zu lassen. Ich bekam regelrecht Angst vor den Gefühlen, die sich in mir aufbauten und die mir unvorstellbare Wunden zufügen konnten.

Ash spürte die Furcht, die mich in ihrem schrecklichen Klammergriff hielt. „Hab keine Angst, Maxine. Für heute lass ich dich in Ruhe.“

Nach einem letzten tiefen Blick in meine Augen setzte er sich wieder in Bewegung. Verdattert folgte ich ihm und versuchte zu ergründen, ob das nur eine Masche war, um mich einzulullen, oder ob er so viel Einfühlungsvermögen besaß, mich nicht mit seiner aggressiven sexuellen Ausstrahlung zu überfordern.

Es dauerte nicht lange und wir standen vor dem Apartmentblock. Aufgeregt schluckte ich den Kloß in meinem Hals runter und befeuchtete mir mit der Zunge die trockenen Lippen. Gott, ich sehnte mich so sehr danach, ihn zu küssen. War das nicht vollkommen verrückt?

„Hier wohnst du also.“ Stirnrunzelnd fixierte er das alte, schäbige Gebäude und die Umgebung. „Das ist ja ein halbes Ghetto. Wie kannst du nur hier leben?“

Herzlichen Dank, Mr. Arschlochhochwohlgeboren, dass du dich für was Besseres hältst und mir meine Armut vorhältst.

Innerlich schüttelte ich den Kopf über meine Naivität.

„Wo und wie ich wohne, geht dich überhaupt nichts an", fuhr ich ihn an. Ich fühlte mich bloßgestellt und beleidigt. „Ich kann mir nichts anderes leisten, Mr. Oberschlau. Vielleicht ist es dir entgangen, doch nicht jeder wird mit einem goldenen Löffel im Mund geboren."

Wütend und verletzt wollte ich mich abwenden. Sicher, es war nicht die feinste Gegend, aber ich musste ich mich weder rechtfertigen noch schämen.

„Hey, jetzt sei nicht eingeschnappt. Du bist wirklich die größte Kratzbürste, die ich je getroffen habe." Er gluckste in sich hinein. Statt sich zu entschuldigen, lachte er mich aus.

„Du musst dich ja nicht mit mir abgeben, wenn es dich stört." Ich drehte mich so hastig Richtung Haustür, dass ich auf den ungewohnt hohen Absätzen das Gleichgewicht verlor. Bevor ich auf dem harten Boden aufschlug, hielt er mich fest und presste mich an seine Brust. „Vorsicht, du tust dir noch weh."

„Das ist nicht dein Problem", antwortete ich schnippisch und hörte ihn seufzen.

„Sei nicht sauer. Es war nicht so gemeint, okay?"

„Natürlich war es das! Und jetzt lass mich los, sonst macht dein kleiner Freund demnächst Bekanntschaft mit dem Absatz meiner Schuhe."

„Das hätte ich sogar verdient", antwortete er zu meiner Überraschung und grinste zerknirscht. „Es tut mir ehrlich leid, Maxine. Ich habe kein Recht, dir deine Lebensumstände vorzuwerfen."

Warum benahm er sich immer so widersprüchlich? Mein Gesicht musste ein einziges Fragezeichen sein, denn er fing an, leise zu lachen.

„Du bist bezaubernd, wenn du so verwirrt aussiehst. Ich würde dich am liebsten mit Haut und Haaren auffressen", raunte er mir zu. Sein rechter Arm schlang sich um meine

Taille und presste mich noch ein wenig fester gegen seinen muskulösen Oberkörper. Kochende Hitze raste durch meine Adern, unter meiner ablehnenden Fassade brodelte es vor Sehnsucht. Sein Lächeln wurde breiter. Ein echtes Lächeln, nicht dieses aufgesetzte Grinsen, das er sonst zur Schau trug. In meinem Kopf herrschte Chaos. Zu beschäftigt, dieses Durcheinander zu sortieren, merkte ich kaum, wie er den Mund auf meinen senkte. Sanft. Zart.

Vielleicht wehrte ich mich deswegen nicht. Da lag nichts Forderndes in dem Kuss. Schüchtern teilte ich die Lippen und spürte, wie seine Zunge gegen meine stieß. Aufseufzend schlang ich ihm die Arme um den Nacken. Ash keuchte unterdrückt und hob mich ein kleines Stück an, bis meine Beine in der Luft baumelten. Kein Blatt Papier hätte mehr zwischen uns gepasst. Die Empfindungen flossen wie Wasser durch mich hindurch. Kraft- und willenlos hing ich an seinem Körper und hätte ihm in diesem Moment alles gegeben. Statt es sich einfach zu nehmen, setzte er mich vorsichtig ab und küsste mich auf die Nasenspitze. „Du wirst noch mein Untergang sein, Maxine Nichols."

Schweigend sahen wir uns in die Augen. Worte hätten diesen bezaubernden Augenblick bloß zerstört. Sekunden ohne Streit, Angst und vor allem ohne wilde Begierde. Es gab nur zwei Menschen, die es zueinander hinzog und die nicht wussten, wie sie damit umgehen sollten. Trotzdem war ich nicht so naiv zu glauben, sein Charakter hätte sich meinetwegen um 180 Grad gedreht. *Pass auf, er kocht dich weich.* „Gute Nacht!", flüsterte ich leise und trat einen Schritt zurück.

„Wir sehen uns", verkündete er, und zum ersten Mal jagte mir das keine Angst mehr ein.

Lächelnd hob ich die Schultern. „Das befürchte ich auch, aber ich werde trotzdem nicht mit dir schlafen."

„Abwarten."

Sein anzügliches Grinsen läutete das Ende des brüchigen Friedens ein. Ich schenke ihm ein sprödes Lächeln. „Dann wirst du für immer warten. Ich werde meine Meinung nicht ändern."

Schnell verschwand ich im Haus und nahm im Laufschritt die Stufen ins nächste Stockwerk. Von dort aus wagte ich einen Blick aus dem schmalen Fenster und entdeckte ihn auf der gegenüberliegenden Straßenseite. Er stand unten, mit leicht gespreizten Beinen, und zündete sich eine weitere Zigarette an. Während die Glut in der Dunkelheit rot aufleuchtete, fühlte ich eine seltsame Leere in mir. Mit jeder Faser meines Körpers verspürte ich den Drang, die Treppen herunter und direkt in seine Arme zu laufen.

Obwohl er im Grunde nichts weiter als ein skrupelloser Rattenfänger war.

Obwohl er keinen Hehl daraus machte, worum es ihm in Wirklichkeit ging.

Obwohl er mir wehtun würde.

Dieser Mann hatte sich mir in den Kopf geschlichen, ich hörte andauernd seine lockende Stimme. Sie flüsterte mir verbotene Schweinereien zu, verführte mich, manipulierte mich mit dem einzigen Ziel, meinen Widerstand zu brechen. Jeden Muskel spannte ich an, um mich davon abzuhalten, ihm nachzugeben und diese endlose Schwärze in mir mit gleißendem Licht zu füllen. Wenigstens für ein paar Augenblicke, bevor ich wieder von der Einsamkeit verschluckt wurde.

Den Kopf senkend starrte ich auf meine Finger. Sie zitterten. Selbst jetzt noch übte er diese zerstörerische Wirkung auf mich aus, obgleich uns etliche Meter trennten. Ich presste den Atem mit einem angestrengten Keuchen heraus. Diese verdammte Sehnsucht nach Ash nagte mit destruktiver Beharrlichkeit an mir, sie würde nicht einfach verschwinden und Ash würde nicht aufgeben.

Aufschluchzend schloss ich die Augen und beschwor gewaltsam die Geschichte mit Corey herauf, um mich zu erinnern, wozu Männer fähig waren. Wollte ich wirklich eine Neuauflage mit Ash riskieren? Corey kam mir im Vergleich wie ein unreifer Schuljunge vor. Ash konnte mir auf tausend verschiedene Arten wehtun und war jemand, der die Welt gesehen und wahrscheinlich jede schlechte Angewohnheit in sich aufgesaugt hatte, die ein Mensch in einem kurzen Menschenleben annehmen konnte. Mich in ihn zu verlieben, wäre gleichbedeutend mit emotionalem Selbstmord. Also blieb ich, wo ich war. Bis die Glut seiner Zigarette erlosch und ich mit einem tauben Gefühl im Kopf meine Wohnung betrat.

KAPITEL 9

Bibi saß wie die personifizierte Unschuld im Sessel und strahlte mich an. „Du bist ja schon da!“, sagte sie lächelnd. „War es schön?“

Zähneknirschend schluckte ich eine harsche Entgegnung runter. Mit ihr hatte ich auch noch eine Rechnung offen. Ich vermutete, dass sie mich mittels eines missglückten Dates direkt in Ashs ausgebreitete Arme treiben wollte.

Na warte ...

Selbst wenn sie es nur gut meinte, hatte sie mit dieser Aktion den Bogen überspannt und verdiente eine Lektion, die sie von weiteren Maßnahmen dieser Art ein für alle Mal kurierte.

Ich ließ mich mit betont glückseligem Gesichtsausdruck auf die Couch fallen. „Schön ist gar kein Ausdruck“, seufzte ich hingerissen.

Ihre Augenbrauen schossen hoch. Bei ihrer entgeisterten Miene konnte ich nur schwer ein Lachen unterdrücken. Erfreut über meine gelungene schauspielerische Darbietung trug ich besonders dick auf. „Stell dir vor, George ist genauso lieb, wie du es vorausgesagt hast, ich hatte einen unglaublich schönen Abend.“

„Tatsächlich?“ Nun wurde sie eindeutig nervös.

„Oh ja, er ist zum Verlieben mit seiner schüchternen und trotteligen Art. Ich hätte ihn fressen können.“

Bibi verlor ihre Haltung. „Das ist jetzt nicht dein Ernst?“

Insgeheim amüsierte ich mich köstlich über ihr Entsetzen. *Das geschieht dir recht*, dachte ich schadenfroh.

„Selbstverständlich ist es das. George ist so fürsorglich, und ich mag Männer, die eine Brille tragen.“

Mit einem übertrieben schwärmerischen Seufzer lehnte ich mich zurück. „Ich würde ihn am liebsten vom Fleck weg heiraten, und weißt du was?“

„Was denn?“ Bibis Erschütterung war nicht gespielt und ich musste mir das Lachen verbeißen. „Er hat Sinn für Familie und sogar seine arme Mutter mitgebracht, damit sie nicht allein zu Hause sitzt. Ich glaube, mit George habe ich den Jackpot unter den Männern geknackt."

Bibi schluckte hörbar. „Weißt du", fing sie an und knetete ihre Finger. „Du warst ziemlich lange ohne einen Partner. Möglicherweise solltest du dich mit anderen Männern verabreden, ehe du dich festlegst."

„Ach papperlapapp! Warum sollte ich das tun? George ist toll, er wird mich auf Händen tragen", log ich schamlos und amüsierte mich köstlich über die wachsende Panik, die sich auf ihrem Gesicht ausbreitete. Nach meiner Ansage verlor sie endgültig die Nerven.

„Maxine, jetzt komm zur Vernunft! Was willst du denn mit einem Kerl, der seine Mutter zu einem Date mitbringt?"

Unverfroren fixierte ich ihre panische Miene. „Wenn ich deine Reaktion richtig deute, bist du nicht erfreut über meine Begeisterung. Da stellt sich mir doch glatt die Frage, wieso du überhaupt ein Date mit George arrangiert hast."

Schuldbewusst senkte sie den Blick. „Die Verabredung sollte dir die Augen öffnen. Schau, Ash Hunter ist sicher nicht der Mann fürs Leben, aber ich spüre, wie gut er dir tut. Du lebst richtig auf, sobald du ihn erwähnst."

„Du kannst mich nicht so manipulieren", erklärte ich mit fester Stimme.

Betreten flüsterte sie eine Entschuldigung. „Es tut mir so leid. Ich wollte wirklich nur, dass du den Unterschied merkst. Und manchmal sind ein paar Stunden des Glücks jeden Kummer wert. Ich weiß, wovon ich spreche."

Ich würde ihr verzeihen. Natürlich. Doch eine Sache ließ mich nicht ruhen. „Ash ist übrigens im Lauf des Abends ebenfalls im *Raccalto* aufgetaucht", sagte ich betont beiläufig. „Du hast nicht zufällig etwas damit zu tun?"

Ziemlich kleinlaut wich sie meinem Blick aus. „Es könnte sein, dass ich deinen Chef im *Night Runners* angerufen und ihn gebeten habe, Mr. Hunter dort vorbeizuschicken. Nachdem du mir erzählt hast, dass Mr. Ramsey das Verhalten von

Mr. Hunter nicht gutheißt, habe ich deinem Boss weisgemacht, du hättest jetzt einen Freund und dass es wichtig wäre, wenn Mr. Hunter das sieht, um ihn zur Aufgabe zu bewegen. Mr. Ramsay war sehr entgegenkommend und hat versprochen zu helfen, damit diese leidige Geschichte endlich ein Ende findet."

Nun wird sie erst recht weitergehen, dachte ich müde.

„Du bist unglaublich", antwortete ich kopfschüttelnd. Bibi zog wirklich alle Register.

„Ich bin zu weit gegangen, das weiß ich." Sie schwieg einen Moment, ehe sie aufstand und neben mir auf der Couch Platz nahm. „Bist du mir sehr böse?"

„Böse nicht, aber wahnsinnig enttäuscht, weil du eigenmächtig in mein Leben eingreifst. Ich bin ein gebranntes Kind und nicht umsonst so vorsichtig. Wenn ich mit Ash Hunter ins Bett gehe, wird er mir das Herz brechen. Ich will nicht mehr leiden. Kannst du das nicht einfach akzeptieren?"

Ihre hellblauen Augen wurden feucht. „Das werde ich. Versprochen." Sie griff nach meiner Hand. „Maxine, du bist wie eine Tochter für mich. Alles, was ich möchte, ist dein Glück, und ich spüre, wie einsam du bist, und es bricht mir das Herz. Nach dem Tod meines Mannes ging es mir wie dir. Ich musste hart kämpfen, um jeden Tag etwas Essbares auf den Tisch zu bringen. Jede Minute lebte ich für die Kinder, und ich tat es gern. Doch Mutter zu sein ist auf Dauer nicht genug. Eine Frau muss lieben können, und manchmal tut Liebe weh. Keiner weiß das besser als ich. Schließlich habe ich ebenfalls eine große Liebe verloren, aber die Erinnerungen an die Stunden mit ihm bergen nicht nur Tränen, sondern auch das Gefühl von Glück."

„Sprichst du über deinen verstorbenen Ehemann oder über jemand anderen?"

„Meinen Ehemann habe ich geliebt", erklärte Bibi mit fester Stimme. „Es war eine zärtliche und ruhige Liebe. John hat mich sehr glücklich gemacht und ich habe die Heirat mit ihm nie bereut. Wie könnte ich auch? Er hat mir drei wundervolle

Kinder geschenkt, aber … er war nie der Eine für mich“, gestand sie und blickte beschämt auf ihre zierlichen Hände herab. „Nach seinem Tod hatte ich mich damit abgefunden, für den Rest meines Lebens allein zu bleiben.“ Sie verzog die Lippen zu einem leichten Lächeln. „Welcher Kerl ist schon scharf auf eine Frau mit drei Kindern?“, fuhr sie mit einer Spur Ironie in der Stimme fort. „Für mich stellte das kein Problem dar, doch dann bin ich jemandem begegnet, der meine ganze Welt aus den Angeln gehoben hat.“

Ein schmerzvoller Ausdruck huschte über ihr Gesicht, ich musste schlucken und die Tränen zurückdrängen, denn sie offenbarte mir einen Einblick in ihre Seele. Es brauchte drei, vier tiefe Atemzüge meinerseits, bis ich sprechen konnte. „Möchtest du darüber reden?“

Der Zorn wegen George rückte komplett in den Hintergrund.

Bibi zögerte kurz, nickte aber. „Ja, ich denke, es wird Zeit, dir meine Geschichte zu erzählen. Vielleicht verstehst du dann, wieso ich so darauf dränge, dass du ein paar Risiken eingehst. So schmerzlich die Folgen auch sein könnten.“

Sie schwieg einen Moment, versunken in Gedanken, ehe ein Ruck durch ihren zierlichen Körper ging. „Ungefähr ein Jahr nach Johns Tod habe ich einen anderen Mann kennengelernt. Sein Name war Thomas und er war der Sohn vom Boss.“ Bibi verzog die Lippen zu einem kläglichen Grinsen. „Ich habe in einer Kartonagenfabrik gearbeitet. Ein anstrengender Job, der mir einiges abverlangt hat. Wäre die Bezahlung nicht so gut gewesen, wäre ich sicher relativ schnell gegangen. Eines Tages hat mein Chef seinen Sohn herumgeführt. Thomas sollte in die Geschäftsführung einsteigen, und bei einem seiner Besuche bin ich versehentlich in ihn hineingerannt.“

Bibi hörte auf zu sprechen. Sie brauchte einen Moment, bevor sie weitererzählen konnte. „Von der ersten Sekunde an war da etwas zwischen uns. Trotzdem hat es lange gedauert, ehe ich genug Mut aufbrachte, um mich auf ihn einzulassen.“ Bibi lachte leise. „Du musst wissen, sein Ruf, was Frauen anging, war einfach furchtbar. Ich wollte mich nicht in diese Liste einreihen, doch Thomas hat nicht lockergelassen. Wochenlang machte er mir den Hof und irgendwann konnte ich nicht mehr widerstehen.“

Lieber Gott, es kam mir vor, als würde sich ihre Geschichte bei mir wiederholen. Die Parallelen konnte man nicht leugnen. Der entscheidende Punkt war jedoch: Es war nicht gut ausgegangen. Schließlich lebte sie seit Jahren allein.

„Was ist passiert?“, fragte ich.

„Was passiert ist? Wir haben uns verliebt. Gegen alle Vernunft, obwohl ich fast fünf Jahre älter war als er und nicht in seine Welt passte. Ein halbes Jahr haben wir uns heimlich getroffen, bis sein Vater Wind von unserer Affäre bekam.“

Ich ahnte, was nun folgen würde. Bibis zornige Miene war sehr aufschlussreich.

„Er hat mich so von oben herab behandelt“, presste sie hervor. „Als wäre ich nutzloser Ballast, der die Zukunft seines Sohnes gefährdete.“

„Hat er dir Geld angeboten?“

Bibi nickte. Ihr normal so freundliches Gesicht verzog sich erbittert. „Was sonst?“, erwiderte sie zynisch und lächelte gezwungen. „Schließlich wollte er verhindern, dass sich sein Sohn an eine Witwe mit drei Kindern wegwarf. Natürlich habe ich das Geld ausgeschlagen, doch die Zweifel an unserer Beziehung wuchsen. Ich begann mich zurückzuziehen, und die Kluft zwischen Thomas und mir wurde größer und größer. Wir fingen an, uns zu streiten, vor allem, weil ich trotz seiner Liebesschwüre seinen Antrag abgelehnt habe.“

„Er wollte dich heiraten?“

Sie nickte langsam. „Ja. Leider gelang es mir nicht, mein Misstrauen auszuschalten. Ich habe ständig auf den großen Knall gewartet, auf den Moment, an dem er aufwacht und feststellt, dass er sich in eine Frau verliebt hat, die nicht in seine Welt hineinpasst. Immer häufiger fielen böse Worte zwischen uns, weil ich ihm nicht vertrauen konnte. Eines Tages kam er und stellte mir ein Ultimatum. Entweder ich heirate ihn oder er würde die Beziehung beenden."

Die Erinnerungen an damals ließen Bibi selbst heute nicht kalt. In ihren Augen schimmerten Tränen, ihre schmalen Schultern bebten. Ich fand es unerträglich, wie sehr sie diese Sache immer noch mitnahm. Nach all diesen Jahren …

„Ich nehme an, du hast seinen Antrag nicht angenommen."

„So ist es. Ich konnte nicht. Sein Vater hat mich behandelt wie ein wertloses Stück Dreck, auch mit seiner Mutter und seinen Geschwistern wäre es mir nicht anders ergangen. Alle hielten mich nur für eine seiner Eskapaden. Erst als sie merkten, wie ernst es ihm mit mir war, kamen die Sticheleien und ständigen Versuche, mich zu bestechen." Bibi schüttelte den Kopf. „Mir schlug offener Hass entgegen, und das hat mich so verunsichert, dass ich das Wichtigste vergessen habe: meine Liebe zu Thomas. Wenn ich den Mut aufgebracht hätte, ein Risiko einzugehen, wäre er wahrscheinlich mit mir und den Kindern fortgegangen. Die Angst vor dem Ungewissen hat mich den Mann gekostet, den ich über alles geliebt habe, und diesen Fehler habe ich mein Leben lang bereut."

„Was ist dann passiert?"

Meine Stimme bebte vor Mitgefühl.

„Thomas hat Wort gehalten und wir gingen getrennte Wege. Sein Vater hat ihn nach unserem Bruch ein halbes Jahr nach Frankreich geschickt. Dort hat Thomas seine spätere Ehefrau kennengelernt. Ende der Geschichte." Es folgte ein tiefer Seufzer. „Mach nicht die gleichen Fehler wie ich, Maxine. Trau dich was. Folge deinem Herzen und nicht deinem Verstand."

„Und wenn er mir schrecklich wehtut?", fragte ich verzagt.

„Das könnte passieren, aber das kannst du nicht wissen. Wer sagt denn, dass er sich nicht in dich verliebt? Er investiert so viel Mühen darauf, dich zu verführen. Das macht man nicht für eine Frau, die einem gleichgültig ist." Beschwörend sah sie mir in die Augen. „Vertrau meinem Rat: Lass dich nicht von deinen Ängsten beherrschen! Wenn ich die Zeit zurückdrehen könnte, würde ich alles anders machen. Leider ist das unmöglich, aber ich kann versuchen, dich ein bisschen aufzurütteln.“

„Und dafür musst du mir Elsa Sanders auf den Hals hetzen?“

Wenigstens hatte sie den Anstand, peinlich berührt den Blick abzuwenden. „Nun ja, ich dachte, nach George kommt dir Hunter vor wie eine Offenbarung und du stürmst ihm direkt in die Arme. Der Bursche sieht aus, als wüsste er, wie er mit seinem kleinen Freund umgehen muss.“

Ich stieß ein schockiertes Lachen aus. „Himmel, Bibi, hör auf, über Sex zu reden“, tadelte ich und fächelte mir mit der Hand ein wenig Luft zu. „Und woher willst du wissen, ob er gut im Bett ist? Und wie er aussieht. Du kennst ihn doch gar nicht.“

Nun war es Bibi, die mich konsterniert fixierte. „Ich bitte dich, Maxine. Ich bin alt, nicht zurückgeblieben. Ich habe ihn gegoogelt … hübscher Bursche übrigens … und einige interessante Dinge über ihn gelesen.“ Sie hob bedeutsam die Augenbrauen. „Seinen Ruf hat er bestimmt nicht nur wilden Gerüchten zu verdanken, wenn du verstehst, was ich meine.“

Zuerst gelang es mir, das Zucken meiner Mundwinkel halbwegs unter Kontrolle zu bringen, dann verlor ich den Kampf und kicherte haltlos bei der Vorstellung, wie meine Freundin durchs World Wide Web geisterte, um Informationen über Seattles schlimmsten Weiberhelden zu sammeln. Wahrscheinlich existierte in ihrer Wohnung ein detailgetreues Dossier über ihn.

„Wenn du keinen Bock mehr auf Rente hast, kannst du sicher beim FBI anfangen“, frotzelte ich gutmütig.

Endlich verschwand der gepeinigte Ausdruck von ihren Zügen. Sie wurde wieder zu der Bibi, die ich kannte und liebte. „Das nehme ich einfach als Kompliment.“

„Und was hältst du von ihm? Und sei ehrlich.“ Ihr Eindruck interessierte mich brennend.

Bibi überlegte kurz, ehe sie ihre Analyse zum Besten gab. „Wenn du mich fragst, bist du an einen ziemlichen Schwerenöter geraten. Was allerdings den Vorteil hat, dass er Ahnung hat, wie man eine Frau im Bett glücklich macht. Er erinnert mich sehr an Thomas.“ Ein wenig verlegen strich sie sich über ihren Haarknoten. „Vielleicht habe ich deswegen eine Schwäche für ihn. Du könntest eine Menge Spaß mit ihm haben, wenn du aufhörst, so verklemmt zu sein.“

„Ich bin nicht verklemmt, sondern vorsichtig.“

„Nenn es, wie du willst, aber du läufst davon, und das ist nicht gut. Man sollte zu seinen Gefühlen stehen und sie auch ausleben. Schau dir an, wie es mir ergangen ist.“

Sie tat mir entsetzlich leid. Ihr Schicksal gab ihr jedoch nicht das Recht, dermaßen in mein Leben einzugreifen. Erneut beschlich mich ein Anflug von Machtlosigkeit. Ich wollte doch bloß meine Ruhe haben.

„Ich verstehe durchaus, worauf du hinauswillst. Nur haben dein Thomas und Ash Hunter nichts gemeinsam. Du kannst meine Situation nicht mit deiner vergleichen. Thomas hat dich geliebt. Ash will mich einfach ficken und keine Beziehung. Seine Worte, nicht meine. Er tut nicht mal so, als würden tiefere Gefühle dahinterstecken, und ich muss mich vor so einem Mann schützen. So leid mir die Geschichte mit Thomas auch tut, sie gibt dir nicht das Recht, einen Unbeteiligten als Negativbeispiel zu missbrauchen, damit ich Hunters Avancen mit anderen Augen sehe. Das hätte ich ehrlich gesagt nicht von dir erwartet.“

Schonungslos zerlegte ich Bibis Wunschvorstellungen in ihre Einzelteile. Sie erhob sich und lächelte gezwungen. „Es tut mir leid, wenn du dich übergangen fühlst, und du hast allen Grund, sauer auf mich zu sein. Trotzdem solltest du darüber nachdenken, ob Liebeskummer nicht besser ist als diese Leere in deinem Herzen.“

Sie verließ daraufhin das Wohnzimmer und ich blieb aufgewühlt und grüblerisch zurück.

Am Montag brachte ich Danny zur Schule. Müde saß ich neben ihm im Bus und lauschte seinem fröhlichen Geplapper. In Gedanken war ich jedoch ganz weit weg. Bibis Geschichte ließ mich nicht los, sie berührte mich tief, änderte aber nichts an meinem Entschluss, mir Ash auch zukünftig vom Leib zu halten.

Eine winzige Hand schob sich auf meine Wange.

„Mom!“, flüsterte Danny. „Warum schaust du so traurig? Ich mag das nicht!“

Sofort zauberte ich ein Lächeln auf meine Lippen. „Ich bin nicht traurig, Schatz“, erwiderte ich rasch und legte meine Hand über seine. Ich zog sie an meinen Mund und drückte einen zärtlichen Kuss auf die Innenfläche. „Ich bin nur sehr müde, weil ich schlecht geschlafen habe.“

„Dann musst du früher ins Bett gehen“, erklärte er mir mit kindlicher Weisheit und kuschelte sich eng an meine Seite. Ob Hunter von Danny wusste? Wahrscheinlich nicht, sonst hätte er ihn bereits erwähnt oder ihn benutzt, um sich mir zu nähern. Das traute ich diesem elenden Weiberhelden durchaus zu.

Wir erreichten die Haltestelle und stiegen aus. Ein unangenehmer Nieselregen lag wie feiner Sprühnebel über der gesamten Stadt. Ich zog die Schultern ein, während Danny in seiner Regenjacke und den Gummistiefeln dem Wetter trotzte und in jede Pfütze sprang, an der wir vorbeikamen. Grinsend beobachtete ich seine Ungezwungenheit und lieferte ihn an der Schule ab. Einige Minuten später trudelte ich pünktlich im Diner ein und machte mich an die Arbeit.

Gegen zehn Uhr vormittags kam Jenna vorbei und setzte sich an die Theke. Seit dem Fiasko im Club hatte ich sie nicht mehr persönlich getroffen. Lächelnd wischte ich mir die Hände trocken und umarmte sie.

„Hey Fremde, solltest du dich um diese Uhrzeit nicht noch mal im Bett umdrehen?“

Sie arbeitete auch unter der Woche im Club und kam meistens erst im Morgengrauen nach Hause.

„Ich habe mich krank gemeldet", erklärte sie ungewohnt ernst. Tatsächlich sah sie nicht gut aus. Jenna hatte eindeutig Gewicht verloren und wirkte zerbrechlicher als sonst. Sie gefiel mir überhaupt nicht. Kurz sah ich mich um. Im Restaurant befanden sich kaum Gäste und so konnte ich mich für ein paar Minuten zu ihr setzen.

Tröstend tätschelte ich ihre Hand. „Du siehst wirklich nicht fit aus. Hat dein Zustand etwas mit Aaron zu tun?"

Sie seufzte. „Alles hat mit ihm zu tun. Körperlich geht es mir eigentlich gut, von der Schlaflosigkeit mal abgesehen. Ich kann es nur nicht ertragen, ihm jeden Tag zu begegnen, und es wird Zeit, dass ich mich endlich der Realität stelle, und einen Schlussstrich ziehe."

„Was hast du vor?"

„Ich werde kündigen", erklärte sie. „Er wollte mich ohnehin feuern. Warum also bleiben, wenn ich sowieso nicht erwünscht bin."

„Vermutlich ist es besser so. Du wirst mir dennoch fehlen. Ohne dich werden meine Schichten im Club nicht mehr dasselbe sein."

Ihre düstere Miene hellte sich ein wenig auf. „Wir treffen uns einfach privat, und vielleicht finde ich dieses Mal einen Job, bei dem ich zur Abwechslung tagsüber arbeiten kann."

Gerade wollte ich etwas erwidern, da öffnete sich die Eingangstür. Ein junger Mann kam herein und steuerte direkt auf uns zu. Er hielt eine hübsch verpackte rote Rose in der Hand.

„Verzeihen Sie, Ma'am. Ich suche eine Maxine Nichols!"

„Das bin ich."

„Diese Lieferung ist für Sie."

Verwundert nahm ich die Rose an mich und schnupperte an den samtweichen Blütenblättern.

„Würden Sie hier den Empfang bestätigen?" Er zog ein Gerät hervor und hielt mir das Display hin. Sobald ich mit dem Stift meinen Namen darauf gekritzelt hatte, verschwand er.

„Da ist eine Karte dabei", stellte Jenna aufgeregt fest.

Mit bebenden Fingern zog ich sie heraus und las die in schwungvollen Lettern geschriebenen Worte.

Hallo Maxine!

Mehr stand da nicht! Verwirrt hielt ich Jenna die merkwürdige Nachricht hin. Sie zog die Augenbrauen hoch und legte die Stirn in Falten. „Das ist aber komisch."

Da konnte ich ihr nur beipflichten. „Ich stell sie mal ins Wasser", teilte ich ihr mit und verschwand in den Aufenthaltsraum. Kaum kam ich zurück, betrat ein Raum weiterer Bote das Lokal. Auch er hielt eine langstielige, exquisite Rose in seinen Händen, wieder für mich, wieder mit einer Karte.

Ich wollte dir

Der Satz endete an dieser Stelle und so langsam wurde mir mulmig zumute.

„Hast du die Aufmerksamkeit eines Psychopathen auf dich gezogen?"

Jennas Scherz kam zu einem ungünstigsten Zeitpunkt. Mir war wirklich nicht zum Lachen zumute, weil ich schon vermutete, wem ich die Rosen zu verdanken hatte.

Kurz darauf betrat ein dritter Bote das Diner, es folgten ein vierter, ein fünfter und ein sechster. Jeder von ihnen hatte eine Rose für mich, bis die beigelegten Kärtchen eine komplette Nachricht ergaben.

Hallo Maxine!
Ich wollte dir nicht zu nahetreten. Ich hoffe, du nimmst meine aufrichtige Entschuldigung an. Die Rosen sind ein Friedensangebot. Lass mich wissen, ob ich noch eine Chance bei dir habe.
Ash

Ein freudiger Schauer erfasste mich. Gleichzeitig ärgerte ich mich über meine Inkonsequenz. Ließ ich mich wirklich von so einer Aktion einwickeln?

„Sind die Rosen von Hunter?“

Ich bejahte wortlos nickend Jennas Frage.

Sie klatschte in die Hände. „Wow, was für ein Romantiker. Das hätte ich ihm gar nicht zugetraut.“

Diese Ansicht teilte ich nicht. „Du kennst ihn nicht. Der Kerl tut nichts ohne Hintergedanken. Das hier …“, ich deutete auf die Karten, „ist nur ein weiterer Versuch, mich rumzukriegen. Für so einen Weiberhelden bin ich mir zu schade.“

Ganz überzeugt wirkte sie nicht, sie stimmte mir dennoch zu. „Vielleicht hast du recht. Trotzdem finde ich die Idee sehr originell“, meinte sie, bevor sie sich auf einmal kerzengerade aufsetzte. „Sag, woher weiß er eigentlich, wo du arbeitest? Hat er jemanden auf dich angesetzt?“

Ich schnaubte. „Das soll er versuchen, dann lernt er mich mal richtig kennen. Er muss es von Aaron wissen.“

Was mich daran erinnerte, dass ich meinem Boss noch die Leviten lesen musste. Wie konnte so ein knallharter Geschäftsmann auf das Geplapper einer älteren Dame hereinfallen?

Jennas Züge verzogen sich vor Empörung. „Dafür sollte man ihm in den Arsch treten. Wie kann er so leichtfertig mit den privaten Informationen seiner Mitarbeiter umgehen? Ein weiterer Grund, um zu kündigen.“

Ihre grimmige Miene brachte mich zum Lachen.

Plötzlich glitt sie geschmeidig vom Hocker. „Max, ich muss wieder los. Ich habe in einer Stunde ein Vorstellungsgespräch und darf mich nicht verspäten.“

Für den Moment verdrängte ich Ashs plumpen Versuch mich zu manipulieren und richtete meinen wehmütigen Blick auf Jennas entschlossenes Gesicht.

„Du machst also wirklich ernst?“, fragte ich.

„Es geht nicht anders“, murmelte sie und strich sich mit einem traurigen Lächeln den Pony aus der Stirn. „Mit Aaron habe ich es ordentlich versaut. Jetzt kann ich bloß noch meinen Stolz retten.“

Nachdem ich ihr viel Glück für das Gespräch gewünscht hatte, drehte sie sich um und verschwand.

***

Ash und seine Rosenaktion bekam ich in den folgenden Tagen nicht aus dem Kopf. Danny und die Arbeit hielten mich davon ab, vor lauter Unsicherheit und Sehnsucht nach diesem Idioten nicht den Verstand zu verlieren.

Freitagabend stand mir eine Schicht im *Night Runners* bevor. Da Lou mir nach den vielen Überstunden ein freies Wochenende gönnte, konnte ich mit einer anderen Kollegin tauschen und heute schon im *Night Runners* auflaufen. Sie übernahm dafür die Samstagabendschicht für mich. Dadurch ergab sich zum ersten Mal seit Langem die Möglichkeit, den Samstag *und* den Sonntag mit Danny verbringen zu können. Ich konnte mein Glück kaum fassen.

Entsprechend gut gelaunt zog ich mich im Personalraum um. Die Aussicht, Ash möglicherweise über den Weg zu laufen, trübte meine Stimmung ein wenig. Ob er auftauchen würde?

Die Tür ging auf und Jenna steckte den Kopf durch den Spalt. „Hey, da bist du ja. Dann können wir gemeinsam rein.“

Sie betrat den Raum und wartete geduldig, bis ich mein schwarzes Kleid zurechtgerückt und den Sitz meiner Frisur geprüft hatte. Wie üblich bändigte ich die dunklen Wellen in einem hohen Pferdeschwanz.

„Jetzt komm, du bist hübsch genug“, meinte sie und hängte sich bei mir ein. Ihr Körper zitterte leicht.

„Hast du Aaron schon über deine Absichten informiert?“, fragte ich sie behutsam.

Jenna lächelte kläglich. „Noch nicht. Ich sage es ihm lieber, wenn meine Schicht vorbei ist. Es sei denn, er behandelt mich von oben herab. In dem Fall könnte es durchaus sein, dass ich ihm einen Tritt verpasse und auf der Stelle verschwinde."

„Hey, lass mich heute Abend bloß nicht hängen!"

„Keine Sorge, einmal darfst du mich noch in Aktion erleben." Sie zwinkerte mir munter zu, täuschen konnte sie mich trotzdem nicht. Jennas gute Laune wirkte zu aufgesetzt, um echt zu sein. Wir traten hinaus in den langen Flur, da öffnete sich Aarons Tür und er stand auf der Schwelle seines Büros.

„Jenna, auf ein Wort!"

Energisch steuerte er auf uns zu und blieb ungefähr einen Meter von ihr entfernt stehen. Sie räusperte sich und hob fragend die Augenbraue. „Gibt es ein Problem, Mr. Ramsay?"

Falls überhaupt möglich, wurde sein Gesichtsausdruck noch düsterer. „Was soll das, Jenna? Du weißt, ich bestehe nicht auf eine formelle Anrede."

Das Kinn störrisch erhoben, begegnete sie seiner aufgebrachten Miene. „Ich dachte, in Anbetracht der Situation wäre es angebracht", antwortete sie würdevoll.

„Rede doch keinen Unsinn und erklär mir lieber deine Abwesenheit in den letzten Tagen."

„Ich war krank, das weißt du ganz genau. Immerhin habe ich dir eine Nachricht zukommen lassen."

Stirnrunzelnd sah er auf sie herab. „Ich habe keine Nachricht von dir erhalten."

Nun war es Jenna, deren Stirn sich in Falten legte. „Das verstehe ich nicht. Das Attest des Arztes habe ich direkt an dich geschickt."

„An deiner Stelle würde ich das auch behaupten", erwiderte er geringschätzig. „Wieso gibst du nicht zu, dass du beleidigt warst und die Arbeit verweigert hast?"

Die dreiste Anschuldigung brachte das Fass zum Überlaufen. „Mir reicht es! Da du mich anscheinend für verlogenen Abschaum hältst, erlöse ich dich ein für alle Mal von meiner

Gegenwart und kündige. Such dir eine andere Dumme, an der du deine schlechte Laune auslassen kannst."

Aarons Miene blieb während Jennas Monolog unbeweglich und er kommentierte ihn lediglich mit einem gelangweilten „Ich nehme die Kündigung nicht an".

Seine steife Erwiderung beeindruckte Jenna wenig. Sie zuckte mit den Achseln. „Das ist mir egal, ich gehe trotzdem. Selbstverständlich bleibe ich, bis ein Ersatz eingestellt ist", teilte sie ihm frostig mit. „In deinen Augen bin ich vielleicht verantwortungslos, aber ich weiß, was sich gehört."

Ein merkwürdiger Ausdruck huschte über sein kantiges Gesicht, seine Wangenmuskeln bewegten sich zuckend. Jenna rettete hier gerade in beeindruckender Weise ihren Stolz und entlockte ihm endlich eine menschliche Regung. Mit einer fahrigen Geste strich er durch sein dunkelblondes Haar.

„Verdammt, Jenna, ich sagte doch schon: Du brauchst nicht zu kündigen!", brachte er schließlich heraus und überraschte uns beide damit. „Deine Krankmeldung ist vermutlich untergegangen, ich entschuldige mich für die Unterstellung. Und was deinen Catfight letztens angeht … den habe ich dir längst verziehen. Du weißt, wie empfindlich ich reagiere, wenn es um den Club und meine Gäste geht. Vergiss den schrecklichen Abend, dann tu ich es auch."

Jenna setzte gerade zu einer Antwort an, da erstarrte ihre Mimik. Sie blickte auf einen Punkt hinter Aarons Rücken. Die aufregende Blondine von neulich lehnte an der geöffneten Tür zu Aarons Büro. Anscheinend lief da was Ernstes zwischen ihm und ihr. Er würde nie eine Frau in sein Allerheiligstes lassen, wenn er ihr nicht vertraute. Angesichts ihres etwas hinterlistigen Lächelns fragte ich mich, ob sie nicht etwas mit dem Verschwinden des Attests zu tun hatte. Bestimmt hatte sie den Klatsch um Jennas Gefühle für Aaron mitbekommen und sich so einer unliebsamen Konkurrentin entledigt.

„Brauchst du noch lang, Darling?" Ihre heisere Stimme klang nach purem Sex. Sie setzte sich in Bewegung und kam mit geschmeidigen Hüftbewegungen auf uns zu. Neben Aaron blieb sie stehen und schmiegte sich provozierend an seinen Körper. Ihre grauen Augen glitzerten berechnend, während sie auf Jenna herabblickte. „Ich führe gerade eine Unterhaltung mit Jenna und versuche, sie von einer Kündigung abzuhalten."

„Baby, lass sie doch kündigen, wenn sie partout will. Reisende soll man nicht aufhalten."

So eine unsympathische Person!

Aarons verärgerte Stimme unterbrach die unangenehme Stille im Gang. „Misch dich nicht ein, Monica. Das sind Clubangelegenheiten, die gehen dich nichts an."

So was nannte ich mal eine klare Ansage.

„Wie redest du denn mit mir?" Monica zog die feinen Augenbrauen zusammen.

Unter ihrem stechenden Blick hätte sicher so manch ein Navy Seal klein beigegeben. Aaron nicht. Er schloss lediglich für einen Moment die Augen und seufzte genervt. „Jetzt mach kein Drama draus. Wieso gehst du nicht zurück ins Büro? Ich muss noch ein paar Sätze mit Jenna wechseln und komme nach."

Zuerst schien es, als wollte sie protestieren, dann ließ sie sich zu einem zuckrigen Lächeln herab. „Wie du meinst, Darling. Aber lass mich nicht zu lang warten."

Sie verzog sich, ohne ein Wort des Abschieds an Jenna und mich zu richten. Für sie stellten wir unbedeutendes Fußvolk dar und waren keines Blickes würdig.

Aaron wandte sich erneut an Jenna. „Du kennst mich. Hin und wieder reagiere ich etwas harsch und daher entschuldige ich mich in aller Form für meine unpassenden Äußerungen. Überleg dir das mit der Kündigung noch mal. Oder hast du schon was Neues?"

Jenna schüttelte wortlos den Kopf.

„Na siehst du, dann hast du gar keinen Grund zu gehen."

Ob ihm bewusst war, wie erleichtert er klang? Mit ihrer Kündigung hatte sie seine Aufmerksamkeit geweckt, leider nicht so, wie sie es sich erträumt hatte.

Neugierig wartete ich Jennas Reaktion ab.

„Ich werde noch einmal eine Nacht drüber schlafen."

Aaron schenkte ihr ein seltenes Lächeln. „Fein, ich hoffe, das Ergebnis wird mich positiv überraschen."

Er nickte Jenna zu und sah ihr dabei intensiv in die Augen. Es vergingen einige Sekunden, ehe er sich räuspernd abwandte und seiner Freundin ins Büro folgte.

Jenna kaute an ihrer Unterlippe und blickte unsicher in meine Richtung. „Manchmal verstehe ich ihn nicht. Wieso will er mich unbedingt behalten?"

Da ich keine Hoffnungen wecken wollte, lenkte ich vom Thema ab. „Weiß nicht, aber uns fehlt die Zeit, darüber nachzudenken. Die Arbeit ruft."

Wie erwartet füllte sich der Club rasend schnell. Menschentrauben sammelten sich in sämtlichen Ecken, die Tanzfläche platzte aus allen Nähten und bot keinerlei Bewegungsfreiheit mehr. Die Leute amüsierten sich trotzdem. Der Alkohol floss in Strömen, die Musik dröhnte aus den Boxen und ließ den Boden vibrieren, bis ich das Gefühl bekam, sanfte Elektroschockwellen würden durch meinen Körper pulsen.

Ich wartete an der Bar auf die nächste Bestellung, die Juan zusammenmixte, als sich ein warmer Männerkörper von hinten an mich schmiegte.

„Hallo Schönheit."

Dieser göttliche Geruch! Selbst wenn ich die Stimme nicht sofort erkannt hätte, wäre klar gewesen, wer sich mir näherte. Mühevoll unterdrückte ich ein wohliges Stöhnen. Die Hitze seines Leibes drang durch den lächerlich dünnen Stoff meines Kleides.

Gleich darauf trat er zurück. Hektisch fuhr ich herum und blickte in die Smaragdaugen des Mannes, der meine Welt seit Wochen auf den Kopf stellte. Mein Körper versteifte sich in freudiger Erwartung. Wie furchtbar dumm von mir.

„Kann ich dich kurz sprechen?", fragte er höflich.

Da er sowieso nicht lockerlassen würde, beschloss ich, ihn anzuhören. „Ich muss noch die Cocktails zu den Gästen bringen, dann kann ich eine Minute für dich erübrigen."

„Ich warte da hinten“, sprach er und deutete auf eine riesige Palme ein paar Meter weiter.

„Deine Bestellungen, Querida.“

Juans Stimme riss mich aus der Starre. Ich schnappte mir das Tablett und gab den launigen Gästen ihre Getränke. Anschließend wagte ich mich zu unserem Treffpunkt. Ash wartete bereits und griff nach meiner Hand, sobald ich in seine Reichweite kam.

„Hey, was soll das?“

Ohne auf meinen Protest zu achten, zog er mich in den Schutz der Palmen. Sein großer, schlanker Körper schirmte mich vom restlichen Geschehen im *Night Runners* ab.

„Hast du dir Rosen bekommen?“, fragte er ohne Einleitung.

„Ja.“

„Mehr hast du nicht zu sagen?“

Langsam schüttelte ich den Kopf und unterdrückte ein Lächeln. Er wirkte überrascht. Vermutlich hatte er damit gerechnet, dass sein zugegeben origineller Blumengruß mehr Eindruck bei mir hinterlassen würde. Er brachte seine Mimik schnell wieder unter Kontrolle und streifte mit dem Mund meine Wange. „Dann hast du bestimmt die vollständige Nachricht gelesen.“

„Vielleicht …“, erwiderte ich und mied absichtlich den Blickkontakt zu ihm.

„Du kannst dich geehrt fühlen, ich entschuldige mich normalerweise nicht“, sagte er und küsste verführerisch sanft die Mulde unterhalb meines Ohres. „Aber bei dir mache ich eine Ausnahme.“

Seine Lippen berührten nun meinem Hals, mir wurden die Knie weich. Er wusste ganz genau, auf welche Knöpfe er drücken musste, um eine Frau rumzukriegen. Ohnmächtig kämpfte ich gegen das wachsende Verlangen an und krampfte die Finger in sein Hemd. Dabei stieß ich ein lustvolles Stöhnen aus, was ihn zu weiteren Intimitäten ermutigte. Mit der Zunge fuhr er in meine Ohrmuschel. Zum wiederholten Mal durchbrach Ash meine Abwehrmechanismen.

„Wie gut du dich anfühlst. Seit Tagen kann ich nur daran denken, dich in meinen Armen zu halten.“

Es folgten ein gieriger Kuss, fahrige Hände, schwerer Atem, der sich an meiner Haut brach und mich in Verzückung versetzte. Ash zog mich tiefer in den Schatten der Palme.

„Verzeihst du mir?“, raunte er kehlig.

Er schob die rechte Hand unter mein Kleid. Sanft strichen seine Finger über meinen Oberschenkel, ich drückte die Hüften nach vorn und verlor jeden Bezug zur Wirklichkeit. Wahrscheinlich hätte ich mich ihm gleich an Ort und Stelle hingegeben, wenn uns nicht eine Stimme unterbrochen hätte.

„Ash, hier steckst du! Hast du nicht gesagt, du willst nur was zu trinken holen?“

Hastig fuhren wir auseinander. Er drehte sich um und die fehlende Hitze seines Körpers wirkte ernüchternd. Schlagartig lichtete sich der Nebel in meinem Kopf, und ich erkannte mit schmerzhafter Deutlichkeit, wer mich gerade davor bewahrt hatte, vollends den Verstand zu verlieren. Es war Tracey, seine Geliebte, die offenbar noch gar nicht gesehen hatte, dass er sich nicht allein in dieser dunklen Ecke herumtrieb.

Nach Luft ringend rückte ich das verrutschte Kleid zurecht und schämte mich in Grund und Boden. Ich war so schwach. So unendlich erbärmlich. Jetzt würde sie ihm wahrscheinlich eine Ohrfeige verpassen, doch weit gefehlt. Erschüttert sah ich dabei zu, wie sie die Arme um seinen Nacken schlang und ihn küsste. Direkt vor meinen Augen, nachdem er eben noch mit seiner Zunge …

Und er stand einfach nur da und wartete, bis Tracy sich zurückzog. Sie tätschelte ihm spielerisch die Wange und warf mir einen verächtlichen Blick zu. Anscheinend hatte sie doch kein Problem damit, ihn mit einer anderen zu teilen.

„Ist das nicht die Kleine von neulich?“ Sie besaß das Lächeln einer Viper. Hinterhältig und berechnend. „Wenn du genug von ihr hast, dann komm wieder rauf. Colin wartet auch schon.“

Sie drehte sich auf dem Absatz um und zog sich zurück.

Wenn du genug von ihr hast ...

Der Schmerz über meine Einfalt überrollte mich förmlich, als er sich mit zerknirschter Miene zu mir umwandte. „Maxine, du solltest das eben nicht so ernst nehmen“, fing er an,

Mit zwei Schritten überbrückte ich den Abstand zwischen uns und scheuerte ihm eine. „Halt bloß den Mund, du Lügner! Du vögelst doch alles, was sich bewegt. Kaum lässt sie dich aus den Augen, baggerst du mich wieder an. Wie kann man nur so widerlich sein?“

„Maxine ...“

Mir fehlte die Kraft, mir noch mehr Lügen anzuhören. Ich musste raus an die frische Luft und flüchtete vor ihm auf den Innenhof des Clubs. Dort entlud sich der gewaltige Druck in einem salzigen Tränenstrom. Schluchzend drückte ich mich an die Wand und schlang mir die Arme um den Oberkörper. Warum immer ich? War ich denn wirklich so wenig liebenswert, dass sich jeder einen Dreck um meine Gefühle scherte? Unglücklich starrte ich in den nachtschwarzen Himmel, an dem heute kein einziger Stern zu sehen war.

Die Tür des Hinterausgangs öffnete sich und Ash kam heraus. Sobald er mich entdeckte, lief er einen leichten Bogen und näherte sich mir vorsichtig. Ein Jäger, der seine Beute in die Ecke drängte. Schließlich blieb er vor mir stehen und sah auf mich herunter. „Verfluchte Hölle, wieso rennst du *ständig* vor mir weg?“

„Warum kannst du mich nicht einfach in Ruhe lassen?“

„Weil ich das, verdammt noch mal, nicht kann! Kapier das endlich.“ Ash spannte die Schultern an, sein ganzer Körper schien unter Strom zu stehen. „Maxine, lass mich das mit Tracy erklären.“

„Wozu? Es geht mich nichts an, was und mit wem du es treibst. Es ist mir *gleichgültig*, ob du mit ihr oder hundert anderen Frauen schläfst. *Du* bist mir gleichgültig!“

Böse sah er mich an. „Mit dir kann man wirklich keinen vernünftigen Satz reden“, fauchte er aufgebracht.

Dass er es wagte, mich anzugreifen, obwohl er derjenige war, der laufend Mist baute, machte mich so wütend, dass ich die Hand hob, um ihm eine saftige Ohrfeige zu verpassen. Er fing sie noch im Flug ab und zog mich unerbittlich an sich.

„Wag es niemals wieder, die Hand gegen mich zu erheben, Maxine!“, flüsterte er mit bedrohlich sanfter Stimme. „Bis jetzt habe ich Rücksicht auf dich genommen, ich habe mich zurückgehalten, aber meine Geduld ist fast am Ende.“

„Zurückgehalten? Was willst du denn noch machen? Mich entführen und einsperren, damit ich endlich mit dir schlafe? Du bist so erbärmlich!“

„Du willst mich“, beharrte er hartnäckig und trieb mich zur Weißglut. „Vergiss nicht, wie du vorhin auf mich reagiert hast. Wäre Tracy nicht reingeplatzt, hättest du freiwillig dein Höschen beiseitegeschoben, damit ich mich bis zum Anschlag in deine nasse Pussy rammen kann.“

Nicht einmal leugnen konnte ich das. Ash spreizte seine Finger an meinem unteren Rücken und drückte mich dichter an seinen Unterleib. Wieder durchströmte mich ungewollte Erregung. Es war zum Verzweifeln. Ash Hunter sprengte Stück für Stück Löcher in meine Mauern. Es war lediglich eine Frage der Zeit, ehe dieser Schutzwall zusammenbrach.

„Lass mich doch einfach in Ruhe. Bitte, Ash. Ich ertrage das nicht länger. Dieses Hin und Her. Deine Spielchen und das Gefühl, ein Zeitvertreib für dich zu sein.“

Ich kannte seine Antwort auf meine Bitte, noch bevor er etwas sagte. Zu meiner Schande löste sich eine winzige Träne aus meinem linken Augenwinkel und rann die Wange herunter. In seinen grünen Augen schimmerte es mysteriös, als er sie mit der Fingerkuppe auffing und ableckte.

„Es tut mir leid, aber den Gefallen kann ich dir nicht tun. Glaub mir, ich habe versucht, mich von dir fernzuhalten.“ Ashs Schultern hoben sich in einer entschuldigenden Geste „Wie du siehst, hat es nicht funktioniert. Da ich ein Egoist bin, werde ich weitermachen, bis du freiwillig zu mir kommst.“

Ashs Stimme senkte sich zu einem leidenschaftlichen Flüstern herunter. „Der Tag wird kommen, und dann gehörst du mir.“

Mit diesem Versprechen ließ er mich allein und ging zurück zu seinen Freunden, in sein glitzerndes High-Society-Leben, das so gar nichts mit meinem gemein hatte.

„Ich bin das alles so leid“, wisperte ich und strich mir über die Stirn. Meine Haut glühte förmlich, trotz der frostigen Temperaturen. Zeit, wieder reinzugehen, ehe ich mir in meinem dünnen Kleid den Tod holte. Rumheulen und mein Pech beklagen konnte ich auch zu Hause.

Kapitel 10

Bevor ich mich wieder ins Getümmel stürzte, wärmte ich meine klammen Finger im Aufenthaltsraum mit einer Tasse Tee auf. In etwas besserer Verfassung kehrte ich zurück und lief meine Runden. Dabei versuchte ich krampfhaft, nicht nach Ash und seiner Entourage Ausschau zu halten. Das gelang mir nur teilweise. Mein Blick schweifte laufend durch den Raum, ohne ihn zu entdecken. Wo er wohl abgeblieben war? Vögelte er womöglich gerade diese Tracey, weil er bei mir nicht landen konnte?

Sosehr ich mich auch dagegen wehrte, ich konnte die Eifersucht auf sie nicht abstellen. Was fand er nur an so einer unhöflichen Person? Sicher, sie sah fantastisch aus, doch es gab überall hübsche Frauen, die durchaus sympathisch und liebenswürdig waren. Tracy besaß keine dieser Eigenschaften. Vermutlich lagen ihre Qualitäten woanders, wenn Ash sie ständig zu seiner Begleitung auserkor. Ein tonnenschweres Gewicht schien sich auf meine Brust zu legen, sobald ich an den Kuss zwischen den beiden dachte. Dass es so schmerzte, bestärkte mich in dem Bestreben, ihm zu widerstehen. Ich wollte mir gar nicht ausmalen, wie ich mich fühlen würde, sollte ich mich in ihn verlieben.

Gerade räumte ich einen verwaisten Tisch ab und stellte die leeren Gläser auf ein Tablett, da hörte ich eine tiefe Männerstimme. „Maxine, hätten Sie eine Minute für mich?“

Ich hob den Blick und stand Colin Hunter gegenüber.

„Was wollen Sie?“ Feindselig musterte ich sein attraktives Gesicht. Ich hatte nicht vergessen, wie er mit der armen Riley umgesprungen war.

„Sie scheinen sich nicht über meine Anwesenheit zu freuen.“

„Stimmt. Wieso gehen Sie nicht zu Ihrem dummen Bruder und seiner noch dümmeren Freundin, damit ich mich in Ruhe meiner Arbeit widmen kann?“

„Ash hat keine Freundinnen", erwiderte er gelassen. „Nur zahlreiche Bettgeschichten."

Auf einmal grinste er, und für einen Augenblick vergaß ich meine Wut auf ihn und alles, was mit Hunter zu tun hatte.

„Glauben Sie mir, es ist eine wahre Freude mitzuerleben, wie er sich an Ihnen die Zähne ausbeißt. Ich liebe meinen Bruder, aber sein Umgang mit dem weiblichen Geschlecht ist verabscheuungswürdig." Colins Lächeln schwand, er wirkte plötzlich todernst. „Offen gestanden verwirrt mich sein jetziges Verhalten. Sie müssen ihn schwer beeindruckt haben. Sie sind die Erste, die seine Aufmerksamkeit länger als ein paar Stunden fesselt."

Seine Worte ließen mein Herz augenblicklich schneller schlagen, die Schmetterlinge im Bauch hyperventilierten und flatterten wild hin und her. *Ich sollte mich nicht darüber freuen,* dachte ich beschämt und räusperte mich peinlich berührt. „Ihr Bruder kann es nur nicht ertragen, dass ich nicht sofort in seine Arme sinke. Irgendwann wird er es leid sein, mir hinterherzujagen, und sich eine willigere Beute suchen."

„Das hoffe ich für Sie, Maxine. Wie gesagt, er ist mein Bruder und ich liebe ihn, aber ich bin nicht blind für seine Schwächen."

Colin hatte recht. Ash Hunters Moral ließ schwer zu wünschen übrig. Er würde sich nicht für eine Frau ändern, schon gar nicht für mich.

„Danke für die Warnung, aber ich kann Sie beruhigen. Ich habe nicht vor, die nächste Kerbe in seinem Bettpfosten zu werden."

„Freut mich zu hören."

Wieder einmal konnte ich kaum glauben, dass er und Ash Brüder waren. Unterschiedlicher konnte man gar nicht sein, auch wenn er sich bei Riley nicht gerade mit Ruhm bekleckert hatte.

„Darf ich fragen, wieso Sie die Nummer meiner Freundin Riley in den Mülleimer geschmissen?"

Er schluckte verlegen. „Das haben Sie gesehen?"

„Schlimmer! Sie hat es selbst mitbekommen. Sie hätten die Nummer doch einfach ablehnen können. Dann hätte sie wenigstens gewusst, woran sie ist. Wenn sie nicht gesehen hätte, dass sie das Papier entsorgt haben, hätte sie sich wahrscheinlich tagelang Hoffnung auf einen Anruf gemacht."

Er wand sich unbehaglich. „Ich finde Ihre Freundin äußerst attraktiv", fing er an.

„Aber?"

„*Aber* ich halte nichts von Frauen, die sich einem Kerl schamlos an den Hals werfen. Ich fand sie viel zu forsch. Da liegt doch der Verdacht nahe, dass sie das regelmäßig macht."

„Glauben Sie nicht, man sollte sich erst die Mühe machen einen Menschen besser kennenzulernen, bevor man sich ein Urteil bildet."

Colin rieb sich verlegen den Nacken, unschlüssig darüber, was er antworten sollte. Ich nahm ihm die Entscheidung ab. „Hören Sie, Colin. Riley ist nicht sehr freigiebig mit privaten Informationen, und ich habe auch noch nie erlebt, dass sie einen Mann toll genug fand, um ihm einfach ihre Nummer in die Hand zu drücken. Wenn man ihr etwas vorwerfen könnte, dann nur, dass sie gerne flirtet. Das macht sie aber nicht zu einer Schlampe."

Unsicher begegnete er meinem Blick. „Sie meinen also, ihr liegt was an mir?"

„Das kann ich Ihnen nicht beantworten. Wieso finden Sie es nicht selbst heraus?"

„Wenn Sie mir ihre Nummer geben, würde ich das gerne tun."

Zuerst war ich unschlüssig, doch seine schuldbewusste Miene hätte einen Stein erweichen können. Seufzend kritzelte ich die Zahlenreihe auf meinen Block und riss das Blatt ab. „Hier, aber wehe, Sie verhalten sich ihr gegenüber unverschämt, dann komme ich persönlich bei Ihnen vorbei und übe fürchterliche Rache."

Er ließ er den Zettel in seiner Hosentasche verschwinden. „Keine Sorge, das wird nicht passieren."

Er schenkte mir ein jungenhaftes Grinsen. „Ich danke Ihnen, Maxine. Leider habe ich einige schlechte Erfahrungen gemacht und reagiere allergisch auf offensive Frauen."

„Dass Sie enttäuscht wurden, tut mir leid, aber Sie sollten Riley deswegen nicht vorschnell verurteilen." Ich schnappte mir das voll beladene Tablett und nickte ihm zum Abschied zu. „Einen schönen Abend noch, Mr. Hunter."

„Colin", warf er ein.

„Also gut … Colin", stimmte ich zu und machte mich an die Arbeit. Die Hunters hatten mich heute schon zu viel Zeit gekostet.

Die nächste halbe Stunde verging wie im Flug. Es schien, als ob alle Gäste gleichzeitig ihre Drinks leerten und ich kam mit dem Servieren kaum nach. Sobald es ruhiger wurde, gönnte ich mir eine kurze Verschnaufpause und holte mir bei Juan ein Glas Orangensaft. Während ich es austrank, fiel mein Blick eher zufällig auf Ash, der an einem Tisch ganz in der Nähe saß und mich beobachtete. Mit den Augen zeichnete er jede Kurve meines Körpers nach.

Dieser blöde Idiot! Wieso konnte er nicht aufhören, mich ständig in Verlegenheit zu bringen? Böse drehte ich mich weg und arbeitete weiter. Die nächsten Stunden empfand ich als Tortur, und so schlug ich innerlich drei Kreuze, als die letzten Gäste gingen.

Jenna gesellte sich zu mir, nachdem der Rest der Leute das *Night Runners* endlich verlassen hatte. Sie sah müde und zerbrechlich aus.

„Alles okay?", fragte ich besorgt.

„Ja, mir ist nur ein bisschen schwindelig. Derzeit esse und schlafe ich zu wenig. Ich fürchte, das rächt sich jetzt."

„Dann geh nach Hause. Gläser einsammeln und in die Spülmaschine stellen kann ich auch alleine."

„Aber die anderen sind ebenfalls schon weg."

Schulterzuckend ging ich über diesen Einwand hinweg. „Na und? Ich brauche ohne dich höchstens fünf Minuten länger.

Und jetzt geh endlich, bevor du umkippst. Du bist bleicher als ein Laken."

Schlussendlich stimmte sie zu und drückte mich. „Danke, ich revanchier mich beim nächsten Mal."

Allein die Tatsache, dass es ein nächstes Mal geben würde, zauberte mir ein Lächeln aufs Gesicht.

Nachdem Jenna den Club verlassen hatte, machte ich mich an die Arbeit, um so schnell wie möglich nach Hause zu kommen. Summend räumte ich die verbliebenen Gläser auf den fahrbaren Wagen, damit der Putztrupp in ein paar Stunden freie Bahn hatte. So hell erleuchtet und ohne die Menschenmassen wirkte der riesige Raum merkwürdig steril und wenig gemütlich.

„Du bringst mich auf ein paar ganz dumme Ideen, wenn du so verführerisch durch die Gegend hüpfst." Vor Schreck ließ ich beinahe das Glas in meiner Hand fallen und schoss herum. Da stand er. Der feuchte Traum meiner schlaflosen Nächte. Sofort kribbelte es an allen möglichen Stellen meines Körpers. Wie immer reagierte ich viel zu extrem auf seine Gegenwart. Das empfand ich als gleichermaßen frustrierend wie beängstigend. Unfähig, mich neutral zu verhalten, knallte ich das Glas auf die nächstbeste Tischplatte, ohne ihn aus den Augen zu lassen. Wie schaffte er es, nach einer durchgemachten Nacht noch so fit zu wirken? Sein Äußeres war absolut makellos, sein dunkles Hemd wies nicht einmal Knitterspuren auf. Wahrscheinlich roch er sogar wie ein verdammter Strauß Rosen, während der Rest der Welt nach vielen Stunden in einem überfüllten Club ganz normal schwitzte.

Gelassen kam er auf mich zu, die schönen Lippen kräuselten sich zu einem kleinen Lächeln. „Du siehst niedlich aus, wenn du wütend wirst."

Nur noch wenige Schritte und er würde bei mir sein.

Oh Jesus Christus, gibt mir die Kraft, ihm zu widerstehen.

Wie schon so oft erinnerte er mich an ein Raubtier. Elegant, zum Sprung bereit und in der Lage, mich mit Haut und Haaren aufzufressen. Ich wich panisch zurück. „Rühr mich nicht an!"

Mit der Hinterseite meines Oberschenkels stieß ich gegen eine Tischkante. Er schloss sofort zu mir auf, ich saß in der Falle.

„Ich tu dir doch nichts."

Aufgewühlt befeuchtete ich meine Unterlippe, die Augen starr auf die Knöpfe seines schwarzen Seidenhemdes gerichtet. Oh Gott, mein Puls explodierte förmlich, als er die Hand auf die Stelle über meinem Herzen legte.

„Du bist aufgeregt", flüsterte er.

Ich berauschte mich am hypnotischen Klang seiner Stimme und senkte überfordert die Lider.

„Schau mich an, Maxine."

Trotzig kniff ich die Lider noch fester zusammen. Ich konnte ihn nicht ansehen, nicht jetzt, wo ich mich so schwach und verletzlich fühlte. Als Reaktion auf meine Weigerung schloss er die Finger um meine Brust, sein Daumen fuhr suchend über den feinen Stoff des Kleides und fand den Mittelpunkt. Die Brustspitze schwoll beim ersten Kontakt an und streckte sich ihm entgegen. Meine Lider hoben sich. Ich musste sehen, was er mit mir anstellte, und beobachtete, wie er den steifen Nippel umkreiste. Das sinnliche Ziehen im Unterleib nahm zu, wurde bezwingend, bis ich es nicht mehr ignorieren konnte. Seine Berührung brachte auf magische Weise mein Blut zum Kochen, summend rauschte es durch meine Adern und trug die Lust unbarmherzig bis in meinen Schoß.

„Hör auf", stöhnte ich und schluchzte vor Wonne, denn er umfing auch die andere Brust und begann, sie sachte zu kneten. Sie schmiegte sich in seine Hand, als wäre sie nur für ihn gemacht.

„Ich will dich schmecken, genau hier."

Den Nippel zwischen Daumen und Zeigefinger eingeklemmt rollte er ihn hin und her. Noch mehr feuchte Wärme sickerte in mein Höschen, dieses unerträgliche Gefühl der Leere spitzte sich zu. Ich versuchte vergebens, die kläglichen Reste meines Verstandes zusammenzukratzen.

Es bestürzte mich, wie leicht es ihm gelang, meinen Körper zu manipulieren.

War es wirklich nur mein Körper? Oder fühlte ich längst mehr für ihn?

Sollte ich jemals in die Situation kommen, die letzte Frage mit Ja beantworten zu müssen, dann konnte mir niemand mehr helfen. Schon jetzt erschien es mir unmöglich, ihm zu widerstehen.

„Lass dich gehen, Süße. Denk nicht nach, fühl einfach."

Seine Zähne nagten sanft an meinem Ohrläppchen. Das Wechselspiel zwischen Saugen und Knabbern zog am hauchdünnen Faden meiner Selbstbeherrschung, bis er riss und ich hineinfiel in eine Wolke aus Hingabe und Verführung. Wohlige Hitze rann mir durch den Körper, keuchend klammerte ich mich an Ashs Hemd fest, um nicht zu Boden zu stürzen, weil mich meine Beine nicht mehr trugen. Ash schlang stützend den Arm um meine Taille. Sein Mund liebkoste zärtlich meine Wange, das Kinn und zog die Linie meines Kiefers nach.

„Ich will dein Haar offen." Ash zog das Gummiband heraus. Seidig weich legte sich die Mähne um meine Schultern. Er fuhr mit den Fingern hindurch und nahm sich schließlich eine Handvoll, um meinen Kopf sanft nach hinten zu ziehen. Sein heißer Atem brach sich an meiner bloß gelegten Kehle. Überall auf mir breitete sich eine Gänsehaut aus.

„Ich werde dich jetzt küssen." Seine Absichten klar zu formulieren, bevor er sie in die Tat umsetzte, gehörte zu den wenigen guten Eigenschaften, die er besaß. Hätte ich ein bisschen Format besessen, wäre diese Vorwarnung die perfekte Gelegenheit, um ihm einen Tritt zu verpassen und anschließend das Weite zu suchen. Stattdessen glitten meine Handflächen tastend nach oben und trafen sich hinter seinem Nacken.

„Ich hasse dich, weil du mich so schwach machst", brachte ich noch heraus, ehe ich mich auf die Zehenspitzen stellte und seinem Kuss entgegenkam. Kurz erhaschte ich einen Blick in seine verdunkelten Augen, bevor ich meine eigenen schloss und unter der Berührung seiner Lippen dahinschmolz. Ash stöhnte dumpf, seine freie Hand wanderte tiefer und legte sich besitzergreifend um meinen Po.

Hingebungsvoll erwiderte ich jede Liebkosung seiner Zunge, betrank mich an seinem Geschmack und seinem Duft. Das Wort Vernunft existierte in meinem Wortschatz nicht mehr. Die Lust fegte sie hinweg und ich taumelte auf den Abgrund zu.

Plötzlich entriss er mir seine Lippen und sah aus fiebrigen Augen auf mich herunter. „Verdammt, ich bin so hart für dich", stieß er hervor und bewegte in eindeutiger Weise seinen Unterleib.

Das Zentrum meines Körpers reagierte mit einem intensiven Ziehen. Bibi hatte recht gehabt. Ash erweckte mich zu neuem Leben. Ich konnte mich diesem himmlischen Sog nicht länger entziehen und seufzte ergeben in unseren Kuss hinein. Endlich schob er den Ausschnitt des Kleides runter und nahm dabei die Schale des BHs mit. Mit brennenden Augen starrte er auf die blanke Brust, ehe er mit einem heiseren Stöhnen den Mund über die geschwollene Spitze senkte. Mit der Zungenspitze zog er feuchte Kreise, hin und wieder biss er zärtlich zu. Die Muskeln zwischen meinen Beinen schnürten sich krampfhaft zusammen.

„Oh Gott."

Keuchend klammerte ich mich an seinen Schultern fest. Mit geöffnetem Mund versuchte er, so viel wie möglich von der Brust zu erfassen. Mein heiserer Schrei hallte unnatürlich laut in meinen Ohren wider.

„So gut …", hörte ich ihn murmeln.

Ein Poltern holte mich aus dem lüsternen Rausch und wir fuhren ertappt auseinander. Unsere Atemzüge kamen schnell, wir sahen uns um, doch niemand war hier. Der Krach musste aus dem Bürotrakt kommen.

„Tu das nie wieder“, brachte ich schließlich heraus und zog hektisch das Kleid über dem Busen zurecht. „Ich habe dich gebeten, mich in Ruhe zu lassen.“

„Und ich habe dir daraufhin gesagt, dass ich das nicht kann. Und was jetzt? Ich würde sagen, wir haben eine klassische Pattsituation. Außerdem bist du nicht ehrlich. Weder zu mir noch zu dir selbst. Ich sehe nicht ein, dich in Ruhe zu lassen. Du zerfließt in meinen Armen, sobald ich dich berühre, und solange sich das nicht ändert, werde ich nicht aufgeben. Ich wiederhole es gerne: Ich will dich.“

„Wir können nicht immer haben, was wir uns vielleicht insgeheim wünschen“, flüsterte ich und senkte den Blick auf den Boden. Eine unbestimmte Trauer schlich sich in jede Zelle meines Körpers.

„Du denkst viel zu kompliziert.“ Zornig fixierte er mein angespanntes Gesicht. „Gleichzeitig spielst du mit dem Feuer. Laufend lässt du mich ein Stück an dich heran, und dann“, er schnippte mit den Fingern, „voilà … machst du einen erneuten Rückzieher. Das ist nicht lustig!“

Er lief wie ein gereiztes Tier vor mir auf und ab. Meine Unbeständigkeit ihn betreffend, kotzte mich ja selbst an. Wie musste es dann erst ihm ergehen?

Plötzlich hörte er auf, unruhig hin und her zu laufen, und fixierte mich mit einer Kälte, die mir unwillkürlich einen Schauer über den Nacken rieseln ließ.

„Du verachtest mich, weil ich mit dir ficken möchte, doch dein Verhalten, meine Süße, ist nicht besser. Nur dass ich dir bezüglich meiner Absichten nie etwas vorgemacht habe. Ich bin ehrlich, du belügst dich ständig selbst, und das kotzt mich langsam an.“

Heftige Gefühle durchströmten mich, ich wollte Ashton eigentlich widersprechen, konnte aber nicht, denn er traf den Nagel auf den Kopf. „Dann solltest du gehen und nicht mehr herkommen“, erklärte ich mühsam beherrscht.

Grimmig verschränkte er die Arme vor der breiten Brust. „Vielleicht sollte ich das wirklich tun. Es gibt weiß Gott genug Frauen, die liebend gern in mein Bett kommen."

Nach einem letzten Blick wandte er sich ab und ging mit langen Schritten aus dem Raum. Wie betäubt bei diesem plötzlichen Meinungswechsel ließ ich mich auf einen Stuhl sinken und fragte mich, wieso ich mich über diesen kleinen Sieg nicht freuen konnte.

***

Etwas später verließ auch ich das *Night Runners* und saugte die kühle Luft ein. Der Morgen graute schon, Frost überzog Häuser, Autos und Straßen. Zu Hause kuschelte ich mich in mein warmes Bett und fiel in einen tiefen traumlosen Schlaf.

Fünf Stunden danach schmiss mich der Wecker aus dem Bett. Mit einem merkwürdig tauben Gefühl im Kopf setzte ich mich auf. Ich fühlte mich überhaupt nicht wohl. Langsam quälte ich mich ins Bad und erschrak bei meinem Anblick. Das Haar stand buschig in alle Richtungen ab und ähnelte einem Vogelnest. Meine sonst so klaren graublauen Augen blickten trüb und wirkten winzig in meinem aschfahlen Gesicht.

Plötzlich kündigte ein Kitzeln in der Nase eine Niesattacke an. Fünfmal hintereinander schüttelte es mich durch, ich hielt mich erschöpft am Waschbecken fest. Mist, ich wurde doch nicht etwa krank?

Selbst schuld, Maxine, dachte ich genervt. Ich musste ja gestern Nacht unbedingt total verschwitzt und ohne Jacke ins Freie flüchten. Geschah mir recht, dass ich jetzt eine deftige Erkältung bekam.

Beim gemeinsamen Frühstück mit Danny und Bibi kam noch ein brennender Hals hinzu und verdarb mir den Appetit. Bibi musterte mich besorgt.

„Schätzchen, sieht aus, als wäre da eine Erkältung im Anmarsch. Vielleicht sollte ich allein mit Danny in den Supermarkt. Wir zwei packen das schon, nicht wahr, Großer?"

„Aber klar doch." Er nickte aufgeregt. Danny liebte den Supermarkt. Die Fülle an bunten Packungen faszinierte ihn immer wieder aufs Neue und er flitzte durch die endlosen Gänge wie ein Wirbelwind.

Es widerstrebte mir, auf kostbare Freizeit mit Danny zu verzichten, obwohl mir ein bisschen Ruhe sicher gutgetan hätte. Ich ignorierte meinen Zustand und winkte ab. „Ach, das geht schnell vorbei. Ich muss nur heißen Tee trinken und mich warmhalten."

Ihre Miene blieb skeptisch, allerdings versuchte sie nicht, mich davon abzubringen. Seit der Sache mit George war sie vorsichtiger im Umgang mit mir, als hätte sie Angst, mich zu verärgern und unsere gute Beziehung zu zerstören. Spontan legte ich meine Hand über ihre und drückte sie liebevoll. „Trotzdem danke für deine Sorge. Ich wüsste nicht, was ich ohne dich machen würde."

Sie verstand, was ich damit ausdrücken wollte. „Das wirst du hoffentlich nie herausfinden müssen", antwortete sie herzlich und wir schoben auch die letzten Überreste unserer Unstimmigkeit beiseite.

„Sobald ich meinen Tee ausgetrunken habe, geht's los", erklärte ich resolut und kicherte, als Danny aufstand und wie ein geölter Blitz ins Bad rannte. „Ich geh Zähneputzen."

„Wer ist das und was hat er mit Danny gemacht?", wunderte sich Bibi und schüttelte amüsiert den Kopf.

„Vermutlich denkt er, es springt etwas Süßes für ihn heraus, wenn er sich freiwillig die Zähne putzt."

Ungefähr eine Dreiviertelstunde später fuhren wir in den Supermarkt. Da ich selbst kein Auto mehr besaß, benutzten wir Bibis alten Ford Galaxy und ergatterten zu unserer Freude einen Parkplatz in der Nähe des Eingangs. Dort schnappten wir uns einen Einkaufswagen.

„Willst du dich reinsetzen?“, fragte ich. Er liebte es, sich in dem ratternden Rollwagen durch die langen Gänge karren zu lassen. Zu meiner Überraschung schüttelte er den Kopf.

„Nö, ich laufe lieber.“

Ein bisschen wehmütig zerzauste ich ihm das Haar. Erneut ein kleiner Meilenstein in seinem Leben. Wenn ich bei unserem letzten Supermarktbesuch geahnt hätte, dass ich ihn danach nie wieder durch den Laden chauffieren würde, hätte ich diesem Augenblick mehr Bedeutung beigemessen. So viele letzte Male, sie kamen ohne Vorwarnung, es gab keine Regeln. Kinder hatten da ihren eigenen Kopf.

Nach und nach suchten wir alle benötigten Lebensmittel zusammen. Ab und zu verschwammen mir die Buchstaben auf den Verpackungen vor Augen. Meist dauerte dieser Zustand nur wenige Sekunden an, ehe sich meine Wahrnehmung normalisierte. Ich nahm mir vor, heute Abend früh zu Bett zu gehen, und wandte mich an Bibi. „Es fehlen Pfirsiche.“

Wir wollten einen Obstkuchen backen und uns danach einen gemütlichen Nachmittag vor dem Fernseher gönnen. Um ehrlich zu sein, war ich angeschlagener als gedacht und konnte es kaum erwarten, mich auf die Couch zu lümmeln. Bibis Vorschlag, mich einfach ins Bett zu legen und zu schlafen, erschien mir immer verlockender, trotzdem würde ich diesem Drang nicht nachgeben. Das erste Wochenende seit Langem mit Danny würde ich ganz sicher nicht mit Kranksein verplempern. Er freute sich ebenfalls, Zeit mit mir verbringen zu können, ohne dass uns der Termindruck im Nacken saß.

Er musste viel entbehren, was für andere Kinder in seinem Alter selbstverständlich schien. Das schloss materielle Dinge mit ein, obwohl er sich nie beschwerte. Natürlich entgingen mir nicht seine sehnsüchtigen Blicke, sobald wir an der Spielzeugabteilung vorbeikamen, doch er sagte nichts und versuchte auch nicht, ein kleines Geschenk herauszuschlagen, so wie ich es beim Frühstück noch vermutet hatte. Er ahnte wohl, dass wir es uns eigentlich nicht leisten konnten, und seine vernünftige Einstellung stimmte mich traurig. Manchmal wünschte ich mir, dass er sich wie andere Jungs einfach auf den Boden schmiss und vor Wut brüllte, weil er nicht bekam, was er wollte. Ich warf noch eine Riesenpackung Gummibärchen und einen Comic in den Wagen, was er mit leuchtenden Augen zur Kenntnis nahm. Ich zwinkerte ihm zu und erfreute mich an seinem strahlenden Lächeln.

Plötzlich schob er sich zwischen mich und den Einkaufswagen und stellte sich aufs Trittbrett. „Mom, kannst du mich schieben?“

Dafür fühlte er sich offenbar nicht zu alt. Lächelnd hielt ich die Stange fester und gab Gas. Wir rauschten lachend durch die Gänge und ignorierten die vorwurfsvollen Blicke der anderen Kunden. Er quietschte ausgelassen vor Freude und ich kam nach einigen Metern schlingernd zum Stehen, weil mich eine heftige Hustenattacke plagte. Es klang wirklich fürchterlich. Danny starrte erschrocken zu mir hoch. Krank kannte er mich überhaupt nicht.

„Geht es dir nicht gut, Mommy?“, fragte er ängstlich.

Jetzt war ich also wieder Mommy. Mein Herz floss über vor Liebe und ich drückte ihn an mich. „Mach dir keine Sorgen, mein Schatz! Ich habe nur eine Erkältung, das geht schnell vorbei.“

Er nickte, wirkte aber nicht ganz überzeugt. Um ihn abzulenken, deutete ich auf den Kassenbereich. „Lass uns doch nachschauen, ob Bibi die Pfirsiche schon hat, und dann zahlen gehen.“

Zu Hause rührte ich gerade den Kuchenteig an, da klingelte es an der Haustür.

„Nanu, wer kann das denn sein?“, wunderte ich mich und wischte mir die Hände an der Schürze ab.

„Schau nach, dann weißt du es“, antwortete Bibi und kramte in meiner Schublade nach einem Dosenöffner. Beim zweiten Klingeln stand ich vor der Tür und spähte durch den Spion. Überrascht stellte ich fest, dass es sich um Riley handelte.

„Hey, was treibt dich heute hierher?“, begrüßte ich sie, sobald ich geöffnet hatte. Statt zu antworten, fiel sie mir um den Hals. „Danke, danke, danke, Maxine! Das werde ich dir nie vergessen!“

„Wovon sprichst du?“

Riley verdrehte die Augen. „Du weißt genau, wovon ich spreche, du Kupplerin. Du hast mit Colin gesprochen und ihm meine Nummer gegeben.“ Sie seufzte. „Zuerst wollte ich ihn einen Kopf kürzer machen, aber er war so süß am Telefon und da dachte ich mir: Scheiß drauf! Der Typ ist heiß und ich will ihn. Wir haben kommenden Donnerstag ein Date.“

Ihr Lächeln wirkte ansteckend. Grinsend verbeugte ich mich vor ihr. „Stets zu Diensten, Ma'am!“, feixte ich und musste prompt niesen. Dem Ganzen folgte ein Hustenanfall und Riley musterte mich mitleidig an. „Das hört sich fies an. Falls das Montag nicht besser ist, musst du unbedingt zum Arzt. So kannst du den Leuten unmöglich das Essen servieren.“

Das kam denkbar ungelegen. Jeder fehlende Arbeitstag machte sich in meinem Geldbeutel bemerkbar und auf die Trinkgelder verzichtete ich nur ungern.

„Vielleicht genügt eine Mütze voll Schlaf, damit ich wieder auf die Beine komme. Aber bleib doch zum Kaffee. Wir backen gerade einen Pfirsichkuchen, der reicht auch noch für dich.“

„Da sag ich nicht Nein!“

Erfreut über die Einladung trat sie in den kleinen Flur. Mit Essen konnte man Riley immer locken. Kuchen, Junkfood, Süßigkeiten oder Eiscreme – sie stopfte sich alles rein und nahm dabei kein Gramm zu.

Nachdem sie die Jacke aufgehängt und die Wildlederstiefel ausgezogen hatte, folgte sie mir in die Küche und wurde von Danny stürmisch in Empfang genommen. Wir verbrachten einen schönen Nachmittag, der in einen entspannten Abend überging, da ich sie auch noch zum Abendessen einlud. Bibi verabschiedete sich kurz danach, um zum Bingo zu fahren.

Nachdem wir das Geschirr gespült und aufgeräumt hatten, setzten wir uns vor den Fernseher und sahen uns zwei Folgen SpongeBob an, bis es für Danny Zeit wurde, ins Bett zu gehen.

Missmutig verzog er das Gesicht. „Och Mom, kann ich nicht noch ein bisschen aufbleiben? Es ist doch Samstag. Nur ein paar Minuten", bettelte er.

„Schätzchen, es ist schon nach neun, bis du tatsächlich im Bett liegst und schläfst, wird es vermutlich halb zehn werden. Sei ein lieber Junge und diskutier nicht mit mir."

„Also gut", brummte er und unterdrückte im nächsten Moment ein Gähnen. Ein wenig schuldbewusst blinzelte er zu mir hoch.

„Sag Gute Nacht zu Riley."

Ich beobachtete, wie er zu ihr auf die Couch krabbelte und sie umarmte. „Gute Nacht, Riley", sagte er artig und schenkte ihr ein keckes Grinsen.

„Nacht, Großer", antwortete sie und drückte ihn kurz an sich.

Nachdem er sich die Zähne geputzt und den Schlafanzug angezogen hatte, steckte ich ihn ins Bett und setzte mich ein paar Augenblicke neben ihn. „Schlaf schön, und morgen habe ich auch noch den ganzen Tag Zeit für dich."

Ein seliges Lächeln geisterte über seine Züge, gefolgt von einem Gähnen, das er dieses Mal nicht überspielen konnte. Zärtlich strich ich durch seine dunklen Locken. Ein warmes Gefühl der Dankbarkeit strömte von meinem Bauch direkt in mein Herz. Egal, wie sehr mich die ungewollte Schwangerschaft sowie die unschöne Tatsache, von heute auf morgen auf mich allein gestellt zu sein, damals umgeworfen hatten, ich bereute meine Entscheidung, ihn zu behalten, nicht eine Sekunde. Danny war das Glück meines Lebens.

Er kuschelte sich in sein Kissen. „Mom", flüsterte er. „Pete hat mich gefragt, wo mein Daddy ist. Kannst du es mir verraten?"

Ich hätte schwören können, dass mir für einen Moment der Herzschlag stockte. Natürlich war diese Frage unvermeidlich.

Ich hatte immer gewusst, eines Tages würde er sie stellen, und nie hatte ich festgelegt, was ich darauf antworten sollte.

Da ich ihn nicht anlügen wollte, erzählte ich ihm zumindest einen Teil der Wahrheit. „Dein Dad ist damals gegangen, weil er zu jung war, um zu verstehen, was Vatersein bedeutet. Leider kann ich dir nicht sagen, wo er gerade ist."

„Glaubst du, er würde mich liebhaben, wenn er mich kennen würde?"

Das Gesicht meines Sohnes spiegelte so viel Hoffnung wider und mir drehte sich fast der Magen um. „Wie könnte man dich nicht liebhaben?", antwortete ich und zitterte am ganzen Körper.

Danny gab sich mit dieser Antwort zufrieden und schloss die Augen. Ich streichelte eine Weile seinen Kopf und verließ dann auf Zehenspitzen sein Zimmer. Bevor ich zu Riley zurückging, schenkte ich uns in der Küche Wein ein. Bestimmt würde ich danach gut schlafen können.

Vorsichtig trug ich meine Fracht ins Wohnzimmer. Riley nahm ihr Glas entgegen und musterte mich eingehend. „Du siehst blasser aus als vorhin. War was?"

Ermattet ließ ich mich neben ihr aufs Sofa fallen und trank einen Schluck vom kräftigen Rotwein, der weich meine Kehle hinabbrann.

„Danny hat nach seinem Vater gefragt", vertraute ich ihr an. „Mir war klar, der Tag würde irgendwann kommen, und ich dachte wirklich, ich wäre vorbereitet." Nachdenklich nippte ich an meinem Glas. „Es tut mir so leid für ihn, dass er ohne Vater aufwachsen muss. Und ich weiß auch, dass er dringend eine männliche Bezugsperson bräuchte, und die kann ich ihm nicht bieten."

„Du liebst ihn und schenkst ihm Geborgenheit. Mehr braucht ein Kind nicht."

Ganz so einfach war es nicht, doch ich wollte diesen schönen Tag nicht mit trüben Gedanken enden lassen und schwieg dazu.

„Hör mal, ich hätte da noch ein Attentat auf dich vor."

Fragend zog ich die Augenbrauen hoch. „Inwiefern?"
„Du kennst doch die Cateringfirma, für die ich hin und wieder kellnere? Sie haben sich gesellschaftliche Ereignisse spezialisiert. Am Mittwochabend findet eine große Feier statt und mein Boss bräuchte für diesen Event noch eine Servicekraft. Du wärst perfekt dafür, und sie zahlen gut."
„Bist du auch da?"
Sie schüttelte den Kopf. „Nein, ich habe letzte Woche meine Frühschicht mit Maria getauscht, damit sie den Geburtstag ihrer Mutter feiern kann. Aber da du morgens arbeitest und die Kohle sowieso dringender brauchst als ich, könntest du einspringen. Es wäre nur für ein paar Stunden. Was meinst du?"
Danny wünschte sich zu Weihnachten ein Keyboard und ich legte jeden Monat etwas Geld beiseite. Durch eine zusätzliche Finanzspritze würde ich dem Ziel erheblich näherkommen, daher überlegte ich nicht lange. „Wenn ich bis dahin fit bin, mach ich es."
„Super, dann leite ich das in die Wege."
„Falls dein Boss mich will", warf ich ein.
Sie machte eine wegwerfende Handbewegung. „Ach was, Mr. Gibson wird dich mit Handkuss nehmen."
Ich musste lächeln. „Noch was zu trinken, Riley?"
Sie schüttelte ablehnend den Kopf. „Nein danke. Für mich wird es langsam Zeit, nach Hause zu gehen. Und du nimmst jetzt ein heißes Bad und haust dich aufs Ohr. Du brauchst Ruhe."
Die Aussicht, mich in angenehm temperiertem Wasser zu aalen, entlockte mir ein sehnsüchtiges Seufzen. „Du hast wie immer die besten Ideen", antwortete ich.
„Eine meiner nützlichsten Eigenschaften", prahlte sie und erhob sich.
Nachdem sie sich verabschiedet hatte, ließ ich mir ein Bad ein. Summend kippte ich ein wenig von dem duftenden Badezusatz hinein. Sekunden danach breitete sich der Duft von

Vanille im Raum aus. Dampf stieg auf und legte sich feucht-warm über meine Kehle. Mein Hals fühlte sich nicht mehr so rau und geschwollen an.

Vor dem Bad sah ich noch einmal nach Danny. Er schlief wie ein Murmeltier und hatte die Decke weggestrampelt. Vorsichtig hob ich sie vom Boden auf und zog sie wieder über seinen schmalen Körper. Anschließend verließ ich auf Zehenspitzen das Kinderzimmer. Da Jenna eventuell anrufen wollte, legte ich das Handy in Griffweite ab und ließ mich selig ins heiße Wasser sinken. Es dauerte nicht lange, bis sich die verhärtete Muskulatur lockerte. Tiefenentspannt schloss ich die Augen.

„Das sollte ich wirklich öfter machen", murmelte ich und strich mir mit dem weichen Badeschwamm über die Brüste. Die Nippel ragten aus dem Wasser und zogen sich beim ersten Kontakt mit der kühleren Luft zu straffen kleinen Kugeln zusammen. Erschauernd führte ich den Schwamm tiefer und lenkte ihn über meinen Bauch. Meine Wimpern zitterten vor Anstrengung, da ich mit aller Gewalt versuchte, nicht an Sex und damit automatisch an Ash zu denken.

Ein aussichtsloser Kampf und nicht der erste, den ich gegen mich selbst verlor. Die Bilder kamen dennoch und ich ließ den Schwamm los und tastete nach meinem Venushügel. Unruhig bewegte ich die Hüften. Je länger ich eine intimere Erkundung hinauszögerte, umso hungriger reagierte ich, bis ich es nicht mehr aushielt und mich intim berührte. Die dampfende Luft im Bad, das seidenweiche Wasser, das streichelnd meinen Leib umschmeichelte, und das zarte Zittern meiner Schenkel forderten mehr.

Mein Kopf kippte nach hinten und ich biss mir auf die Lippen. Eigentlich sollte das Bad der Erholung dienen, nicht meiner Befriedigung. Wechselnde Bilder befeuerten meine Fantasie. Zuerst etwas zurückhaltend, dann immer schneller, umkreiste ich den empfindsamen Punkt, der den Mittelpunkt meiner Lust darstellte und war in Gedanken die ganze Zeit über bei *ihm*. In meiner Fantasie war ich frei zu tun, was immer ich wollte. Hier konnte ich mich Ash ohne Bedauern hingeben. Ich wünschte mir so sehr, das auch in die Realität transportieren zu können. Seine Verachtung wegen meiner Furchtsamkeit, kurz bevor er das *Night Runners* verlassen hatte, lag mir schwer auf der Seele. Er hatte ja recht. Ich war ein Feigling. Plötzlich bedauerte ich es, nicht einfach auf mein Herz gehört zu haben. Lieber einmal richtig glücklich sein, als sein Leben lang vor sich hin zu vegetieren, ohne jemals echte Leidenschaft verspürt zu haben. Die Reue kam wohl zu spät. Ash war gegangen und würde sich sicher eine andere suchen. Wie hatte er mich so treffend charakterisiert?

Feige, kompliziert, moralisch? Ich würde nie mehr haben als das hier. Mein Kopf formte ein weiteres Bild. Ich lag nackt und willig unter Ash. Mit der Zunge tauchte er in meinem Bauchnabel, zog feuchte Kreise und trocknete sie mit seinem Atem. Seine Nase strich über meinen bebenden Leib, tiefer und tiefer, bis sein Kopf zwischen meinen Beinen verschwand und seine Zunge das Spiel aufnahm. Er leckte mich. Gründlich und mit ausgesprochener Raffinesse.

Die Bilder kamen mir so wahnsinnig real vor. Sofort krampfte sich mein Inneres zusammen. Ich wusste bereits, wie gut er küssen konnte, nun sehnte ich seinen Mund herbei, damit er diesen sehnsüchtigen Schmerz in meiner Mitte lindern konnte. Oh Gott, wem machte ich etwas vor? Es gab keinen Mann, den ich mehr begehrte als ihn. Wäre er hier …

Das Surren des Handys erschreckte mich fast zu Tode und ich zog ertappt eine Hand aus dem Wasser. Eigentlich eine unsinnige Reaktion, da mich niemand sehen oder hören konnte. Ich brachte meine Atemzüge halbwegs unter Kontrolle und holte das Telefon. Beinahe wäre es ins Wasser gefallen, so sehr bebten mir die Hände. Die Nummer auf dem Display war mir unbekannt. Daher ging ich erst nach kurzem Zögern ran.

„Maxine Nichols“, hauchte ich in den Hörer, noch immer benommen von dem starken Verlangen, das in mir wütete.

„Ich bin’s“, sagte eine mir wohlbekannte Männerstimme.

Abrupt richtete ich mich auf und das Wasser schwappte geräuschvoll hin und her. „Ash, von wem hast du meine Nummer?"

„Männer in meiner Position finden immer Mittel und Wege, um sich wichtige Informationen zu beschaffen."

Erschöpft sank ich zurück ins Wasser. *Ich sollte auflegen*, ging es mir durch den Sinn, ich tat es aber nicht. „Warum rufst du an? Ich dachte, du hast die Schnauze voll von mir."

Einen vorwurfsvollen Unterton konnte ich mir beim besten Willen nicht verkneifen, auch nicht die beständig wachsende Erleichterung, weil er mich nicht aus seinem Leben gestrichen hatte.

„Ich wollte deine Stimme hören." Er zögerte die folgenden Worte hinaus, dann kamen sie ihm umso nachdrücklicher über die Lippen. „Es ist Samstagabend. Ich könnte praktisch jede Frau in Seattle haben und mir die Seele aus dem Leib ficken. Und was mache ich? Ich sitze mit einem mörderischen Ständer in meiner Wohnung und denke ununterbrochen an dich."

Sein Geständnis trug nicht dazu bei, die Hitze in meinem Inneren zu mindern. Wieder bewegte ich mich ruckartig und das Wasser in der Wanne schlug kleine Wellen.

„Sitzt du gerade in der Badewanne?"

„Ja." Ich konnte spüren, wie sich brennende Glut auf meinen Wangen ausbreitete, da stieß er einen wilden Fluch aus und atmete geräuschvoll aus. „Ich würde meine Seele verkaufen, um jetzt bei dir zu sein. Ich will sehen, wie du aus der Wanne steigst, nackt und feucht glänzend, während dir das Wasser an den Brüsten und an den Schenkeln entlangperlt."

Der Druck in meiner Scham nahm zu. Ich umklammerte den Hörer und presste ihn fester gegen das Ohr. Unruhig rieb ich die Beine aneinander.

Leg auf, gebot mir die Vernunft und ignorierte die warnende Stimme des Verstandes. Lieber ergab ich mich der Fantasie, wie er mich aus dem Wasser hob, um meinen vor Nässe tropfenden Leib in Besitz zu nehmen. Unmöglich, diese Bilder zu vertreiben. Nicht nachdem ich mich vor seinem Anruf sexuell so hochgeschaukelt hatte und mein Körper immer noch um Befriedigung bettelte. Bestimmt war mir der Wein zu Kopf gestiegen, den ich vorhin mit Riley getrunken hatte.

Fiebrig vor Begierde bohrte ich die Fingernägel der freien Hand in einen Schenkel, damit der Schmerz das Verlangen vertrieb. Auch das klappte nicht, und so ließ mich auf eine Konversation ein, die meine selbst gesteckten Grenzen bei Weitem überschritt.

„Was würdest du denn tun, wenn du bei mir wärst?" Ich fieberte seiner Antwort entgegen. Er war zu Hause, ganz allein und begehrte mich. Mein Herz wummerte.

„Ich würde da weitermachen, wo wir im Club aufgehört haben", raunte er mit tiefer Stimme. „Weißt du eigentlich, dass du die süßesten Brüste überhaupt hast?", fuhr er fort. „Klein und fest, deine Haut fühlt sich zarter an als Seide und dein Duft treibt mich in den Wahnsinn."

In meinem Kopf herrschte totales Chaos, ich war hin- und hergerissen zwischen Vernunft und einem Verlangen, das ich längst nicht mehr kontrollieren konnte.

„Ash, bitte hör auf …", keuchte ich.

„Wir reden doch nur", schmeichelte er. „Wovor fürchtest du dich? Ich bin nicht einmal in deiner Nähe."

Das war auch gar nicht nötig. Seine verführerische Stimme beschwor heiße Erinnerungen herauf. Ich sah uns wieder zusammen im Club, wie er den Ausschnitt meines Kleides herunterzog und von mir kostete.

„Ich will, dass du deine Brüste für mich anfasst. Berühr sie, Maxine. Tu es für mich."

Wie in Trance gehorchte ich. Es plätscherte, als ich eine Hand aus dem Wasser hob und meine Fingerkuppen überaus zärtlich über eine aufgerichtete Spitze wanderten. Die eigene Liebkosung entlockte mir ein wimmerndes Seufzen.

„Genauso", raunte er heiser. „Lass mich hören, wie sehr es dir gefällt, meine Hübsche."

Sein Befehl heizte mein Bedürfnis nach Befriedigung an, und so schloss ich sanft knetend die Finger um eine Brust und rieb mit dem Daumen über die verhärtete Knospe.

„Oh Gott", brach es aus mir heraus. Verlegen biss ich mir auf die Lippe, denn sobald ihm klar wurde, dass ich seinen Befehlen tatsächlich Folge leistete, reagierte er mit einem animalischen Knurren.

„Mach den Lautsprecher an und benutz auch die andere Hand."

Mit schockierender Selbstverständlichkeit gab er mir Anweisungen und komischerweise stieß mich dieses dominante Verhalten nicht ab. Er wollte es, also bekam er es. Ich befand mich in einem Zustand, den ich kaum beschreiben konnte. Es stimmte schon: Begierde schaltete das Hirn aus.

Zuerst ein wenig zögernd rieb ich über die steinharten Brustspitzen. Flüssiges Feuer rauschte durch meinen Körper, ich umschloss die nassen, glitschigen Brüste. Ein surrendes Geräusch riss mich für einen Augenblick aus dem Nebel, in dem ich mich verlor und ich unterdrückte ein Keuchen. Ash öffnete offenbar den Reißverschluss seiner Hose. Lüstern fuhr ich mit der Zunge meine Unterlippe entlang und fragte mich, wie sein Glied wohl aussah. Lang und gerade, dick oder eher schmal? Schon die Vorstellung, wie er mit seiner Hand seinen Schwanz umschloss, während er mit mir telefonierte, verjagte den letzten Rest meiner Sittsamkeit.

„Wirst du dich jetzt ebenfalls anfassen?", flüsterte ich wagemutig.

„Würde dir das gefallen?"

Ich antwortete mit einem schlichten Ja. Lügen hatten hier keinen Platz.

„Dann werde ich dir den Gefallen tun. Mein Freund hier hat ziemliche Sehnsucht nach dir und will sich tief in deine Pussy rammen. Bist du schon feucht genug dafür?"

„Vielleicht", entgegnete ich verspielt.

„Schau nach, meine Hübsche."

Ich betastete die weichen Falten meines Geschlechts. Oh ja, ich war mehr als bereit.

„Hast du getan, was ich von dir verlangt habe?“

„Hm …“, erwiderte ich und spürte die cremige Nässe, die mein Verlangen so schamlos verriet.

„Bist du nass?“

„Ja.“

„Streichelst du dich gerade? Wie fühlt sich das an, Maxine?“

„Gut“, brachte ich heraus und bewegte die Finger rhythmisch auf und ab. „Ich bin erregt und mir ist heiß …“

„Wenn ich bei dir wäre, würde ich dich lecken, bis es dir kommt, und in der Sekunde, in der dein Orgasmus abflacht, würde ich dich mit meinem Schwanz aufspießen und von vorn anfangen. So lange, bis du dich nicht mehr an die Namen deiner früheren Liebhaber erinnern kannst. Du wirst nur noch an mich denken können und an die Dinge, die ich mit dir anstelle.“

Ashs Stimme klang dunkler als üblich, seine Sätze wirkten schwerfälliger, nicht so geschliffen. Es brauchte nicht viel Fantasie, um hinter den Grund zu kommen. Er tat es mir gleich und verschaffte sich selbst Genuss. Schon die Vorstellung, wie er seine Hand an seinem steifen Schwanz rauf und runter schob, entfachte unsagbare Lustgefühle in mir. Unwillkürlich beschleunigte ich die Geschwindigkeit meiner Fingerspitzen, lüstern umspielten sie meinen Kitzler, rieben und drückten, bis das Pochen in meinem Geschlecht unerträglich wurde. Mittlerweile hätte ich meine Seele für einen Orgasmus verkauft und verlor auf dem Weg ins süße Nichts die letzten Hemmungen. Außer mir vor Verlangen stemmte ich die Füße gegen die Wanne und schob zwei Finger an meine Öffnung. Ein bisschen Druck reichte aus und sie glitten geschmeidig in meine Vagina. Meine Hüften bockten nach oben, Wasser schwappte über den Rand. Kurz darauf überrollte mich ein unglaublicher Orgasmus. Wellen über Wellen erschütterten meinen Körper, mein Inneres verbrannte zu Asche und zuckte unaufhörlich, bis Erschöpfung mich übermannte und ich ins Wasser sank.

Ashs dumpfes Knurren folgte nur wenige Augenblicke später. Ich lauschte seinem Fluchen und Stöhnen, danach herrschte Stille. Mit einem seligen Lächeln lag ich in der Wanne, der Wirklichkeit entrückt und die Nachwehen genießend. Erst seine Stimme holte mich in die Realität zurück.

Mit ihr kam auch die Verlegenheit über mein schamloses Verhalten. Was dachte er jetzt über mich? Eine Frau, die am Telefon dermaßen abging, musste er doch für ein Flittchen halten.

„Oh Gott, ich kann nicht glauben, dass ich das getan habe."

„Du warst unglaublich. Ich dachte, mir fliegt hier gleich alles um die Ohren. Ich kann mich nicht erinnern, jemals so hart gekommen zu sein."

„Hör auf, solche Sachen zu sagen", beschwerte ich mich und legte die Hände auf meine brennenden Wangen.

„Komm schon, Maxine, sei nicht so prüde."

„Ich bin nicht prüde", behauptete ich und schloss beim Klang seines tiefen Lachens meine Augen.

„Erzähl mir nichts. Ich wette, du sitzt in der Wanne und machst jedem Feuermelder Konkurrenz."

Nun schlich sich doch ein kleines Lächeln auf meine Lippen. Wenn er so locker mit der Sache umging, warum sollte ich das nicht auch tun?

„So ungefähr!", gab ich schließlich zu und seufzte. „Ich tue solche Dinge normalerweise nicht."

„Glaubst du mir, wenn ich dir sage, dass ich das großartig finde?", raunte er verführerisch. „Wir beide wären so gut zusammen. Wieso sträubst du dich so sehr dagegen?"

Die Frage stellte ich mir auch. Ash machte mir nichts vor. Er wollte Sex, keine Beziehung. Der Jäger in ihm drängte darauf, mich zu erobern, und ich musste mir keine Gedanken machen, ob er mich irgendwann verlassen würde, da es schon jetzt eine unvermeidliche Tatsache war. Wir würden nicht glücklich bis an unser Lebensende zusammenleben, sondern über kurz oder lang getrennte Wege gehen. Diese Lust zerrte an mir und bereitete mir schlaflose Nächte. Vielleicht wäre es gar nicht so verkehrt, Fantasien mit ihm auszuleben. Ich durfte mich nur nicht in ihn verlieben.

„Ich habe Angst", flüsterte ich und presste den Hörer dichter an mein Ohr.

„Warum?" Er klang ehrlich interessiert. „Wir schenken einander, was wir brauchen. Kein langwieriges Geplänkel, keine peinlichen Gespräche. Nur du und ich, nackt, in einem Bett. Ich werde dir nicht vorlügen, dass ich dich liebe, und du bekommst genau das, was ich dir verspreche. Einen Mann, der dir jede Fantasie erfüllen wird, die jemals in deinem Kopf entstanden ist."

Die von ihm gezeichneten Bilder überrollten mich förmlich. „Es wäre bestimmt eine denkwürdige Erfahrung", erwiderte ich vorsichtig. Meine Angst, verletzt zu werden, nahm stetig ab. Ash war es in den letzten Minuten irgendwie gelungen, meine inneren Mauern einzureißen und bis zum Kern meines wahren Ichs vorzudringen.

Wann hatte ich mich das letzte Mal so gut und lebendig gefühlt? Ich wollte diese Schwerelosigkeit erneut erleben, das Leben spüren, wie es durch meine Adern rauschte, und für ein paar Stunden alle Sorgen vergessen.

Ich brauche das, wurde mir mit plötzlicher Bestimmtheit bewusst.

„Ich tue es", stieß ich hervor, ehe ich den Mut verlor. Er schwieg. Zuerst dachte ich, er hätte mich gar nicht verstanden.

„Bedeutet das, du willst dich mit mir treffen?"

Ein letztes Schlupfloch. Noch konnte ich aus der Sache raus. Mein Mundwerk nahm mir die Entscheidung ab, ich hauchte ein Ja, bevor ich es verhindern konnte, und danach dachte ich nicht mehr daran, es zurückzunehmen. Ich fühlte mich erleichtert und Ash fackelte nicht lange.

„Wann können wir uns sehen?"

„Ich … keine Ahnung“, stammelte ich und bekam Angst vor meiner eigenen Courage. Vielleicht war das Ganze ja doch keine gute Idee? Ash pflegte Umgang mit selbstbewussten und eleganten Frauen. Was würde passieren, wenn er am Ende feststellte, dass ich eine normale Frau war und bei Weitem nichts Besonderes?

Mach dich nicht verrückt, schimpfte ich insgeheim.

„Hör mal, ich muss für einige Tage geschäftlich nach New York und werde erst Donnerstag wieder in der Stadt sein. Wenn ich zurück bin, möchte ich dich sehen.“

Nun, da ich mich dazu entschieden hatte, nur auf meinen Körper und nicht auf meinen Verstand zu hören, wäre es dumm gewesen, das Unvermeidliche noch hinauszuzögern.

„Okay“, flüsterte ich.

Er schien es nicht fassen zu können, dass ich einfach so zustimmte. „Wer bist du und was hast du mit Maxine gemacht?“, fragte er halb ungläubig, halb belustigt.

Gerade wollte ich antworten, da setzte ein heftiger Hustenanfall diesem Vorhaben ein Ende. Ich klang, als würde es mir die Lunge in Fetzen reißen.

„Du bist krank!“, stellte er vorwurfsvoll fest. „Wieso zum Teufel liegst du in der Wanne anstatt in deinem Bett?“

„Schon mal von einem Erkältungsbad gehört? Abgesehen davon bin ich erwachsen und kann durchaus selbst auf mich aufpassen.“

Er seufzte. „Lass uns nicht streiten, okay? Ich möchte nur nicht, dass es dir schlecht geht und wir das Treffen schieben müssen.“

Natürlich. Er sorgte sich aus reinem Eigennutz um mein Wohlbefinden. Ich ignorierte den unangenehmen Stich in der Brust und bemühte mich um Gelassenheit. „Wirst du mich anrufen, sobald du wieder in der Stadt bist? Ich habe deine Nummer nicht und weiß auch nicht, wo du wohnst.“

Gespannt erwartete ich seine Antwort. „Ich melde mich rechtzeitig bei dir“, versprach er sanft. „Süße Träume, Maxine, und versuch, gesund zu werden.“

Nachdem er aufgelegt hatte, saß ich noch eine kleine Weile in der Wanne und konnte nicht fassen, in welche Situation ich mich gebracht hatte. Ich würde ihn treffen, mit ihm schlafen. Aus freien Stücken. Trotzdem beschlich mich ein komisches Gefühl. Als stünde ich kurz davor, einen schrecklichen Fehler zu begehen. Meine Hand durchpflügte immer wieder die Wasseroberfläche, ich sah die verschwommenen Gliedmaßen unter den Wellen und schluckte hart. Erwartung und Angst wechselten sich in mir ab und ich griff mir seitlich an den Hals. „Oh Gott, wenn das nur gut geht."

Um die negativen Gedanken auszusperren, tauchte ich den Kopf unter Wasser und hoffte das Beste.

Kapitel 11

Am Tag darauf ging es mir bedeutend besser. Mein Hals kratzte zwar noch, doch ich fühlte mich längst nicht so ausgelaugt wie am Vortag. Als hätten sich mit meinen Zweifeln und meiner Angst auch sämtliche Krankheitserreger verkrümelt. Nach einem ausgiebigen Frühstück zog ich mit Danny los, um ein paar Stunden im Park zu verbringen. Wir sammelten haufenweise bunte Herbstblätter. Danny wollte sie trocknen und in ein Album kleben. Fröhlich hüpfte er in einen Laubhaufen und jubelte vor Begeisterung, bis sich ein Blatt in seinen Mund verirrte. Er spuckte es angeekelt wieder aus und befand, dass er jetzt lieber auf den Spielplatz gehen wolle. Da mir die Erkältung doch noch in den Knochen steckte, hatte ich gegen eine Verschnaufpause nichts einzuwenden. Während er sich an den Geräten austobte, saß ich auf einer Bank und beobachtete ihn. Ihm beim Toben mit anderen Kindern zuzusehen, gehörte zu meinen Lieblingsbeschäftigungen. Wenn er so lebendig und voller Lebensfreude seinem kindlichen Übermut freien Lauf ließ, vergaß ich alle Probleme und wollte mit keiner Frau auf der Welt tauschen. Genau in diesem Moment war ich glücklich. Danny war mein Licht in der Dunkelheit, meine Sonne, die jeden Tag für mich schien und die finsteren Gedanken verbannte. Egal, wie sich meine Geschichte mit Ash entwickeln würde, diese Freude konnte mir niemand nehmen.

Unversehens spielte ich im Kopf das gestrige Telefonat mit Ash noch einmal durch. Ein Teil von mir fieberte dem Treffen entgegen, sehnte sich nach seinem Anblick, nach seinen Küssen und seiner körperlichen Präsenz, die meine Weiblichkeit herausforderte. Gleichzeitig jagte mir meine zunehmende Abhängigkeit nach seiner Gegenwart eine Heidenangst ein. Ich hatte mich kein bisschen unter Kontrolle und verhielt mich darüber hinaus völlig irrational.

Ein solches Verlangen nach einem anderen Menschen konnte doch nicht gesund sein. Dennoch war ich es leid, meine Gefühle für ihn abzustreiten und mir die Erfüllung zu versagen, die nur er mir schenken konnte. Die Sehnsucht nach ihm würde nicht verschwinden, wenn ich sie ignorierte.

Aus den Augenwinkeln entdeckte ich, wie Danny von der Rutsche zur Schaukel wechselte. Ein zweiter Junge hatte sich ihm angeschlossen und sie versuchten, sich gegenseitig an Höhe zu übertrumpfen. Meine Mundwinkel zogen sich nach oben. Ich winkte ihm ausgelassen zu und musste wieder etliche Male niesen. Danach kam ich mir vor, wie durch den Fleischwolf gedreht. Ich würde Lou morgen bitten, mich nicht auf die Kundschaft loszulassen, sondern meine Dienste im Büro anbieten. Rechnungen ablegen und noch anderen langweiligen Kram, den er hasste. In letzter Zeit benahm er sich ohnehin seltsam. Immer öfter zog er sich zurück, und sobald er sich unbeobachtet wähnte, sah ich ihn mit grüblerischer Miene in die Ferne schauen. Er redete wenig, und wenn, dann klang seine Stimme monoton und leblos. Ich vermutete finanzielle Schwierigkeiten hinter seinem Verhalten und mein Magen krampfte sich bei diesem Verdacht unangenehm zusammen. Nicht auszudenken, sollte er das Diner schließen müssen! Ich brauchte den Job und konnte mir auch nicht vorstellen, woanders zu arbeiten.

„Mach dich nicht verrückt“, beruhigte ich mich und wischte die trüben Gedanken beiseite. Es kam gar nicht infrage, mir den Tag zu verderben, indem ich mich mit Dingen befasste, die aktuell nur meiner besorgten Fantasie entsprangen. Lous merkwürdige Stimmungsschwankungen konnten viele Gründe haben. Vielleicht hatte er Eheprobleme oder etwas anderes belastete ihn.

Etwa eine halbe Stunde später machten wir uns auf den Heimweg. Zu Hause verputzten wir die letzten Stücke des Pfirsichkuchens und tranken dazu heißen Kakao. Heute verbrachten wir den Rest des Tages vor dem Fernseher. Eingemummelt unter einer dicken Decke kuschelten wir uns aneinander und sahen uns Stuart Little an. Gegen acht legte sich Danny ohne zu murren schlafen.

Ich verkroch mich kurz darauf ebenfalls ins Bett. Während ich schlief, flirrten Bilder von einem eiskalten Ash durch meinen unruhigen Geist. Er lockte mich in seine Arme und versuchte, mich zu einem Dreier mit Tracey zu überreden. Anschließend plagten mich Fantasien über einen zutiefst verzweifelten Lou, der sich tausend Mal entschuldigte, weil er das Diner in den Ruin getrieben hatte. Schweißgebadet wachte ich auf und legte die Hand auf mein hämmerndes Herz, sobald mir klar wurde, dass nichts davon der Realität entsprach.

Gerädert betrat ich am nächsten Morgen das Diner und kümmerte mich nach kurzer Absprache mit Lou um die Ablage. Mit wachsender Bestürzung sortierte ich die aufgelaufenen Rechnungen nach Eingangsdatum. Die Menge an unbezahlten Forderungen entsetzte mich. Ich war überzeugter denn je, dass etwas ganz und gar nicht stimmte.

Etwa zwei Stunden später klopfte es an der Tür und Riley trat ein. „Maxine, da draußen steht ein merkwürdiger Typ und will dich sprechen."

Desinteressiert hob ich den Kopf. „Hat er gesagt, wie er heißt?"

„Nein, nur, dass er dich kennt. Soll ich ihn abwimmeln?"

„Nicht nötig. Ich wollte mir ohnehin einen Kaffee holen."

Ich folgte Riley ins Restaurant und blieb wie vom Donner gerührt stehen. George Sanders!

Verlegen blickte er mir entgegen, machte aber keine Anstalten, etwas zu sagen. Er sah aus wie paralysiert. Armer Kerl. Ich fasste mir ein Herz und trat auf ihn zu. „George, ich bin überrascht, Sie hier zu sehen."

Er schenkte mir ein schüchternes Lächeln und schob die verrutschte Brille hoch.

„Ich … ich bin hier, um mich zu entschuldigen", fing er an und fischte ein Taschentuch aus seinem Jackett. Er wischte sich über die Stirn und lockerte den Kragen seines Hemdes.

Mir tat der Bursche leid, er fühlte sich sichtlich unwohl. „Wofür wollen Sie sich entschuldigen, George? Es gibt keinen Grund dafür. Sie haben nichts falsch gemacht."

„Außer, meine Mutter zu einem Date mitzunehmen", murmelte er in sich hinein.

Kichernd biss ich mir auf die Zunge. „Ich muss zugeben, das war schon ungewöhnlich."

„Meine Mutter ist ziemlich dominant. Da gibt es nichts zu beschönigen", seufzte er. „Es ist mir wahnsinnig peinlich, dass sie sich so unmöglich benommen hat und Sie sich genötigt fühlten, mit Ihrem … ähm … Freund zu verschwinden."

„Er ist nicht mein Freund. Aber er wäre es wohl gern."

Oder so was Ähnliches, flüsterte meine innere Stimme gehässig. George zögerte kurz, ehe er weitersprach, ein bisschen leiser als zuvor. „Hören Sie, falls Sie sich das vorstellen können, würde ich Sie auf einen Kaffee einladen. Als Freunde und natürlich ohne meine Mutter. Ich finde Sie nämlich sehr sympathisch und würde Sie gerne kennenlernen. Ganz ohne Hintergedanken."

„Das lässt sich sicher einrichten."

Ich hätte es nicht übers Herz gebracht, ihn abzuweisen. Georges Mundwinkel zuckten vor Aufregung. Er erinnerte mich ein wenig an einen um Aufmerksamkeit bettelnden Welpen. Verbissen kämpfte ich gegen meine Rührung an. Ich konnte mir nicht helfen. George weckte Muttergefühle in mir.

Räuspernd machte er einen Schritt nach hinten. „Ja, dann … geh ich mal. Wir sehen uns."

„Ganz bestimmt."

Sichtlich erleichtert verließ er das Restaurant. Riley, die hinter mir stand und wohl alles mitbekommen hatte, starrte mich mit offenem Mund an. „Du bist mit *dem* ausgegangen?"

Ich musterte sie streng, damit sie ja nicht auf die Idee kam, eine fiese Bemerkung fallen zu lassen. Hin und wieder fehlte es ihr an Taktgefühl. „Ja. Hast du ein Problem damit?"

Sie hob die Hände. „Natürlich nicht! Und schau mich nicht so biestig an. Ich werde Klein-George schon nicht auseinandernehmen. Ich bin nur überrascht, das ist alles."

„Wieso?"

Riley bedachte mich mit einem etwas schrägen Blick. „Also, ich will jetzt wirklich nicht die fiese Hexe rauskehren, aber der Typ gehört definitiv nicht zu den Männern, nach denen sich die Frauen auf der Straße umdrehen."

Seufzend lenkte ich ein. „Nein, das wohl eher nicht. Er tut mir einfach leid. Der Bursche steht total unter der Fuchtel seiner Mutter."

„Wenn das so ist, dann hat er selbst Schuld. Als erwachsener Mensch muss man sich schon mal gegen die eigene Mutter durchsetzen können", antwortete Riley mitleidlos. „Aber lassen wir das, ich habe nämlich Neuigkeiten von Mr. Gibson vom Catering-Service. Es geht um den Einsatz bei dieser Verlobungsfeier. Wenn du Zeit und Lust hast, kannst du in die Welt der Schönen und Reichen eintauchen."

„Die Reichen und Schönen sind mir herzlich egal, aber die Extrakohle kann ich gut brauchen. Vielen Dank, Riley."

Sie winkte ab. „Doch nicht dafür." Sie wies mit dem Kopf Richtung Küche. „Ich muss wieder rein. Burger auf heißen Herdplatten foltern."

Nachdem sie verschwunden war, machte ich mich auf den Weg ins Büro.

***

Mittwochabend stand ich mit ein paar weiteren Servicekräften in einem großen, sehr opulent dekorierten Saal. Die Feier fand in den Räumlichkeiten des *Fairmont Olympic Hotel* statt, und ich bekam vor Staunen kaum den Mund zu, als ich die vielen elegant gekleideten Menschen beobachtete, die sich mit lässiger Selbstverständlichkeit in so einer luxuriösen Umgebung bewegten. Ziemlich eingeschüchtert bahnte ich mir meinen Weg durch die ganzen Grüppchen und balancierte das voll beladene Tablett auf der Handfläche. Das im französischen Stil gehaltene Hotel versprühte mondänen Charme und ich kam mir inmitten des Reichtums vor wie Aschenputtel persönlich. Nur dass auf mich kein Prinz wartete, der mir den gläsernen Schuh überstreifte und mich dann auf einem weißen Pferd in ein besseres Leben entführte. Das musste ich mir schon selbst verdienen.

Freundlich lächelnd bot ich den Gästen die exquisiten Häppchen an. Russischer Kaviar, teurer Lachs. Am Ende des Abends würde ich einiges davon mit nach Hause nehmen, es blieb immer etwas übrig und die Reste wurden unter dem Personal verteilt. Ein bitteres Lächeln schlich sich auf meine Lippen. Eigentlich wollte ich keine Almosen, doch einem geschenkten Gaul schaute man nicht ins Maul, und Stolz leistete ich mir höchstens im Umgang mit Männern.

Im Hintergrund spielte die Band einen alten Song von Sinatra. *Come Dance With Me*. Ich kannte den Song. Meine Mom hatte es oft gehört, bevor sie krank wurde und kaum noch einen Arm heben konnte, ohne Schmerzen zu erleiden. Dieses Lied nach so langer Zeit wieder zu hören, versetzte mich zurück in meine Kindheit. Damals lag die Zukunft strahlend vor mir, ich war jung, sorglos, wild, hatte nur Unsinn im Kopf, bis das Schicksal zuschlug und ich viel zu schnell erwachsen wurde. Meine Erinnerung beschwor Mamas Gesicht herauf. Ich wusste noch ganz genau, wie sie aussah; ihre Züge verblassten nicht, dafür sorgte das Fotoalbum, das ich nach meinem Rauswurf heimlich an mich genommen hatte.

Mein Magen verknotete sich. Es tat weh, an sie zu denken, an ihre Wärme, ihre Fürsorge und an ihre letzten Stunden. Ihre Hand, klein und kalt in meiner, als wäre sie das Kind und ich die Erwachsene, während ich auf sie achtgab, ihre rissigen Lippen mit einem Schwamm befeuchtete und ihr Kissen aufschüttelte, damit sie es bequemer hatte. Sie zu vermissen, war mir zur zweiten Natur geworden. Gerade in den vergangenen Tagen hätte ich ihren Rat so sehr gebraucht.

Mit aller Gewalt verdrängte ich dieses Gefühl der Hilflosigkeit. Es gehörte nicht hierher, war zu intim und persönlich, um sich vor den Augen Wildfremder davon überwältigen zu lassen. Also atmete ich tief durch. Sauerstoff. Er strömte in meine Lunge. Beruhigend, ausfüllend. Der Druck auf meiner Seele ließ nach. Ich konzentrierte mich erneut auf meine Aufgabe und die Umgebung.

Die Atmosphäre kam mir surreal vor, als wäre ich in einer Folge vom Denver-Clan gelandet. Die betagteren Damen, allesamt mit teurem Schmuck behängt, verzogen die Lippen in dem schwachen Versuch, ein Lächeln zu imitieren. Die fast durchweg chirurgisch veränderten Gesichter sahen aus wie austauschbare Wachsmasken. Gruselig. Konnten sie nicht einfach in Würde altern? Die Unkosten hätten sie sich wirklich sparen können, ich fand sie alle unnatürlich und hässlich in ihrer eitlen Selbstdarstellung. Die Garderobe, die ihnen vermutlich nach Maß auf den Leib geschneidert worden war, kostete sicher ein Vermögen. Verzagt biss ich mir auf die Unterlippe. Ich passte nicht hier rein, ganz im Gegensatz zu Ash und seiner Clique, die sich bestimmt perfekt in diese Umgebung einfügen würden. Wohingegen ich immer zu denen gehören würde, die mit einem Tablett herumliefen und die Anwesenden bedienten. Männer wie Ash, benutzten Frauen wie mich nur zum Vergnügen. Sie gingen keine Verbindung mit einer kleinen Kellnerin ein. Nein, sie suchten sich früher oder später eine Frau aus ihren Kreisen, um die Nachfolge zu sichern.

Während ich die Canapés umherreichte, streifte mein Blick einen äußerst attraktiven blonden Mann und seine Begleiterin. Sie trug ein dunkelgrünes Seidenkleid, das ihrer grazilen Figur schmeichelte. Mit ihrer angeborenen Eleganz unterschied sie sich grundlegend von den anderen weiblichen Gästen. Die beiden umgab eine Atmosphäre von Zusammengehörigkeit.

Auf merkwürdige Weise faszinierte mich dieses Paar. Wieso ich sie so interessant fand, konnte ich mir nicht erklären. Vielleicht lag es an ihrer herzlichen Ausstrahlung und dem glücklichen Lächeln, das sie ihrem Partner schenkte. Er revanchierte sich mit einem Ausdruck kaum unterdrückter Leidenschaft. Die filigrane Eleganz seiner aristokratischen Gesichtszüge kam mir merkwürdig vertraut vor. Dabei war ich mir sicher, ihn nie zuvor gesehen zu haben.

Gerade wollte ich mich abwenden und auf die andere Seite des Saales wechseln, als ein weiterer Mann im Smoking zu ihnen stieß. Mir stockte der Atem, ich traute meinen Augen kaum. Das war doch Ash? Er begrüßte das Pärchen herzlich und stellte sich breit grinsend neben den Mann. Während sie unauffällig ihre Umgebung beobachteten, unterhielten sie sich und ich hatte einen guten Blick auf beide. Nun wurde mir klar, wieso mir der Blonde so bekannt vorgekommen war. Die Ähnlichkeit zwischen den Männern war trotz der unterschiedlichen Haarfarben und dem Altersunterschied frappierend. Die schöne Brünette sagte etwas zu Ash und drohte ihm neckisch mit dem Finger. Er zuckte jungenhaft die Achseln und legte beschwichtigend den Arm um ihre Schulter. Ganz klar, das mussten seine Eltern sein. Was sollte ich jetzt tun? Ihm aus dem Weg gehen? Möglicherweise war es ihm peinlich, mich hier anzutreffen.

Das Problem löste sich von allein. Bevor ich in der Menge untertauchen konnte, blickte er in meine Richtung und das selbstbewusste Lächeln auf seinem Gesicht erstarb augenblicklich. Er wirkte regelrecht geschockt, dann entspannte sich seine Miene und er lächelte mich an. Vor lauter Erleichterung wurden mir die Knie weich. Mit einer knappen Kopfbewegung deutete er auf eine der vielen Türen hier im Raum, anschließend sagte er ein paar Sätze zu seinem mutmaßlichen Vater und verließ den Saal durch einen der Ausgänge. Unschlüssig blickte ich ihm hinterher. Ich sollte ihm folgen, die Geste vorhin war unmissverständlich gewesen, dennoch scheute ich davor zurück, mich einfach so auszuklinken. Immerhin musste ich arbeiten und ich nahm meine Pflichten sehr ernst. Um keinen Ärger zu kriegen, suchte ich nach Mr. Gibson, dem Chef des Catering-Services.

Sobald ich vor ihm stand, setzte ich eine leidende Miene auf. „Mir ist ein bisschen übel, ich würde gerne fünf Minuten durchschnaufen. Geht das okay?“ Hoffentlich sah er mir das schlechte Gewissen wegen dieser Lüge nicht an.

Mr. Gibson, ein sehr freundlicher Mann in mittleren Jahren mit einer ausgeprägten sozialen Ader, musterte mich besorgt. „Sie sehen tatsächlich ziemlich blass aus“, stellte er fest. „Können Sie nach der Pause weiterarbeiten oder möchten Sie lieber nach Hause gehen?“

„Nein, nein!“ Ich lächelte gezwungen, das Ganze war mir extrem peinlich. „Ich brauche nur ein paar Minuten Ruhe, dann bin ich bestimmt wieder einsatzbereit.“

„Also gut. Sollte es Ihnen danach nicht bessergehen, möchte ich, dass Sie heimfahren. Nicht, dass Sie mir hier umkippen.“

So ein netter Mensch! Ich fühlte mich schrecklich, weil ich ihm etwas vormachte. „Vielen Dank, Mr. Gibson, und sorry für die Umstände.“

„Ach was, das kann doch vorkommen.“

Er tätschelte mir freundlich die Schulter, ehe ich mich entfernte. Nur zwei Minuten später schlich ich durch die Tür, hinter der Ash vorhin verschwunden war. Ein langer Gang mit vielen Türen erstreckte sich vor mir. Eine davon öffnete sich und Ash trat heraus. Etwas atemlos blieb ich vor ihm stehen.

„Was zum Teufel machst du hier?“, blaffte er mich an.

Was für eine Begrüßung. Ich schluckte das Unbehagen wegen seiner Reaktion herunter und schenkte ihm ein Lächeln. „Das Gleiche könnte ich dich fragen? Wolltest du nicht erst morgen zurückkommen?“

Puh, falsche Frage, Maxine. Er ist dir keine Rechenschaft schuldig, wisperte meine innere Stimme.

„Meine Pläne haben sich geändert“, erwiderte er kühl und ich biss mir auf die Lippe. War er sauer? Dazu hatte er eigentlich kein Recht.

„Spionierst du mir hinterher?“, fragte er plötzlich.

Es dauerte einen Augenblick, ehe ich den Sinn dieser Aussage erfasste. Also wirklich …

„Das ist Blödsinn. Ich wusste nicht einmal, dass du hier bist.“

„Und wieso hüpfst du hier herum?“

So langsam verlor ich die Geduld, meine Stimme klang heiser vor Ärger. „Wonach sieht es denn aus? Denkst du, ich trage zum Spaß ein Tablett durch die Gegend und biete den Leuten Häppchen an? Unsere Begegnung ist reiner Zufall. Vielleicht sollte ich dir in Zukunft mitteilen, wo und wann ich arbeite, damit du mir aus dem Weg gehen kannst“, setzte ich spöttisch hinzu.

„Fuck, du kannst ein echtes Biest sein, Maxine“, stieß er hervor. Sein athletischer Körper schien vor unterdrückter Energie zu beben. Da packte er plötzlich mein Handgelenk und zog mich mit einem gewaltigen Ruck an sich. Taumelnd prallte ich gegen seine Brust, unfähig, meine inneren Schutzbarrieren rechtzeitig hochzufahren. Meine Augen fielen zu, sobald sein heißer Mund über meinen herfiel. Mein Verstand setzte augenblicklich aus. Die Sehnsucht, mich in seinen Armen zu verlieren, wog schwerer als jegliche Angst. Jenseits aller Vernunft lehnte ich mich an ihn und erwiderte den erotischen Angriff seiner Lippen. Leidenschaftlich kam ich dem Kuss entgegen und legte meine rechte Hand Halt suchend um seinen Nacken, sobald er meine Handgelenke freigab. Die Verschmelzung unserer Lippen erreichte einen neuen Grad von Intimität, als ich seiner drängenden Zunge Einlass gewährte. Vor meinen Augen explodierten helle Lichter.

Himmel, wie sehr ich diesen Kerl vermisst hatte, gestand ich mir ein und genoss das lässige Gleiten seiner Zunge an meiner. Ein wunderbares Prickeln strömte durch meinen Körper, dennoch spürte ich, dass er nicht ganz bei der Sache zu sein schien. Tatsächlich löste er sich nach relativ kurzer Zeit. Seine Augen ruhten merkwürdig distanziert auf mir. Irgendwas lief hier gewaltig aus dem Ruder und ich verstand die Welt nicht mehr.

„Was ist denn los?“, flüsterte ich enttäuscht. Bedauerte er bereits, mir nachgestellt zu haben? Gab es eine andere, die ihn mittlerweile mehr interessierte?

Ash ließ meine Frage unbeantwortet. Ernüchtert drehte ich mich weg und wollte zurück in den Saal. Seine Finger schlossen sich um meinen Oberarm und hinderten mich daran.

„Warte …“

Beleidigt befreite ich mich aus seiner Umklammerung und versuchte, meine Würde zu bewahren.

„Wozu? Du hast offensichtlich dein Interesse an mir verloren, also machen wir diesem Spuk ein Ende und jeder geht seiner Wege.“

Mit ein bisschen Glück würde ich den Abend durchhalten, ohne mein Gesicht zu verlieren. Ich ließ ihn stehen und zwang mich, einen Fuß vor den anderen zu setzen. Hauptsache, weg von ihm.

„Bitte bleib.“

Ich ignorierte ihn und strebte auf die Tür zu.

„Verflucht, Maxine, wieso tust du nicht einmal das, was man dir sagt?“, knurrte er.

Er holte mich ein, hielt mich erneut fest und wirbelte mich herum. Gleich darauf spürte ich zum zweiten Mal an diesem Abend seinen Mund. Da war sie endlich, die so schmerzlich vermisste Leidenschaft. Als wollte er die kühle Reaktion von eben wiedergutmachen, legte er sein ganzes Feuer in den Kuss.

Erleichtert schob ich die Finger in sein weiches Haar, öffnete mich und hörte ihn meinen Namen stöhnen. Genau so wollte ich ihn haben. Zitternd vor Verlangen und gierig nach meinem Körper und meinen Küssen.

Seine Arme umschlangen mich. Gemeinsam taumelten wir gegen die Wand, mein Rücken schmerzte durch den Aufprall, ein leises Wimmern entwich mir, doch schon Sekunden später spürte ich den Schmerz nicht mehr. Ich konnte nicht genug bekommen von seiner Zunge, die sich mit meiner duellierte.

Viel zu schnell brach er ab und umfasste mit beschwörender Miene mein Gesicht. „Meine Hübsche, du musst sofort von hier verschwinden!“

Diese Aussage setzte meiner Euphorie ein jähes Ende. Stirnrunzelnd stemmte ich die Handflächen gegen seinen Brustkorb. Sein Herz schlug wie rasend unter meinen Fingern.

„Wie stellst du dir das vor? Ich muss arbeiten. Außerdem bin ich auf Empfehlung einer Freundin eingestellt worden. Es würde auf sie zurückfallen, wenn ich einfach so abhaue.“

„Ich zahle dir den Verdienstausfall und kläre alles weitere mit Gibson.“

Sobald der Name meines Chefs fiel, horchte ich auf. „Woher weißt du, wie mein Boss heißt? Bist du nicht als Gast hier?“

Ein Hauch von Unbehagen schlich sich in seinen unsteten Blick. Hier stimmte etwas nicht.

„Ich erkläre es dir morgen Abend, aber jetzt musst du mir einfach vertrauen. Geh nach Hause, ich bitte dich.“

Enttäuscht stieß ich ihn von mir weg. „Warum sagst du nicht die Wahrheit? Du schämst dich für mich, ist es nicht so? Der feine Herr ist sich nicht zu schade, eine Kellnerin zu ficken, solange niemand davon erfährt.“

Er seufzte ungehalten. „Jetzt provozier kein Drama, Maxine. Ich muss jedoch zugeben, deine Anwesenheit hier ist mir tatsächlich ein wenig unangenehm.“

Vor Verblüffung blieb mir der Mund offenstehen. Hatte er das eben wirklich gesagt?

„Du Schwein“, wisperte ich tonlos und schluckte hart. Meine Kehle schmerzte, als hätte ich einen faustgroßen Klumpen runtergewürgt. Kopfschüttelnd sah ich ihn an. „Es war ein Fehler, dir zu vertrauen. Ich hätte wissen müssen, dass es darauf hinausläuft.“

Wenigstens besaß er den Anstand, zerknirscht auszusehen. „Jetzt krieg das nicht in den falschen Hals. Es macht mir nur keinen Spaß zuzusehen, wie die Frau, die ich begehre, meine Freunde und Geschäftspartner bedient. Das ist alles. Sei ein braves Mädchen und geh nach Hause. Morgen reden wir, und du erfährst, was es mit diesem Abend auf sich hat."

Unschlüssig knetete ich meine Hände und traf eine Entscheidung. Er wollte mich nicht hier haben, und egal, wie blumig er es auch umschrieb, er wollte mich loswerden, weil ich ihm peinlich war. Außerhalb dieses Ganges würde er mich keines Blickes würdigen und so tun, als wäre ich nur eine Angestellte unter vielen. Das wollte ich mir nicht antun. Ein Rückzug erschien mir am sinnvollsten. Ich musste nachdenken. Über ihn, über uns. Im Grunde musste ich mir über meine Rolle in seinem Leben klarwerden. War ich bereit, eine Zeit lang seine stille Geliebte zu spielen, für ein bisschen Glück und Leidenschaft? Konnte ich die unweigerlich folgenden Konsequenzen überhaupt tragen? Himmel, mir drohte der Kopf zu platzen. Ich atmete tief durch und gab vorerst nach.

„Okay, ich werde gehen", erklärte ich so ruhig wie möglich. „Mein Chef denkt sowieso, mir wäre übel und wollte mich schon nach Hause schicken."

Erleichterung legte sich über seine angespannten Züge. Wie aufschlussreich. „Das ist mein Mädchen", wisperte er und drückte mir einen flüchtigen Kuss zwischen die Augenbrauen. „Wir sehen uns morgen Abend. Ich ruf dich vorher an."

Ob dieses Treffen tatsächlich stattfinden würde, musste ich erst noch entscheiden. Ich warf ihm einen langen Blick zu, und für einen Moment wirkte er irritiert.

„Tu das", antwortete ich knapp und kehrte ihm den Rücken zu. Hocherhobenen Hauptes lief ich zurück in den Saal und machte mich auf die Suche nach Mr. Gibson. Es dauerte eine Weile, bis ich ihn fand, und er reagierte sehr verständnisvoll auf meinen Wunsch, frühzeitig nach Hause zu dürfen. Ich musste nicht einmal lügen. Nach der Unterhaltung mit Ash verspürte ich tatsächlich Übelkeit.

„Ich wünsche Ihnen gute Besserung, Maxine. Das Geld für die Zeit, die Sie gearbeitet haben, kriegen Sie trotzdem."

Ich bedankte mich und durchquerte den Saal, um diesen durch die große Flügeltür zu verlassen, da verstummte die

Musik und ein Gong ertönte. Das Gelächter und Stimmengewirr erstarb, sobald der Mann, den ich für Ashs Vater hielt, die kleine Bühne betrat und nach dem Mikro griff.

„Meine Damen und Herren, darf ich an dieser Stelle um Ihre Aufmerksamkeit bitten.“

Aus irgendeinem Grund blieb ich stehen und wartete ab, was nun passieren würde. Die schöne Brünette kam hinzu, Ash ebenfalls. An seinem Arm hing eine äußerst attraktive Blondine. Ihr dunkelblaues Kleid schmiegte sich wie eine zweite Haut an ihren kurvenreichen Körper. Sein Blick klebte wohlwollend am üppigen Dekolleté der Frau und mir wurde vor lauter Eifersucht der Mund trocken. Diese albtraumhafte Szene übte eine morbide Anziehungskraft auf mich aus. Sie hinderte mich daran, auch nur einen weiteren Schritt zu machen. Deswegen sollte ich verschwinden. Er war mit einer anderen Frau hier. Oh Gott …

Mein Brustkorb zog sich schmerzhaft zusammen, und ich glaubte, keine Luft mehr zu kriegen, als mir klar wurde, was hier ablief. Da stand er also. Mit einem Mädchen, das perfekt in sein Leben und seine Arme passte. Ein bitterer Geschmack sammelte sich in meinem Mund. Wie in Trance verfolgte ich das sich anbahnende Spektakel.

Ashs Vater räusperte sich und begann zu sprechen. Ohne mir dessen bewusst zu sein, bewegte ich mich auf die Bühne zu.

„Meine lieben Freunde, ich möchte euch meinen Dank aussprechen, dass ihr so zahlreich unserer Einladung gefolgt seid. Wie ihr euch denken könnt, findet diese Feier aus einem besonderen Grund statt.“ Mit einer Handbewegung wies er auf Ash und seine bildhübsche Begleiterin. „Ich freue mich über alle Maße, die Verlobung meines Sohnes mit der reizenden Natasha Caldwell bekannt geben zu dürfen.“

Verlobt … Dieses Wort waberte mir durchs Gehirn und setzte sich dort fest. Innerhalb von Sekunden zerbrach meine ganze Welt. Er hatte mich verarscht. Die Erkenntnis, dass er mich umworben hatte, obwohl er schon längst an eine andere gebunden war, erfolgte mit der Wucht eines Hammerschlags. Mir entwich ein erstickter Laut. Es klang wie das Jammern eines weidwunden Tieres, ging jedoch im allgemeinen Jubel unter. Um die Verlobung offiziell zu besiegeln, beugte Ash sich über Natasha und drückte ihr einen sinnlichen Kuss auf die Lippen. Sie lächelte selbstbewusst, sobald er sich von ihr löste. Anscheinend fühlte sie sich sichtlich wohl im Zentrum der Aufmerksamkeit. Auch Ash wirkte ausgesprochen relaxed. Na klar, er unterlag ja der irrigen Meinung, er wäre mich elegant losgeworden. Sein Pech, dass ich einige Minuten gebraucht hatte, um meinen Chef zu finden.

Du Heuchler, dachte ich, blind vor Zorn, *küsst hier vor aller Augen deine Verlobte und morgen willst du sie betrügen.*

Plötzlich sah er genau in meine Richtung. Ihm entglitten die Gesichtszüge, und ich glaubte tatsächlich, so was wie Scham auf seinem Gesicht zu entdecken. Er bewegte sich, machte einen Schritt auf mich zu, doch Natasha trat ihm in den Weg und schlang ihm die Arme um den Hals, um ihm nun ihrerseits einen Kuss auf die Lippen zu hauchen. Diesen Anblick konnte ich nicht ertragen. Endlich kam Leben in mich und ich rannte vollkommen überfordert aus dem Saal.

Kapitel 12

Sobald ich das Hotel verlassen hatte, schlug mir kalte Luft entgegen. Orientierungslos drehte ich mich einmal um die eigene Achse und hastete schließlich den Gehweg entlang. Ohne festes Ziel. Ich wollte einfach nur so viel Abstand wie möglich zwischen mich und Ash bringen. Bei einem schnellen Blick über die Schulter stolperte ich fast. Er trat gerade aus der Glastür des Haupteingangs und blickte von links nach rechts. Dann entdeckte er mich und folgte mir mit langen Schritten.

„Maxine, warte. Lass es mich erklären!“, brüllte er hinter mir.

Dieser verlogene Scheißkerl konnte sich seine Erklärungen sonst wohin stecken. Ich wollte sie nicht hören und schämte mich für meine unglaubliche Einfalt, die mich überhaupt erst in diese Situation geführt hatte.

„Jetzt bleib, verdammt noch mal, stehen!“

Ich fing an zu rennen, bog um die Ecke. Ungefähr hundert Meter von mir entfernt stand ein Bus an der Haltestelle. Menschen stiegen ein und meine Beine flogen nur so über den Asphalt, um ihn zu erreichen. Mein Vorsprung schmolz rapide, doch es gelang mir einzusteigen, bevor Ash mich einholen konnte. Der Motor brummte bereits, als ich durch die sich schließende Tür schlüpfte und mich keuchend vor Anstrengung auf einen der Sitze warf. Am ganzen Körper bebend, blickte ich zur Seite. Ash rannte neben dem anfahrenden Bus her. Beinahe hätte ich gelacht. Statt Reue fand sich auf seinen Zügen nichts als Wut. Weil ich es wagte, seine Entscheidungen und Absichten infrage zu stellen, anstatt still und brav sein Betthäschen zu spielen, wenn er mal eine Auszeit von der High Society und seiner wunderschönen Verlobten brauchte.

Für ihn wäre ich nie mehr als ein schmutziges Geheimnis gewesen, niemals die Frau, der man Gefühle oder gar Respekt entgegenbrachte. Eine erste Träne löste sich aus und rann meine Wange hinab. Der Bus wurde schneller, Ash fiel zurück. Seine Gestalt wurde kleiner und kleiner. Er schrumpfte zu einem vermeintlich unbedeutenden Punkt zusammen, und doch besaß er die Macht, mich zu verletzen, wie noch kein Mensch zuvor.

Salzige Tränen lösten sich in immer kürzeren Abständen und tropften auf meinen Handrücken. Die Frau, die mir gegenübersaß, musterte mich mitfühlend, ohne etwas zu sagen. Sie kramte nur ein Taschentuch aus ihrer Handtasche heraus und reichte es mir mit einem verständnisvollen Lächeln. Ich bedankte mich leise und starrte aus der Fensterscheibe. Häuser, Straßen und Passanten … sie verschmolzen zu einer Masse aus bunten Farben, während es in mir drin immer dunkler wurde. Ein diffuser Schmerz tobte unbarmherzig in meiner Brust und trug die Qualen in jeden Teil meines Körpers. Am Schlimmsten fand ich den Umstand, dass ich Ash nicht einmal die ganze Schuld in die Schuhe schieben konnte. Zu keinem Zeitpunkt hatte er mir einen Grund gegeben, ihn nicht als das zu sehen, was er war: der intrigante und eiskalte Sprössling eines Millionärs, der sich mit mir nur die Langeweile vertreiben wollte.

Ich war diejenige, die sich dummen Hoffnungen hingegeben hatte.

Ich war diejenige, die an ihn glauben wollte.

Ich war diejenige, die mein Herz verschenkt hatte, obwohl er damit gar nichts anfangen konnte.

Ich war diejenige, die etwas in ihm sah, was er niemals sein würde.

Nun bekam ich die Quittung für meine unfassbare Blödheit.

Zwei Stationen weiter verließ ich den Bus und lief den Rest der Strecke nach Hause. Wie so oft schlief Danny bei Bibi, ich durfte mich also ungestraft meinem Kummer hingeben. Sobald ich mich in der Sicherheit meiner Wohnung befand, warf ich die Handtasche in die Ecke und streifte die Schuhe ab. Fröstelnd betrat ich das kleine Bad, die Eiseskälte in meiner Seele schien sich bis in meine Knochen zu senken. Schnell zog ich mich aus und stellte mich unter den heißen Wasserstrahl der Dusche. Die Wärme tat gut und lockerte die Erstarrung, die mich fest im Griff hatte. Ich konnte nicht einmal weinen, fühlte mich wie betäubt und jeglicher Energie beraubt. Zum ersten Mal wurde mir so richtig bewusst, wie tief sich dieser verlogene Dreckskerl bereits in mein Herz geschlichen hatte.

Nach einer gefühlten Ewigkeit stieg ich aus der Dusche und hüllte mich in meinen Bademantel. Dabei stieß ich mich an der Badewanne und erschauerte bei der Erinnerung an das hemmungslose Telefonat, welches ich darin mit Ash geführt hatte. Ein fast schon unmenschlicher Laut entrang sich meiner Kehle, und nun kamen sie doch, die unvermeidlichen Tränen. Trotzig wischte ich sie ab.

„Ich werde nicht wegen diesem Arsch weinen“, beschwor ich mich und versagte kläglich. Ich konnte weder mein Herz noch meinen Schmerz disziplinieren. Den Handrücken auf den Mund pressend, sank ich zu Boden und ließ alles raus, bevor die Verzweiflung mich von innen heraus auffraß. Der Kummer floss ungefiltert durch jede Zelle meines Körpers. Was stimmte nicht mit mir, wenn es den Männern in meinem Leben so leichtfiel, mir wehzutun?

Ich suhlte mich ungefähr eine halbe Stunde lang in meinem Selbstmitleid. Irgendwann versiegten die Tränen und ich rappelte mich langsam auf. Ermattet wankte ich auf das Waschbecken zu und benetzte das verheulte Antlitz mit eiskaltem Wasser, ehe ich einen Blick auf mein Spiegelbild riskierte. Was ich da sah, gefiel mir nicht.

„Schau dich nur an“, flüsterte ich angeekelt und verzog das Gesicht zu einer Grimasse, schüttelte den Kopf und beschwor meinen Stolz wieder herauf. „Du bist eine dumme Heulsuse, Maxine Nichols. Er ist deine Tränen nicht wert. Kapier doch endlich: Ohne Kerl bist du besser dran. Wie viele Männer müssen dich noch verletzen, ehe du das begreifst?“

Zu mir selbst zu sprechen, als wäre mein Spiegelbild eine eigenständige Person, mochte ein wenig schräg anmuten, mir half es jedoch aus dem tiefen Tal, in dem ich mich verloren hatte. Auf jeden Fall war es besser als das weinerliche Gewinsel einer Frau, die vor lauter Verliebtheit die Realität ignorierte.

„Du kannst mich mal, du dämlicher Idiot!"

Ein eiserner Unterton hatte sich in meine Stimme geschlichen. Unversöhnlich und bitter, weil er mich benutzt und als Idiotin abgestempelt hatte. Ein zweites Mal würde mir das sicher nicht passieren. Mechanisch wischte ich mir die verbliebenen Wassertropfen von der Haut und schleppte mich in die Küche, goss mir ein Glas Milch ein und setzte mich an den Tisch. Endlich kehrte ein wenig Ruhe in meine Gedanken ein, ich sortierte meine Gefühle und schob die schlechten weg, bevor sie schlimmeren Schaden in meiner Seele anrichten konnten.

Im Hintergrund tickte die Küchenuhr, von draußen drangen Straßengeräusche in den Raum. Alles klang gedämpft, als säße ich hoch oben in einem Elfenbeinturm, der mich vor der bösen Welt und noch böseren Männern mit tiefgrünen Augen schützte. Einige Minuten später hallte der schrille Ton der Klingel durch meine Wohnung. Ich fuhr heftig zusammen. Mit schweißnassen Handflächen erhob ich mich, hielt die Seiten des Bademantels fest und tapste barfuß zur Tür. Ich lehnte die Stirn gegen das kühle Holz, atmete durch und versuchte, meinen rasenden Puls unter Kontrolle zu bringen.

„Maxine, mach auf, ich weiß, dass du da bist. Durch den Spalt schimmert Licht durch."

Wie aufmerksam du doch bist, dachte ich ironisch und stand am Rande eines hysterischen Lachanfalls. Das musste wohl eine verspätete Schockreaktion auf die Ereignisse sein. Gleichzeitig wollte ich heulen und mich windend vor Schmerz in meinem Bett verkriechen.

Er hämmerte gegen die Tür. „Jetzt lass mich schon rein!"

Endlich gelang es mir, zu antworten. „Verschwinde! Ich will dich weder sehen noch sprechen."

„Vergiss es. Ich gehe erst, nachdem wir geredet haben. Mach auf, sonst ich schreie das Treppenhaus zusammen!"

Seine Drohung nahm ich durchaus ernst. Männer wie er wurden unleidig und verhielten sich wie schmollende Kleinkinder, wenn sie nicht bekamen, was sie wollten. Sollte Ash draußen randalieren, würde man das auch in Bibis Wohnung hören. Danny könnte Angst bekommen. Das wollte ich auf jeden Fall vermeiden.

Mit möglichst unbeteiligtem Gesichtsausdruck entriegelte ich das Schloss und machte auf. „Was willst du von mir?"

Mein Ton hätte selbst einen magmaspuckenden Vulkan zu Eis erstarren lassen. Dieser verlogene Mistkerl hatte mich die längste Zeit für dumm verkauft.

Statt zu antworten, schob er mich in den Flur hinein und beförderte die Tür mit einem Fußtritt ins Schloss. Seine Nasenflügel bebten, in den dunkelgrün schimmernden Iriden loderte nackter Zorn. Ernsthaft? Er war wütend? Auf mich?

„Wieso bist du einfach davongerannt?" Er schüttelte abschätzig den Kopf, während ich ihn wortlos musterte. Je weniger ich sagte, desto besser.

„Ich sehe schon, du gibst die schweigende Unschuld", lästerte er und grinste überheblich. Dennoch meinte ich, einen Hauch von Unsicherheit in seinem Blick zu erkennen.

„Ich habe dir nichts zu sagen, Ash. Bitte geh wieder."

Nur nicht nachgeben, flüsterte es in mir. *Sonst macht er mit dir was er will.*

„Das würde dir so passen, nicht wahr?"

„Sicher. Ich bin fertig mit dir. Nichts, was du sagst wird meine Meinung über dich ändern. Du bist ein kleinmütiger, verwöhnter Bengel, der glaubt, mit seinem Charme jeden für sich einnehmen zu können. Beinahe wäre ich auf dich reingefallen, aber glücklicherweise konnte ich mich heute Abend mit eigenen Augen davon überzeugen, mit was für einem Lügner ich es zu tun hatte."

„Fuck! Was soll der Scheiß!“ Er donnerte die Faust mit Wucht gegen die Flurwand. Das krachende Geräusch vibrierte tief in meiner Magengrube, mir wurde ganz anders zumute bei diesem zügellosen Ausbruch. Sonst gab er sich immer so kontrolliert.

„Du jagst mir Angst ein“, wisperte ich und beäugte ihn misstrauisch. Seine finstere Stimmung löste ein Gefühl der Beklommenheit in mir aus. Im Grunde kannte ich ihn gar nicht. Vielleicht flippte er jeden Moment total aus und stellte weiß Gott was mit mir an.

Das stimmt nicht, erklärte meine innere Stimme belehrend. *Du kennst ihn, seine beste und seine schlechteste Seite.*

Aber nicht den Menschen hinter den Masken, hielt ich sofort dagegen.

Was er offenbarte, waren nur Momentaufnahmen. Gefühlsaufwallungen, die sich aus einer bestimmten Situation heraus entwickelten. Der echte Ash war ein Fremder für mich und würde es wohl für immer bleiben. Gab es überhaupt jemanden, dem er sich völlig öffnen konnte?

Vermutlich nicht. Der Gedanke stimmte mich seltsam traurig. Sofort verfluchte ich mich für den aufkeimenden Wunsch, der Mensch zu sein, dem er sich anvertrauen konnte, dabei wäre es am klügsten, ihn schnellstmöglich aus meinem Leben zu streichen. Was ich auch tun würde!

Ash brachte unterdessen seine Emotionen unter Kontrolle. Man konnte förmlich zusehen, wie sich seine Miene glättete und der beschwichtigende, charmante Teil seiner komplexen Persönlichkeit wieder die Oberhand gewann. Der Hauch eines entschuldigenden Lächelns huschte über seine angespannten Züge. „Das eben war unnötig. Verzeih mir bitte. Ich wollte nicht laut werden.“

„Wenn du Absolution erwartest, bist du schiefgewickelt.“

Ashs Miene verdüsterte sich erneut. „Verdammt, nun schau mich nicht an, als wäre ich der Teufel persönlich. Ich habe dir nie etwas versprochen, Maxine. Was immer du dir in Bezug auf uns in deinem hübschen Köpfchen zusammengereimt hast, entspringt deiner Fantasie. Ich will dich ficken, keine lebenslange Bindung eingehen. Das habe ich von Anfang an klargestellt, und wenn du dir was anderes erhofft hast, dann ist das wirklich nicht meine Schuld."

Die Wahrheit konnte einen Menschen schlimmer verletzen als physische Gewalt, und dieses eine Mal sprach er eine Tatsache aus, die ich nicht abstreiten konnte. Dennoch schockierte mich seine Kaltschnäuzigkeit nach der Episode auf der Party. Wie konnte er sein doppeltes Spiel nur so leichtherzig abtun? Statt sich zu entschuldigen oder wenigstens einen Anflug von Reue zu zeigen, stempelte er mich mit wenigen Sätzen als hysterische Kuh ab.

„Du machst es dir verdammt einfach." Meinen gesamten Mut zusammenkratzend trat ich näher an ihn heran. Ich wollte ihm in die Augen sehen. „Du bist ein Lügner und ein Egoist.".

„Ich habe nicht gelogen." Die Andeutung von Unbehagen grub sich in seine Mundwinkel.

„Mir nicht die ganze Wahrheit zu sagen, kommt einer Lüge schon sehr nahe. Du hast mir deine Verlobung verschwiegen und mir so die Möglichkeit genommen, frei zu entscheiden. Wenn ich von deiner geplanten Heirat gewusst hätte, hätte ich einem Treffen mit dir niemals zugestimmt, und dessen warst du dir durchaus bewusst. Also hast du mich absichtlich getäuscht. Um mich doch noch ins Bett zu bekommen, während du im Hintergrund bereits dein Leben mit einer anderen vorbereitet hast. Das ist so mies. Selbst für deine Verhältnisse."

„Natasha hat nichts mit uns zu tun."

Seine spröde Aussage überraschte mich nicht. Vermutlich sah er das tatsächlich so locker. Nun wurde mir das gesamte Ausmaß meiner Dummheit bewusst. Um ein Haar wäre ich die Geliebte eines Mannes geworden, der in der Öffentlichkeit den treuen Ehemann in spe gab, während ich im Verborgenen die Krumen einsammeln durfte, die Natasha mir völlig unwissend übrigließ. Was für eine Katastrophe!

„Ich will dich immer noch", meinte er unvermittelt. Sein Blick glitt verlangend über meinen nur notdürftig verhüllten Körper. „Weißt du eigentlich, dass ich deinetwegen meine eigene Verlobungsfeier verlassen habe?"

„Soll ich dir dafür einen Orden verleihen?" Ich presste die Lippen zu einem schmalen Strich zusammen und musterte ihn kühl, wobei ich nicht fassen konnte, wie ich so blind in seine Falle tappen konnte.

„Ist das alles, was du dazu zu sagen hast?", fragte er. „Ich habe Natasha für dich stehen lassen. Was soll ich denn tun, um dir zu beweisen, dass ich dich mehr will als alles andere?"

Gott, er hörte nicht einmal jetzt auf. Wieso tat er mir das an?

„Ich für meinen Teil würde es begrüßen, wenn du zurück zu deiner Verlobten gehst. Von deinem Anblick wird mir nämlich übel."

Kein bisschen beeindruckt trat er näher, von schlechtem Gewissen keine Spur. Mein Gott, der Kerl besaß null Skrupel.

„Hör zu, das ist alles nicht so gelaufen, wie ich es geplant habe. Und ja, ich sah keine Veranlassung, dir von Natasha zu erzählen. Es ist eine reine Vernunftehe. Du weißt doch, wie das läuft: Geld heiratet Geld. Gefühle sind da nicht im Spiel." Er lächelte verführerisch. „Die hebe ich mir lieber für dich auf."

Lügner, Lügner, Lügner, hallte es in mir wider.

„Es ist mir scheißegal, ob du sie aus Liebe oder aus anderen Motiven heraus heiratest. Ich schlafe nicht mit Männern, die gebunden sind."

In seinen Blick schlich sich Ungeduld. Meine Vorhaltungen nervten ihn. „In meinen Kreisen ist so was durchaus üblich", erklärte er von oben herab. „Natasha ist nicht wichtig."

Bleierne Müdigkeit befiel mich bei dieser fruchtlosen Diskussion. Er kapierte einfach nicht, worum es mir ging. Dafür sah ich umso klarer und reflektierte das eigene Verhalten. Wie alle Frauen, die auf einen gewissenlosen Verführer hereingefallen waren, hatte ich insgeheim auf ein Wunder gehofft und mich der Wahrheit verweigert. Ash würde niemals in der Lage sein, einer Frau mehr als sexuelles Begehren entgegenzubringen.

„Können wir uns vielleicht an einem gemütlicheren Ort unterhalten?“

Ich wollte mich überhaupt nicht mehr mit ihm unterhalten. Das wollte ich ihm gerade mitteilen, da spazierte er einfach in meine Küche.

„Hey, ich habe dir nicht erlaubt, hier herumzuschleichen!“

Glücklicherweise hatte ich aufgeräumt. So konnte er nicht über Dannys Spielzeug stolpern, das sonst überall herumflog. Ich wollte nicht, dass er von ihm erfuhr. Meinen Sohn wollte ich aus der Sache raushalten.

Erbost folgte ich ihm in die Küche. Seine in einen teuren Smoking gehüllte Gestalt wirkte hier völlig deplatziert. Mit bangem Herzen beobachtete ich, wie sich sein Mund vor Missbilligung verzerrte, als er das lose Kabel sah, das hinten über dem Küchenschrank aus der Wand ragte. „Du solltest das richten lassen, sonst fackelst du irgendwann deine eigene Bude ab.“ Er verzog geringschätzig die Lippen. „Nicht, dass es schade drum wäre.“

„Das war gemein“, flüsterte ich verletzt und schluckte heftig. „Du redest hier über mein Zuhause. Ich habe dir letztens bereits gesagt, nicht jeder kann sich so wie du eine Luxuswohnung leisten.“

Das erste Mal, seit ich ihn kannte, sah er aus, als würde er sich ehrlich schämen. Er wich meinem Blick aus und räusperte sich. „Es tut mir leid, das hätte ich nicht sagen sollen.“

Ich empfand das alles als so ermüdend. „Ash, was willst du denn noch hier?“, fragte ich traurig und biss mir verzagt auf die Unterlippe.

„Ist das nicht offensichtlich?“, erwiderte er erstaunt, „Komm schon, Maxine, du wirst dich doch von so einer Kleinigkeit wie einer Verlobung nicht davon abhalten lassen, mit mir zusammen zu sein. Ich habe es dir vorhin gesagt und ich wiederhole es gern. Natasha bedeutet mir rein gar nichts. Sie ist einfach die passende Ehefrau für einen Mann in meiner

Position. Unsere Eltern sind befreundet und ebenfalls sehr vermögend. Ich kann sicher sein, nicht an eine Goldgräberin zu geraten. Außerdem werde ich in ein paar Jahren die gesamte Konzernleitung von meinem Vater übernehmen und brauche eine repräsentative Ehefrau an meiner Seite. Mehr steckt da nicht dahinter."

Wie traurig ist das denn?, dachte ich unwillkürlich.

„Man heiratet doch nicht, weil es passend ist", flüsterte ich schockiert. Wie konnte man sein Leben und die Liebe, die vielleicht sogar in einem schlummerte, einfach so wegwerfen?

Ash merkte wohl, wie durcheinander ich war, und nutzte das sofort aus. Er trat dicht an mich heran. „Maxine, wir beide wären so gut zusammen. Ich kann dich Dinge fühlen lassen, die deine Vorstellungskraft übersteigen. Lass mich dein Lehrer sein, dein Liebhaber. Ich werde für dich sorgen und so viel Zeit mit dir verbringen, wie es mir nur möglich ist."

„Für jemanden wie mich sollte das wohl genug sein", erwiderte ich verletzt. Hörte er sich eigentlich selbst hin und wieder reden? Ash behandelte mich wie ein interessantes Spielzeug, dem man ein Höchstmaß an Aufmerksamkeit schenkte, bis es anfing, langweilig zu werden, und gegen ein anderes ausgetauscht wurde.

Allein seine Absicht, mich zu einem schmutzigen kleinen Geheimnis zu degradieren, entfachte eine Wut in mir, die ihresgleichen suchte. Mein Drang, ihm wehzutun oder ihm wenigstens einmal im Leben eine Lektion zu erteilen, beherrschte innerhalb von Sekunden mein ganzes Denken.

„Komm schon, meine Hübsche. Lass uns diese blöde Geschichte vergessen und einander genießen."

Seine schlanken Finger strichen verführerisch über meinen Hals. Beinahe unmerklich wanderten sie zum Ausschnitt des Bademantels und streichelten die Haut meines Dekolletés. Er wartete kurz meine Reaktion ab und lächelte siegessicher, da ich keinen Widerstand leistete. Weder verbal noch körperlich.

Selbstverständlich ließen mich seine Zärtlichkeiten nicht kalt. Meine Brustspitzen strafften sich und fingen an zu prickeln. Jeder Muskel in mir spannte sich an, ich sehnte mich nach einer intimeren Erkundung, nach der Erfüllung, die er mir schenken konnte. Instinktiv bog ich mich seinen kundigen Händen entgegen. Damit mir die Kontrolle über meine Sinne nicht gänzlich entglitt, spulte ich in meiner Erinnerung immer wieder die Szene auf der Bühne ab, sah wieder, wie er Natasha anlächelte und sie vor aller Augen küsste. Von wegen reine Vernunftehe! Er bekam nur den Hals nicht voll und wollte beides: Eine schöne Ehefrau und zur Abwechslung eine Dumme wie mich, die sich als willige Geliebte ausnutzen ließ.

Die Suppe werde ich dir versalzen, Freundchen.

Meine Erregung flaute auf ein Minimum ab. Ash hingegen wähnte sich offensichtlich bereits am Ziel seiner Wünsche und hauchte einen Kuss auf mein Ohrläppchen. „Ich wusste, du bist ein vernünftiges Mädchen."

Seine streichelnde Hand glitt in den Bademantel und schloss sich besitzergreifend um eine nackte Brust. „Ich will dich so sehr", raunte er und presste die heißen Lippen leidenschaftlich auf meinen Hals.

„Was ist, wenn Natasha von mir erfährt?", fragte ich und bog den Kopf zurück. Sein Mund saugte sich an meiner Halsschlagader fest, zuckend tanzte Ashs Zunge über den klopfenden Puls. Es fiel mir zunehmend schwerer, der wachsenden Lust keinen freien Lauf zu lassen. Nur der Wunsch, ihn mit seinen eigenen Waffen zu schlagen, half mir, mich zu beherrschen. Berechnend drängte ich mich gegen seine Hüften, und mein Becken rieb sich gegen die steinharte Erektion.

Sein verschleierter Blick traf auf meinen. „Mach dir mal um Natasha keine Gedanken", antwortete er. „Sie weiß, wie der Hase läuft, und sie wird uns keinen Ärger bereiten, solange wir diskret sind."

Die Lust auf mich verlieh seiner Stimme einen satten Unterton, zäh wie Honig flossen ihm die Worte von den Lippen, begleitet von schweren Atemzügen. Nun hatte ich ihn da, wo ich ihn haben wollte. Ich hielt still, sobald er den

Kragen meines Bademantels packte und den Stoff ein gutes Stück zur Seite zog. Seine warmen Lippen küssten sich an meiner Schulter entlang. Das verursachte ein angenehmes Kribbeln in meinem Unterleib. Gott, das fühlte sich so gut an. Mit aller Gewalt hielt ich meine Wut aufrecht, indem ich an seine Verlobte dachte, die genau jetzt mutterseelenallein auf ihrer eigenen Verlobungsparty saß und keine Ahnung hatte, was ihr zukünftiger Ehemann in diesen Minuten trieb. Trotzdem erregten mich Ashs Zärtlichkeiten, ich konnte nichts dagegen machen. Er besaß eine Macht über meine Sinne, die mich zu Tode erschreckte. Um mich nicht ganz zu verlieren, bohrte ich die Nägel in die Handflächen. Der Schmerz hielt mich bei klarem Verstand.

„Wirst du ihr von uns erzählen?“

Sein Mund ließ nicht von mir ab. Er murmelte seine Antwort in meine Haut hinein. „Das wird gar nicht nötig sein. Wir heiraten, und dann macht jeder, was er will.“

Mit halb geschlossenen Augen kehrten seine Lippen zum Ansatz meines Dekolletés zurück und liebkosten die Stelle zwischen meinen nackten Brüsten. Die Knospen ragten schmerzlich erregt auf und bettelten förmlich um eine Liebkosung. Sein Daumen berührte eine davon, neckte sie, rieb sanft, dann immer fester darüber. Bittersüße Hitze flutete meinen Leib, ich presste die Schenkel zusammen und quiekte erschrocken auf, als er mich mit einer flüssigen Bewegung auf den Küchentisch hob. Er nestelte am Knoten meines Gürtels herum. Der schien sich unter seinen Fingern aufzulösen. Kurz darauf saß ich nur mit einem knappen Höschen bekleidet vor ihm. Seinem vor Gier flirrenden Blick ausgeliefert.

Ein tiefes Stöhnen entrang sich seiner Kehle. Beinahe andächtig betrachtete er mich und schluckte hörbar. „Du bist so unfassbar schön.“

Langsam beugte er sich über mich. Sein Mund ging auf Wanderschaft und liebkoste mich an Stellen, die schon seit Jahren kein Mann mehr berührt hatte. Nur durfte ich es mir nicht erlauben, dieses wahnsinnig behagliche Gefühl zu genießen. Der Weg in die Hölle war mit seinen Küssen gepflastert. Ash leckte abwechselnd die hochempfindlichen Knospen. Zielsicher bewegte er sich nach unten. Er drückte meinen Oberkörper auf die Tischplatte und hauchte zarte Schmetterlingsküsse über meine angespannte Bauchdecke. Dabei sah er mir die ganze Zeit in die Augen, hielt meinen Blick fest. „Gefällt dir das?"

Meine Antwort bestand aus einem unterdrückten Wimmern. Er lächelte, schlüpfte unter den Bund des Höschens und strich die weichen Falten meines Geschlechts. Er musste fühlen, wie feucht ich war.

„Hm, das mag ich", raunte er heiser. „Du, nass und bereit für meinen Schwanz. Ich werde mich nicht zügeln. Stoß für Stoß werde ich es dir besorgen, bis ich spüre, dass du ganz und gar mir gehörst, und erst dann werde ich dir erlauben, zu kommen."

„Du bist ein Mistkerl", keuchte ich.

„Damit kann ich leben, Süße. Solange du so weich und willig unter mir liegst."

Seine Zähne gruben sich zärtlich in das Fleisch über meinem Hüftknochen, während sich sein langer Finger in meine Vagina schob. Der Daumen touchierte meine pulsierende Lustperle, mein Schoß klammerte sich um seinen Finger und hielt ihn in meinem Inneren, sobald er sich zurückziehen wollte. Er drückte sich wieder hinein, tiefer diesmal. Winzige Blitze krochen wie von unsichtbaren Leitungen geführt unter meiner Haut entlang und setzten mich unter Strom. Dabei rotierte sein Daumen unablässig über meine Klitoris. Ich stöhnte, konnte es nicht verhindern, und hob den Unterleib an.

„Ja, genau so. Komm mir entgegen." Seine freie Hand zog den Slip ein Stück nach unten, bis meine Scham zum Vorschein kam. Nun konnte er dabei zusehen, wie sein Finger immer wieder in mir verschwand. Es war gut, raubte mir den Verstand, und ja, ich genoss es. Ich durfte nicht zu weit gehen und musste rechtzeitig die Notbremse ziehen.

„Seit Wochen denke ich nur noch daran, was ich alles mit dir anstellen werde, sobald ich dich in meinem Bett habe."

„Erzähl mir davon", hauchte ich verführerisch.

„Jeden Millimeter deiner Haut will ich küssen. Ich möchte herausfinden, wie du riechst und schmeckst. Ich möchte fühlen, wie sich deine nasse Muschi um meinen Schwanz klammert und mir den Verstand aus dem Hirn presst."

Seine Zunge verlor sich in meinem Bauchnabel. Sofort bockten meine Hüften nach oben, eine spontane Reaktion, die ihm ein unwiderstehlich raues Lachen entlockte.

„Das gefällt mir." Er entzog mir seine Hand und richtete sich auf. Ohne die Augen von mir zu nehmen, streifte er sich das Jackett ab und begann, das Hemd aufzuknöpfen. Er zog es aus, und ich kam zum ersten Mal in den Genuss, Ashs nackten Oberkörper zu bewundern. Straffe Muskeln spielten unter der leicht gebräunten Haut. Wie Seide spannte sie sich über seinem durchtrainierten Körper. Ich konnte nur erahnen, wie viel Sport er treiben musste, um so auszusehen. Perfektion in ihrer reinsten Form. Ein sanfter Schleier legte sich über meine Iriden, mein Blick verharrte kurz an seinem schön geformten Bizeps und heftete sich anschließend auf die klar definierte Bauchmuskulatur. Sein sich nach unten hin verjüngender Torso ging in schmale Hüften über. Mehr konnte ich nicht sehen, der Bund seiner Hose verhinderte intimere Einblicke.

Ja, ich starrte ihn an. Wie sollte es auch anders sein? Schließlich bestand ich nicht aus Stein und diese männliche Schönheit hätte selbst eine Heilige in Versuchung geführt.

Ash lächelte selbstgefällig. Die Hand austreckend, stellte er sich zwischen meine Beine und umfasste eine Brust. Zärtlich rieb er die Knospe und lehnte sich über mich, um sie einzusaugen. Ein erstickter Schrei hallte durch die Küche. War ich das gewesen? Dort, wo mich sein Mund berührte, gloste atemberaubende Hitze. Das von meinen Brüsten ausgehende Ziehen setzte sich bis in meinem Unterleib fort und wurde immer stärker, immer machtvoller. Sanfte Finger strichen über meinen Venushügel. Wenn ich nicht aufpasste, würde mein schöner Plan nach hinten losgehen. Meinen Geist konnte ich auf Rache einstimmen, nur meinen verräterischen Körper nicht. Der wollte dringend Sex.

Ashs Gesicht schwebte über meinem. „Fass mich an, Maxine“, befahl er rau. „Ich muss deine Hände auf mir spüren, bevor ich den Verstand verliere.“

Gehorsam senkte ich sie auf seine breiten Schultern. Ein unbeschreibliches Gefühl, seine bloße Haut unter meinen Fingern zu ertasten. Es verschaffte mir eine Ahnung davon, wie er sein würde, wenn er direkt auf mir lag, mit nichts Störendem dazwischen. Keine Kleidung, keine Missverständnisse und keine verletzten Emotionen. Einfach nur er und ich. Versunken in unserer ganz eigenen Welt.

Selbstvergessen fuhr ich mit den Fingerspitzen über die samtweiche Oberfläche seines Körpers. Er zitterte unter meiner Berührung und schloss die Augen. Für einen Moment vergaß ich unseren Streit und seine Gewissenlosigkeit. Zärtlich drückte ich die Lippen gegen sein Schlüsselbein, schmeckte seine Haut. Seltsamerweise beruhigte der Kontakt den Aufruhr in meinem Inneren. Mein Mund glitt an seinen Hals, ich leckte über den Puls und spürte sein Erschauern.

„Ist das gut so? Soll ich auch andere Stellen deines Körpers küssen?“

Das Feuer in seinen Augen versengte mich fast. Ash schüttelte ungläubig den Kopf, als könne er nicht fassen, was hier gerade geschah. „Du bist verdammt noch mal die aufregendste Frau, die mir je begegnet ist. Es ist völlig egal, was du machst. Alles was du tust, erregt mich.“

Sein Bekenntnis berührte etwas in mir, dass ich nicht wahrhaben wollte. Nicht mehr. Es wurde Zeit, dieses Spiel zu beenden, bevor ich mich zu tief darin verstrickte.

„Weißt du, was du jetzt tun kannst?“, fragte ich und ließ die Lippen für einen Moment über seine gleiten.

Er schloss die Augen und schüttelte grinsend den Kopf. „Keine Ahnung, ich nehme an, du wirst es mir gleich sagen.“

Sein steinharter Unterleib presste sich gegen meine weichen Kurven. Ich schaffte es dennoch, ihn fortzuschieben und vom Tisch zu rutschen. Ash zog überrascht die Brauen hoch und wirkte ziemlich überrumpelt.

„Was wird das jetzt? Willst du ins Schlafzimmer?“

„Ganz sicher nicht“, antwortete ich, schloss den Bademantel und schenkte ihm den kältesten Blick, zu dem ich fähig war.

Er kniff misstrauisch die Augen zusammen. Offenbar kapierte er endlich, dass wir am Ende unseres kleinen Tête-à-Têtes angelangt waren.

„Wieso gefällt mir diese Wendung nicht?“, meinte er gedehnt und verschränkte die Arme vor der Brust. Der Anblick seiner sich anspannenden Muskeln brachte mich für ein paar Sekunden aus dem Konzept, ich fing mich allerdings recht schnell und setzte eine gleichgültige Miene auf.

„Was dir gefällt oder nicht, interessiert mich nicht die Bohne, Casanova. Ich wollte dir lediglich zeigen, wie demütigend es sein kann, wenn man für manipulative Spielchen missbraucht wird. Ich werde ganz bestimmt nicht mit dir schlafen. Weder heute noch morgen. Niemals.“

Nach dieser Ansage verknotete ich den Gürtel, so fest es ging. Wahrscheinlich würde ich ihn nachher nicht mehr aufbekommen und mich aus dem Frottee herausschneiden müssen.

„Du meinst das wirklich ernst.“ Irritiert legte er die Stirn in Falten. Etwas Derartiges war ihm wohl noch nie widerfahren.

„Todernst!“, bekräftigte ich und nickte entschieden. „Du kannst deine Kleidung anziehen und zu deiner Verlobten fahren. Mit ihr kannst du dann all die schlimmen Sachen anstellen, die du mit mir treiben wolltest.“

Ashs ungläubige Miene verschaffte mir kurzfristig Genugtuung. Treffer versenkt, Ziel erreicht. Mit steifen Bewegungen griff er nach seinem Hemd und streifte es über. Achtlos schloss er die Knöpfe, seine Stimme zitterte vor Zorn. „Du hast mich verarscht, du Miststück!“

„Aber, aber, wir wollen doch nicht ausfallend werden", tadelte ich milde und tat erstaunt. „Du servierst die Frauen laufend ab. Deine Empörung kannst du dir also sonst wohin stecken."

„Im Gegensatz zu dir habe ich keine scharfgemacht und dann mit dicken Eiern nach Hause geschickt."

Oh ja, er war wirklich sauer.

„Biologie ist wohl nicht deine Stärke", entgegnete ich süffisant. „Mal abgesehen davon, dass so was rein anatomisch gar nicht möglich ist, bekommst du nur, was du verdienst." Ich schüttelte den Kopf und fixierte ihn. „Hast du wahrhaftig gedacht, du tauchst hier auf und wir machen weiter, als wäre nichts passiert?"

„Eigentlich schon", antwortete er unverfroren.

Wenn man Arroganz in Flaschen abfüllen und verkaufen könnte, wäre Bill Gates verglichen mit Ash ein armer Schlucker.

„Ich fürchte, dein überdimensioniertes Ego hat auch den letzten Rest deines Verstandes absorbiert."

Mein Blick senkte sich auf seinen Unterleib. Seine Erregung war noch nicht vollständig abgeklungen, und gegen meinen Willen schlug mein Herz wieder schneller. Ich kämpfte dagegen an.

„Ich schlafe nicht mit Heuchlern, Ash. Und du bist mit Abstand das krasseste Exemplar dieser Spezies, dass mir jemals begegnet ist."

Seelenruhig schloss er den letzten Knopf des Hemdes und streifte sich darauf das Jackett seines Smokings über. Mir wurde unwohl zumute. Der Kerl heckte doch wieder irgendwas aus!

„Du scheinst andere Ziele zu verfolgen als gedacht", sagte er plötzlich und betrachtete mich abschätzend.

Ich verstand nur Bahnhof. Was für Ziele denn?

„Wie meinst du das?"

Sein Gesichtsausdruck veränderte sich. Der Verführer verschwand und machte eiskalter Berechnung Platz. „Tu nicht so unschuldig. Nenn mir einfach deinen Preis und ich werde zahlen."

Wollte er damit etwas andeuten ...? Nein, unmöglich. So tief würde selbst er nicht sinken.

„Ich verstehe nicht?", hauchte ich, viel zu verstört, um böse zu sein.

„Du hast mich schon verstanden, Maxine. Du willst deinen Preis in die Höhe treiben, bevor du mit mir schläfst. Warum sonst erwähnst du ständig, dass du kein Geld hast und so hart arbeiten musst."

„Was?" Geschockt vernahm ich seine Anschuldigung, zu betroffen, um dazu Stellung zu nehmen.

Er nahm es gelassen und hob die Schultern. „Ich mache dir keinen Vorwurf deswegen. Wir müssen alle sehen, wo wir bleiben. Also nenn mir die Summe, die dir vorschwebt, und ich stelle dir einen Scheck aus."

Mein letzter Funken Hoffnung, er könnte doch ein Quäntchen Ehrgefühl besitzen, ging gerade flöten. Er behandelte mich wie eine Hure. Andererseits schien es mit seinem Selbstbewusstsein nicht weit her zu sein, wenn er glaubte, für meinen Körper bezahlen zu müssen.

Ernüchtert fuhr ich mir mit der Hand übers Gesicht, meine Augen brannten vor Müdigkeit und Enttäuschung. Ich wollte mich einfach ins Bett verkriechen und den Rest der Welt ausschließen.

„Ich glaube, ich bin niemals in meinem Leben so beleidigt worden", sagte ich leise und deutete zur Küchentür. „Es wäre besser, wenn du gehst, Ash."

„Nicht ehe du deinen Preis genannt hast", beharrte er. „Du kannst haben, was du willst. Geld, eine Wohnung, ein Auto. Für mich sind das Peanuts."

„Meinen Stolz mit Füßen zu treten, nennst du Peanuts?" Nun reichte es endgültig. „Ich bin nicht käuflich, Ash. Wenn ich mit einem Mann schlafe, dann gebe ich mich ihm mit Leib und Seele hin, und das erreichst du nicht, indem du mir anbietest, mich auszuhalten. Hättest du mir einmal das Gefühl gegeben, dass du etwas für mich empfindest, würdest du kein Nein von mir hören, aber du bist wie Marmor, kälter als Eis. In deinen Armen würde ich erfrieren, weil in deiner Brust kein schlagendes Herz sitzt, sondern ein nutzloser Stein. Ich denke, ich habe Besseres verdient." Meine Stimme wurde leiser, verlor jedoch nichts von ihrer Dringlichkeit. „Liebe und Sex gehören für mich zusammen, Ash. Was mich betrifft, kannst du beides nicht kaufen", flüsterte ich.

Es wurde furchtbar still in der Küche. Ich hörte seine schleppenden Atemzüge und beobachtete das trübe Flackern in seinen Augen, dass seine wahren Empfindungen vor mir und dem Rest der Welt verbarg. Ich entdeckte lediglich erschreckende Leere in ihnen.

„Offenbar habe ich mich in dir getäuscht", meinte er nach einer gefühlten Ewigkeit, wandte sich ruckartig ab und verließ mit steifen Schritten die Küche. Sekunden später hörte ich, wie die Wohnungstür ins Schloss fiel.

Vorsichtig setzte ich mich auf einen Stuhl und starrte brütend auf die Tischplatte. Heute Abend hatte unsere ungesunde Beziehung, wenn man das so nennen konnte, einen unschönen Höhepunkt erreicht. Zurück blieb nur der vage Eindruck, etwas Wertvolles verloren zu haben, und schon wieder kamen die verhassten Tränen. Mich tröstete nicht einmal der Gedanke, dass er meinetwegen seine eigene Verlobungsfeier verpasst hatte. Davon wurde mein Kummer auch nicht weniger, und ich weigerte mich, auf Kosten einer anderen Frau Freude zu empfinden.

„Manchmal hasse ich mein Leben", flüsterte ich unglücklich und vergrub das Gesicht zwischen den Armen.

Kapitel 13

Die Fähigkeit, in allen Lebenslagen zu funktionieren, selbst wenn ich das Gefühl hatte, innerlich auseinanderzubrechen, fand ich sehr beruhigend. Nach der enttäuschenden Erfahrung, wieder einmal an den falschen Kerl geraten zu sein, machte ich weiter wie gehabt, und tatsächlich schaffte ich es hin und wieder, Ash aus meinem Kopf zu verbannen. Ich kümmerte mich noch hingebungsvoller um Danny und entwickelte zudem einen Putzfimmel. Jedes Mal, wenn ich Gefahr lief, Trübsal zu blasen, wienerte ich den Boden im Flur, scheuerte die Badewanne oder eliminierte Staubfusel. So entging ich die meiste Zeit meinen grüblerischen Gedanken, und es lenkte mich auch von der Tatsache ab, dass mein Sohn immer größer wurde. Er hielt sich mit der Schule das Wochenende über in einem Kindercamp auf. Die Lehranstalt hatte dieses Ereignis organisiert, um den Abnabelungsprozess zu unterstützen.

Mir war nicht klar, warum sich ein Sechsjähriger schon abnabeln sollte, doch da er sich wahnsinnig darauf freute, zahlte ich zähneknirschend die verlangte Summe und ermöglichte ihm die Teilnahme. Die Kids würden dort singen, spielen und abends den harmlosen Gruselgeschichten der Gruppenleitung lauschen.

Er fehlte mir wahnsinnig, dabei hatte ich ihn erst vor einer Stunde zum Bus gebracht und unter Tränen verabschiedet. Nun stand ich im Aufenthaltsraum vom Diner und machte mich für die nächste Schicht fertig. Gerade als ich durch den langen Flur lief um in den Restaurantbereich zu gelangen, kam mein Boss tief in Gedanken versunken aus seinem Büro. Er bemerkte mich zuerst gar nicht, was mir die Gelegenheit verschaffte, ihn eingehend zu mustern. Was ich sah, gefiel mir nicht. Beunruhigt registrierte ich den fahlen Hautton, selbst seine sonst so ausdrucksstarken dunklen Augen schienen all ihren Glanz verloren zu haben.

„Lou?“, rief ich ihm nach. Er stoppte und versuchte, eine heitere Miene aufzusetzen, sobald er mich entdeckte. „Hey, ich hätte dich glatt übersehen“, sagte er und zauberte sich ein Lächeln auf die Lippen.

Mir entging nicht, wie schwer ihm das fiel, und meine Sorge wuchs. Vorsichtig trat ich an ihn heran und berührte ihm sacht am Arm. „Lou, du bist so wahnsinnig still und in dich gekehrt in der letzten Zeit. So kenne ich dich gar nicht.“

Seufzend rieb er mit der flachen Hand über den kahl rasierten Schädel. „Mich beschäftigt etwas und es ist nicht gerade erfreulich.“

„Jetzt machst du mir Angst“, flüsterte ich und schluckte.

Er tätschelte mir väterlich die Wange. „Mach dir keinen Kopf, Kindchen. Ich hatte ein paar Probleme, aber die Lösung ist bereits in trockenen Tüchern, auch wenn ich mir die Sache ursprünglich anders vorgestellt habe. Sorgen musst du dich nicht, die anderen ebenso wenig.“

„Bist du sicher?“

„Natürlich.“ Er räusperte sich. „Ich muss noch einmal weg, ich komme erst gegen zwanzig Uhr wieder. Es wird eine Personalbesprechung geben. Der Rest der Belegschaft weiß Bescheid.“

Mir wurde eiskalt. „Personalbesprechung?“, wisperte ich.

Lou wich meinem Blick aus. „Es gibt da ein paar Sachen, die ich euch mitteilen muss. Sei so lieb und halt die Stellung bis dahin.“

Er würde mir nicht vorab sagen, worum es ging, also rang ich mir ein Lächeln ab und übte mich in Geduld. „Klar, du kannst dich auf mich verlassen, Lou.“

„Das weiß ich, mein Mädchen.“

Er klopfte mir auf die Schultern und verschwand, bevor ich ihn mit weiteren Fragen behelligen konnte. Seufzend und mit einem unguten Gefühl im Bauch betrat ich das Diner und begrüßte meine Kollegin Anna, die bereits ihrer Arbeit nachging. Prüfend wanderte mein Blick durch den Raum. Morgens herrschte normalerweise Hochbetrieb, doch heute entdeckte ich nur einen Gast, der sich an seinem Kaffee festhielt und dabei die Tageszeitung studierte.

Verzagt kaute ich an meiner Unterlippe herum. Die Gästezahlen ließ seit der Eröffnung einer Schnellrestaurantkette nur knappe hundert Meter die Straße runter sehr zu wünschen übrig. Es brauchte nicht viel Fantasie, um zu begreifen, dass Lous Personalbesprechung mit dem schwindenden Umsatz zusammenhing. Ein unangenehmes Frösteln fraß sich durch meine Haut und senkte sich in meine Knochen. Vielleicht musste Lou das Restaurant doch schließen und wollte mich vorhin nur nicht beunruhigen. Eine grauenhafte Vorstellung. Mein Leben würde sich von Grund auf verändern, ich stünde erneut vor einem Berg an Problemen. Wie schnell konnte ich eine neue Stelle finden, wie ging es mit Dannys Betreuung weiter? Konnte ich den anderen Job mit der Arbeit im *Night Runners* vereinbaren? Kalter Schweiß trat auf meine Stirn, eine Welle aus nackter Panik drohte mich zu überwältigen.

„Miss, kann ich bitte zahlen?“, rief der Kerl am Fenster und winkte mir zu. Erleichtert über die willkommene Ablenkung lief ich zum Tisch. Anna ging gerade einem menschlichen Bedürfnis nach, also übernahm ich das Abkassieren für sie und händigte ihr später das Trinkgeld aus.

Der restliche Tag verging schleppend. Ständig kreisten meine Gedanken um die bevorstehende Personalversammlung und die damit verbundenen Folgen. Nach dem ersten Schock schwächte sich die Angst vor dem Ungewissen ein wenig ab. Immerhin hatte Lou versichert, es würde sich nichts Grundlegendes ändern. Darauf vertraute ich und bezähmte die Unruhe.

Nachmittags setzte ein kräftiger Regenschauer ein und vertrieb auch die letzten Leute auf der Straße. Es herrscht gähnende Leere im Diner.

„Ich hasse dieses Mistwetter“, murrte ich und wischte über die schon längst blitzblanke Theke. Ich stand mit dem Rücken zum Eingang. Zwar hörte ich die kleine Glocke, die immer anschlug, sobald jemand das Restaurant betrat, doch da sich

Anna auf der Fläche befand und die Neuankömmlinge bediente, drehte ich mich nicht um. Daher warf mich die Stimme des Mannes, der mich mehr verletzt hatte, als irgendjemand sonst zuvor, vollkommen aus der Bahn.

„Wenn du so weitermachst, rubbelst du noch Löcher ins Holz."

Ich schoss herum und versank in den grün schillernden Augen meines persönlichen Albtraums. Sein anzüglicher Blick streifte meine hässliche Uniform. Ich konnte förmlich sehen, wie er sich diesen braunen Kittel wegdachte und sich vorstellte, wie ich nackt aussah.

„Nicht zu fassen, dass du es wagst hierherzukommen!" Meine Finger krampften sich um den weichen Lappen, während ich mir alle Mühe gab, dem intuitiven Fluchtbedürfnis nicht nachzugeben. Wenn hier einer ging, dann war das er. Verdammt noch eins!

„Verschwinde! Du bist hier nicht willkommen!", presste ich hervor. Ich betrachtete sein makelloses Äußeres. Statt mir in lässigem Freizeitlook entgegenzutreten, trug Ash einen dreiteiligen Anzug. Wahrscheinlich muss ich nicht extra erwähnen, wie sexy und erfolgreich er darin aussah. Ash strahlte Reichtum und unbefangene Eleganz aus. Kein Wunder, dass er glaubte, mich kaufen zu können.

Da er schwieg, brach ich das Schweigen. „Bist du hier, um dein widerliches Angebot zu wiederholen?"

Seine Augenbraue rutschte nach oben. Verdammt, selbst das beherrschte er perfekt. Es machte ihn nur noch attraktiver. „Würde das was bringen?"

Kämpferisch verschränkte ich die Arme vor der Brust. „Nein", entgegnete ich entschieden.

Er seufzte gelangweilt. „Dann lass ich es lieber bleiben."

Aha.

Sein Blick wanderte durchs Lokal. „Nicht viel los hier", stellte er fest und sah mich wieder an. „Wenn das immer so ist, wirst du dich früher oder später um einen neuen Arbeitsplatz bemühen müssen."

Sein abrupter Themenwechsel verwirrte mich. „Bist du hier, um dich über die finanzielle Lage des Diners auszutauschen? Falls ja, lass es. Es geht dich nämlich nichts an."

„Das ist ein Irrtum, meine Hübsche. Aber das wirst du noch früh genug herausfinden."

Er lächelte glatt und schien in ausgesprochen guter Stimmung zu sein, was mich nur noch mehr provozierte.

„Du bist die größte Plage seit der Niederschrift des Alten Testaments", erklärte ich verächtlich.

Auch das ließ ihn kalt. „Ich habe schon schlimmere Dinge über mich gehört. Also steck das Messer weg. Ich bin nicht hier, um zu streiten."

„Fein, dann kannst du ja gehen. Ich habe nämlich nicht die Absicht, mit dir zu reden, du neureicher Schnösel."

Aus den Augenwinkeln konnte ich erkennen, wie meine Kollegin verblüfft den Schlagabtausch verfolgte. Ich wandte mich an sie und lächelte. „Anna, ich mach Pause. Ruf mich, wenn du Hilfe brauchst, und begleite doch bitte diesen Gentleman zur Tür."

Ohne ihn noch eines Blickes zu würdigen, flüchtete ich mich in unseren Aufenthaltsraum und zählte stumm bis zehn, um meine Nerven zu beruhigen.

„Gott, dieser arrogante Affe, was bildet der sich eigentlich ein?", fauchte ich aufgebracht und schenkte mir einen Kaffee aus der Thermoskanne ein, die auf der Arbeitsfläche der winzigen Küchenzeile stand.

„Wie leichtfertig du doch meine Gefühle verletzt, süße Maxine. Ich bin nicht sicher, wie ich das finden soll."

Zum zweiten Mal an diesem Tag wandte ich mich um und stöhnte verzweifelt auf. Er stand mitten im Raum, die Tür hatte er zugemacht.

„Lass mir doch einfach meinen Frieden!"

Ash trat näher, ein bedauerndes Lächeln auf den wie gemeißelt aussehenden Lippen. „Tut mir leid. Ich kann nicht."

Es klang so endgültig. Als wäre meine Meinung gar nicht relevant. „Du kannst jede haben. Nimm eine von den

Schnallen, die sich dir freiwillig an den Hals werfen und lass mich dafür in Ruhe. Deinem besten Stück ist es sicher egal, in wen du es reinsteckst."

Erneut schüttelte er den Kopf. „Kommt nicht infrage, meine Hübsche. Ich nehme nicht das Zweitbeste. Nie. Ich gebe zu, ich habe Mist gebaut, ich hätte dir die Wahrheit sagen müssen, aber das ändert nichts an der Tatsache, dass wir einander begehren." Ein sanfter, fast schon friedlicher Ausdruck beherrschte seine Züge.

„Du solltest ernsthaft professionelle Hilfe in Erwägung ziehen, denn ich fange an, an deinem Verstand zu zweifeln. Ich habe Nein gesagt, und dabei bleibt es." Nach außen hin machte ich hoffentlich einen gefassten Eindruck. Unbegreiflich, welch ambivalente Emotionen er in mir auslöste. Keine Liebe, dafür kannte ich ihn nicht gut genug – oder vielleicht zu gut?

Was ich spürte, war das zerstörerische Verlangen, die Eine für ihn zu sein. Die Frau, die seine Seele retten und einen anständigen Menschen aus ihm machen konnte. Gleichzeitig wollte ich ihm das verdammte Herz aus der Brust reißen und genauso darauf rumtrampeln, wie er es bei mir getan hatte. Energisch wies ich zur Tür. „Geh!"

Da mir die Stimme wegzubrechen drohte, beließ ich es bei diesem knappen Befehl. Ash schüttelte nur den Kopf. Schmunzelnd. Mir reichte es. „Also gut, wenn du nicht gehst, dann tu ich es. Ich bin deine manipulativen Spielchen leid."

Ich drückte mich an ihm vorbei, um die Tür zu erreichen, da packte er mich mit stahlhartem Griff am Arm und zog mich grob an sich. „Nicht so schnell."

Ashs Finger umschlossen meinen Nacken, sein Mund schwebte dicht vor meinem Ohr. „Ich wollte dir mitteilen, dass ich nicht die Absicht habe aufzugeben, mein Herz."

Dieser selbstgefällige Idiot. Ich versuchte, ihn zu treten, was nur damit endete, dass ich mir selbst wehtat.

Sein Griff festigte sich umgehend. „Benimm dich nicht wie ein Kind, und hör mir zu."

„Du kannst mich mal!“, wütete ich und schlug mit der freien Hand gegen seine Schultern. Er fing sie ein und zog sie hinter meinen Rücken. Nun war ich ihm komplett ausgeliefert. Ob Anna meine Schreie mitbekommen würde? Der Aufenthaltsraum war am weitesten entfernt vom Restaurantbereich.

„Wenn du wüsstest, wie ausdrucksvoll dein Gesicht ist. Ich weiß genau, was du jetzt denkst.“

„Wenigstens kann ich noch denken. Dein unterentwickeltes Gehirn hat ja das ganze notwendige Blut in deinen Unterleib verlagert.“

„Wie originell du doch bist. Ich mag deine störrische Art, sehr erfrischend.“

Wollte er mich auf den Arm nehmen?

Diese Frage löste sich auf, sobald er seine Lippen auf meine Wange legte. „Maxine …“, raunte er und küsste die Haut. Sein Mund fuhr abwärts, auf mein Ohr zu, entfachte einen Wirbelsturm an Empfindungen, der sich kaum eindämmen ließ. Überwältigt von der sinnlichen Berührung gab ich mich für ein paar Sekunden der Wonne hin, in seinen Armen zu liegen, seinen Duft zu inhalieren und mich dem süßen Vergessen auszuliefern. Tatsächlich rückte sein falsches Spiel in den Hintergrund, doch mit der sich anbahnenden Kapitulation kam auch die Angst zurück. Ich wusste, wie das enden würde. Tränenreich und mit blutleerem Herzen. Er hatte es ja schon prophezeit.

Mir entfuhr ein winziger Schluchzer.

„Pscht, alles ist gut. Nicht weinen“, wisperte er und rieb seine Nase an der kleinen Kuhle unterhalb meines Ohrs. Ein Gefühl, allumfassend süß und berauschend, mischte sich unter meine Furcht. Mit einem zittrigen Seufzen drückte ich die Stirn an seine Schulter, versuchte, meinen schnellen Atem zu beruhigen und die Fassung wiederzuerlangen.

„Bitte lass mich los.“

Meine Stimme klang erschreckend schwach. In Ashs Nähe verließ mich jede Kraft, er saugte sie förmlich aus mir heraus.

Ash gab meinen Nacken und das Handgelenk nur frei, um mich mit beiden Armen in Wärme einzuhüllen. An seine Brust gelehnt, spürte ich den Beweis, dass darunter keineswegs ein lebloser Stein ruhte, sondern ein rhythmisch schlagendes Herz. Still stand ich da und probierte alles, um nicht diesem Zauber zu erliegen.

Er bog den Kopf nach hinten und betrachtete mich nachdenklich. „Eins habe ich begriffen. Geld ist für dich nicht von Interesse, aber jeder Mensch ist auf seine Weise käuflich. Ich muss lediglich herausfinden, mit welcher Währung du bezahlt werden willst."

Jetzt fing er schon wieder damit an! Da er mich im Augenblick sehr locker in den Armen hielt, befreite ich mich und verpasste ihm eine saftige Ohrfeige. Sein Kopf flog zur Seite.

Verblüfft rieb er sich die gerötete Stelle. „Du bist wirklich ein temperamentvolles kleines Ding", stellte er unbeeindruckt fest und bewegte probeweise den Kiefer.

Pah, als ob ich mit meinen fünfundfünfzig Kilo in der Lage wäre, ihm ernsthaft wehzutun. „Ich glaube, es wäre besser, wir beenden diese Unterhaltung. Du hast mich jetzt zum zweiten Mal beleidigt, und ich wiederhole es ein letztes Mal: Ich. Bin. Nicht. Käuflich."

In dem Lächeln, das er mir nun schenkte, steckte keinerlei Arroganz, sodass ich den Blick abwenden musste, um trotz meiner Wut seinem Charme nicht zu erliegen. „Es ist eine nette Abwechslung, dass dir mein Reichtum so egal ist. Die meisten Frauen sind da anders."

„Vielleicht wäre es an der Zeit, dich zu fragen, warum das so ist."

„Ach ja?"

„Ja", bekräftigte ich. „Ich, zum Beispiel, kann nichts Liebenswertes an dir finden. Möglicherweise geht es den anderen ähnlich und sie sehen deine finanziellen Zuwendungen als eine Art Schmerzensgeld an."

Diese fiese Bemerkung zielte definitiv unter die Gürtellinie und sie traf ihn. Seine Wangenmuskeln zuckten, das heitere

Lächeln löste sich auf und wich Verbitterung. „Du bist ein kleines Miststück, weißt du das?“

Achselzuckend schob ich mich an ihm vorbei und verließ den Aufenthaltsraum. Er hielt mich nicht auf, folgte mir jedoch. Sekunden später betrat ich den Restaurantbereich. Anna unterhielt sich angeregt mit einem Gast und ich wollte mich hinter der Theke vor Ash in Sicherheit bringen.

„Ah, ah, ah, nicht so schnell, meine Süße.“ Er holte mich ein und vertrat mir den Weg.

Genervt sah ich auf. „Was ist denn jetzt noch?“

Offenbar lag es nicht nur in der Natur der Frau, eingeschnappt zu sein. Ash beherrschte das ebenfalls hervorragend. Schlecht gelaunt packte er mein Handgelenk. „Treib es nicht zu weit, Maxine.“

„Lass mich los, sonst setzt es was!“

Sein bitterböser Blick bohrte sich in meinen. Kein Grinsen milderte die Strenge in seinen Zügen.

„Wehr dich doch. Ich bin gespannt, wie weit du gehst.“

Ich wollte ihm gerade einen ordentlichen Tritt vors Schienbein verpassen, als mir unversehens jemand zur Hilfe kam.

„La… lassen Sie Maxine in Ruhe!“, stotterte George hinter mir.

Dankbar wandte ich den Kopf in seine Richtung. „George, wie schön, dich zu sehen. Könntest du die Polizei alarmieren? Ich werde hier massiv belästigt.“

Ash ließ mich los, als hätte er sich verbrannt, und verzog angewidert das Gesicht. „Die Mühe kann er sich sparen. Ich gehe freiwillig. Aber wir sind noch lange nicht fertig miteinander.“ Ein boshafter Ausdruck huschte über sein schönes Antlitz. „Du wirst mich früher wiedersehen, als du denkst, und dir wünschen, du wärst netter zu mir gewesen.“

Nach dieser eigenartigen Voraussage verließ er das Restaurant. Meine Augen folgten seiner geschmeidigen Gestalt, ehe ich mich an meinen Retter wandte.

„Vielen Dank, George“, sagte ich. „Ohne dich hätte das hässlich werden können.“

George strahlte regelrecht bei diesem Lob. So was bekam er wohl nicht oft zu hören. „Das war doch selbstverständlich. Ich habe gesehen, wie er deine Hand gepackt hat. Da musste ich helfen."

Wenn alle Männer so viel Anstand hätten, wäre das Leben sicher um einiges einfacher. *Und langweiliger*, maulte meine innere Stimme.

„Ein bisschen Langeweile finde ich nicht schlecht", brummte ich leise in mich hinein.

„Was hast du gesagt?"

„Ach nichts. Sag mir lieber, was dich herführt? Hunger oder der Wunsch nach Gesellschaft?"

Unter seinen dicken Brillengläsern sah ich ihn hektisch blinzeln. Sein Adamsapfel hüpfte aufgeregt auf und ab. „Also … ich dachte … wir könnten vielleicht einen Kaffee zusammen trinken."

Seine schüchtern hervorgebrachte Bitte rührte mein Herz. Er gehörte zu den guten Jungs. Ich fand es wirklich schade, dass ich wie alle anderen ständig auf den Charme der Bösen reinfiel und George nicht die geringste Anziehungskraft auf mich ausübte.

„Belästigt er dich?" Es sollte beiläufig klingen, doch ich spürte die Unruhe hinter dieser Frage.

Ich schüttelte den Kopf. „Nein, er ist nur jemand, der eine Niederlage nicht akzeptieren will."

Ja, weil du ihn viel zu nah an dich herangelassen hast, du blöde Kuh, rügte mein Verstand.

„Willst du nicht doch die Polizei hinzuziehen?"

„Nein, er ist hartnäckig, aber nicht gefährlich oder gewalttätig. Je weniger ich mit ihm zu schaffen habe, desto besser. Eine Anzeige würde es nur schlimmer machen.

„Ist es denn würdevoll, eine Frau unter Druck zu setzen? Frauen haben schließlich ein Recht auf Selbstbestimmung!"

Lächelnd betrachtete ich meinen neuen Freund. George besaß anscheinend ein großes Herz und war tiefgründiger, als man zuerst annahm. Schade, dass er so wenig aus sich machte.

Er verstand es nicht, seine optischen Vorteile hervorzuheben, und versteckte sich hinter altmodischen Klamotten und einer dicken Brille. Ich wusste auch, wem er dieses Unvermögen zu verdanken hatte. Seine Mutter erstickte durch ihre dominante Art jeden Anflug von Selbstverwirklichung.

„Setz dich doch. Ich schenk uns Kaffee ein und dann unterhalten wir uns. Momentan ist ohnehin nichts los“, fügte ich mit einem Seufzen hinzu. Wenn das so weiterging, konnte Ashs Vorahnung bezüglich meines Jobs durchaus wahr werden.

„Alles okay?“

Mir entging Georges besorgter Tonfall nicht.

„Klar.“ Hastig wandte ich mich ab und machte zwei Tassen Kaffee fertig. Eine stellte ich vor ihm ab und verwies auf den Hocker vor der Theke. „Setz dich doch.“

Wir begannen eine harmlose Unterhaltung. Dabei erfuhr ich viel über sein Leben und seine enge Bindung zu seiner Mutter. Nach dem Tod seines Vaters vor einigen Jahren erlitt sie einen Nervenzusammenbruch und kurz darauf eine Herzattacke. Obwohl er schon längst auf eigenen Füßen stand, gab er seine Wohnung auf und zog übergangsweise zu ihr, um sich angemessen um sie kümmern zu können. Aus Wochen wurden Monate und schließlich Jahre. Jedes Mal, wenn er den Versuch wagte, sich wieder abzunabeln, ging es ihr angeblich erneut schlechter. Da er kein Risiko eingehen wollte, blieb er bei ihr und wurde stetig unglücklicher.

„Ich weiß, ich sollte endlich ein eigenes Leben führen, aber sollte ihr was zustoßen, könnte ich mir das nie verzeihen“, meinte er und starrte trübsinnig in seine Kaffeetasse.

Mein Herz quoll über vor Mitleid. Spontan legte ich ihm die Hand auf den Arm und drückte tröstend zu. „Du bist ein toller Sohn, George. Trotzdem darfst du dein Leben nicht wegwerfen. Irgendwann wird sie nicht mehr da sein, und dann bist du vielleicht zu eingefahren in deinen Gewohnheiten, um selbst eine Familie zu gründen.“

Sein nachdenklicher Blick ruhte auf der blank polierten Oberfläche der Theke. An den Schläfen seiner akkurat geschnittenen dunklen Haare schimmerten einige Strähnen silbrig. Ich schätze George auf Mitte oder Ende dreißig. Er war kein junger Mann mehr, aber nicht zu alt, um sich etwas aufzubauen. Noch konnte er den Absprung schaffen.

Plötzlich überkam mich ein wahnwitziger Einfall. Wäre es nicht ein Akt der Nächstenliebe und Freundschaft, ihm dabei zu unterstützen? Gleichzeitig konnte mich das von meinen Problemen mit Ash ablenken.

„Sag mal, was hältst du eigentlich von Shopping?"

„Shopping?"

Ich unterdrückte mit Mühe ein amüsiertes Lächeln. „Du weißt schon … einkaufen. Klamotten, Accessoires, Schuhe. So was eben."

Nervös leckte er sich über die trockenen Lippen. „Also, um ehrlich zu sein, bin ich da nicht so bewandert. Mama hält es für Zeitverschwendung. Ich bin nicht gerade ein Traumprinz. Daran wird auch eine neue Garderobe nichts ändern."

Oh je, das würde nicht einfach werden. Geistig notierte ich mir, Jenna zu kontaktieren. Sie kannte sich mit Mode und dem ganzen Kram besser aus als ich, und da sie ebenfalls unter Liebeskummer litt, würde sie sich sicher mit Feuereifer in die Mission „Rette George vor seiner verrückten Mom" stürzen.

„Ich will dich wirklich zu nichts zwingen, aber wäre es nicht an der Zeit, mehr an dich zu denken? Sie nutzt deine Sorgen um ihre Person schamlos aus, um dich an sich zu binden. Das ist nicht gesund. Weder für dich noch für sie."

„Sie hat nur Angst vor der Einsamkeit", flüsterte er und mir floss das Herz über.

Deutlich konnte ich die Furcht um seine Mutter in seinen Zügen lesen, und ein Teil von mir hatte sogar Verständnis für ihre Haltung, wusste ich doch viel zu gut, wie es in ihr aussah. Diese Befürchtung, allein zurückzubleiben, konnte einen auffressen. Aber sie durfte einen nicht überwältigen. Das Glück und das Wohlergehen des eigenen Kindes sollten immer an erster Stelle stehen.

„Schau, es verlangt niemand von dir, sie zu verlassen. Du sollst nur ein bisschen was für dich selbst tun."

Sein Lächeln zeigte eine Mischung aus Resignation und Dankbarkeit. „Maxine, ich weiß deine Hilfe sehr zu schätzen, aber ein paar neue Schuhe und Hosen werden keinen anderen Menschen aus mir machen."

„Das ist auch gar nicht das Ziel." Erneut drückte ich seinen Oberarm. „Die Welt braucht keine Traumprinzen, George. Sie braucht Männer mit Ehrgefühl, für die Loyalität und Respekt etwas bedeuten. Glaub mir, es gibt sicher einige Frauen, die sich glücklich schätzen würden, wenn sie einen liebenswerten Mann wie dich an ihrer Seite hätten."

Ein zaghaftes Grinsen schlich sich auf sein Gesicht. „Meinst du?"

„Aber ganz bestimmt …"

Er rutschte vom Hocker und richtete sich auf. Plötzlich schien er um einige Zentimeter zu wachsen. Dafür brauchte es nur ein paar ermutigende Sätze.

„Vielleicht hast du recht. Ich sollte auch mal an mich denken und nicht immer an andere."

Seine Miene drückte tiefe Dankbarkeit aus. „Maxine, ich weiß nicht, wieso du dich mit so einem Kerl wie mir abgibst, aber ich danke dir." Er legte den Kopf schräg, sodass ihm beinahe die Brille von der Nase rutschte. „Du gehörst nicht zufällig zu den Frauen, die sich für mich als Freund begeistern könnten?"

Mir war klar, worauf er hinauswollte, und ich beschloss, aufrichtig zu sein. „Ich habe dich sehr gern, aber nur auf platonische Weise."

Er wirkte keineswegs verletzt, sondern nahm meine Aussage zur Kenntnis, ohne eine Miene zu verziehen. „Danke für deine Ehrlichkeit."

Lächelnd streckte er mir die Hand hin. „Freunde?"

Ich schlug ein und erwiderte sein Lächeln. „Freunde“, bestätigte ich und zum ersten Mal seit Ashs unfreiwilligem Abgang fühlte ich mich besser.

George gab mir noch seine Handynummer und machte sich auf den Weg nach Hause. Die restliche Zeit bis zur Personalversammlung verging erschreckend schnell, und schon bald konnten wir den letzten Gast verabschieden, den Laden schließen und die Jalousien des Fensters herunterlassen.

„Weißt du, worum es geht?“, fragte Riley leise. Sie war erst vor einigen Minuten eingetrudelt und rutschte nervös auf dem Hocker herum. Ich hatte mich neben sie gesetzt und hob hilflos die Schultern. „Keine Ahnung, aber er verhält sich merkwürdig in der letzten Zeit. Der Laden läuft nicht gut. Was immer er uns mitteilen wird, es sind sicher keine guten Neuigkeiten.“

Ich redete, genau wie der Rest der Belegschaft, im Flüsterton.

„Hoffentlich muss keiner entlassen werden“, hörte ich Anna neben mir sagen. Sie sprach aus, was wir alle befürchteten.

Lous Ankunft zögerte sich hinaus. Die Nervosität konnte man mit den Händen greifen. Endlich traf er ein und sein gelassener Gesichtsausdruck beruhigte mich. So sah niemand aus, der um seine oder unsere Zukunft bangen musste.

Das Gemurmel verstummte, als er sich vor der Theke positionierte und uns der Reihe nach ansah. „Danke, dass ihr so kurzfristig kommen konntet“, fing er an und lächelte ein wenig. „Ihr fragt euch bestimmt, was das Ganze hier soll. Ich will auch gar nicht lange um den heißen Brei herumreden.“ Er stockte kurz, fuhr jedoch zügig mit seiner Rede fort. „Euch ist sicher aufgefallen, wie schlecht das Geschäft in letzter Zeit lief. Der Laden war noch nie eine Goldgrube, ich habe es aber immer geschafft, schwarze Zahlen zu schreiben.“ Sein Blick senkte sich abwärts, ehe er wieder den Kopf hob. Ich glaubte, Tränen in seinen Augen zu sehen und schluckte schwer. „Seit einigen Monaten ist das nicht mehr so und ich kann die Verluste nicht länger mit den Reserven ausgleichen. Ich müsste an meine Ersparnisse fürs Alter. Damit wurde ein Punkt erreicht, der mich zu einer Entscheidung gezwungen hat, die mir wahrhaftig nicht leichtgefallen ist.“ Lou holte tief Luft und ließ dann die Katze aus dem Sack. „Ich habe das Diner verkauft.“

Ein geschocktes Raunen ging durch die Reihen. Er hob die Hand, um wieder Ruhe reinzubringen. „Bitte lasst mich ausreden, bevor ihr in Panik geratet. Zu allererst kann ich euch versichern: Der Laden selbst wird nicht geschlossen, nur ich werde gehen. Nichtsdestotrotz müsst ihr euch auf Änderungen einstellen.“

Es herrschte Totenstille im Raum. Dort, wo mein Herz schlug, breitete sich eine unangenehme Schwere aus.

„Mir ist bewusst, wie unvorbereitet euch das trifft“, erklärte er mit ehrlichem Bedauern. „Aber unter den gegebenen Umständen ist es das Beste, was ich tun konnte.“

„Dann ist also alles schon gelaufen“, stellte Riley fest und wirkte keineswegs überrascht. In ihrer Stimme schwang auch kein Vorwurf mit. Sie lebte in der Realität und gehörte zu den Pragmatikern unter den Menschen. Dinge, die man nicht ändern konnte, nahm sie hin, ohne der Vergangenheit nachzutrauern. Eine Fähigkeit, um die ich sie glühend beneidete, weil sie vieles vereinfachte.

„Die Sache ist längst in trockenen Tüchern“, bestätigte Lou. „Da wir nun alle so schön beisammensitzen, möchte ich die Gelegenheit nutzen, euch den neuen Besitzer vorzustellen.“

Plötzlich öffnete sich die Tür, die zu den Personalräumen führte. Mir wurde schwarz vor Augen, sobald ich erkannte, wer da hereinkam. Durch das Rauschen in den Ohren vernahm ich Lous dröhnende Stimme.

„Meine Damen, darf ich euch Mr. Hunter vorstellen …“

KAPITEL 14

Selbstsicher stellte er sich in die Mitte des Raumes und lächelte angeberisch. Das Diner schien allein durch seine überwältigende Gegenwart auf wenige Quadratmeter zusammenzuschrumpfen, und er wirkte hier so fehl am Platz wie eine Nonne in einem Bordell.

Er muss dich wirklich wahnsinnig begehren, wenn er sein Spiel so weit treibt, wisperte die unangenehme Stimme meines inneren Ichs.

Dieser gemeine, hinterhältige Schuft hatte sich das Diner unter den Nagel gerissen. Nun machte auch seine komische Bemerkung am heutigen Nachmittag Sinn und in mir braute sich ein Sturm zusammen. Ash infiltrierte Stück für Stück mein ganzes Leben. Vor lauter Wut tanzten mir dunkle Punkte vor den Augen. Wie gern hätte ich ihm die Faust in sein hübsches Gesicht gezimmert und ihm die perfekte Nase gebrochen.

„Guten Abend." Allein der Klang seiner Stimme versetzte meine Nervenenden in Aufruhr. „Ich kann mir vorstellen, was für ein Schock die Ankündigung von Mr. Kiriakis für Sie alle sein muss", fuhr er fort und ließ es sich nicht nehmen, jeden einzelnen anzusehen, bevor er weitersprach. „Ohne pathetisch klingen zu wollen, bedeuten Veränderungen einen Neuanfang. Natürlich werden in Zukunft einige Dinge anders laufen, aber ich hoffe auf die gleiche Mitarbeit und Loyalität, die Sie Ihrem bisherigen Chef entgegengebracht haben. In den nächsten Tagen und Wochen werde ich mir einen Überblick über die Gesamtsituation machen und Sie dann informieren, wie genau es mit *Lou's Diner* weitergeht."

Wollte er dem Restaurant wirklich auf die Beine helfen oder war das aufgesetztes Getue? Ich konnte lediglich hoffen, dass er genug Verantwortung besaß, um das Diner nicht in den Boden zu stampfen, um mir auf diese Weise finanziell das Wasser abzugraben. Es hätte ihm ohnehin nichts genutzt.

Lieber schrubbte ich versiffte Toiletten, bevor ich mich erpressen ließ. *Tja, den Laden hast du umsonst gekauft, Freundchen*, dachte ich grimmig. Innerlich auf Krawall gebürstet, musterte ich ihn voller Verachtung, damit er spürte, wie sehr mich sein manipulatives Verhalten ankotzte.

„Mr. Hunter, soweit mir bekannt ist, sind Sie ein reicher Erbe. Ich frage mich, was treibt jemanden wie Sie dazu, ausgerechnet ein Schnellrestaurant in einer B-Lage zu übernehmen."

Jetzt winde dich da mal raus, du Heuchler!

Es bereitete mir eine geradezu perverse Freude, ihn unter Druck zu setzen.

„Es steht Ihnen nicht zu, über meine Beweggründe zu spekulieren. Sie sollten in Zukunft den Tonfall überdenken, den Sie mir gegenüber anschlagen."

Beleidigt über diesen geglückten Konter verschränkte ich die Arme vor der Brust. Nüchtern betrachtet besaß er durchaus das Recht, mich wegen meiner frechen Klappe zu maßregeln. Doch das konnte ich einfach nicht vor mir selbst zugeben.

Den Rest der Besprechung durchlebte ich wie im Traum, ich hörte nur mit halbem Ohr zu und überlegte fieberhaft, wie weit er noch gehen würde, um mich in sein Bett zu bekommen. Um ehrlich zu sein, fand ich es extrem beunruhigend, welche Anstrengungen er unternahm, um mich seinem Willen zu unterwerfen. Konnte sich der Kerl kein neues Hobby zulegen?

Gegen einundzwanzig Uhr beendete Lou die Besprechung und alle machten sich auf den Weg nach Hause. Einer nach dem anderen verließ das Restaurant. Nur ich blieb zurück. „Mein Zeug liegt im Aufenthaltsraum, Lou. Ich hole es, dann kannst du den Laden abschließen", sagte ich zu ihm.

„Na klar, hetz dich nicht", antwortete er freundlich.

Eilig verschwand ich in den Personalraum und spürte Ashs eindringlichen Blick im Rücken. Eigentlich hätte ich mir denken können, dass er mir folgen würde. Trotzdem erschrak ich, als ich mich im Aufenthaltsraum mit Jacke und Tasche bewaffnet umdrehte und ihn in der offenen Tür stehen sah.

„Kannst du dich nicht bemerkbar machen, wenn du einen Raum betrittst?“

Er lehnte am Türrahmen und lächelte gleichmütig. „Bei mir musst du immer auf der Hut sein, Maxine. Das solltest du doch mittlerweile wissen.“

„Ich werde es mir hinter die Ohren schreiben“, brummte ich übellaunig und machte zwei Schritte nach vorn, kam jedoch nicht an ihm vorbei. „Du blockierst die Tür. Wenn du mir bitte Platz machen würdest“, bat ich affektiert. „Lou will sicher nicht ewig auf uns warten.“

Ash schob die Hand in sein Jackett und holte einen Schlüsselbund hervor. „Überraschung!“, sagte er verspielt und lächelte teuflisch. „Er war so freundlich und hat sie mir überlassen. Damit ich sie an die vorläufige Geschäftsführung übergebe.“

Verdattert starrte ich ihn an. „Wie meinst du das?“

Seine Lippen kräuselten sich stärker. „Oh, dieses kleine Detail habe ich vorhin ausgespart, weil ich es dir unter vier Augen mitteilen wollte. Du bist ab jetzt die neue Restaurantmanagerin.“

Mein Lachen, so ungläubig es auch klang, förderte ein Stirnrunzeln bei ihm zutage. „Was ist daran so lustig?“

„Das fragst du noch? Du versuchst schon wieder, mich zu kaufen“, wetterte ich. „Hast du gedacht, wenn du wie ein Ritter in strahlender Rüstung daherkommst, das Diner vor der Pleite rettest und mich beförderst, würde ich dir um den Hals fallen?“

„Ich bezahle dich für deine Arbeit, nicht für Sex.“

„Du kannst dich nicht auf diese Weise in mein Leben schleichen.“

Sein wissender Blick traf mich, ein rätselhaftes Lächeln erblühte auf seinem Gesicht. „Wir werden oft miteinander zu tun haben und irgendwann wird die gegenseitige Anziehung den Rest erledigen. Ich kann sehr geduldig sein, Maxine.“

„Vergiss es, auf so was lasse ich mich nicht ein." Wütend fuhr ich mit den Armen in meine Jacke und schloss den Reißverschluss. „Stell dich schon mal darauf ein, dass ich mir einen neuen Job suchen werde!" Ich versuchte, mich an ihm vorbeidrücken. Er schob mich wieder in den Raum und schlug die Tür mit dem Fuß zu. Mit einer eleganten Drehung, die fast darüber hinwegtäuschte, wie viel Kraft dieser Mann besaß, drückte er mich an die Wand und starrte auf mich herunter.

„Was soll das? Nimm die Pfoten von mir, sonst setzt es was!"

„Du gehst erst, wenn du dir angehört hast, was ich dir zu sagen habe."

Aufgebracht wich ich seinem Blick aus und versuchte, die Wärme seines Körpers zu ignorieren. Sie kroch mir unter die Kleidung und erhitzte meine Haut. Ob er spüren konnte, wie hart meine Nippel gerade wurden? Oh Gott, hoffentlich nicht. Das würde seinem aufgeblähten Ego nur noch mehr Auftrieb geben.

„Also gut, dann sprich. Ich will nach Hause."

Sein Mund streifte meinen Wangenknochen. „Du wirst dir keinen neuen Job suchen", teilte er mir vollkommen ruhig mit. Zu ruhig.

„Das hast nicht du zu entscheiden."

„Das mag sein. Ich kann dich natürlich nicht zwingen, weiterhin für mich zu arbeiten, aber ich kann an dein gutes Herz und an deine Loyalität appellieren, damit du bleibst."

„Ich empfinde nichts von alledem für dich. Pech gehabt", antwortete ich schnippisch.

Sein heiseres Lachen verhieß nichts Gutes. „Doch nicht für mich, meine Hübsche. Ich spreche von deinen Kolleginnen."

Mir schwante Böses. „Was hast du vor?", fragte ich tonlos.

„Ganz einfach. Wenn du kündigst, mache ich das Diner dicht. Dann können die anderen schauen, wo sie bleiben."

Wie konnte ein einzelner Mensch so eiskalt sein?

„Du Schwein, wie kannst du nur?"

Endlich ließ er mich los und trat einen Schritt zurück. Wahrscheinlich ahnte er, dass ich ihm sonst ins Gesicht gesprungen wäre. Nicht zum ersten Mal glaubte ich, einen Hauch von Unbehagen in seinen Augen zu erkennen. Als wäre er selber entsetzt über sein Verhalten. Natürlich bildete ich mir das sicher ein. Jemand wie er interessierte sich bloß für den eigenen Vorteil.

„Ich bin kein Engel, Maxine. Ich tue, was nötig ist, um meine Ziele zu erreichen."

Er entfernte sich von mir und lehnte sich gegen die Wand. Eindringlich fixierte er mich. „Du hast die Wahl. Wenn du bleibst, wird sich hier nichts ändern. Gehst du, stampfe ich den Laden ein und das war's dann."

Ash schnippte mit gelangweilter Miene ein imaginäres Staubkorn von seinem Designeranzug. „Es wäre schade um das Diner, findest du nicht auch?" Er schenkte mir ein hämisches Lächeln. „Der Laden besitzt einen gewissen Charme, mit ein bisschen Geschick könnte man durchaus wieder schwarze Zahlen schreiben und deine Kolleginnen müssten sich nicht um ihre Zukunft sorgen. Es liegt in deiner Hand, Maxine. Bei der heutigen Wirtschaftslage ist es nicht einfach, Arbeit zu finden. Willst du ihnen das wirklich zumuten? Nur weil du Angst hast, mit mir allein zu sein?"

In diesem Augenblick hasste ich ihn. Er nutzte seine Machtposition eiskalt für die eigenen Zwecke.

„Du bist ein abartiger und gemeiner Dreckskerl, Ashton Hunter." Ich legte all meine Verachtung in meine Stimme. „Ich bleibe, du lässt mir ja keine andere Wahl, aber denk ja nicht, du kannst mich zum Sex erpressen. Meine Kolleginnen liegen mir am Herzen, ich würde beinahe alles tun, um sie aus der Sache herauszuhalten. Trotzdem werde mich nicht für sie prostituieren."

Diese Aussage schien ihn rasend zu machen. Seine grünen Augen verdunkelten sich und wirkten fast schwarz in dem leicht gebräunten Gesicht. „Ich würde dich nie zum Sex erpressen! Das ist völlig indiskutabel."

Ash kam wieder näher, ich wich nicht zurück. Die Blöße wollte ich mir nicht geben. „Soll ich dir dafür auch noch ein Lob aussprechen? Mich mit der Zukunft meiner Kolleginnen zu erpressen ist kein Stück besser."

Er blieb dicht vor mir stehen und streckte die Hand aus. Sein Daumen legte sich auf meine Unterlippe, strich sanft darüber hinweg und ich hielt still. „Mag sein, trotzdem werde ich nichts an diesen Plänen ändern. Du und ich, Maxine, das ist etwas Besonderes. Ich verstehe selbst nicht, wieso ich dich nicht aus dem Kopf bekomme. Deswegen muss ich dich unbedingt vögeln. Wenn wir den Hunger aufeinander gestillt haben, können wir beide unser Leben fortführen."

So einfach stellte er sich das vor? Ein paar heiße Nächte und danach ging man zur Tagesordnung über?

„Jetzt sag doch was", bat er heiser.

Ich blinzelte und gab mir Mühe, nicht zu atmen, weil sein betörender Geruch meinen gesunden Menschenverstand lahmzulegen drohte. Irgendwann brauchte ich Sauerstoff und atmete zitternd ein. Meine Lippen bebten. Sein Daumen fuhr über die untere und er stöhnte auf.

„Was tust du mir nur an?" Seufzend nahm er mein Gesicht in beide Hände und presste den Mund auf meinen. Flirrende Hitze setzte mich in Flammen. Das Gefühl, ihm zu gehören, fraß sich mir durch die Adern und rann zähflüssig wie Honig durch meinen Leib. Sein wunderbarer Duft schien sich noch zu verstärken, je tiefer seine Zunge vordrang. Ich fühlte mich wie berauscht, schaffte es jedoch, dem wachsenden Verlangen nicht zu erliegen. Stocksteif und reglos ertrug ich den Kuss.

„Du bist so störrisch", flüsterte er dicht an meinen Lippen und drängte die Zunge in meinen Mund. Spielerisch suchte sie nach meiner, verwöhnte mich mit zärtlichen Vorstößen und sanftem Saugen. Ich war gefährlich nahe daran, mich ganz zu vergessen, allerdings nicht nah genug.

Einen Wimpernschlag später rückte ich von ihm ab. „Ich bin deine Angestellte, nicht dein Betthäschen." Ich umklammerte den Henkel meiner Handtasche. „Ich würde gerne abschließen und mich auf den Heimweg machen“, sagte ich ruhig.

Für den Moment hatte er offenbar genug davon, mich mit seinen Machtspielchen in den Wahnsinn zu treiben. Er nickte und übergab mir den Schlüsselbund. Eine Welle der Erleichterung fegte über mich hinweg, nur kurz unterbrochen von dem betörenden Gefühl seiner kühlen Finger, die meine streiften.

„Ich melde mich in ein paar Tagen. Sorg dafür, dass du Zeit hast, wenn ich herkomme.“

Kaum hatte diese unmissverständliche Anweisung seine Lippen verlassen, ging er hinaus Benommen lehnte ich mich gegen die Wand und schloss die Augen. Oh Gott, wie sollte ich die nächsten Wochen oder Monate nur überstehen? Jede Minute in seiner Gesellschaft verlangte mir alles an Selbstbeherrschung ab. Ich gehörte zu den dummen Frauen, die sich nicht von dem Mann lösen konnten, der ihnen mehr schadete als guttat.

Einige Minuten später schaffte ich es endlich, das Diner zu verlassen und heimzufahren. Dort legte ich mich in Dannys Bett und kuschelte mich an seinen Bären. Ich vermisste mein Kind schmerzlich, fühlte mich wahnsinnig allein und meiner Sehnsucht nach Ash ausgeliefert. Was auch immer die Zukunft mir bringen würde, dieser verflixte Kerl würde daran maßgeblichen Anteil haben. Mit diesem wenig ermunternden Gedanken schlief ich endlich ein.

***

Am nächsten Tag traf ich mich mit Jenna und George. Wir wollten ihn neu einkleiden und so seinem Selbstbewusstsein auf die Sprünge helfen. Nachdem ich sie am Telefon über meine Pläne ins Bild gesetzt hatte, war sie vor lauter Begeisterung kaum zu stoppen. In einem Café warteten wir auf Georges Ankunft. Einstweilen erzählte ich ihr von Ashs neuester Aktion und dem Erpressungsversuch. Sie bemühte sich zwar, empört auszusehen, ich durchschaute sie jedoch. „Du wirkst nicht sonderlich entrüstet.“

Jenna unterdrückte nur mühsam ein Lächeln. „Na ja, auf eine etwas schräge Art ist das durchaus romantisch.“

„Romantisch? Der Kerl ist ein verdammter Stalker.“

Jennas klare Augen verschleierten sich kummervoll. „Sicher, das klingt ein bisschen verrückt, aber ganz ehrlich, ich wünschte, Aaron würde sich so für mich ins Zeug legen. Früher war er wenigstens freundlich distanziert, jetzt sieht er mich nicht mal an. Er grüßt nicht, und ständig hüpft diese strohdumme Silikon-Barbie im Club herum und spielt First Lady.“

Eigentlich hatte ich letztens den Eindruck gewonnen, Aaron würde Jenna inzwischen mit anderen Augen sehen. Das schien nicht der Fall zu sein. Er war, wie fast alle Mitglieder der männlichen Spezies, wankelmütig bis zum Gehtnichtmehr.

„Das tut mir sehr leid für dich“, sagte ich und drückte tröstend ihre Hand.

Jenna hob gleichmütig die Schultern. „Da kann man nichts ändern. Ich war naiv. Aaron wird sich nie in mich verlieben, und es wird Zeit für mich, diese Tatsache endlich zu akzeptieren. Sonst sitze ich in zehn Jahren noch im Club und schmachte ihm hinterher.“ Sie schenkte mir ein zaghaftes Lächeln. „Wir zwei haben wirklich Pech in der Liebe. Du kämpfst gegen einen superreichen Stalker, und mir brennt das Höschen, wegen dem schlimmsten Eisklotz in Seattle.“

Prustend schüttelte ich den Kopf. „Du und deine Sprüche“, meinte ich belustigt. „Weißt du was, wir kriegen das bestimmt auf die Reihe. Andere Mütter haben auch schöne Söhne. Vor allem du hast richtig viele Chancen bei den Männern. Wieso versuchst du es nicht mit Juan? Der ist schon ewig lange verschossen in dich.“

Jenna verdrehte die Augen bei der letzten Bemerkung. „Bitte, dann komme ich doch vom Regen in die Traufe. Juan nagelt alles, was nicht schnell genug vor ihm wegläuft. Allerdings …“, sie tippte sich nachdenklich gegen die Unterlippe, „ist er ein sehr unterhaltsamer Bursche.“

Man konnte förmlich sehen, wie es hinter ihrer Stirn arbeitete, ehe sie eine entschlossene Miene zeigte. „Was hältst du von einem Doppeldate heute Abend? Du könntest George mitnehmen. Schließlich muss der arme Kerl mal unter die Leute und ich gönne mir ein Abenteuer mit unserem heißen Latino. Zufällig weiß ich, dass er auch frei hat, und da sich dein Sohn zurzeit im Camp aufhält, wäre das *die* Gelegenheit.“

Ich glaubte keine Sekunde daran, dass Jenna sich auf einen One-Night-Stand mit unserem Barkeeper einlassen würde. Ihre romantische Ader ließ Sex nur zum Spaß einfach nicht zu. Gegen ein bisschen Feiern gab es nichts einzuwenden und ich brauchte dringend Abwechslung.

Bevor ich ihrem Vorschlag zustimmen konnte, betrat George das Café und blickte sich suchend um.

„Ist er das?“, fragte Jenna.

Ich nickte und winkte ihn her, sobald er uns entdeckte. Ein paar Sekunden später stand er vor uns und lief bei Jennas herzlichem Lächeln knallrot an. „Ha… hallo.“

„Kopf nach oben, wenn du dich mit einer Frau unterhältst“, tadelte sie energisch. „Wir mögen keine unterwürfigen Männer.“

Ich verschluckte mich fast an dem Kaffee. Hin und wieder erinnerte sie mich fatal an einen kleinen Feldwebel.

Jenna ignorierte meine vor Vergnügen zitternden Mundwinkel und deutete auf den freien Stuhl. „Setz dich, George“, meinte sie und hielt ihm dann die Hand hin. „Ich bin Jenna und ich werde dich in der nächsten Zeit ein wenig unter die Fittiche nehmen.“

George schüttelte ganz automatisch Jennas Hand. Dabei starrte er sie völlig fasziniert an und machte dabei einen etwas überforderten Eindruck. Möglicherweise verängstigte ihn ihre forsche Begrüßung.

„Alles klar bei dir?“, fragte ich behutsam.

Er nickte. „Ja. Ich habe übrigens etwas Zeit mitgebracht. Mutter ist beim Bingo und danach auf einer Veranstaltung des Kirchenkreises.“

„Das klingt wunderbar“, rief Jenna und unterzog George einer eingehenden Musterung. „Hm, ich denke, aus dir lässt sich was machen. Gute Anlagen, nur an deiner Schüchternheit musst du wirklich arbeiten. Punkt eins: Du musst den Leuten in die Augen schauen, wenn du mit ihnen sprichst. Menschen beißen nicht, und falls doch, dann beiß zurück.“

Sein puterrotes Gesicht sprach Bände. Sein Puls musste vor lauter Aufregung auf hundertachtzig sein. „Womit fangen wir denn an?“, fragte er atemlos.

„Ich würde sagen mit der Kleidung“, bestimmte Jenna. „Es heißt nicht umsonst, Kleider machen Leute. Wer gut angezogen ist, wird anders wahrgenommen. Der Rest ergibt sich dann fast von selbst.“

Ganz so einfach würde es bei einem schüchternen Menschen wie George sicher nicht werden, doch das dankbare Leuchten in seinen Augen zeigte, dass er willens war, es zu versuchen.

„Bevor wir shoppen gehen, solltest du den finanziellen Rahmen festlegen“, warf ich noch ein. „Wir wollen dir helfen, nicht deinen Ruin.“

„Geld spielt keine Rolle.“ Er klang ein bisschen stolz. „Ich habe ja kaum Ausgaben und verdiene gut.“

Jenna klatschte in die Hände. Nichts ist spaßiger, als das Geld anderer Leute auszugeben, besagte ihr Gesichtsausdruck. Circa eine halbe Stunde später betraten wir zu dritt einen noblen Herrenausstatter.

„Bist du sicher, dass wir hier richtig sind?“, flüsterte ich ihr ins Ohr, während sie sich zufrieden umsah. Außer uns befand sich kein Kunde im Laden und die edlen Anzüge im Schaufenster kosteten ein Vermögen. Die Freizeitkleidung würde kaum günstiger sein.

„Vertrau mir, ich weiß, was ich tue. Je teurer die Klamotten sind, umso höher sein Selbstbewusstsein. Sobald er ein bisschen Selbstbewusstsein getankt hat, kann er sein Zeug meinetwegen von der Stange kaufen, aber jetzt ist dieser Laden genau das Richtige, um Georges Ego zu pushen. Außerdem hat er Kohle. Soll er das Geld irgendwann mit ins Grab nehmen?“

„Auch wieder wahr“, murmelte ich. Gegen so viel Logik kam man nicht an, und so überließ ich Jenna das Feld, die den eingebildeten Verkäufer in Sekundenschnelle um den kleinen Finger wickelte und dabei ganz nebenbei George mit ihrem Optimismus ansteckte. Zu dritt liefen sie von Tisch zu Tisch und verschwanden schließlich in einem der Nebenräume.

Gelangweilt blieb ich zurück, schlenderte umher und fühlte mich ein wenig überflüssig. Ich erreichte einen Durchgang, der in die Abteilung mit den Anzügen führte. Genau wie der Rest des Geschäfts war auch dieser Teil unglaublich luxuriös und ganz und gar dem männlichen Empfinden für Ästhetik angepasst. Die gedeckte Farbe der Wände harmonierte perfekt mit der dunkel gehaltenen Möblierung. Auf einer Seite befand sich ein teuer aussehendes Ledersofa. Darauf saß eine schöne und sichtlich angeödete junge Frau. Sie kam mir bekannt vor, ich brauchte jedoch einen Augenblick, um zu begreifen, um wen es sich handelte. War das nicht Ashs Verlobte? Natasha. Mir sträubten sich die Nackenhaare.

„Mein Gott, Ash, wie viele Anzüge willst du denn noch probieren? Mir ist langweilig!“

Die Tür eines Separees wurde geöffnet und ein äußerst mies gelaunter Ash kam herausstolziert. „Du wolltest mich unbedingt begleiten, ich habe dich nicht darum gebeten. Also hör auf zu nörgeln.“

Womit hatte ich das verdient? Diese Stadt war so riesig, die Chance, ihm zufällig über den Weg zu laufen, eigentlich verschwindend gering, und doch trafen wir immer wieder aufeinander. Schicksal oder einfach mieses Karma? Dabei hielt ich mich im Grunde für einen guten Menschen.

Er trug einen gut geschnittenen, dunkelgrauen Anzug, der seine sportliche Statur betonte. Mein Blick klebte auf seiner attraktiven Erscheinung, statt den Rückzug anzutreten und das Geschäft klammheimlich zu verlassen, bevor er mich bemerkte. Ich konnte nicht. Meine Beine fühlten sich an wie gelähmt. Wieso musste er so umwerfend aussehen?

Plötzlich drehte er den Kopf in meine Richtung und entdeckte mich im offenen Durchgang. Ein Hauch von Überraschung, gefolgt von einem ziemlich schlüpfrigen Schmunzeln zeigte sich auf seinem Gesicht. Ashs schlechte Stimmung verpuffte augenblicklich und er wandte sich an seine Verlobte, die ihn beleidigt anstarrte. „Liebes, wenn dir die Warterei so zusetzt, solltest du dich nicht unnötig quälen. Nimm meinen Wagen und fahr nach Hause. Ich lasse mich dann von Benton abholen."

Die Idee schien Natasha zu begeistern. „Du bist ein Schatz, Darling."

Sie schnellte wie eine Sprungfeder vom Sofa hoch und trat an ihn heran. Zum Abschied hauchte sie ihm einen Kuss auf den Mund. Sobald sich ihre Lippen trafen, tanzten mir rote Flecken vor den Augen. Die Luft um mich herum knisterte, mein flacher Atem reichte kaum aus, um meine Lunge zu füllen. Gott, sie sollte ihre manikürten Finger von ihm lassen. Der Drang, sie an den perfekt frisierten Haaren zu packen und von ihm weg aus dem Laden zerren, schockierte mich. Ebenso wie der Besitzanspruch, der sich in mir breitmachen wollte. Das durfte nicht sein. Ashton Hunter war kein Teil meines Lebens und würde es auch nie werden.

Sag das mal deinem dummen Herzen. Das hast du doch schon längst an ihn verloren, lästerte meine innere Stimme.

Mit einem tiefen Ausatmen trat ich zurück und damit aus Ashs Blickfeld. Kurz darauf stöckelte Natasha an mir vorbei und hinterließ eine aufdringliche Parfümwolke. Ich schloss die Augen und bekämpfte den Wunsch, mich schnellstmöglich seinem Zugriff zu entziehen. Andererseits wäre es albern gewesen davonzulaufen.

„Überlegst du, wie du mir entkommen kannst?"

Die amüsierte Frage übertönte das Rauschen in meinen Ohren. Langsam drehte ich mich um und begegnete seinem glühenden Blick. „Weglaufen scheint bei dir nicht zu helfen."

Meine heisere Entgegnung entlockte ihm ein ehrliches Lächeln. „Kluges Mädchen! Da du das endlich begriffen hast, sind wir ein gutes Stück weiter." Verspielt neigte er den Kopf. „Ich nehme an, du bist nicht meinetwegen hier?"

Kopfschüttelnd verneinte ich und deutete hinter mich. „Ich begleite einen Freund und eine Freundin. Sie sind nebenan und rauben dem Verkäufer vermutlich in diesen Augenblicken den letzten Nerv. Ich warte hier nur."

Auf seinem Gesicht zeichnete sich ein schwer zu deutender Ausdruck ab, ehe er den Finger krümmte und mich zu sich lockte. „Komm mal her zu mir, Maxine."

Es gab keine Entschuldigung für das, was dann geschah. Wirklich nicht. Wie an einer unsichtbaren Schnur gezogen, setzte ich einen Fuß vor den andern, während er in den Nebenraum zurückwich. Irgendwann standen wir vor der Umkleidekabine, aus der er vorhin herausgekommen war, und sahen uns tief in die Augen.

Du bist so blöd, Maxine. Ich versuchte mir einzureden, das alles geschähe nur, um ihm etwas zu beweisen. Aber was? Dass ich einen Preis als dümmste Frau des Jahres verdient hätte?

Mein Brustkorb bewegte sich immer rascher auf und ab. Mir schwindelte unter seinem begehrenden Blick.

„Verdammt, sieh mich nicht so an, Maxine!"

Das kehlige Timbre in seiner Stimme erregte mich. Ich bestand nur noch aus wildem Verlangen. Was auch immer zwischen uns entstand, sobald wir aufeinandertrafen, es schien nicht von dieser Welt zu sein. In der einen Sekunde fiel es mir leicht, ihm zu widerstehen, in der nächsten stand ich kurz davor, mich in seine Arme zu schmiegen.

Ash erkannte meinen inneren Zwiespalt und schloss den Abstand zu mir. „Maxine …"

Sein raues Flüstern brachte mein Blut zum Sieden, er umschloss mein Gesicht und küsste mich mit einer Leidenschaft, die jeden Funken Moral in mir erstickte. Zitternd ergab ich mich dem drängenden Sehnen und drückte mich an seinen harten Leib. Zärtlich neckte seine Zunge die zarte Haut meiner Lippen, ehe sie sich mit Nachdruck in meinen Mund schob. Spätestens jetzt verabschiedete sich mein Verstand ins Nirgendwo. Ich wehrte mich nicht länger gegen den Eroberungsfeldzug dieses Mannes und teilte die Lippen für ihn, erlaubte Ash, sich in das warme, feuchte Innere zu wühlen. Innerhalb von Sekunden zerstörte er den mühsam errichteten Schutzwall. Wenn ich später vor Kummer verging, verdiente ich es nicht anders und musste die Schuld bei mir selbst suchen.

Ash löste sich von meinem bebenden Mund, suchte den Blickkontakt, der mich endgültig zu seiner willigen Sklavin degradierte. Ich konnte einfach nicht klar denken, wenn ich bei ihm war. Natürlich empfand er nicht das Gleiche. Nicht mal annähernd, doch ich ließ ihn nicht kalt. Er atmete schwer, genau wie ich. Er zitterte, genau wie ich. Er gierte nach dem endgültigen Verlust der Individualität und wollte sich mit mir verbinden, so eng und tief, wie es nur ging. Genau wie ich.

Aber das war keine Liebe. Jemand wie Ash ließ sich von keiner Frau an die Leine legen, das durfte ich niemals vergessen. Trotz dieser Tatsache handelte mein Körper eigenmächtig und rieb sich an seinem steinharten Becken. Sein Mund senkte sich wieder auf meine Lippen. Ein animalischer Laut entwich ihm, er knurrte wie ein Tier und biss mir fest in die Unterlippe. Kurz drauf schmeckte ich Blut. Unter der glatten Maske des Upperclass-Schönlings verbarg sich noch eine andere Seite. Rohe Besitzgier, der Wunsch, sich die Frau in seinen Armen zu eigen zu machen und zu verschlingen. Genau in dieser Reihenfolge.

Du darfst nicht als Happen für zwischendurch enden.

Der Verstand meldete sich unversehens zurück. Ebenso mein schmerzlich vermisster Widerstand.

„Niemand außer mir kann dir geben, was du brauchst", flüsterte er mir ins Ohr. „Ich freue mich schon auf die sehr interessanten Besprechungen in deinem neuen Büro."

Nicht zum ersten und wohl auch nicht zum letzten Mal spielte er das Arschloch und holte mich dadurch auf den Boden der Tatsachen zurück. So hatte er sich das also gedacht. Er bestimmte mich ohne mein Einverständnis zur Geschäftsführerin des Diners, um sich dort ein ungestörtes Schäferstündchen zu gönnen. Niemand würde sich wundern, wenn wir uns hinter geschlossenen Türen verbarrikadierten, und seine Verlobte – falls sie überhaupt vom Kauf des Diners wusste, was ich stark anzweifelte – würde davon auch nichts mitbekommen. Die perfekten Voraussetzungen für eine heimliche Affäre.

„Du bist so ein Heuchler! Es ist keine fünf Minuten her, dass du deine Verlobte geküsst hast, und jetzt stehst du hier und erzählst mir was von Sehnsucht. Ich habe es dir schon in meiner Wohnung mitgeteilt: Ich verdiene einen Mann, der mir gehört und mich nicht nur als Sexspielzeug ansieht. Und selbst wenn er mir niemals begegnet, bin ich nicht so verzweifelt, um mich jemandem wie dir hinzugeben. Du bist gebrauchte Ware, Ash. Ich will keinen Kerl, der seinen Schwanz in alles steckt, was nicht schnell genug weglaufen kann."

Ash fuhr zurück, als hätte er sich verbrannt, offensichtlich getroffen von meiner beleidigenden Bemerkung. Ein schlechtes Gewissen verspürte ich nicht. Ash hatte zum wiederholten Mal bewiesen, wie wenig er sich um die Gefühle anderer scherte, und ich adaptierte nur, was er mir vorlebte.

Die steile Zornesfalte auf seiner Stirn vertiefte sich. „Wir werden ja sehen, ob du in ein paar Wochen noch genauso denkst", stieß er hervor und verließ die Kabine.

Erschöpft ließ ich mich an die Wand sinken und atmete durch. Wieso musste jede Begegnung mit Ash mit endloser Leidenschaft beginnen und in sinnlosen Streitereien enden? Wenn ich bloß mehr Standhaftigkeit besitzen würde, wäre es sicher leichter, mich zu wehren. Leider erwies ich mich als ziemlich miese Widerstandskämpferin und verlor Schlacht um Schlacht gegen mein eigenes Herz. Wer am Ende den Krieg für sich entscheiden würde, stand daher in den Sternen, nur eines war gewiss: Einen echten Gewinner würde es hier wohl nicht geben.

Kapitel 15

Nach dem Shoppingtrip vereinbarte ich mit Jenna und George einen Treffpunkt für den heutigen Abend Zuhause machte ich mir ein leichtes Abendessen, bevor ich mich der kniffligen Aufgabe widmete, ein passendes Outfit herauszusuchen. Grübelnd durchforstete ich den Inhalt meines Schranks und entschied mich letztendlich für ein schulterfreies, sehr figurbetontes Kleid. Der Schnitt zauberte ein tolles Dekolleté. Besonders schön fand ich den Indigofarbton des Stoffes. Er schmeichelte meinem blassen Teint und ähnelte dem Ton meiner Augen. Zusammen mit den dunkelblauen Pumps konnte ich mich wirklich sehen lassen. Das Haar frisierte ich nicht großartig, sondern ließ es in natürlichen Wellen auf meine Schultern fallen. Nachdem ich ein leichtes Make-up aufgelegt hatte, begutachtete ich mich kritisch im Spiegel und war zufrieden. Einem Model machte ich zwar keine Konkurrenz, verstecken musste ich mich allerdings auch nicht. Meine Vorfreude steigerte sich und ich rannte beim ersten Klingeln runter und wurde von Riley und Jenna erwartet. Wir setzten uns in das bestellte Taxi und erreichten kurz darauf den Club. George sollte dort auf uns warten.

Wir entdeckten ihn relativ schnell. Er stand abseits von den Menschentrauben und machte in seiner dunkelgrauen Hose und einem lässigen weißen Hemd eine überraschend gute Figur. Eine aufgetakelte Rothaarige in seiner unmittelbaren Nähe sah das wohl ähnlich. Sie pirschte sich an ihn heran und flüsterte ihm etwas ins Ohr. George erstarrte zur Salzsäule, er fühlte sich augenscheinlich bedrängt.

Armer Kerl, dachte ich belustigt. Er war es nicht gewohnt, ins Zentrum weiblichen Interesses zu rücken. Wir näherten uns den beiden. Riley erbarmte sich und machte seinem Leiden ein Ende. „Zisch ab, Rotschopf, er ist vergeben!“

Mit einer recht unfreundlichen Entgegnung räumte die Frau das Feld und wir nahmen George in die Mitte.

„Guten Abend, die Damen“, begrüßte er uns und klang dermaßen erleichtert, dass ich ein Kichern nicht unterdrücken konnte.

„Du legst aber ein ganz schönes Tempo vor, George. Kaum lässt man dich ein paar Stunden allein, brichst du den Frauen schon das Herz.“

Mein Scherz trieb ihm die Röte ins Gesicht, er räusperte sich peinlich berührt. „Also … ich weiß auch nicht, was das gerade war.“

„Die war scharf auf dich, Tiger“, half Riley aus und klopfte ihm beherzt auf den Rücken. Er ging fast in die Knie dabei. An seiner Haltung musste er definitiv noch arbeiten.

„Und? Bist du bereit, dich endlich ins Leben zu stürzen?“, fragte Jenna.

Für das Date mit Juan, der wie erwartet außer sich vor Freude gewesen war über ihre Initiative, hatte auch sie sich in Schale geworfen. Das dunkelrote Kleid mit dem tiefen Rückenausschnitt stand ihr ausgezeichnet. Dazu trug sie hohe Schuhe, durch die ihre Beine trotz ihrer geringen Körpergröße endlos lang erschienen. Juan würde den ganzen Abend die Augen nicht von ihr nehmen können, und dank Aarons dämlichem Verhalten bekam er endlich die Chance, sie einen ganzen Abend anbeten zu dürfen. Juan war sicher nicht der Mann fürs Leben, doch gegen ein bisschen Spaß gab es nichts einzuwenden. Wie weit sie dabei ging, musste sie selbst entscheiden.

„Bereit und zu allen Schandtaten aufgelegt“, meinte George zwischenzeitlich und strahlte übers ganze Gesicht.

„Na dann, komm!“

Riley zog ihn resolut hinter sich her. Drinnen ließ Georges Enthusiasmus schlagartig nach. Er sah sich mit großen Augen um und schluckte eingeschüchtert.

„Ach du liebes Bisschen!“, las ich von seinen Lippen ab und unterdrückte mühevoll ein Schmunzeln. Mit halb offenem

Mund beäugte er die vielen leicht bekleideten Frauen, die sich bereits auf der Tanzfläche tummelten. Laute Musik dröhnte aus den Boxen, der Boden unter uns vibrierte. Dieses Zittern pflanzte sich in meinen Körper fort und brachte meine Nervenfasern zum Erzittern.

„Gefällt es dir hier?“, schrie ich George ins Ohr.

Er zögerte, als müsste er erst überlegen, ob ihm die Umgebung zusagte, ehe er lächelnd den Daumen hob. Juans Auftauchen sorgte kurz darauf für ein großes Hallo. Er warf Riley und mir einen Kuss durch die Luft zu und packte Jenna um die Taille.

„Querida, du siehst atemberaubend aus“, rief er dermaßen begeistert, dass Riley und ich uns einen bedeutsamen Blick zuwarfen.

Jenna kiekste erschrocken, als er sie wie eine Puppe hochhob und im Kreis umherwirbelte. Durch Juans überschäumende Begeisterung wurde auch Aaron Zeuge dieser Szene. Er stand mit dieser Monika im Arm ganz in der Nähe und unterhielt sich mit ein paar Leuten. Stirnrunzelnd sah er in unsere Richtung und entdeckte Jenna und Juan in inniger Umarmung. Zumindest musste das für ihn so aussehen. Seine entgeisterte Miene entging mir nicht, obendrein nicht der tödliche Blick, mit dem er Juan bedachte. Fehlte nur noch, dass ihm ein roter Laserstrahl aus dem Auge schoss, der den armen Kerl pulverisierte. Es passte Aaron ganz und gar nicht, dass sein Barkeeper bei Jenna auf Tuchfühlung ging.

Interessant. Gerade wollte ich Riley auf Aarons mangelnde Begeisterung aufmerksam machen, da gesellte sich ein weiterer Mann zu der kleinen Gruppe. Ash, wie konnte es auch anders sein, und er war nicht allein hier. An seinem Arm hing Natasha. Sie trug ein ultraknappes Kleidchen aus einem silbrig schimmernden Material. Es schmiegte sich nahtlos an die rasanten Kurven ihres Körpers, schwer zu sagen, ob sie darunter Unterwäsche anhatte. Wohl eher nicht. Sie schlang einen Arm um Ashs schlanken Hüften, eine Hand ruhte auf seinem Bauch, gefährlich nahe über dem Bund seiner Hose. Ein bitterer Geschmack flutete meinen Mund, mir wurde übel.

„Ist dir nicht gut?“ Georges besorgter Blick folgte meinem und verwandelte sich in ein Stirnrunzeln. „Der schon wieder!“

„Leider“, antwortete ich dumpf und hasste mich für meine irrationale Eifersucht. Immerhin war sie seine Verlobte und ich hatte ihn wiederholt abgewiesen und kein Recht darauf, wütend oder verletzt zu sein.

„Sollen wir woanders hingehen?“

Für einen Moment geriet ich tatsächlich in Versuchung, dieses Angebot anzunehmen. Schlussendlich entschied ich mich dagegen. Davonlaufen war keine Option. Ash in Aktion mit einer anderen Frau zu sehen, konnte nur heilsam für mich sein.

„Wir bleiben“, sagte ich und zwang ein Lächeln auf meine Lippen. „Von diesem Idioten lass ich mir den Spaß nicht verderben.“

Ich warf einen letzten Blick auf Ash und bereute es umgehend. Er kehrte mir noch immer den Rücken zu und tätschelte gerade Natashas Hintern. Mein Herz zog sich krampfartig zusammen. Diese Intimitäten zu beobachten, bereitete mir beinahe körperliche Schmerzen.

Oh ja, wirklich sehr heilsam, dachte ich ironisch und wandte mich endlich ab. Spontan hakte ich mich bei George ein. „Komm, wir suchen uns einen Tisch, bevor alle belegt sind.“

Wir fanden einen schönen Platz weitab von der Tanzfläche. Halb verdeckt von einer Palme konnte man sich in der Sitzgruppe prima verstecken. Wir quetschten uns zu fünft in das Separee und bestellten bei unserer Kollegin Sally etwas zu trinken.

Ein paar Minuten später entspannte ich mich. Juan riss blöde Witze, Rileys gab spitzfindige Kommentare über die aufgeblähten Egos einiger männlicher Gäste zum Besten. Der Mai Tai, an dem ich schlürfte, trug sicher maßgeblich dazu bei, meine Laune zu heben und Ash aus meinen Gedanken zu verdrängen. Auch George genoss den Abend und ging richtig aus sich raus. Ehrlich, ich erkannte den Burschen kaum wieder. Man durfte den Inhalt eben nicht immer nach der Verpackung beurteilen. Trotz seiner Schüchternheit besaß er einen wachen Verstand und einen ganz eigenen Sinn für Humor. Zur allgemeinen Überraschung kam er ausgesprochen gut mit Juan aus. Dessen gesellige Art weckte bei Männern und Frauen gleichermaßen Sympathien.

„Lass uns tanzen gehen!“, rief Jenna, sobald der DJ einen aktuellen Chart-Hit auflegte. Sie zappelte bereits seit einer Weile herum und konnte es kaum erwarten, sich auf der Tanzfläche auszutoben. Die anderen folgten ihrem Beispiel, nur Riley zögerte, da ich keine Anstalten machte, aufzustehen. „Willst du nicht mitkommen?“

Ich schüttelte den Kopf. „Nein, bin gerade zu faul“, log ich. In Wirklichkeit wollte ich mich vor Ash verstecken.

„Dann bleibe ich bei dir“, meinte sie und wollte sich wieder setzen.

„Quatsch, geh tanzen, Riley! Mir geht es gut. Ich werde genüsslich meinen Cocktail schlürfen und die Leute beobachten.“

Riley legte mir die Hand auf die Schulter und drückte sie. „Wenn du es dir anders überlegst, weißt du ja, wo du uns findest.“

Kurz darauf war ich allein und ließ meinen bereits leicht benebelten Blick durch den Club wandern. Überall lachende und hemmungslos flirtende Menschen. Etliche machten herum. Angesichts dieser übersprudelnden Fröhlichkeit und der sexuell aufgeheizten Stimmung im Raum begann ich mich unbehaglich zu fühlen. Einsam irgendwie.

Wenn du nicht so entsetzlich prüde wärst, würdest du jetzt in Ashs Armen liegen und nicht seine Verlobte.

Seufzend nippte ich an meinem Drink und blickte nach links.

Ich entdeckte ihn sofort. Ash lehnte nur drei Meter von mir entfernt an einem Pfeiler, die Hände in den Hosentaschen vergraben, und beobachtete mich. Natasha war nicht bei ihm, es interessierte ihn offenbar auch nicht, wo sie steckte. Ein heißer Schauer überzog meine Haut.

Komm her zu mir, schien er mir zuzurufen.

Mit einiger Mühe bändigte ich die gärende Ruhelosigkeit und zwang mich, sitzen zu bleiben. Eine gute Entscheidung, denn nur drei Atemzüge später kam seine Verlobte zurück und schob die Finger in sein Haar. Besitzergreifend zog sie seinen Kopf herab und stahl sich einen Kuss. Ashs Hand wanderte von ihrem Rücken auf ihren prallen Po und vergrub sich in dem weichen Fleisch.

Etwas Dunkles und Schweres legte sich über mein Herz. Egal, wie ich es drehte und wendete, mein Wunsch, mich seinem Einfluss zu entziehen, kollidierte beharrlich mit den wachsenden Gefühlen für diesen Mann. Wie die zustande kamen, konnte ich mir nicht erklären. Liebenswürdigkeit gehörte nicht zu Ashs hervorstechenden Eigenschaften. Dazu war er zu sehr von sich selbst überzeugt, und doch wollte ich unbedingt daran glauben, in ihm könnte mehr als nur ein eingebildeter Macho stecken.

Du bist so eine Idiotin, schimpfte meine innere Stimme. *Er ist genau das, was er vorgibt zu sein, und egal, wie sehr du versuchst, einen guten Kern in ihm zu entdecken, du wirst nichts finden, was deine Schwäche rechtfertigt.*

Krampfhaft umklammerte ich mein Glas und biss mir fast die Zunge blutig, um das drohende Schluchzen in meiner Kehle im Keim zu ersticken. Natasha hing nach wie vor an seinen Lippen und rieb sich an seinem Becken. Ich konnte diese peinliche Show nicht länger ertragen und senkte den Blick auf die Tischplatte.

„Hey, willst du noch was?“

Erschrocken ruckte mein Kopf nach oben. Sally stand vor mir und lächelte fröhlich. Frustriert vom Verlauf des Abends deutete ich auf den leeren Mai Tai. „Bring mir das Gleiche.“

Vermutlich wäre es klüger gewesen, etwas Alkoholfreies zu bestellen, doch seit ich Ash kannte, war mir meine Vernunft irgendwie abhandengekommen.

Eine halbe Stunde später saß ich immer noch allein am Tisch und badete in Selbstmitleid. Auch das zweite Glas hatte ich fast vollständig geleert, mittlerweile spürte ich den Alkohol. Betrunken war ich zwar nicht, allerdings sank meine Hemmschwelle dramatisch und ich steigerte mich richtiggehend in den Wunsch hinein, Ashton Hunter so richtig die Meinung zu geigen. Mein Körper kribbelte, meine Füße zuckten, ich konnte kaum noch stillsitzen und gab es schließlich auf, dagegen anzukämpfen.

„Betrunkene und Narren soll man nicht aufhalten“, murmelte ich und machte mich auf die Suche nach ihm. Ich würde mich nur blamieren, doch selbst die Aussicht, belächelt zu werden, konnte mich nicht stoppen. Da er bevorzugt oben auf der Empore saß, stieg ich die Treppe hinauf. Der Sicherheitsmann ließ mich durch, er kannte mich ja und traute mir nichts Böses zu.

Tatsächlich entdeckte ich Ash in einer gut versteckten Nische. Allein. Natasha war ihm offenbar erneut abhandengekommen. *Kluges Mädchen, nicht so dumm wie ich*, dachte ich unzusammenhängend und ließ mich dann wenig damenhaft neben ihn auf die schmale Couch plumpsen.

„Schlechte Laune, Hunter?“

Überrascht hob er die Augenbrauen, ehe er sich ein träges Lächeln gestattete. Viel zu sexy für meinen Seelenfrieden.

„Sieh mal einer an. Miss Nichols gibt sich die Ehre. Wie komme ich dazu?“

Achselzuckend rutschte ich ein paar Zentimeter von ihm weg, da er beiläufig den Arm auf die Lehne hinter mir legte.

„Du sahst so einsam aus, da dachte ich mir, ich leiste dir ein wenig Gesellschaft.“

Hey, du dumme Nuss, schrie es in mir, *was wird das denn, wenn du fertig bist?*

Er lachte, ehrlich belustigt. „Ich fühle mich geehrt.“

„Das solltest du auch“, antwortete ich todernst. Okay, der zweite Mai Tai war wohl keine gute Idee gewesen. Nüchtern würde ich mich sicher nicht zu so einem Blödsinn hinreißen lassen.

Er beugte sich zu mir hin und flüsterte. „Und was machen wir zwei jetzt?“

Sein herausforderndes Lächeln beschleunigte meinen Puls. Ich fühlte mich wie ein Passagier in einer außer Kontrolle geratenen Achterbahn. Mein Herz überschlug sich, das Blut schoss mit rasender Geschwindigkeit durch meine Adern, während ich in seinem fragenden und zugleich bittenden Blick versank.

„Weiß nicht“, flüsterte ich und sah ihm tief in die Augen. Meine Instinkte übernahmen die Kontrolle, und bevor mir selbst klar wurde, was ich hier eigentlich trieb, schob sich meine Hand auf seinen stahlharten Oberschenkel. Jesus Christus, meine Welt fing an, sich im Kreis zu drehen. Mir wurde wärmer und wärmer, bis sich die Hitze auf den geheimen Ort zwischen meinen Beinen konzentrierte.

Ash versteifte sich, sein unterdrücktes Stöhnen jagte mir einen Hitzeschwall durch den Unterleib. Ich berauschte mich an der Tatsache, diesen Mann mit einer simplen Berührung erregen zu können und blickte ihm ohne Unterlass in die Augen. Meine Finger stahlen sich ein weiteres Stück nach oben.

„Verflucht, ich glaube, du weißt nicht, was du da tust“, presste er hervor.

Im Bewusstsein meiner weiblichen Macht streichelte ich die sichtbare Wölbung. Verstohlen sah ich mich um. Die Nische war schwer einsehbar und die wenigen Leute, die sich noch hier oben rumtrieben, kümmerten sich nicht um uns. Ein knurrender Laut lenkte meine Aufmerksamkeit wieder auf Ash. Er umfasste meinen Nacken, gleichzeitig packte er mich um die Taille und hob mich auf seinen Schoß. Unsere Lippen trafen in einem Aufwallen purer Lust aufeinander, so hart, dass unsere Zähne aneinanderstießen. Mein überraschter Aufschrei angesichts dieser unerwarteten Attacke wurde von seinem Mund und seiner samtigen Zunge geschluckt, die sich spielerisch an meiner verging. Der Alkohol befreite mich von den anerzogenen Moralvorstellungen. Ich war aufgeputscht genug, mich an ihm zu reiben und den wachsenden Druck seiner Erektion an meinem Venushügel zu genießen.

Doch plötzlich war alles vorbei. Ash schob mich wieder herunter und fluchte leise vor sich hin. Geschockt saß ich da. „Wieso hast du aufgehört?“, wollte ich allen Ernstes wissen.

Er begegnete meiner Frage mit einem bedauernden Lächeln. „Sorry, Süße, wenn wir vögeln, dann solltest du nüchtern und bei klarem Verstand sein. Ich bin ein Arsch, aber ich nutze keine betrunkenen Frauen aus.“

Gedemütigt und ernüchtert saß ich da und konnte ihm nicht in die Augen schauen. „Oh Gott, das ist mir so unendlich peinlich“, flüsterte ich und konnte ihn nicht ansehen. Nie wieder. Ständig versicherte ich Ash, seine Annäherungsversuche seien an mich verschwendet, nur um mich ihm wiederholt an den Hals zu schmeißen. Was musste er von mir denken?

„Dir muss nichts peinlich sein“, flüsterte er mir ins Ohr. Ich konnte sein Lächeln an meiner Haut spüren.

Sanft strich er mir eine Haarsträhne hinters Ohr. Unendlich zärtlich und berückend. Ich wurde nicht schlau aus ihm. Im einen Moment verhielt er sich wie das größte Arschloch unter der Sonne, und dann gab es Augenblicke wie diese, in denen er mein Herz in den Händen hielt und es einfach mit sich forttrug.

„Es tut mir leid, ich bin so dumm“, wisperte ich betreten.

„Du bist nicht dumm, sondern unglaublich bezaubernd.“

Ash seufzte und hauchte einen Kuss auf meine Schläfe. Zögernd sah ich ihn an, er lächelte bedauernd.

„Glaub mir, Maxine, ich würde nichts lieber tun, als dich in meine Wohnung zu schleppen, aber ich kann mich nur wiederholen: ich ficke keine betrunkenen Frauen.“

Tja, das war eine Ansage, die ich trotz meines benebelten Zustands verstand. Gott, ich hatte mich ihm an den Hals geworfen wie ein billiges Flittchen. Tiefe Scham über mein Verhalten kroch in mir hoch. Tödlich verlegen erhob ich mich und schwankte. Ash umfasste meine Hüften, um mir Halt zu geben.

„Nicht, fass mich bitte nicht an!“

Ohne ihn noch einmal anzusehen, stolperte ich vorwärts und flüchtete wieder nach unten. Wie durch ein Wunder, schaffte ich es an die Bar, ohne mir unterwegs den Hals zu brechen und schob mich auf einen freien Hocker.

Ian, ein irischer Rotschopf und Juans Stellvertreter, sandte mir einen fragenden Blick. „Kann ich dir was bringen, Schätzchen?“

„Irgendwas Hochprozentiges“, brummte ich. Wenn ich mich schon bis auf die Knochen blamiert hatte, dann konnte ich mir ebenso gut komplett abschießen. Vielleicht vergaß ich dann mein elendes Pech in der Liebe und meine Unfähigkeit, zur Abwechslung mal einen anständigen Kerl zu finden.

„Aye“, antwortete er grinsend und stellte ihr ein Glas mit bernsteinfarbener Flüssigkeit hin. „Hier, feinster irischer Whiskey, Madame. Geht aufs Haus.“

Ich hob es an die Lippen, nippte daran und nahm schließlich einen ordentlichen Schluck. Der Alkohol brannte ein wenig und floss anschließend samten meine Kehle hinab. Aus einem Drink wurden zwei. Jenna und Riley blieben verschollen, George sah ich von weitem mit der Rothaarigen vom Eingang flirten und es sah ganz so aus, als würde zumindest er heute Abend einen Volltreffer landen. Selbst er hatte mehr Glück beim Flirten, als ich. Mir entwich ein ungläubiges Lachen, die gesamte Situation kam mir surreal vor. „Was für ein Chaos“, murmelte ich und nahm einen weiteren Schluck, bevor alles in nebulöser Sorglosigkeit versank.

Kapitel 16

Noch bevor man die Augen aufschlägt und sich das grelle Licht des Morgens in die Netzhaut frisst, konzentriert sich die Welt auf die elementarsten Sinne. Hören, fühlen, schmecken. Man bekommt eine Vorahnung davon, ob der Tag gut oder schlecht verlaufen wird. *Meiner wird beschissen*, stellte ich fest. Pelziges Gefühl im Mund, brennende Kehle, und zu all dem gesellte sich ein ekliger Schmerz im Hinterkopf. Außerdem musste ich superdringend pinkeln. Mühsam zwang ich die Lider nach oben und blinzelte gegen die Trägheit in meinem Kopf an. Aufstehen schien mir keine gute Idee zu sein, ich wollte lieber weiterschlafen. Eine Kopfschmerztablette wäre auch nicht die schlechteste Idee. Sobald sich mein Blick klärte, fiel er auf ein riesiges und mir vollkommen unbekanntes Fenster, das fast die gesamte Länge der Wand einnahm. Meine Benommenheit verschwand mit einem Schlag. Ruckartig setzte ich mich auf und sah mich geschockt um.

Wo in aller Welt war ich gelandet? Und mit wem? Verzweifelt versuchte ich, mich an den gestrigen Abend zu erinnern, um herauszufinden, wie ich hier gelandet war. In einer fremden Wohnung, in einem fremden Bett.

Leider konnte ich keinen klaren Gedanken fassen. Mein armer Kopf fühlte sich an, als hätte ihn jemand mit voller Wucht gegen einen Amboss gedonnert. Ein kühler Luftzug streifte mich. Irritiert sah ich an mir herunter und entdeckte, dass ich nicht einen Faden am Leib trug. Ich konnte mich nicht entsinnen, wie es dazu gekommen war. Tief durchatmend bemühte ich mich, den Verlauf des vergangenen Abends zu rekonstruieren. Das ohrenbetäubende Sirren in meinen Ohren erschwerte das Denken, ich strengte mich an, wühlte in meinen Erinnerungen und fand lediglich verschwommene Bilder. Ash und Natasha, mein Versuch, ihm eine Lektion zu erteilen, der einfach nur in die Hose gehen konnte, mein Ausflug an die Bar und danach kam der Filmriss.

„So ein Mist!" Ich raffte die dünne Decke über der Brust zusammen und fühlte mich elend bei der Möglichkeit, Sex mit einem wildfremden Kerl gehabt zu haben, an den ich mich noch nicht einmal erinnern konnte. Verzweifelt kaute ich auf der Unterlippe herum und erwachte endlich aus der Schockstarre.

„Ich muss hier weg", murmelte ich und rutschte an den Bettrand. Ich beugte den Oberkörper und suchte den teppichbedeckten Boden nach meiner Kleidung und der Handtasche ab.

„Gut geschlafen, Schönheit?"

Ash. Beim Klang seiner Stimme kippte ich vor Schreck fast vornüber. Glücklicherweise funktionierten meine Reflexe noch und ich rettete mich in letzter Sekunde vor einem demütigenden Sturz. Keuchend krabbelte ich in die Mitte des Bettes zurück, hielt mir das Laken vor die Brust und starrte diesen unverschämt grinsenden Kerl an. Er lehnte gegen den Türrahmen und schien bester Laune zu sein.

„Ich dachte schon, du wachst gar nicht mehr auf."

Verstört zog ich die Bettdecke enger um meinen Körper und strich mir zitternd eine Haarsträhne aus dem Gesicht. Wut mischte sich in die Fassungslosigkeit. „Verdammt, Ash, hast du gestern nicht gesagt, du schläfst nicht mit betrunkenen Frauen?"

Er hob entschuldigend die Schultern, seine Mundwinkel zuckten. „Sorry, aber ich bin auch nur ein Mann."

Stöhnend versteckte ich mich unter der Bettdecke und hoffte, die Erde möge sich auftun und mich verschlingen. „Ich will sterben", jammerte ich und hörte daraufhin sein leises Lachen. „Das wäre aber verdammt schade. Jetzt, wo wir uns so gut kennenlernen."

„Geh weg, ich mag nicht mit dir reden."

Meine Kommunikationsfähigkeit litt erheblich. Mein Wortschatz ähnelte dem von Danny, als er sich in der Trotzphase befand. Einen Augenblick später fühlte ich durch die Decke eine Berührung an der Schulter.

„Hey, komm mal da raus."

Seine sanfte Stimme lockte mich tatsächlich hervor, ich blinzelte und schluckte hart.

„Haben wir wirklich miteinander geschlafen?", hauchte ich. Er schwieg und betrachtete stattdessen mein sicherlich total zerknautschtes Gesicht. Ein weiterer Gedanke versetzte mich in Panik. „Ash, ich nehme die Pille nicht, wenn du nichts benutzt hast, könnte ich schwanger sein."

Ab diesem Moment hörte er mit den Spielchen auf. Er seufzte und streichelte mir mit dem Handrücken über die Wange. „Beruhig dich, es ist nichts passiert. Ich wollte dich nur aufziehen."

„Du gemeiner Schuft!"

Ich versuchte aufzustehen, verhedderte mich im Laken und wickelte mich bei jeder Bewegung immer fester darin ein. Die Matratze senkte sich. Ash setzte sich und griff nach meiner Wade, die unter der Decke hervorschaute.

„Hey, beruhig dich. Es war nur ein Scherz und du musst jetzt nicht panisch aus der Wohnung türmen."

Gegen meinen Willen genoss ich die sanften Berührungen seiner Finger an meinem Bein. Langsam strich er an der Rückseite der Wade nach unten und umfing die Fessel. Kitzelnd glitten seine Fingerspitzen über die Fußsohle. Vor lauter Wonne entwich mir ein sattes Stöhnen. „Bitte hör auf damit", flehte ich und glaubte unter der Berührung zu zerfließen.

„Ich halte dich nicht fest, Maxine."

Hastig entzog ich ihm den Fuß und rutschte ein Stück nach hinten. Unsere Blicke tauchten ineinander, meiner unsicher, seiner merkwürdig nachdenklich, ehe er aufstand und zur Fensterfront schlenderte. Mit etwas Abstand zwischen uns fühlte ich mich sofort wohler.

Er betrachtete mich eingehend. „Ich habe dich letzte Nacht ein Weilchen beobachtet. Du bist süß, wenn du schläfst."

Was sollte ich darauf antworten? „Statt mich mit leeren Komplimenten zu nerven, solltest du mir lieber erzählen, wieso ich hier bin … nackt.“

„Du hast dir die Kante gegeben, und nachdem sich deine feinen Freunde irgendwie alle aus dem Staub gemacht haben und du kaum noch geradeaus laufen konntest, habe ich mich erbarmt und dich mitgenommen.“

Ich war also als Alkoholleiche im Schlafzimmer eines absoluten Traummannes gelandet. Wieso hatten mich Riley und Jenna so dermaßen im Stich gelassen? Dass George abgehauen war, verstand ich, immerhin hatte er wohl das erste Mal in seinem Leben die Chance bei einer Frau zu landen, aber die anderen beiden. Ich notierte mir im Geiste, den beiden bei der nächsten Gelegenheit ordentlich zusammenzufalten. Konnte man sich denn auf niemanden mehr verlassen?
Mein Herz raste, es fiel mir schwer, mich zu beruhigen. Ich benötigte dringend ein paar Momente allein.

„Kann ich dein Bad benutzen?“

Der forschende Ausdruck auf seinen Zügen wich einem knappen Lächeln. „Sicher, ist gleich nebenan. Fühl dich wie zu Hause. Deine Klamotten lasse ich gerade reinigen. Ich dachte, du willst bestimmt nicht in dem verschwitzten Zeug heimfahren. Handtücher und ein Bademantel liegen bereit. Im Schrank findest du auch eine Zahnbürste.“

Perfekt ausgestattet für alle Eventualitäten. Irgendwie fand ich das befremdlich. Ich rang mir ein „Danke“ ab und krabbelte aus dem Bett. Seinen Blick im Rücken spürend, hastete ich ins Bad und schloss die Tür hinter mir ab. Sicher war sicher. Das Bad gefiel mir. Luxuriös, aber nicht allzu übertrieben. Schlichtes Design und geradlinige Formen dominierten den Raum. Langsam bewegte ich mich auf die riesige viereckige Wanne zu. In dem Ding fanden problemlos zwei Menschen Platz. Ob er mit seiner Verlobten hier herumplantschte oder mit seinen One-Night-Stands?

Ich wollte nicht darüber nachdenken und erledigte erst einmal ein dringendes menschliches Bedürfnis, bevor meine

Blase explodierte. Anschließend stieg ich unter die Dusche, groß genug für vier. Mit frisch geputzten Zähnen und getrockneten Haaren war ich einige Minuten später bereit, ihm wieder gegenüberzutreten. Behutsam drückte ich die Tür auf und warf einen schnellen Blick ins Schlafzimmer. Da ich ihn nirgends entdecken konnte, verließ ich den Raum und stand kurz darauf in einem gigantischen Wohnzimmer. Ich gestattete mir einen leisen Pfiff. Dieser Luxustempel musste der Traum eines jeden Junggesellen sein. Der Boden im dunklen Betonlook passte perfekt zu der wuchtigen Wohnlandschaft aus schwarzem Leder. Ein Tunnelkamin diente als Raumteiler. Der Korpus wurde von zwei gegenüberliegenden Scheiben verkleidet. Auf diese Weise konnte man von beiden Seiten des Raumes das züngelnde Feuer betrachten. Eine durchgezogene Glasscheibe trennte den Wohnbereich von einer Treppe, die in ein weiteres Stockwerk führte.

„Gefällt dir meine Wohnung?“

Ash stand unvermutet hinter mir. Wie schaffte es der Kerl nur, sich so lautlos zu bewegen? Ich fuhr vor Schreck heftig zusammen und drehte mich, die Hand aufs wild klopfende Herz gelegt, in seine Richtung.

„Wie oft soll ich dir noch sagen, dass du dich bemerkbar machen sollst? Irgendwann erleide ich deinetwegen eine Herzattacke.“

Ein mildes Lächeln umspielte seine Lippen, während er meiner Beschwerde lauschte. „Entschuldige, ich dachte, du hättest mich kommen hören. Nächstes Mal werde ich Krach für zwei machen. Versprochen.“

Ash zwinkerte mir zu und grinste wie ein Lausbub. Wenn er sich so locker verhielt, fiel es mir noch schwerer, mich nicht vollends an ihn zu verlieren. Räuspernd versuchte ich, meine Befangenheit abzulegen. „Hör mal, ich danke dir für deine Gastfreundschaft und Hilfe, aber ich würde nun wirklich gerne meine Sachen haben und nach Hause fahren.“

„Wieso hast du es so eilig? Trink doch noch einen Kaffee und bleib zum Frühstück.“

Das klang sehr verlockend. Ich durfte der Versuchung nicht nachgeben, ich verbrachte entschieden zu viel Zeit in seiner Gegenwart.

„Ich will dir nicht zur Last fallen.“

Ungeduld offenbarte sich in seine jadegrünen Augen. „Du bist keine Last. Kapier doch endlich, dass ich gern mit dir zusammen bin.“

Verrückterweise glaubte ich ihm das sogar. Was die Sache nicht besser machte.

„Bitte, ich muss jetzt wirklich nach Hause. Außerdem wäre deine Verlobte sicher nicht begeistert, wenn sie hier reinschneit und eine fremde Frau im Bademantel in deiner Wohnung vorfindet.“

„Ich wiederhole mich nur ungern, aber für dich mache ich eine Ausnahme. Natasha hat mit uns beiden nichts zu tun. Meine Verlobte ist eine ganz andere Baustelle.“

„Eine andere Baustelle?“ Missbilligend schüttelte ich den Kopf. „Wie unterteilst du das? Ist Natasha dein Luxusdomizil, und sobald dich die Abenteuerlust packt, machst du einen Abstecher zu mir ins Ghetto? So läuft das nicht, mein Lieber. Keine Ahnung, warum du so scharf auf mich bist, aber das muss aufhören. Halt dich in Zukunft einfach von mir fern.“

„Das sagst du jedes Mal, hältst dich aber selbst nicht daran“, erwidert er und spielte auf den gestrigen Abend ab.

Saubere Leistung, Maxine, stöhnte ich innerlich und versank fast im Erdboden vor Scham, als ich daran dachte, wie ich mich ihm in angeheitertem Zustand an den Hals geworfen hatte. Natürlich nahm er mich aufgrund meines widersprüchlichen Verhaltens nicht mehr ernst.

Erschöpft schloss ich die Augen. „Gestern war ich nicht ich selbst“, sagte ich betreten. „Ich habe Mist gebaut, okay? Es war ein Fehler und ich bereue es. Also bitte sei so gut, vergiss, was da passiert ist, und lass mir meinen Seelenfrieden.“

Seine Mimik zeigte unterschiedliche Stadien an Emotionen. Zuerst Unglauben, dann Wut und schlussendlich verzerrte sich sein Antlitz in brennender Ungeduld.

„Dir deinen Seelenfrieden lassen“, stieß er hervor.

Er umfasste meine Wangen und hob mein Gesicht an. Er lachte, es klang fast verzweifelt. „Wie soll ich das schaffen, nachdem du mir meinen von der ersten Sekunde an geraubt hast?“

Verblüfft erwiderte ich seinen Blick und entdeckte darin Empfindungen, die eine Seite in mir zum Schwingen brachte, die mich auf einen Weg der Selbstzerstörung treiben konnte, wenn ich das nicht rechtzeitig stoppte.

„Bitte, mach es mir nicht so schwer, Ash“, flüsterte ich und wehrte mich verzweifelt gegen den Drang, einfach an seine Brust zu sinken und mich in der wärmespendenden Umarmung zu verlieren. Verwirrt befeuchtete ich meine trockenen Lippen mit der Zunge. Diese Geste trieb ihn an den Rand seiner Beherrschung, er packte mich an den Oberarmen und zog mich dichter an sich.

„Hast du immer noch nicht begriffen, dass ich gar nicht anders kann, als dich zu begehren? Dich besitzen zu wollen, ist wie atmen für mich. Eine unvermeidliche Reaktion, sobald du mit deinem unwiderstehlich süßen Gesicht und warmen feuchten Lippen vor mir stehst.“

Er klang gereizt. Es kam mir so vor, als würde er sein Verlangen nach mir als Schwäche betrachten. Diese Vermutung bestätigte er gleich darauf. „Du bist zu meiner Achillesferse geworden, Maxine.“ Seine Stimme klang grimmig, widerstrebend. „Du wirbelst mit deiner bloßen Existenz mein ganzes Leben durcheinander, verdammt.“ Sein Ton senkte sich um eine Oktave, als er fortfuhr. „Ich weiß nicht, wie du das machst, aber ich bin so besessen von dir, dass ich an nichts anderes mehr denken kann.“

Ash packte meine Hand und drückte sie an seinen Schritt. Meine Finger schlossen sich automatisch um seine Erektion. Ich genoss seine Reaktion darauf viel zu sehr und presste sie fester gegen die imponierende Wölbung. Ash senkte die Lider und verbiss sich ein Stöhnen, sein Atem wurde schneller. „Spürst du, was du mit mir machst? Ich könnte die schönsten

Frauen der Welt haben, wann immer und so oft ich will. Stattdessen stehe ich hier vor einer kleinen Zicke im viel zu großen Bademantel und bettle um ihre Berührung."

Mein dummes Herz ging in Flammen auf und glühte mir wie ein Feuerball in der Brust. Alles in mir wurde weich und nachgiebig. Ash beugte sich über mich und touchierte unendlich liebevoll einen Mundwinkel. Millimeterweise bewegte er sich auf die Mitte zu, leckte mit der Zungenspitze über den geschlossenen Spalt, verharrte abwartend und strich sanft über meine Unterlippe.

Ohne zu zögern, teilte ich den Mund und ergab mich Ashs sinnlicher Eroberung. Seufzend nahm ich seine Zunge in mir auf, schmeckte seinen köstlichen Atem und kostete das erotische Flackern zwischen uns mit allen Sinnen aus. Schon die kleinsten Zärtlichkeiten versetzten meinen bedürftigen Körper in ein Stadium brennender Lust, mein Geist und mein Leib erblühten unter seinen Berührungen.

„Du schmeckst so gut", murmelte er. Lockend kreiste seine Zunge um meine. Schritt für Schritt drängte er mich zurück ins Schlafzimmer. Mir wurde erst bewusst, wo wir uns befanden, als ich mit den Kniekehlen gegen die Bettkante stieß. Die Realität riss ein winziges Loch in den sinnlichen Nebel, der mich gefangen hielt. Keuchend bog ich den Kopf nach hinten, mein Brustkorb bebte, so hastig holte ich Luft.

„Wir sollten das nicht tun", wisperte ich benommen.

Es waren nur Worte, ich fand nicht die Kraft, ihn von mir zu stoßen, und erlaubte seinen zärtlichen Händen, den Knoten des Bademantels zu öffnen. Mit einem schweren Seufzer zog er die beiden Hälften beiseite. Sein lodernder Blick versengte mich. Zwischen meinen Schenkeln setzte ein diffuses Pochen ein, das sich schnell zu einem ziehenden Schmerz ausweitete.

„Lass den Bademantel fallen."

Die Leidenschaft in Ashs Augen befeuerte meine Sinne, ich gehorchte, ließ die Schultern kreisen und spürte, wie der Stoff an ihnen heruntergleitt.

„So verdammt schön …“, wisperte er, völlig versunken in dem Anblick. Mit den Fingerspitzen glitt er sanft über eine Brust und streifte den sich versteifenden Nippel so hauchzart, dass ich beinahe glaubte, mir die Berührung nur eingebildet zu haben. Zitternd schloss ich die Augen, er trat näher. Der Stoff seiner Hose rieb an meinen Oberschenkeln, seine Hände rutschten auf meine Taille.

„Leg dich hin, Süße.“

Gott, ich war es so leid, gegen ihn und vor allem gegen mich selbst anzukämpfen, und sank aufs Bett. Ashs Hand legte sich auf meinen Brustkorb, er drückte mich nach hinten und spreizte meine Beine. Kniend platzierte er sich dazwischen und suchte den Augenkontakt zu mir. „Ich will dich schmecken, Maxine. Erlaubst du mir das?“

In meinem Kopf sprangen so viele Gedanken umher, ein wirres Durcheinander aus warnenden Gedankenblitzen und dem Wunsch, mich seinem Verlangen hinzugeben.

„Ich weiß nicht … das ist nicht richtig“, brachte ich hervor und fühlte kurz darauf seinen Mund auf meinem Oberschenkel. Mit den Lippen zog er eine feuchte Spur hoch zu meinem Hüftknochen, eine Hand drückte gegen meinen Bauch und hielt mich auf der Matratze, da meine Flanken spontan nach oben bockten. Dieser sinnliche Mund auf meiner Haut war mehr, als ich ertragen konnte, und doch bekam ich nicht genug davon.

„Erlaubst du es?“, wiederholte er und sah mich beinahe bittend an.

Wie sollte ich ihm verwehren, was ich mir ebenfalls so verzweifelt wünschte? „Ich erlaube es dir“, wisperte ich. „Ich will dich, Ash. Ich will dich sogar sehr.“

Ich konnte die überwältigende Begierde, die sich in mir aufbaute, nicht länger zügeln, mein Schutzpanzer weichte auf und löste meine innere Sperre. Bevor ich noch mehr von meinen Empfindungen ausplauderte, presste ich die Faust gegen meinen Mund und unterdrückte ein Schluchzen, weil ich einerseits kaum erwarten konnte, was jetzt auf mich wartete, und ich gleichzeitig panische Angst davor hatte. Ich steuerte geradewegs auf mein Verderben zu, wenn ich ihm erlaubte, von mir zu kosten. Etwas so Intimes hatte ich noch keinem Mann gestattet, und dass ausgerechnet *er* es war, der mich auf diese Weise kennenlernen würde, war bezeichnend für meine Schwäche, sobald es um Ash ging.

Seine weichen Lippen setzten die Wanderung über meinen angespannten Leib unbarmherzig fort. Schmetterlingszarte Küsse rund um meinen Bauchnabel brachten meine Welt zum Schwanken, ich bestand nur noch aus sinnlichen Wogen, die sich wellenartig ausbreiteten.

„Du schmeckst so gut", raunte er dunkel und umfasste meine Hüften fester. Seine heiße Zungenspitze zog glühende Spuren über mich bis hinunter zum Venushügel. Mir entwich ein beschämtes Wimmern, mein Becken zuckte. Feuchte Schwere senkte sich in meinen Unterleib, der sich danach sehnte, endlich den harten Schwanz aufzunehmen. Ash erreichte meinen Spalt. Beinahe zögerlich leckte er über die zarte Kerbe, darunter klopfte meine Klitoris unaufhörlich. Er tastete sich weiter vor und schob seine Zungenspitze zwischen die weichen Falten. So langsam, dass ich glaubte, meinen Verstand zu verlieren, touchierte er meinen empfindsamsten Punkt.

„Oh lieber Himmel …" Überwältigt presste ich den Kopf gegen das Kissen und überließ mich dieser Erfahrung. Es fühlte sich seltsam an, und doch empfand ich eine nie gekannte Lust. Seine Lippen saugten sich an mir fest, zogen sämtliche Kraft aus meinen Gliedern. Der Rhythmus, mit dem er mich verwöhnte, veränderte sich nach und nach. Die flatternden *Liebkosungen* seiner Zunge wurden schneller und kräftiger. Ich wand mich regelrecht unter ihm und verlor den Kampf gegen die Wirklichkeit. Kurz bevor ich kam, hörte er auf und glitt wieder aufwärts. Ash streifte meinen Nabel und fuhr über den Bauch zu meinen Brüsten. Der zärtliche Biss an einer Knospe sorgte für einen Wonneschauer, der jeden Quadratzentimeter meiner Haut erfasste.

„Ich liebe es, wie stark du auf mich reagierst", hauchte er. Seine Lippen umschlossen den Nippel und saugten ihn in seinen heißen Mund. Ein gutturaler Laut kam aus seiner Kehle, er legte sich auf mich. Mein Körper streckte sich unter seinem Gewicht. Er drückte mich tiefer in die Matratze und schob die schmalen Hüften zwischen meine Schenkel. Spontan schlang ich ihm die Beine um die Taille und versuchte, ihn dichter an mich zu pressen. Da gab es keinen Widerstand mehr, ich bestand nur noch aus Hingabe und erreichte innerhalb kürzester Zeit das maximale Level an Sehnsucht.

„Sieh mich an, Maxine."

Mein verschleierter Blick heftete sich gehorsam auf sein Gesicht. Seine Lippen schwebten über meinem Kinn und verzogen sich zu einem Lächeln, das mir fast das Herz aus der Brust riss. Er konnte so sanft sein, so liebenswert. Hinter seiner Machofassade versteckte sich ein Mann, der es wert war, geliebt zu werden. Vielleicht gelang es mir ja doch, die kalte Schicht aus Eis und Skrupellosigkeit zu durchbrechen und bis zu diesem Menschen vorzudringen.

„Gib mir deine Hand", befahl er und rekelte sich auf mir. Bei der kleinsten Bewegung seiner Hüften spürte ich, wie sehr ihn das alles erregte. Eingeklammert von meinen Schenkeln lag er auf meinem Venushügel, der konstante Druck seiner Erektion verstärkte sich und schickte mir Hitzeströme durch den Unterleib.

Langsam führte er meine Hand abwärts und hob seinen Körper ein Stück an, damit er die Finger auf die Ausbuchtung in seinem Schritt legen konnte. Stöhnend senkte er die Lider, sobald ich ihn umschloss.

„Fass mich an. Ich will dich um meinen Schwanz spüren."

Er ließ mich los und stützte sich auf die Unterarme, um seinen Körper ein wenig anzuheben. Schwer atmend lag ich da. Eigentlich sollte ich schon längst auf dem Heimweg sein, stattdessen machte ich mich schüchtern an seiner Gürtelschnalle zu schaffen und danach am Reißverschluss. Ash biss sich auf die Lippen und atmete äußerst beherrscht ein und aus. Er sah aus, als litte er Höllenqualen, und erst als ich in seine Hose und unter seinen Slip tauchte, breitete sich Erleichterung auf seinen Zügen aus.

„Mmh, fühlt sich das gut an“, raunte er gepresst und bewegte kreisförmig die Hüften. Mit heftig klopfendem Herzen schob ich die Finger abwärts, bis ich sein Schamhaar ertastete, und kehrte dann wieder zurück zu der empfindlichen Spitze. Das Klopfen der Adern an seinem Schwanz erregte mich, und ich verstärkte den liebevollen Griff, spürte die samtene Haut über der Härte. Behutsam tastete ich nach der glatten Eichel. Gefühlvoll verteilte ich die Lusttropfen auf der Oberfläche und lauschte zufrieden seinem kehligen Stöhnen. Ich war es, die ihm diese Laute entlockte. Ich ganz allein.

„Hör nicht auf“, keuchte er. „Gott, deine Hände machen mich wahnsinnig.“

Die unverhohlene Lust in seiner Stimme half, die letzten Überreste meiner Scham zu überwinden. Es fehlte mir an Erfahrung, bestimmt war er anderes gewohnt, aber je länger ich ihn verwöhnte, umso sicherer wurde ich. Es machte Spaß, das Zucken seines Gliedes unter meinen Fingern zu ertasten. Das Pulsieren der Adern, sobald ich etwas fester drückte und er noch größer wurde. Hart lag er in meiner Hand, und doch ruhte in dieser Stärke eine gewisse Verletzlichkeit. Ash lieferte sich mir vollkommen aus. Von diesem Gedanken angespornt, streichelte ich ihn weiter und genoss es, dabei die unmittelbaren Reaktionen auf seinem Gesicht zu lesen. Nun setzte auch Ash die Berührungen zwischen meinen Beinen fort und küsste mich brennend. So verbunden, befriedigten wir uns gegenseitig. Es war schöner und privater als alles, was ich je mit Corey geteilt hatte. Das Spiel seiner Zunge und Finger verlief synchron zu meinen immer heftigeren Bewegungen an seinem Glied. Beständig traten zarte Lustperlen aus dem Spalt der sensiblen Kuppe. Ich fragte mich unwillkürlich, wie er dort wohl schmeckte und hätte gerne von ihm gekostet. Mein Wunsch überraschte mich. Noch nie hatte ich einen Mann in den Mund genommen und bislang auch kein Verlangen danach gespürt, etwas daran zu ändern. Corey hatte mich nie dazu überreden können. Ich hatte den Gedanken immer abstoßend gefunden, doch jetzt hätte ich einiges getan, um die feuchtwarme Spitze zu umschließen und an ihr zu saugen. Mir fehlte es an Mut, diese neu entdeckte Lust zu stillen. Ich begnügte mich mit den Bildern in meiner Fantasie, während er mich langsam, aber sicher über die Kante schickte. Mit dem Handballen rieb er meine Lustperle, zwei Finger steckten tief in mir und brachten mich Stoß für Stoß der Erfüllung näher, bereiteten mich auf einen größeren Eindringling vor. Sein Umfang und seine Länge überstiegen die von Coreys Geschlecht bei Weitem, trotzdem jagte mir die Vorstellung, ihn komplett aufzunehmen, keine Angst ein. Ich gierte ja förmlich danach, mich von ihm dehnen und erobern zu lassen.

Überraschenderweise machte er keine Anstalten, seine Finger durch seinen Schwanz zu ersetzen. Ashs Hüften bewegten sich flüssig vor und zurück, verfielen in einen schnellen, harten Rhythmus, den meine Hand ihm vorgab. Mein Inneres schnürte sich vor lauter Erregung fester zusammen und dann gab es kein Halten mehr. Ich explodierte, erzitterte unter einem Orgasmus, der wie ein Feuersturm durch meinen Körper raste und mich in einen weiß glühenden Nebel hüllte. Blind für meine Umgebung ritt ich auf den befriedigenden Wellen der Erlösung, eingehüllt von der Hitze seines Leibes über mir und dem Gefühl, nach den letzten Minuten nie mehr die gleiche Person zu sein, die ich davor gewesen war. Ash keuchte, trank meine Schreie mit seinem Mund, immer wieder unterbrochen von betörenden Worten.

„Genau so muss es sein, Maxine“, flüsterte er und knurrte wild, als ich ihn noch fester packte.

„Das ist so verrückt“, murmelte ich und fühlte entrückt, wie er den Daumen auf meiner Klitoris platzierte, um mich ein weiteres Mal an den Abgrund zu führen. Trotz der matten Zufriedenheit strafften sich meine Muskeln, und der sinnliche Tanz begann von Neuem. Ein zweiter Orgasmus baute sich in mir auf. Viel schneller und härter als der erste, der beinahe zögerlich über mich gekommen war. Als hätte mein Körper ihn nur mit angezogener Handbremse genießen können.

„Ich habe schon lange das Gefühl, deinetwegen den Verstand zu verlieren“, erwiderte er und stieß seinen Schwanz mit gleitenden Bewegungen durch den Ring, den meine Finger für ihn formten. „Weil ich nur an dich denken kann“, fuhr er fort und schloss die Lider über seinen schönen Smaragdaugen. Immer fester drängte er sich gegen meine Hand, unter der weichen Haut schwollen die Adern an. Ich streckte einen Finger aus, berührte seine Hoden und umschloss sie schließlich mit der gesamten Handfläche. Das reichte, um ihn kommen zu lassen. Das Gesicht an meinem Hals, erschauerte ein ums andere Mal und blieb schließlich ruhig liegen. Nach einer gefühlten Ewigkeit rollte er sich von mir herunter und zog mich an seine Seite. Die Hand in meinem Haar vergraben, hielt er mich fest. Alles kam mir normal und natürlich vor.

Ash seufzte und schien plötzlich Redebedarf zu verspüren. „Du hast keine Ahnung, was du mir antust, Maxine.“

Neugierig hob ich den Kopf von seiner Brust und hörte auf, verspielte Muster auf darauf zu zeichnen. „Wieso suchst du dann ständig meine Nähe, wenn ich dir nicht guttue?“

Er antwortete nicht sofort, zögerte sogar, ehe er zugab: „Weil du dich bereits in meine Gedanken gebrannt hast, Süße. Manchmal wünsche ich mir, ich könnte einfach mein Gedächtnis löschen lassen, damit ich nicht mehr an dich denken muss. Gleichzeitig will ich dich tiefer in mich hineinziehen und nie wieder vergessen. Es wird vermutlich ein böses Ende mit uns nehmen.“

Seine Worte berührten mich gegen meinen Willen. Ash hatte seine Handlungen und Gefühle genauso wenig unter Kontrolle wie ich? Die Andeutung eines Lächelns huschte mir übers Gesicht. „Kann es sein, dass du dich ein bisschen verkalkuliert hast, was mich betrifft.“

Sein heiseres Lachen rollte durch meine Gehörgänge, für einen Moment rückte unsere Lust in den Hintergrund.

„Du hast mich kalt erwischt, das gebe ich zu", gestand er ein. „Eins kannst du mir glauben, es gehört nicht zu meinem üblichen Vorgehen, ein heruntergewirtschaftetes Restaurant zu kaufen, nur damit ich in der Nähe einer bestimmten Frau sein kann."

Er neigte den Kopf und wollte die Liebkosungen fortsetzen, da unterbrach uns das Klingeln seines Handys auf dem Nachtisch. Der grelle Ton wirkte wie ein aggressiver Störfaktor, Ash versteifte sich über mir und warf einen Blick auf das Display.

„Natasha", stieß er hervor und schloss genervt die Augen. „Fuck, was will die schon wieder!"

Siedend heiß durchfuhr mich die Scham, sobald ihr Name fiel. Oh Gott, die hatte ich vollständig aus meinen Gedanken verbannt. Ich lag hier nackt in Ashs Bett, während irgendwo seine Verlobte saß und sich nach ihm sehnte. Nur weil sich etwas verdammt gut anfühlte, war es nicht automatisch richtig.

„Du solltest rangehen. Es könnte wichtig sein."

Seufzend rollte er sich von mir herunter. Ich rutschte vom Bett und griff mir den Bademantel. Hastig hüllte ich mich darin ein, er nahm unterdessen das Gespräch an und klang ziemlich aufgebracht, als er mit ihr sprach.

„Nein … ich habe doch gesagt, ich melde mich." Er seufzte gequält. „Verdammt, Natasha, könntest du aufhören, ständig anzurufen? Ich habe zu tun und keine Zeit, mir zum fünften Mal hintereinander anzuhören, wie dumm die neue Freundin deines Bruders ist. Wenn du sie nicht leiden kannst, dann hör auf, dich mit ihr zum Shoppen zu verabreden. Ganz einfach."

Ungewollt tat er mir leid. Wollte er solche Unterhaltungen wirklich bis an sein Lebensende führen?

Zwischen den beiden herrschte alles, aber kein Vertrauen und erst recht keine Liebe.

Zwischen euch doch auch nicht, wisperte meine innere Stimme.

„Ich nehme an, du willst nicht da weitermachen, wo wir vorhin aufgehört haben. Oder?“

Tief in Gedanken hatte ich das Ende seines Telefonats gar nicht mitbekommen. Verlegen zog ich den Bademantel enger und schüttelte den Kopf. „Nein, das wäre keine gute Idee.“

Die Enttäuschung stand ihm ins Gesicht geschrieben. Ich versuchte, ihm meine Gründe näherzubringen. „Ash, ich weiß, ich verhalte mich dir gegenüber widersprüchlich, und ich gebe zu, am liebsten würde ich einfach alles vergessen und mit dir schlafen, aber genauso sehr, wie ich dich begehre, fürchte ich dich auch.“

Nun entglitten ihm die Gesichtszüge. „Wieso zur Hölle solltest du Angst vor mir haben?“

„Nicht vor dir“, korrigierte ich, „vielmehr vor den Gefühlen, die du in mir auslöst. Ich will dich, aber eine rein körperliche Affäre würde mich über kurz oder lang zerstören.“

Ash hörte mir aufmerksam zu, daher fasste ich Mut und sprach weiter. „Vielleicht gibt es Frauen, die Liebe und Sex voneinander trennen können. Ich gehöre leider nicht dazu.“

„Was willst du jetzt von mir hören, Maxine?“

Meine Schultern sackten herab, die Intensität des schlechten Gewissens und die Aussichtslosigkeit dieser Gefühle lasteten schwer auf mir.

„Keine Ahnung, ich weiß nur, dass ich so nicht weitermachen kann“, erwiderte ich müde. „Du kennst deine Wirkung auf Frauen, insbesondere auf mich. Wenn du es darauf anlegst, mich zu verführen, wirst du leichtes Spiel haben, aber irgendwann würde ich dich dafür hassen, und das möchte ich doch gar nicht.“ Ich richtete meinen flehenden Blick auf ihn. „Ash, ich ertrage es nicht, nur dein Spielzeug zu sein. Tu mir das nicht an. Bitte …“

Für einen Augenblick machte er einen zutiefst erschütterten Eindruck auf mich, ehe sich seine Miene verschloss.

„Ich gebe keine Versprechen, die ich unter Umständen nicht halten kann“, antwortete er schließlich. „Aber ich werde versuchen, dir nicht wehzutun.“

Das war nicht das, was ich hören wollte. „Wie verdammt großzügig von dir“, brummte ich entnervt.

Ash schloss seine Hose wieder und warf mir einen kurzen Seitenblick zu. „Jetzt sei nicht bockig, dass macht eine Frau nicht gerade attraktiver.“

„Es lag sicherlich nicht in meiner Absicht, diesen Effekt zu erzielen.“

Der Hauch eines Grinsens schlich sich auf seinen Lippen. „Das habe ich auch nicht angenommen.“ Räuspernd schloss er die Hemdknöpfe, die ich wohl bei unserer intimen Rangelei geöffnet hatte. Ich konnte mich nicht einmal daran erinnern.

„Ich geh ins Gästebad und werde danach verschwinden. Deine Sachen liegen übrigens frisch gewaschen und gebügelt im Ankleideraum.“

Mit einer knappen Handbewegung deutete er auf eine weitere Tür, der ich bisher keine Beachtung geschenkt hatte. Ein Ankleideraum … soso. Vermutlich konnte man darin meine gesamte Wohnung unterbringen.

„Du musst dich wirklich nicht beeilen. Solltest du Hunger haben, bedien dich einfach am Kühlschrank. Den Weg in die Küche wirst du sicher allein finden.“

Er trat näher und erneut überwältigte mich Ashs Präsenz. Den Kopf in den Nacken gelegt, sah ich zu ihm auf und erntete ein verhaltenes Lächeln.

„Wir sehen uns, und dann sorgen wir dafür, dass du das Diner wieder zum Laufen bringst“, sagte er leise und strich mir mit dem Zeigefinger über den Nasenrücken.

Seine Bemerkung und das Vertrauen, das er in meine Fähigkeiten zu haben schien, verursachten mir Unbehagen. Obwohl es mir an den nötigen Qualifikationen fehlte, bürdete er mir, ohne zu zögern, die Last der Verantwortung auf. Verunsichert begegnete ich Ashs eindringlichen Blick, in dem noch immer ein Hauch der eben erlebten Lust flimmerte.

„Du überschätzt mich maßlos. Ich denke nicht, dass ich die geeignete Person bin, um das Diner zu führen. Ich bin nur eine einfache Kellnerin."

„Stell dein Licht nicht unter den Scheffel." Nun klang er verärgert. „Mr. Kiriakis sagte mir bei den Vorgesprächen, du könntest den Laden notfalls im Alleingang managen. Ich vertraue seiner Einschätzung. Wir werden die aktuellen Zahlen durchgehen, und im Zuge dessen, informierst du mich über die alltäglichen Details und die genauen Arbeitsabläufe."

Managerin. Das klang so bedeutend.

„Trotzdem ist es ein Risiko."

„Du kannst mehr, als dir selbst bewusst ist", antwortete er.

Räuspernd schuf er eine gewisse emotionale Distanz zwischen uns, auch wenn er räumlich nicht auf Abstand ging. Er stand noch immer dicht vor mir. „Was dir an Kenntnissen fehlt, kannst du dir aneignen. Du besitzt Verstand. Gebrauche ihn und zeig allen, wozu du imstande bist. Es geht hier um ein gewöhnliches Schnellrestaurant, nicht um einen unübersichtlichen Konzern mit verschachtelten Strukturen." Nach dieser Bemerkung ließ er sich zu einem unpersönlichen Lächeln herab. „Haben wir die Sache nun zu unserer beiderseitigen Zufriedenheit geklärt?"

Kein bisschen, ich hielt dennoch die Klappe, um nicht erneut einen Streit zu provozieren. Zoff mit Ash konnte nur auf eine Weise enden: Flach auf dem Rücken, bis die Grenzen zwischen Schmerz und Lust fließend ineinander übergingen. Mein gepresstes „Aber sicher doch" entlockte ihm ein kleines Lächeln.

„Dann sehen wir uns demnächst", verabschiedete er sich und durchquerte mit langen Schritten das Schlafzimmer.

Gleich darauf war ich wieder allein. Verwirrt und ziemlich angeschlagen durch die Ereignisse der letzten Nacht und unser erotisches Zwischenspiel, blieb ich eine Weile stehen. Es dauerte einige Minuten, bis ich mich imstande fühlte, sein Ankleidezimmer zu betreten. Dort lagen meine Kleidung und Handtasche. Mich beschlich das dumpfe Gefühl, trotz allem noch mit einem blauen Auge davongekommen zu sein. Nur die Aussicht, ihm von nun an beruflich ausgeliefert zu sein, bereitete mir gehörige Bauchschmerzen.

Kapitel 17

Es vergingen mehrere Tage und Ash ließ sich nicht blicken. Diese Mischung aus Erleichterung und Enttäuschung über sein Fernbleiben brachte mich gehörig durcheinander, und es fiel mir schwer, mich der ambivalenten Gefühle zu erwehren. Jedes Mal, wenn ich wieder in eine Traumwelt abzudriften drohte, in der ich mir einredete, ein Mann wie er könnte sich für die richtige Frau ändern, riss ich mich gewaltsam aus ihr heraus. Ich dachte an Corey und die harten Jahre als alleinerziehende Mutter, an meinen Vater, der sich wohl als größte Enttäuschung entpuppt hatte. Dass ich ständig am Existenzminimum entlangschrammte, verdankte ich den Männern in meinem Leben, weil sie mich hängen ließen, als ich sie am dringendsten gebraucht hätte. Ash würde sich nicht anders benehmen, und so stand er auf meiner *Dinge-die-ganz-furchtbar-verboten-sind*-Liste an allererster Stelle.

Der Betrieb im Diner ging weiter wie gehabt. Lous Abschiedsfeier fand statt, die tränenreich und rührselig verlief. Keiner war glücklich mit seiner Entscheidung. Trotzdem gönnten ihm alle den vorzeitigen Ruhestand. Endlich durfte er mit seiner Frau den Lebensabend genießen.

Mein neuer Aufgabenbereich forderte mich jeden Tag erneut heraus. Seit Lous Ausstieg organisierte ich im Alleingang die Personaleinsatzplanung und kümmerte mich um einen reibungslosen Tagesablauf. Das klappte recht gut, nur mit den Bürotätigkeiten stand ich auf dem Kriegsfuß. Ich hasste diesen administrativen Kram, und die Buchhaltungssoftware überforderte mich komplett. Wenigstens hatte ich es für heute geschafft. Draußen war es längst dunkel und ich freute mich auf Danny.

Seufzend schnappte ich mir den dicken Ordner mit den Belegen, um ihn zurück in das Regal zu stellen. Insgeheim hoffte ich, Ash würde seine Entscheidung, mich mit dem

Posten der Geschäftsführerin zu betrauen, bald bereuen und jemand anderen suchen. Ich war lieber draußen, zusammen mit den Mädels.

„Hoffentlich kommt er noch zur Vernunft."

„Muss ich mir Sorgen machen, weil du Selbstgespräche führst?"

Mir fiel vor Schreck der Aktenordner aus der Hand. Ständig tauchte der Kerl auf, wenn man es am wenigsten erwartete.

„Hast du nicht versprochen, dich nicht laufend wie ein Ninja ranzupirschen und mich zu Tode zu erschrecken?", schimpfte ich und bückte mich, um die Dokumentenansammlung aufzuheben. Ich schob den Ordner ins Fach und drehte mich mit missmutiger Miene herum.

Seine Lippen verzogen sich zu einem belustigten Grinsen. „Ist doch nicht meine Schuld, wenn du so schreckhaft bist."

Er schloss die Tür und trat näher. Wie so oft verlor ich mich in seinen Augen. Meine Beine zuckten unruhig und wollten mich direkt in Ashs Arme tragen. Dieser Kerl übte einen verheerenden Einfluss auf meine Selbstbeherrschung aus. Außerdem fand ich es wahnsinnig unfair, wie gut er aussah. Ash trug einen schicken dunkelblauen Anzug, ein hellblaues Hemd schmiegte sich an den perfekt definierten Oberkörper. Der dazu passende hellbraune Ledergürtel betonte seine schmalen Hüften.

Räuspernd löste ich mich aus seinem Bann und rang mir ein nichtssagendes Lächeln ab. „Mit dir habe ich gar nicht mehr gerechnet. Ich war zwischenzeitlich überzeugt, du hättest mich und das Diner aus dem Gedächtnis gestrichen."

Stirnrunzelnd trat er näher. „Ich sagte doch, ich komme vorbei, und wenn ich etwas ankündige, dann halte ich für gewöhnlich mein Wort. Ich habe noch andere Dinge zu tun."

„Das hilft mir aber nicht", antwortete ich entschieden. „Du hast mich auf diese Position gesetzt und nun lässt du mich eiskalt hängen. Das ist zum Kotzen, Ash."

„Du übertreibst. Hör auf zu schmollen und lass uns an die Arbeit gehen. Wir sprechen die wichtigsten Dinge durch und danach lade ich dich zum Essen ein.“

Wie selbstverständlich er über meine Zeit verfügte. Als wäre ich sein persönliches Eigentum.

„Es ist schon Abend und ein langer Tag liegt hinter mir“, teilte ich ihm kühl mit. „Jetzt ist Feierabend und ich werde nicht länger bleiben.“

„Und wer schließt das Restaurant?“

Sein scharfer Tonfall schüchterte mich ein wenig ein. „Riley“, antwortete ich heiser. „Sie oder Anna vertreten mich bei meiner Abwesenheit. Eine von beiden ist immer da. Solltest du also Fragen haben, musst du dich an sie wenden.“

„So, muss ich das?“ Seine dunkle Augenbraue rutschte ein gutes Stück nach oben. Man konnte nicht übersehen, wie sehr ihm meine Antwort missfiel. Trotzdem würde ich nicht nachgeben. Selbst ein Ashton Hunter musste sich ankündigen, und mein Sohn wartete auf mich.

Ohne eine Miene zu verziehen, hielt ich seinem Blick wortlos stand. Ash verzog den Mund zu einem grimmigen Strich. „Du wirst deinen Feierabend verschieben müssen. Ich habe mir den Abend extra freigehalten und der Job verlangt hin und wieder Opfer.“

Wollte er jetzt ernsthaft den Boss raushängen lassen? Trotzig verschränkte ich die Arme vor der Brust. „Das ist nicht mein Problem. Du hättest dich mit mir absprechen müssen. Heute habe ich keine Zeit, ich werde erwartet.“

Die ohnehin gespannte Atmosphäre verschlechterte sich schlagartig. „Erwartet? Etwa von einem Mann?“

Ashs Stimme klirrte vor Kälte, in seinen Augen loderte nackte Eifersucht. Bestimmt war es dumm von mir, diese Erkenntnis zu genießen und ihn absichtlich zu provozieren. Leider war ich tatsächlich so blöd und konnte mich nicht mehr bremsen.

„Denkst du etwa, ich mache dir was vor?“ Mein gurrender Tonfall wurde noch eine Spur süßlicher. „Ich weiß, du hältst dich für den Nabel der Welt, aber du bist nicht der einzige Mann in meinem Leben."

Seine Mundwinkel zuckten, seine Stimme lief förmlich über vor beißendem Sarkasmus. „Ach ja, und darf man auch erfahren, wie dieser Traumtänzer heißt?"

Da ich nicht direkt anlügen wollte, sagte ich einfach die Wahrheit. „Sein Name ist Danny, und ich liebe ihn mehr, als ich es in Worte fassen kann."

Ashs ungläubiger Gesichtsausdruck verschaffte mir kurz ein herrliches Hochgefühl. Doch je höher man flog, umso tiefer war der anschließende Fall. Das war mir durchaus klar.

Seine scharfen Atemzüge durchschnitten die Stille im Büro, seine Hände öffneten und schlossen sich ununterbrochen und spiegelten Ashs innere Verfassung wider. Mit einem vermeintlichen Nebenbuhler hatte er nicht gerechnet. Die kalte Wut in seinem Blick traf mich daher nicht unvorbereitet, die tiefe Verachtung in den Augen allerdings schon. Eine dicke Eisschicht legte sich um mein Herz.

„Du hast dich also von mir anfassen lassen, obwohl du irgendwo einen Kerl hast?" Ein freudloses Lachen hallte durch das Büro. „Und ausgerechnet *du* spielst dich mir gegenüber als Moralapostel auf? Ich dachte wirklich, du wärst anders."

Maßlose Enttäuschung schwang in seiner Stimme mit, gleichzeitig flackerten seine Augen vor kaum unterdrückter Eifersucht, und er erweckte den Eindruck, sich auf jeden Kerl zu stürzen, der es wagte, in meine Nähe zu kommen.

„Ich bin dir keine Rechenschaft schuldig, nur weil dein Ego es nicht erträgt, dass mich ein anderer berührt."

Ganz dünnes Eis, Maxine, pass auf, dass du nicht einbrichst.

„Ganz recht, niemand soll dir zu nahe kommen, weil du verflucht noch mal mir gehörst!", schrie er ungehalten.

Niemals hätte ich vermutet, meine provokante Aussage könnte so etwas bei ihm hervorrufen. Unter der glatten Fassade des eleganten Schwerenöters schlummerte ein ganz anderer Mann, einer, der sein wahres Ich niemandem zeigen wollte, weil es ihn verletzbar machte. Mein Zorn über sein unmögliches Benehmen nahm ab und ich trat einen Schritt zurück.

„Vielleicht solltest du jetzt gehen“, schlug ich zitternd vor und verdammte mich für die idiotische Idee, ihn herauszufordern. Wieso veranstalte ich so einen Unsinn?

„Aber warum denn? Die Unterhaltung fängt doch gerade erst an, interessant zu werden.“ Ashs raubtierhaftes Lächeln verstärkte mein Unbehagen noch. „Sag mir eins, Maxine, hat es dir Spaß gemacht, mich zu verarschen? Hast du schon mit ihm gefickt, bevor du vor ein paar Wochen zugestimmt hast, mit mir ins Bett zu gehen?“

„Das ist nicht wichtig.“

„Doch, ist es. Ich bin neugierig.“

Ich bereute meinen Versuch, ihm eins reinzuwürgen, immer mehr. Offenbar besaß ich ein ausgeprägtes Talent, mich in Schwierigkeiten zu bringen und beschloss ihn über Dannys wahre Identität aufzuklären.

„Ich glaube, ich muss da was klarstellen“, fing ich an. „Danny ist …“

Ash schnitt mir das Wort ab. „Weißt du was? Behalte deine lahmen Erklärungen für dich. Sie interessieren mich nicht mehr.“ Sein angewiderter Blick brannte sich für alle Ewigkeit in mein Gedächtnis. „Fuck, ich hätte mir denken können, dass du genauso berechnend bist wie alle anderen Frauen. Nur deine Verpackung ist niedlicher. Du strahlst so eine rechtschaffene Unschuld aus und treibst die Männer damit in den Wahnsinn, doch in Wirklichkeit“, er musterte mich geringschätzig, „bist du einfach eine gute Schauspielerin.“

„Jetzt reicht es mir! Keine Ahnung, was sich in deinem Hirn abspielt, aber ich bin weder dir noch jemand anderem etwas schuldig. Schon gar nicht, wenn es um Danny geht.“

„Ach ja? Vielleicht sollte ich deinem Lover stecken, was du sonst so treibst. Ich kann mich an so manche heiße Begegnung zwischen uns erinnern. Oder möchtest du ihm selbst erzählen, wie verdammt feucht du wirst, sobald ich dich berühre, und wie hemmungslos du stöhnst, wenn dich meine Zunge zum Orgasmus vögelt. Ich wette, er wäre ganz Ohr."

Dieser engstirnige Egoist lebte in dem Glauben, die Welt würde sich bloß um ihn drehen. Weil mir seine egozentrische Anspruchshaltung am Arsch vorbeiging, reagierte er wie ein beleidigtes Kleinkind.

Bebend vor Wut baute ich mich vor ihm auf und schleuderte ihm alles entgegen, was sich über Wochen in mir angestaut hatte. „Weißt du, was dein Problem ist? Du erträgst den Gedanken nicht, mich nicht flachgelegt zu haben, obwohl du wirklich *alle* Register gezogen hast. Diese Tatsache nagt an dir, deswegen benimmst du dich wie ein Ekel." Halb spöttisch, halb schadenfroh hob ich die Augenbraue, so wie er das immer zu tun pflegte. „Muss frustrierend sein, den eigenen Willen nicht durchsetzen zu können, aber meiner Meinung nach hast du einen Dämpfer verdient, Mr. *Ich-kann-mir-Liebe-mit-Geld-erkaufen-und-schere-mich-einen-Dreck-um-die-Gefühle-anderer*."

Nach diesem Endlossatz hätte ich eigentlich zornentbrannt aus dem Büro stürmen müssen, stattdessen floss sämtliche Energie aus mir heraus und nahm meine ganze Kraft mit sich. Ich wollte heim und mich unter der Bettdecke verkriechen.

Ash antwortete nicht, seine Wangenmuskeln zuckten und die Ahnung von Schmerz zeigte sich in seinen Augen. Dadurch fühlte ich mich kein bisschen besser. „Wieso müssen wir uns immer streiten und anschreien?", flüsterte ich erschöpft, ohne eine Antwort zu erwarten.

Er schluckte hörbar. „Die Frage kann ich dir auch nicht beantworten."

Sein Gesichtsausdruck offenbarte eine Verletzlichkeit, die ich bislang nie an ihm wahrgenommen hatte. Es machte ihn menschlich und für mich damit noch gefährlicher.

„Ich werde jetzt lieber verschwinden."

Nachdem er seine Absicht zu gehen kundgetan hatte, staunte ich über den zerrissenen Ausdruck, da flog die Bürotür auf und ein kleiner, gerade mal ein Meter dreißig großer Wirbelwind stürmte direkt auf mich zu.

„Überraschung!“, kreischte Danny. „Wir holen dich ab.“

Automatisch ging ich in die Knie und breitete die Arme aus. Danny warf mich fast um, als er sich hineinfallen ließ. „Nicht so wild“, ermahnte ich ihn.

„'tschuldigung, Mom“, murmelte er und grinste verlegen. Man konnte ihm unmöglich böse sein. Ich hauchte einen liebevollen Kuss auf seinen Scheitel und schob ihn ein Stück von mir weg. Danny lehnte sich mit dem Rücken gegen mich und musterte Ash neugierig. „Wer ist das?“, fragte er arglos.

Die Stunde der Wahrheit. Beschützend legte ich die Hände auf Dannys schmalen Schultern ab und drückte sie sachte. „Das ist Mr. Hunter, mein neuer Chef.“

Ashs komplett geschockte Miene überraschte mich nicht. Er begutachtete Danny wie ein Lebewesen von einem anderen Stern. Mit Kindern konnte er offenbar nicht viel anfangen. Ein Grund mehr, sich von ihm fernzuhalten. Stolz hob ich das Kinn und schenkte Ash ein unpersönliches Lächeln. „Darf ich dir Danny vorstellen? Meinen Sohn.“

Zum ersten Mal erlebte ich Ash vollkommen sprachlos. Allerdings dauerte dieser Zustand nur eine knappe Minute. Er riss sich zusammen und begutachtete Danny misstrauisch. „Du hast nie ein Kind erwähnt.“

„Es hat sich nie ergeben“, antwortete ich leichthin und amüsierte mich im Stillen über seine Bestürzung. Kinder jagten vielen Erwachsenen Angst ein. Als wären sie tickende Zeitbomben, die beim ersten falschen Wort explodierten. Nun, hin und wieder konnte man diesen Vergleich schon benutzen.

Danny spürte die Anspannung, die in der Luft lag, und drückte sich fester gegen mich. Fremden gegenüber blieb er stets zurückhaltend. Bevor das Schweigen peinlich werden konnte, tauchte Bibi keuchend an der Tür auf und seufzte, sobald sie uns drei entdeckte. „Tut mir leid, Maxine. Er ist einfach losgerannt, ich konnte ihn nicht mehr bremsen.“ Dann wandte sie sich an Ash und lächelte entschuldigend.

„Ich nehme an, Sie sind der neue Besitzer des Diners. Verzeihen Sie bitte die Störung, normalerweise hält sich Danny nur nach vorheriger Absprache in den Personalräumen auf.“

Es fiel mir schwer, das Lächeln zu unterdrücken. Gute Bibi, sie versuchte, mich vor Ärger zu bewahren, dabei war Dannys Anwesenheit im Büro mein geringstes Problem.

Ashs Lächeln wurde nach Bibis Entschuldigung reichlich dünn. „Das freut mich zu hören. Die Büroräume sind sicher nicht als Kindertagesstätte geeignet.“

„Ich mag deinen Chef nicht“, ließ Danny mit zitternder Unterlippe verlauten. „Lou soll wieder zurückkommen, der war viel netter.“

Mein Sohn musterte Ash unverhohlen feindselig. Kinder konnten wirklich grausam ehrlich sein. Obwohl ich Danny insgeheim zustimmte, durfte ich ihm so ein respektloses Verhalten einem Erwachsenen gegenüber nicht durchgehen lassen.

„Danny, das war sehr ungezogen von dir“, erklärte ich streng. „Ich erwarte umgehend eine Entschuldigung von dir.“

„Aber Mommy …“

„Jetzt, Danny!“

Murrend fügte er sich ins Unvermeidliche. „Entschuldigen Sie bitte“, flüsterte mein Sohn ganz leise. Trotzig schob er die Unterlippe nach vorn. Die einzige Eigenart, die er von seinem Vater geerbt hatte. Auch Corey hatte immer geschmollt, wenn ihm etwas nicht passte.

Eigentlich erwartete ich keine großartige Reaktion von Ash. Daher überraschte es mich, dass er in die Knie ging und Danny ansah. „Ich nehme deine Entschuldigung an und werde mich bemühen, in Zukunft ein bisschen netter zu sein.“

Dannys Augen wurden so groß wie Untertassen. „Das wäre toll, Sir“, wisperte er und ich registrierte beunruhigt das beginnende Leuchten in seinen Augen. Ash gelang es auf unheimliche Weise, trotz einem misslungenen Start, bei Danny die gleiche Faszination hervorzurufen, die auch ich von der ersten Sekunde an verspürt hatte. Diese Entwicklung gefiel mir ganz und gar nicht. Es reichte, wenn ich hilflos in seinem Netz zappelte. Danny sollte nicht als Opfer dieses Rattenfängers enden.

„Hast du noch Fragen?“, wollte ich wissen und lenkte Ashs Aufmerksamkeit wieder auf mich.

Er lächelte verhalten. „Nein, da du bedauerlicherweise keine Zeit hast, bin ich so weit fertig. Beim nächsten Besuch melde ich mich vorher an.“

Es folgte ein höflicher Abschied, anschließend verließ er den Raum. Ich beobachtete seinen Abgang und bewunderte seinen geraden Rücken, die energischen Schritte und verfluchte mich für meine Inkonsequenz, sobald es um diesen verführerischen Mistkerl ging.

Bibi räusperte sich vernehmlich. „Wenn ich gewusst hätte, dass er hier ist, wäre ich mit Danny direkt heimgefahren.“ Sie klang zerknirscht.

„Mach dir keinen Kopf“, beruhigte ich sie. „Du hast nichts falsch gemacht. Früher oder später wäre es sowieso herausgekommen, und es ist eine Wohltat, euch zwei nach diesem anstrengenden Tag zu sehen.“ Ich wuschelte durch Dannys Haarschopf.

Er verzog das Gesicht zu einer Grimasse. „Mom, hör auf, ich bin doch kein Baby mehr.“

Grinsend ließ ich von ihm ab und deutete mit dem Kinn Richtung Tür. „Lasst uns eine Kleinigkeit essen, wenn ihr schon da seid.“

Bibis keckes Lächeln vertrieb auch den letzten Rest meiner schlechten Stimmung. „Ich hätte durchaus Lust auf einen fettigen Burger mit jeder Menge Cholesterin, garniert mit Pommes frites, die in einem See aus Ketchup ertrinken.“

Im Restaurant setzten wir uns an einen der hinteren Tische. Riley schenkte gerade einem Gast eine Tasse Kaffee ein, als sie uns entdeckte. Sie lächelte und stand kurz darauf vor uns. „Ihr seht hungrig aus. Vor allem du, junger Mann.“

„Ich könnte ein ganzes Pferd essen“, prahlte er.

Riley zerzauste ihm ebenfalls den dunkelbraunen Haarschopf, bekam aber keinen Anpfiff.

Bei ihr stört es ihn kein bisschen, stellte ich gutmütig fest und lächelte. Der Charme meiner Freundin verfehlte auch bei den jüngsten Vertretern des männlichen Geschlechts seine Wirkung nicht. Sie warf mir unterdessen einen neugierigen Blick zu. „Alles okay soweit?"

Beruhigend nickte ich ihr zu. „Ja, klar. Ich werde dir morgen alles erzählen."

Damit gab sie sich zufrieden und nahm unsere Bestellung auf. Obwohl ich heute kaum etwas zu mir genommen hatte, verspürte ich wenig Hunger. Danny vertilgte fast meine gesamten Pommes im Alleingang, während ich mit mäßigem Appetit an einem Burger knabberte. Schließlich gab ich auf und der Rest landete wieder auf dem Teller.

„Keinen Hunger?"

Ihr ausgesprochen süffisanter Tonfall hätte mich unter normalen Umständen verärgert. Heute fühlte ich mich zu aufgewühlt, um etwas dagegen zu sagen. „Hm", murmelte ich zerstreut und stand auf. Ich brauchte dringend ein paar Minuten für mich allein. Mein Kopf platzte fast vor Anspannung. „Hört mal, ich muss noch zwei, drei Sachen erledigen. Wieso geht ihr nicht vor und ich komme nach. Es dauert nicht lange."

Bibi trank einen Schluck Cola. Dabei fixierte sie mich über den Rand ihres Glases hinweg. „Also gut, wir sehen uns dann zu Hause."

Sie schien zu spüren, dass ich ein bisschen Zeit für mich brauchte, um den Aufruhr in meinem Inneren zu bändigen. Nachdem ich Danny noch einen Kuss aufs Haar gedrückt hatte, suchte ich erleichtert die Personaltoilette auf und kühlte das erhitzte Gesicht mit Wasser. Danach betrachtete ich mich eingehend im Spiegel. Blass, mit unnatürlich geweiteten Augen, blickte mir eine Fremde entgegen. Ash durchbrach immer wieder meinen Schutzpanzer und hinterher blieb ich aufgewühlt und haltlos zurück. Seufzend trocknete ich mir die

Hände ab und betrat kurz darauf das Büro. Über dem Stuhl hing meine Tasche, ich nahm sie an mich, wandte mich zum Gehen, und mir entwich ein genervter Laut, als ich merkte, dass ich nicht mehr allein war. Ash blockierte den Weg nach draußen und beobachtete mich aus schmalen Augen.

„Ich dachte, du bist längst weg“, sagte ich möglichst gleichgültig, dabei hämmerte mir das Herz in der Brust.

„Ich wollte kurz mit dir reden, bevor du gehst. Du kannst sicher eine Minute Zeit für mich erübrigen.“

Er sprach entschieden zu beiläufig. Mich konnte er nicht täuschen, doch wenn er den Unberührbaren spielen wollte, sollte mir das recht sein. „Sogar zwei, falls du darauf bestehst“, antwortete ich ungezwungen.

Ash schloss sorgfältig die Tür hinter sich und durchquerte den Raum. Sobald wir uns auf gleicher Höhe befanden, lehnte er sich an die Schreibtischkante. „Wieso hast du mir nichts von deinem Sohn erzählt?“

„Warum hätte ich das tun sollen? Um dir eine weitere Waffe gegen mich zu liefern?“

Seine Schultern strafften sich unter der Anzugjacke. „Denkst du wirklich, ich würde ein unschuldiges Kind benutzen, um an die Mutter heranzukommen?“ Sein Lachen klang hart und freudlos. „Du musst ja eine tolle Meinung über mich haben.“

Ich verschwieg ihm bewusst, dass ich ihn hatte aufklären wollen. Es war besser, wenn er mich für ein verlogenes Biest hielt. „Wundert dich das? Seit unserer ersten Begegnung spielst du mit mir und meinen Gefühlen und tust alles, um mich zu manipulieren.“

Urplötzlich packte er mein linkes Handgelenk und zog mich mit einem kräftigen Ruck zu sich. Taumelnd prallte ich gegen die Hitze seines Leibes und stand zwischen seinen Schenkeln. Sobald sich sein Arm um meine Taille schlang, zuckte flammende Glut durch meinen Körper.

„Jetzt hör mir mal gut zu. Ich benutze keine Kinder, um mir Vorteile zu verschaffen. Selbst ich habe Grenzen.“

Verzweiflung baute sich in mir auf. „Woher soll ich denn wissen, wozu du fähig bist? Ich kenne dich überhaupt nicht.“

„Doch, das tust du“, widersprach er. „Du kennst mich sogar besser, als du denkst. Du weißt, wie sehr mich das reizt, und spielst dein ganz eigenes Spiel.“

„Das stimmt nicht. Setz nicht solche Behauptungen in die Welt.“

Er senkte den Kopf ein wenig. Ich konnte nicht anders und fixierte seine sinnlichen Lippen. Die untere üppiger als die obere und perfekt geformt. Ich wollte sie mit den Zähnen einfangen, daran saugen, beißen und anschließend den erlittenen Schmerz zärtlich fortküssen. Meine Gefühle mussten sich in meinen Augen widerspiegeln, denn sein Ausdruck wurde unvermittelt weicher. Mit einem Seufzen lehnte er die Stirn gegen meine.

„Maxine, ich will dir nicht schaden“, flüsterte er und tupfte einen sanften Kuss auf meine Schläfe. Die Schwäche, die mich bei seiner Berührung überkam, pflanzte sich bis ins Innere meines Körpers fort. Mir wurden buchstäblich die Knie weich und so sank ich kraftlos in seine Umarmung hinein.

Sein Mund glitt mit schlafwandlerischer Sicherheit über meine Schläfe, arbeitete sich die Wange hinab und bewegte sich auf meine Lippen zu. Erschauernd erlebte ich, wie wenig es brauchte, um mich zu erregen. Ein simples Streicheln reichte aus, um die Welt um mich herum in bunten Farben explodieren zu lassen. Unwillkürlich krallten sich meine Nägel in den Stoff seines Jacketts. Ash schmiegte seine Wange gegen meine und sprach weiter.

„Nachts träume ich von dir“, gestand er. „Ich bilde mir ein, deinen kleinen heißen Körper auf meiner Haut zu spüren. Nackt und seidenweich. Ich will dich küssen, sehen, wie du deinen üppigen feuchten Mund um meinen Schwanz legst und mir den Verstand heraussaugst. Du hast nicht ansatzweise eine Ahnung, wie frustrierend es ist, aufzuwachen und festzustellen, dass du nicht zum Greifen nah neben mir liegst.“

„Hör auf“, murmelte ich und schloss die Augen.

„Wieso? Weil ich die Wahrheit ausspreche? Als du mir vorhin weisgemacht hast, du hättest einen Liebhaber, wollte ich diesen Kerl in Stücke reißen. Ich kann mich nicht daran erinnern, wann ich das letzte Mal wegen einer Frau Eifersucht verspürt habe. Was hast du nur mit mir angestellt, Maxine?" In den folgenden Worten schwang Verzweiflung mit. „Alles, was ich ursprünglich wollte, war, dich flachzulegen. So wie viele andere vor dir, und jetzt …"

Die sichere Erkenntnis, dass er sich genauso wenig wie ich gegen die Intensität unserer merkwürdigen Beziehung wehren konnte, traf mich bis ins Mark. „Ash, ich …"

Sein Mund küsste jeden Zweifel fort. Bittersüße Blitze sandten winzige Stromschläge durch mich hindurch. Erschauernd drückte ich mich an seinen festen Leib, meine Hände irrten zitternd über sein Hemd nach oben und schlossen sich um seinen Nacken. Mit einer leichten Drehung seines Kopfes öffnete er meine Lippen und drang mit der Zunge ein.

„Ich will dich", raunte er zwischen zwei Küssen. Er nahm meinen Mund noch herrischer in Besitz und zog mich an den Hüften zu sich. Erschauernd rieb mein Becken gegen seine Erektion, gleichzeitig legte er seine schlanken Hände unter meinen Po. Ohne nachzudenken, schlang ich ihm die Beine um die Taille und fühlte kurz darauf die harte Tischplatte unterm Gesäß. Ash drängte mich nach hinten und ließ sich mit vollem Gewicht auf mich sinken. Sein Glied presste sich zwischen meine Schenkel.

„Wir sollten das nicht tun", protestierte ich mit erschreckend schwacher Stimme.

„Sei still und lass mich. Ich brauche dich, du hast keine Ahnung, wie sehr."

Seine Hand zwängte sich zwischen unsere zusammengepressten Leiber und öffnete den Reißverschluss meiner Hose. Geschickt tauchten seine Finger ins Höschen.

„So nass …", keuchte er und umkreiste den empfindlichen Knopf, der unter dem Druck seiner Fingerkuppe zum Leben erwachte. Hinter meinen Augenlidern tanzten grelle Lichter, meine Vagina krampfte sich zusammen und verging vor Sehnsucht nach seiner Härte. Ich wollte jeden Zentimeter in mir aufnehmen, meinen Körper wie eine Schlange um ihn wickeln und spüren, wie sich sein Schwanz dick und schwer in meinem Inneren einnistete.

Zwei Finger schoben sich in meine Öffnung, erregend tief versanken sie in der warmen Nässe. Sofort zog ich mich um ihn zusammen und krallte stöhnend die Nägel in Ashs Schultern. Das hier kam zu unerwartet, ich konnte keinen klaren Gedanken mehr fassen. Halt suchend klammerte ich mich an ihm fest. Seine intime Erkundung verursachte einen betörenden Rausch, jedes Mal, wenn er diesen einen Punkt in mir streifte, brachte er mein Blut zum Sirren. Mein Verstand löste sich auf, ich konnte mich ihm nur noch entgegenbäumen.

„So ist es gut. Lass dich gehen, ich will sehen, wie du für mich kommst."

Er schob sich tiefer, sein Daumen touchierte die pochende Perle und blieb auf ihr liegen. Dabei variierte er den Druck, mal fester, mal zarter umkreiste er den hochsensiblen Nervenstrang. Seine Finger nahmen mich unablässig in Besitz. Stoß für Stoß trieb Ash den körperlichen Genuss auf die Spitze. Ich kippte mein Becken, zog ihn gierig in mein glühendes Inneres und biss mir in den Handrücken, um die peinlichen Schreie zu ersticken. Ash hingegen feuerte mich an.

„Halt dich nicht zurück. Los, zeig mir, wie leidenschaftlich du sein kannst."

Meine Hüften gerieten in Bewegung, nahmen den Takt seiner Finger auf, bis die Spannung unerträglich wurde und ich mit einem kehligen Schrei den Höhepunkt erreichte. Ein Meer aus Empfindungen erschütterte meine kleine Welt. In diesen Moment puren Glücks mischte sich Hoffnung. Wie konnte er mich so berühren, mich mit seinen Küssen brandmarken und gleichzeitig daran denken, Natasha zu heiraten?

Sobald der Rausch verebbte, kam die Realität mit Sieben-Meilen-Stiefeln auf mich zugeeilt. Unglücklich blickte ich zu ihm auf und las in seinem Gesicht Resignation.

„Bereust du schon wieder, was passiert ist?“

Eigentlich war es keine Frage, vielmehr eine Feststellung. An meinem Pokerface musste ich definitiv arbeiten.

„Sollte ich nicht? Du bist nach wie vor verlobt und ich zu schwach, um den eigenen Prinzipien zu folgen. Du kannst nicht erwarten, dass mir das nichts ausmacht.“

„Maxine, ganz ernsthaft. Nenn mir einen triftigen Grund, wieso wir uns nicht gegenseitig glücklich machen sollen.“

Die Dinge wurden nicht besser, indem man sie ständig wiederholte. Bei ihm war es jedoch nötig. „Weil du kein freier Mann bist. Wie kannst du nur so leichtherzig darüber hinwegsehen?“

Seine Brust rieb sich mit jedem hektischen Atemzug an meiner und sein Glied drückte sich noch immer steif gegen meinen Schenkel, auch wenn die Erwähnung seiner Verlobten den Sturm in seinen Augen ein wenig abflauen ließ.

„Die Heirat ist nur eine Zweckgemeinschaft“, erklärte er. Bei seinem Ton sträubten sich mir die Nackenhaare. Er redete mit mir wie mit einem Kind. „Ich liebe sie nicht“, fuhr er fort. „Seit ich dich kenne, will ich nicht einmal mehr mit ihr schlafen.“

Unerwartet erblühte ein weiches Lächeln auf seinem Gesicht, er küsste mich zart auf die Lippen und zog vorsichtig die Finger aus mir heraus.

„Wieso willst du sie dann überhaupt heiraten? Ich verstehe das nicht.“

„Weil ich es leid bin, mich ständig den gierigen Fängen von hoffnungsfrohen Schwiegermüttern in spe zu entziehen. Es nervt, und irgendwann muss ich ja doch eine Familie gründen, wenn mein Name nicht aussterben soll. Natashas Familie ist reich und einflussreich, sie wird also nicht versuchen, die Ehe als prophylaktisches Vorsorgeprogramm zu nutzen. Sie will einfach nur das Ansehen genießen, welches sie als meine Ehefrau zu erwarten hat.“

„Das klingt so unendlich traurig. Du tust mir sehr leid, Ash.“

„Warum? Meine Beziehung zu Natasha wird um einiges ehrlicher sein als so manche Ehe, die aus angeblicher Liebe geschlossen wurde. Wir wissen, woran wir sind, und geben uns keinen Illusionen hin. Jeder lebt sein Leben, so wie er es möchte."

„Aber es gibt so viel mehr", warf ich ein.

Mit herzzerbrechender Zärtlichkeit umschloss er mein Gesicht mit beiden Händen. „Nicht für mich, Maxine. Liebe ist für mich kein Thema. Sie macht einen nur schwach und angreifbar."

„Aber …"

„Nichts aber. Kapier endlich, dass ich es genauso haben will."

„Und wie passe ich da rein?"

„Das weißt du doch schon längst, verflucht." Ashs Ungeduld setzte sich bis in seine Gesichtszüge fort. „Du bist die Frau, die ich wie verrückt begehre." Ash nötigte mir einen heißen Kuss auf. Sekunden danach brannte die Berührung seiner Lippen noch auf meinen. „Nochmals, ich kann dir keine offizielle Beziehung bieten, aber ich würde für dich da sein, so oft ich kann."

Empört wollte ich mich aufrichten und vom Tisch gleiten. „Ich habe dir gesagt, ich lasse mich nicht kaufen."

„Hör mir doch zu! Ich biete dir kein Geld, sondern mich. Du sollst Teil meines Lebens werden, und ich verspreche dir, treu zu sein, solange wir beide uns treffen."

Ein Ashton Hunter, der das Wort Treue mit sich selbst in Verbindung brachte, kam mir vollkommen abwegig vor.

„Du verwirrst mich", hauchte ich und schluckte angespannt. Was er mir anbot, mochte für viele Frauen der Traum ihrer schlaflosen Nächte sein, doch es blieb ein fader Beigeschmack.

„Ich würde dich gut behandeln. Wir genießen unsere Leidenschaft, bis sie verblasst, und irgendwann gehen wir einvernehmlich getrennte Wege. Das klingt vielleicht unromantisch, aber solange wir zusammen sind, werde ich dir den Himmel auf Erden bereiten.“ Sein Mund heftete sich an meinen Hals. „Wir könnten so glücklich sein. Ich würde dir die Welt zu Füßen legen, Maxine. Du musst es nur zulassen.“

Mit den Händen ertastete er die Konturen meines Leibes und versetzte meine Nervenenden in Schwingungen. Auch er zitterte vor Lust, es folgte ein heißer Kuss, der mir die Sinne raubte. Es gab kaum eine Stelle an mir, die nicht sehnsüchtig prickelte und sich ihm entgegendrängte. Sollte ich sein Angebot annehmen? Konnte ich damit leben, Glück und sexuelle Erfüllung für bestimmte Zeit zu genießen, um am Ende doch allein zurückzubleiben?

Wenn er mir Anlass gab, daran zu glauben, seine Gefühle könnten irgendwann übers körperliche hinausgehen, wäre ich dazu bereit. Dann bestand zumindest die minimale Chance, dass er eines Tages seine Meinung änderte. Ich nahm all meinen Mut zusammen und stellte die alles entscheidende Frage. „Bist du in mich verliebt, Ash?“

Unsere Blicke kreuzten sich. Meiner voll der Hoffnung und seiner …

Beherrscht atmete ich aus und ahnte bereits, wie schmerzhaft seine Antwort ausfallen würde.

„Es tut mir leid, … nein.“

Ash schlug eine weitere tiefe Wunde in mein Herz. Nicht die erste, die er mir zufügte, doch verdammt, es würde definitiv die letzte sein. Der mitleidige Laut, der seiner Kehle entwich, demütigte mich nur zusätzlich.

„Maxine, bitte schau mich nicht so an. Ich will dich mehr, als du dir vorstellen kannst, aber so leid es mir tut, ich bin nicht in dich verliebt. Der Teil von mir, der zu solchen Empfindungen fähig war, ist vor langer Zeit erloschen.“

Im Grunde konnte ich Ash nichts vorwerfen. Auf skrupellose Weise verhielt er sich ehrlicher als jeder andere Mann in meinem bisherigen Leben. Gut, die Sache mit der Verlobten hatte er mir verschwiegen, doch ansonsten hatte er immer mit offenen Karten gespielt.

„Ich bin froh, dass du mir nichts vormachst“, brachte ich mit zitternder Stimme raus und wandte mich von ihm ab. Ashs kühle Hand legte sich auf meine erhitzte Wange, das Herz klopfte so hart und schnell in meiner Brust, dass es schmerzte.

„Ich will dir nicht wehtun Aber ich weiß, wonach du dich sehnst. Leider kann ich dir das nicht geben. Mein Herz ist tot. Gestorben mit der Frau, die ich geliebt und verloren habe.“

Mein Brustkorb schnürte sich unangenehm fest zusammen. Ich wollte das eigentlich nicht hören und doch musste ich mehr erfahren. „Erzählst du mir von ihr?“

Sein trüber Blick klärte sich schlagartig, als würde allein die Erinnerung an die andere das Licht in seine dunkle Welt zurückbringen. Der liebevolle Ausdruck auf Ashs Gesicht tat mir unendlich weh.

„Ihr Name war Caroline.“ Er schwieg einen kurzen Augenblick und gestattete sich ein feines Lächeln. „Für mich war sie das schönste Geschöpf, das mir jemals begegnet ist. Innerlich und äußerlich.“

Schweigend hörte ich zu, ignorierte den stechenden Schmerz, der mich zerriss.

„Sie hat mich von der ersten Sekunde an umgehauen.“ Er sah mich an und lächelte. „Ihr ging es genauso, also haben wir uns ziemlich schnell verlobt.“

„Wie lange liegt das jetzt zurück?“

„Es ist sechs Jahre her, da war ich dreiundzwanzig. Caroline war zwei Jahre jünger als ich.“

„War?“ Schon vorhin hatte er in der Vergangenheitsform über sie gesprochen.

Seine Mimik wurde zu Stein. „Ein paar Wochen vor der Hochzeit hat Caroline ihre beste Freundin auf einen Wildnis-Trip in den Yellowstone-Nationalpark begleitet.“ Ein bitteres Lächeln weichte die Härte seiner Gesichtszüge ein wenig auf. „Ich war von Anfang an dagegen. Caroline hatte mit wandern und der freien Natur nie viel am Hut, und ich fand einen so ausgedehnten Trip viel zu gefährlich, aber Nadine hat sie so lange bearbeitet, bis sie zugestimmt hat, sie zu begleiten.“

Kopfschüttelnd senkte er den Blick. „Von Beginn an hatte ich ein komisches Gefühl bei der Sache, und ich sollte recht behalten."

„Was ist passiert?"

„Nachdem sie sich zwei Tage lang nicht, wie vereinbart, über das Outdoor-Handy gemeldet hatten, habe ich die Ranger verständigt. Sie haben sich an dem letzten Signal orientiert und so den Zeltplatz gefunden. Nur von Caroline und Nadine fehlte jede Spur."

„Zwei Menschen können doch nicht einfach verschwinden."

Ash seufzte müde. „Nadine hat eine Route weitab von den regulären Wanderwegen gewählt, und die Ranger vermuteten, dass sie von wilden Tieren angegriffen und getötet wurden. Was genau passiert ist, werde ich wohl nie erfahren." Er ließ die Schultern nach unten sacken und verzog den Mund zu einer stoischen Grimasse. „Keine Ahnung, was diese Wahnsinnige dazu getrieben hat, so einen gefährlichen Pfad zu wählen. Das glich schon fast einem Selbstmordkommando, meinte der Ranger. Es gibt es Dutzende Möglichkeiten, wie sie ums Leben gekommen sein könnten."

„Und die Leichen?"

„Die wurden nie gefunden. Deswegen habe ich lange Zeit auf eigene Faust weitersuchen lassen. Spätestens als der Winter kam, musste auch ich begreifen, dass sie nicht mehr am Leben sein konnten. Das Schlimmste ist, dass wir uns vor ihrem Trip fürchterlich gestritten haben. Die letzten Worte, die sie von mir gehört hat, wurden im Zorn gesprochen. Das werde ich mir nie verzeihen."

Mir wurde übel. Ich wollte mir nicht ausmalen, was den beiden Frauen zugestoßen sein könnte. Wie musste es dann Ash ergehen?

Sein Gesicht verzog sich zu derweil zu einer wütenden Grimasse. „Hätte ich geahnt, wie leichtsinnig Nadine ist, hätte ich Caroline niemals mit ihr gehen lassen. Für diesen Fehler werde ich für den Rest meines Lebens büßen, und es macht mich wahnsinnig, dass ich nie wissen werde, was genau mit ihr passiert ist. Ob sie Angst hatte, als sie starb, ob sie gelitten hat.“ Seine Stimme brach. Seine Schultern bebten, er hielt seine Emotionen nur mühsam im Zaum.

„Es tut mir so schrecklich leid. Ich wünschte, ich könnte dir ein bisschen Frieden schenken.“

Sein weidwunder Blick presste die Luft aus meiner Lunge. „Das kannst du nicht. Niemand kann das.“

Das klang so endgültig. Ich strich mir mit zitternden Fingern eine Haarsträhne aus der Stirn und fügte mich ins Unvermeidliche. Das mit Ash und mir hatte keine Zukunft. Das sah ich nun ein. Gegen seine große Liebe zu konkurrieren, machte keinen Sinn. Ich konnte nur verlieren.

Behutsam befreite ich mich aus Ashs Umarmung. Eine Träne rollte über meine Wange. Er bemerkte es und strich sie mit dem Daumen fort. „Hey, nicht weinen. Du wolltest Ehrlichkeit, also hast du sie bekommen.“

„Da wusste ich auch nicht, wie weh die Wahrheit tut“, gab ich zu und kam mir blöd vor.

Wenn ich ihn wenigstens hätte hassen können, doch selbst das erschien mir unmöglich. Wann hatte die Geschichte zwischen uns eine solche Wendung genommen?

„Ich wünschte, ich könnte dir geben, was du brauchst. Aber ich kann mir nicht vorstellen, mich auf die gleiche Weise auf eine andere Frau einzulassen. Caroline hat eine Lücke hinterlassen, die zu groß ist, um sie zu füllen. Nur eines kann ich dir versichern.“

„Was denn?“, wisperte ich erstickt und schluckte.

„Wenn ich jemals wieder so tiefe Gefühle für eine Frau aufbringen könnte, dann für dich. Glaubst du mir das?“

Ergeben ließ ich die Schultern sinken. Meine Antwort klang matt und schwer. „Das sind schöne Worte, Ash, aber sie ändern nichts.“

Er schwieg einen Moment, ehe er mir ein klägliches Lächeln schenkte. „Das klingt nicht so, als würdest du das Angebot, meine Geliebte zu werden, annehmen.“

„Da du so ehrlich warst, will ich es auch sein", erklärte ich. „Ich habe mich in dich verliebt, Ash." Es kostete mich einiges, es auszusprechen, und das Aufblitzen in seinen Augen verriet Überraschung und Schock. Wieso erstaunte ihn das nur so sehr?

„Es ist passiert, und ja, ich wünsche mir mehr, als du offenbar zu geben bereit bist. Dein Verlust tut mir leid, aber du musst mich auch verstehen. Wenn man liebt und spürt, dass diese Gefühle nicht ausreichen, um das Herz des anderen zu berühren, fängt man an, innerlich zu verkümmern. Ich will nicht die zweite oder in deinem Fall die dritte Wahl sein. Ich möchte einfach geliebt werden."

Goldene Funken erblühten in der tiefgrünen Iris. Behutsam umfasste er mein Gesicht und hauchte mir einen Kuss auf die Stirn. „Du hast recht. Du verdienst was Besseres, viel mehr, als ich dir je bieten könnte."

Für einen winzigen Augenblick schien er mich küssen zu wollen. Seine wunderbar weichen Lippen verharrten eine gefühlte Ewigkeit lang über meinem Mund, ehe er sich zurückzog. Seine Hände rutschten auf meine Schultern, blieben einen Moment dort liegen, dann wandte er sich ab und verließ das Büro.

KAPITEL 18

Nach seinem Geständnis machte ich mir noch lange Gedanken. Carolines Schatten würde jede Frau in seinem Leben verfolgen und die Beziehung letztendlich zerstören, sollte es ihm nicht gelingen, sich von der Vergangenheit zu lösen. Da Ash nie die Gelegenheit bekommen hatte, sie zu beerdigen und die Geschichte auf diese Weise zu einem Abschluss zu bringen, hüpfte sein Gefühlsleben zwischen Zorn, schlechtem Gewissen und Schuld hin und her. Frauen dienten ihm zur kurzfristigen Ablenkung, doch Caroline blieb als Konstante fest in seinem Herzen verankert.

Zwei Tage nach der Unterhaltung mit Ash betrat ich mit meinem Lunchpaket den Aufenthaltsraum des Diners und sah Riley mit angespannter Miene am Fenster stehen. Da ich das Gefühl hatte, dass sie ein bisschen Ruhe brauchte, nahm ich am Tisch Platz und wickelte das Sandwich aus dem knisternden Papier. Hungrig biss ich hinein und wartete darauf, dass sie sich endlich rührte.

Riley sah zu mir und kam dann rüber. Sie zog sich einen Stuhl heran und setzte sich. „Ich habe Liebeskummer“, fing sie an. Naturgemäß wirkte sie nicht besonders glücklich über diese Erkenntnis.

„Colin?“

Sie nickte und rieb sich mit den Händen übers Gesicht.

„Was ist denn passiert?“

„*Er* ist passiert“, erwiderte sie dumpf. „Wir haben uns in letzter Zeit öfter getroffen und sind uns nähergekommen.“

„Ist das gut oder schlecht?“, fragte ich vorsichtig.

Zum ersten Mal erhellte ein sanftes Lächeln ihr hübsches Gesicht. Ihre blauen Augen strahlten. „Gut, sehr gut sogar, und trotzdem …“ Sie fuhr sich mit der Zunge über die Lippe, zögerte. „Wir leben einfach in verschiedenen Welten, es wird nicht funktionieren. Allein mit dem Verkauf seiner Schuhe könnte ich zwei Monatsmieten begleichen."

„Das ist jetzt dumm, dich wegen seines Geldes aufzuregen. Du wusstest doch vorher, wie wohlhabend er ist."

„Es ist nicht nur das Geld, sondern um das ganze Drumherum. Wir waren essen, in einem dieser teuren Restaurants. Ich habe das genossen. Ehrlich. Schließlich steckt in jeder Frau ein kleines Luxusweibchen."

„Aber?"

Sie seufzte ergeben. „Freunde von ihm sind an unseren Tisch gekommen. So ein Yuppie-Pärchen. Reich, erfolgreich, genau wie Colin. Sie waren sehr interessiert und wollten wissen, was ich beruflich mache." Riley biss sich auf die Unterlippe und schluckte hörbar. „Ich schwöre dir, ich hätte mich am liebsten unter dem Tisch verkrochen, so peinlich war mir das. Also bin ich einfach aufgestanden und weggelaufen."

„Oh Riley", seufzte ich und griff nach ihrer Hand. „Wieso hast du denn so was getan? Du musst dich doch für nichts schämen, schon gar nicht für deinen Job."

„Das tue ich aber!", wandte sie aufgewühlt ein. „Ich wünschte, ich hätte mich in der Schule mehr angestrengt und etwas aus meinem Leben gemacht."

„Hör mal, du tust so, als wäre es eine Schande, als Kellnerin zu arbeiten. Immerhin bin ich auch eine."

„*Du* bist mit achtzehn schwanger geworden und hattest keine andere Wahl. Ich schon, trotzdem habe ich meine Möglichkeiten nicht genutzt."

„Ich denke, Colin ist das egal."

„Mir nicht", erklärte sie bestimmt. „Wir kommen aus verschiedenen Welten. Das ist mir an diesem Abend überdeutlich klargeworden. Ich habe Colin geschrieben, dass ich es für besser halte, wenn wir uns nicht mehr sehen. Er verdient eine Frau, für die er sich vor seinen Freunden nicht schämen muss."

Tränen sickerten aus ihren Augen. Zum ersten Mal sah ich sie weinen und dieser Anblick erschütterte mich nachhaltig.

„Ach, komm her", murmelte ich und nahm sie tröstend in den Arm. Gleichzeitig fragte ich mich, ob meine Freundinnen und ich unter einem Fluch standen. Keine von uns hatte Glück in der Liebe.

Riley straffte sich neben mir und befreite sich aus der Umarmung. „Jetzt ist aber Schluss mit Trübsal blasen!" Schniefend kramte sie ein Taschentuch hervor und wischte die Tränen fort. Dabei umspielte ein etwas gezwungenes Lächeln ihren Mund. „Meine Pause ist ohnehin vorbei. Ich geh schon mal raus, ehe ich erneut in Selbstmitleid versinke."

Bevor ich antworten konnte, schnellte sie von ihrem Stuhl in die Höhe und verschwand. Seufzend widmete ich mich wieder meinem Lunch und kaute lustlos an dem Sandwich herum, da wurde die Tür aufgestoßen, und ein aufgeräumt wirkender Ash spazierte herein.

„Da bist du ja", sagte er und musterte mich gleichmütig. „Ich hoffe, du hast dieses Mal Zeit für deinen Boss, sonst fügst du meinem Ego empfindlichen Schaden zu."

Hastig schluckte ich den letzten Bissen herunter. „Dein Ego kann das gut ab", erwiderte ich und versuchte, eine möglichst unbeteiligte Miene zu ziehen. Nicht so einfach. Ash sah wie immer atemberaubend gut aus.

Schön cool bleiben, zeig ihm nicht, wie sehr du dich nach ihm verzehrst.

„Wie kann ich dir helfen?"

Er kam näher, achtete aber peinlich genau darauf, mir nicht zu dicht auf die Pelle zu rücken. Traute er sich selbst nicht über den Weg oder hatte er nach unserer denkwürdigen Unterhaltung vor zwei Tagen mit mir abgeschlossen?

„Helfen kannst du mir nicht. Eigentlich bin nur hier, um dich über ein paar wichtige Änderungen zu informieren."

Er wird mich feuern, schoss es mir panisch durch den Sinn.

„Nachdem wir neulich unsere persönliche Situation geklärt haben, halte ich es für besser, wenn wir uns für eine Weile aus dem Weg gehen. Aber keine Sorge, ich stelle dir jemanden zur

Seite, der dir bei der Führung des Diners ein wenig unter die Arme greift, bis du allein zurechtkommst."

„Du könntest auch einfach einen Mitarbeiter einstellen, der den Job beherrscht."

„Das wird nicht nötig sein." Ash lächelte unpersönlich. „Ich traue dir die Aufgabe zu. Also lass die Diskussion, ob du dich für geeignet hältst oder nicht."

„Darf ich erfahren, um wen es sich handelt?"

„Sein Name ist Benton. Er arbeitet bereits seit Jahrzehnten für unsere Familie. Mein Vater hat ihn mir nach dem Studium als Unterstützung und Lehrmeister zur Seite gestellt. Du wirst ihn mögen. Er besitzt eine Engelsgeduld. Immerhin hat er es sogar mit mir ausgehalten."

Ich spielte unruhig mit dem zerknitterten Sandwichpapier, ehe ich es wagte, das Wort an ihn zu richten. „Bist du nur gekommen, um mir das zu sagen? Das hättest du auch telefonisch erledigen können."

Drei Schritte waren nötig, um den Abstand zwischen uns bis auf wenige Zentimeter zu dezimieren. Er beugte sich über mich und drehte den Stuhl, auf dem ich saß, zu sich. Die Holzbeine scharrten unangenehm laut am Boden entlang.

„Ein Telefonat wäre sicher die einfachste Lösung gewesen", gab er schließlich zu und senkte seinen Blick in meinen. Pure Sehnsucht ballte sich in meinem Bauch zusammen.

„Du hättest wegbleiben sollen", wisperte ich. Ich krallte die Fingernägel tief in meine Handflächen. Nur so konnte ich mich davon abhalten, zärtlich sein Gesicht zu berühren, um die Anspannung aus seinen Zügen zu streicheln. Wieso musste ich mich immer in Männer verlieben, die keine Liebe schenken konnten?

„Das werde ich in Zukunft auch so handhaben", sagte er leise.

Verwirrt runzelte ich die Stirn. „Wie meinst du das?"

„Ich werde für eine Weile fortgehen. Geschäfte", ergänzte er kurzangebunden. „Glückwunsch, du bist mich endlich los. Wie hört sich das für dich an?"

„Beschissen“, erwiderte ich spontan und schämte mich meiner Ehrlichkeit nicht. Er wusste doch sowieso, wie es um meine Gefühle für ihn bestellt war.

Meine unverfälschte Reaktion wurde mit einem herzlichen Lächeln belohnt. Aufrichtige Zuneigung baute sich in mir auf, diese Empfindung überrollte mich förmlich und machte die Situation für mich unerträglich. Himmel, er würde fortgehen! Wie lange? Würde ich ihn überhaupt noch wiedersehen? Meine Nägel bohrten sich fester in mein Fleisch. Für einen kurzen Augenblick lenkte mich der Schmerz von allen Seelenqualen ab, nur um dann machtvoller und zerstörerischer denn je zurückzukehren.

„Du bist bezaubernd, Maxine“, wisperte er. „So süß und ehrlich. Ich wünschte …“ Kopfschüttelnd unterbrach er sich und richtete sich hastig auf. Seine Miene wurde wieder abweisend und kalt. „Sei froh, wenn du mich nicht mehr sehen musst. Ich könnte niemals die Finger von dir lassen. Es gibt aktuell keine andere Alternative.“

„Das ist sehr nobel von dir.“

Sein Lachen klang erstickt. „Oh ja, wahnsinnig nobel. Aber in deinem Fall ist es tatsächlich so. Ich mag dich, Maxine, ich will dich nicht verletzen, also werde ich mich wie ein verfluchter Gentleman verhalten und dich weitestgehend aus meinem Gedächtnis löschen.“

„Denkst du, das wird funktionieren?“

Meine Zweifel wischte er mit einem ironischen Grinsen weg. „Aber sicher doch. Ich bin reich und gutaussehend. Es werden sich Dutzende von Frauen finden, die mich mit Freuden von meinen Fantasien über eine süße kleine Kellnerin kurieren. Es ist nur eine Frage der Zeit, bis ich da oben“, er tippte sich kurz an die Schläfe, „wieder normal ticke und dich aus dem Kopf kriege.“

Ash führte die verbale Klinge wirklich mit tödlicher Entschlossenheit. Wenn er zustach, tat er es platziert und mit kaltschnäuziger Unerschrockenheit.

Er will, dass ich ihn hasse.

Zitternd atmete ich aus. „Dann wünsche ich dir viel Glück dabei. Hoffentlich verlierst du dich nicht eines Tages selbst bei dem Versuch, keine Gefühle für jemanden zuzulassen."

„Mach dir mal um mein Seelenheil keine Sorgen."

Langsam erhob ich mich und schlang die Arme schützend um meinen Oberkörper. „Also ist das hier ein Abschied?"

Heiße Tränen brannten in meinen Augen, während ich mir unmögliche Dinge wünschte. Träume, die für immer unerfüllt bleiben mussten.

„Verflucht, jetzt schau mich nicht so an", presste er hervor. Plötzlich stand er wieder dicht vor mir und umfasste meine Schultern. Sein Atem strich unendlich sanft über meine Haut. Eine dumme Träne verfing sich in meinen Wimpern, gewann den Kampf gegen die störrischen Härchen und rollte langsam die Wange runter. Ganz behutsam wischte er sie mit dem Daumen weg. „Würdest du dich wehren, wenn ich dich ein letztes Mal küsse?"

Sag Ja, tu dir das nicht an.

Ein sachtes Kopfschütteln meinerseits. Statt meiner Vernunft zu folgen, stellte ich mich auf die Zehenspitzen und kam ihm entgegen. „Ash …"

Sein Mund trank seinen sehnsüchtig geflüsterten Namen. Er berührte meine Lippen hauchzart, abwartend, ließ mich entscheiden, wohin die Reise gehen würde. Ich musste nicht überlegen und teilte die Lippen. Mit der Zunge tastete er sich behutsam vor. Glutfunken explodierten in meinem Kopf und lähmten meinen Verstand. Ich wollte diesen Augenblick für die Ewigkeit bewahren und gab mich Ash vorbehaltlos hin.

Ashs unterdrücktes Stöhnen jagte einen Feuerstrom durch meine Adern, ich schob mich dichter an ihn und krallte die Finger in sein Haar in dem verzweifelten Versuch, ihn noch näher an mich zu ziehen. Ash neigte den Kopf zur Seite und veränderte so den Winkel, zwang mich, meinen Kiefer weiter zu öffnen. Die Welt verschwand hinter einem Vorhang aus dunkler Begierde, das Blut rauschte durch meine Venen und sammelte sich in meinem Unterleib. Für Sekunden stand alles still, gefror zu einer Momentaufnahme puren Glücks, in der ich mich wahrhaft geliebt fühlte.

Sein ungezügelter Kuss wurde sanfter, bald würde er ihn beenden. Ich spürte, wie er mir entglitt, und legte verzweifelt meine Hand in seinen Nacken. Es sollte noch nicht aufhören, ich brauchte mehr, wollte in ihm ertrinken und jeden Gedanken aus meinem Kopf vertreiben, doch egal, wie sehr ich mich bemühte, er tat mir den Gefallen nicht. Langsam umfasste er meine Handgelenke und löste seinen Mund von meinem.

„Genug“, flüsterte er. Innerlich starb ich, zerfiel in tausend Stücke. Beschämt über meine Zügellosigkeit trat ich einen Schritt zurück und versteckte die Hände hinter dem Rücken. Wieder einmal hatte ich es geschafft, mich zum Narren zu machen.

„Ich denke, du solltest jetzt gehen.“

„Das hatte ich vor“, antwortete er ruhig, dann hob er mein Kinn an und zwang mich, ihn ein letztes Mal anzusehen. „Maxine, es tut mir ehrlich leid, wenn ich dir so zugesetzt habe. Du bist eine außergewöhnliche Frau. Ich werde dich nie vergessen.“

Aber nicht außergewöhnlich genug.

Noch während ich diese traurige Erkenntnis verkraftete, ließ er mich zurück und nahm mein Herz mit. Irgendwann raffte ich mich auf. Meine Arbeit erledigte sich schließlich nicht von allein und ich hatte weiß Gott schon genug Tränen im Verlauf meines Lebens vergossen. Trotzig klemmte ich mich hinter den Schreibtisch und schnappte mir den nächsten Ordner. Ich empfand sogar ein bisschen Stolz. Innerlich mochte ich zerbrechen, aber solange die Fassade noch hielt, konnte ich weitermachen wie gehabt.

***

Nach Ashs Abschiedsbesuch durchlief mein Leben einen erheblichen Wandel. Das Tempo überforderte mich, trotzdem versuchte ich, den Schwung in den Alltag zu integrieren und mich durchzubeißen. Aufgeben war keine Option. Wenigstens verdiente ich mittlerweile genug, um den Job im Nachtclub aufzugeben. Das bedeutete zusätzliche Zeit für Danny.

Aaron zeigte sich nicht begeistert über meinen Entschluss, wünschte mir dennoch viel Glück und stellte mir bei unserem Gespräch jede Menge komischer Fragen über Jenna. Mir war nicht ganz klar, was zwischen den zweien vor sich ging. Sie ebenfalls nicht, denn Jenna wirkte verwirrt und abwesend, wenn man sich mit ihr unterhielt.

Riley erzählte ebenso wenig Privates. Ich konnte praktisch zusehen, wie sich beide immer mehr von mir entfernten. Die Angst, meine neue Position könnte sich auf das Verhältnis zu ihnen und den anderen Kolleginnen auswirken, wuchs stetig. Sie bestätigte sich, als Anna eines Morgens in meinem Büro stand. Anhand ihres distanzierten Gesichtsausdrucks konnte ich erahnen, dass dieses Gespräch alles andere als unterhaltsam werden würde.

„Brauchst du was, Anna?"

Ich gab mir alle Mühe, freundlich zu sein. Anna konnte mich nicht leiden und das beruhte auf Gegenseitigkeit. Lous väterliche Art mir gegenüber hatte bereits früher für Spannungen zwischen uns gesorgt, und seit sie mich als ihre neue Vorgesetzte akzeptieren musste, braute sich ein Sturm zusammen, der jeden Tag ausbrechen konnte. Harmlose Sätze oder missverstandene Gesten türmten sich aufeinander und gipfelten vor einigen Tagen in einem unschönen Streit vor versammelter Mannschaft. Ich verweigerte ihr einen Sonderurlaub, weil wir aufgrund weiterer Krankmeldungen personell zu dünn besetzt gewesen wären. Annas eisiger Blick hätte Bäume fällen können. Sie gehörte zu den Dienstältesten unter den Servicekräften und glaubte, Sonderrechte zu besitzen. Im Nachhinein bewunderte ich Lou für seine Fähigkeit, mit ihr umzugehen, ohne ihr den Hals umzudrehen. Mir ging dieses Talent völlig ab.

Mit verkniffener Miene warf sie mir ein Kuvert auf den Tisch. „Ich kündige zum Monatsende."

Verblüfft sah ich von dem Brief auf. Damit hatte ich ehrlich gesagt nicht gerechnet.

„Warte mal! Wenn das deine Reaktion wegen des Urlaubs ist, dann möchte ich dich bitten, noch einmal zu überdenken, ob sie angemessen ist. Ich konnte dir diese zusätzlichen Tage nicht genehmigen. Das weißt du ganz genau."

„Es ist nicht nur wegen des Urlaubs", erklärte sie kühl und musterte mich geringschätzig. „Ich habe einfach keine Lust mehr, andauernd von einem hübschen Gesicht ausgebootet zu werden. Ich dachte, wenn hier jemand anders die Zügel in die Hand nimmt, bekomme ich endlich meine verdiente Chance. Stattdessen setzt man dich in den Chefsessel. Aber ich kann mir denken, wie du an den Posten gekommen bist, und mir reicht es langsam. Nächsten Monat fange ich bei *Wendy's* an. Lissy wird übrigens auch gehen, du kannst dich also nach zwei neuen Kräften umsehen."

Ihr bissiges Lächeln kratzte an meiner Selbstbeherrschung, dennoch bemühte ich mich um einen beherrschten Ton. „Ich verstehe, dass du frustriert bist, weil du dich übergangen fühlst, aber du gehst zu weit, wenn du mir unterstellst, ich hätte mich hochgeschlafen. Um diesen Posten habe ich nicht gebeten, man hat mich da reingedrängt."

„Ach komm, wir wissen alle, wie so was läuft. Der hübsche Mr. Hunter hat dich während der Besprechung mit den Augen ausgezogen. Jeder hat es gesehen. Das musstest du natürlich zu deinem Vorteil ausnutzen."

Ihr Grinsen geriet noch eine Spur niederträchtiger, und ich verlor die Geduld. „Verlass auf der Stelle das Büro! Deine Kündigung nehme ich an und ich stelle dich mit sofortiger Wirkung frei." Ich sprach leise, sehr akzentuiert. Meine Finger krampften sich um den Kugelschreiber.

„Wie du wünschst." Ohne mich eines weiteren Blickes zu würdigen, verschwand sie.

„Wieso muss das immer mir passieren?", flüsterte ich und lehnte den Kopf gegen die Lehne des Sessels.

Mit geschlossenen Augen ging ich gedanklich die Pläne durch. Wenn Annas Behauptung stimmte und Lissy ebenfalls kündigte, konnte das personell richtig eng werden. Eine Lösung musste her, um die Ausfälle aufzufangen, und ich hatte auch schon eine Idee …

Kapitel 19

„Im Ernst? Du bietest mir einen Job im Diner an?“ Jenna riss die Augen auf und zum ersten Mal seit langer Zeit zeigte sich ihr Koboldlächeln. Froh über ihre offensichtliche Freude hob ich die Schultern an und ließ sie wieder fallen.

„Du willst weg von Aaron und hier ist ab sofort eine Stelle frei. Aber falls du nicht möchtest, dann …“

„Natürlich will ich! Ich wäre schön bescheuert, wenn ich dein Angebot ablehnen würde.“ Sie zögerte kurz und schüttete mir am Ende doch ihr Herz aus. „Ich halte Aarons Kälte nicht länger aus. Seit ich mit Juan ausgegangen bin, behandelt er mich wie eine Aussätzige.“

„Willst du mir nicht endlich erzählen, was damals zwischen dir und Aaron passiert ist?“

Mit einem Anflug von Verzweiflung blickte sie wieder in meine Richtung. „Ich habe was furchtbar Dummes getan“, gestand sie und biss auf ihrer Unterlippe herum. Die Augenbrauen fragend erhoben sah ich sie an, da platzte sie damit heraus: „Ich habe ihn geküsst, und bin so über mich selbst erschrocken, dass ich ihn hab stehen lassen. Jetzt tut er so, als wäre ich Luft. Er sieht mich nicht an, er spricht nicht mit mir.“

Männer waren doch solche Idioten! Statt mit ihr darüber zu reden, strafte er sie lieber mit Nichtachtung und verdrängte seine Gefühle. Ash hielt es genauso und schickte mir dafür Mr. Benton. Der reizende weißhaarige Herr kam alle paar Tage vorbei, beantwortete Fragen, half mir bei der Lösung von kleineren und größeren Problemen und verlieh meinem noch sehr schwammigen Führungsstil den nötigen Schliff. Ash selbst erwähnte er nur, wenn es sich nicht vermeiden ließ. Das machte es einfacher, nicht mehr an ihn zu denken. Allerdings erlag ich spätestens nachts wieder meiner Sehnsucht und rollte mich in Gedanken an ihn schlaflos hin und her, während sich das Verlangen wie eine Feuerwalze durch meinen Körper und Verstand fraß.

Ich spürte Jennas besorgten Blick auf mir und räusperte mich vernehmlich. „Ich weiß genau, wie du dich aktuell fühlst“, sagte ich bedächtig. „Nimm mein Angebot an, Jenna. Du bekommst Abstand zu Aaron, und mir wäre auch geholfen.“

Jenna zögerte nicht länger. „Du hast so recht“, erklärte sie. „Es wird Zeit, mit Aaron abzuschließen, sonst schmachte ich ihm in zwanzig Jahren noch hinterher.“

Wir besiegelten unsere zukünftige Zusammenarbeit mit einem Handschlag.

***

Der Monat neigte sich dem Ende zu, und dank Jennas und Rileys unermüdlichem Einsatz fiel die Kündigung von Anna und Lissy nicht so stark ins Gewicht. Trotzdem stellte ich noch eine weitere Kraft ein. Cynthia Simmons wirkte auf den ersten Blick verschroben. Mit ihrem mausbraunen Haar, das sie meist zu einem engen Kranz um den Kopf flocht, und dem biederen Kleidungsstil, machte sie keinen sehr ansehnlichen Eindruck. Dennoch folgte ich meinem Bauchgefühl und gab ihr eine Chance. Ich brauchte zuverlässige Mitarbeiter, keine Modepüppchen.

Nach Startschwierigkeiten entpuppte sie sich als ungemein fleißige Mitarbeiterin. Sie erledigte alle Aufgaben zügig und ohne zu murren, war sich für nichts zu schade und legte den Gästen gegenüber ein ausgesucht höfliches Verhalten an den Tag. Besonders die ältere Kundschaft wusste ihre Ruhe zu schätzen. Vom Tresen aus beobachtete ich ihren Umgang mit einem betagten Herrn. Er schäkerte mit ihr und hatte sichtlich Spaß an der Unterhaltung. Das reichte, um mich endgültig für sie zu entscheiden. Gerade wollte ich zurück ins Büro, um den Vertrag auszudrucken, da betrat George das Lokal und bewegte sich mit frisch erblühtem Selbstbewusstsein auf mich zu. Seit er seiner kontrollsüchtigen Mutter die Stirn geboten hatte, kam er mir vor wie ein vollkommen neuer Mensch. Und dank Jennas Hilfe sah er mittlerweile wirklich passabel aus.

Er stoppte vor dem Tresen und strahlte mich an. „Guten Morgen! Kriegt ein armer Junggeselle hier noch ein Frühstück oder muss ich schon aufs Mittagsmenü ausweichen?"

„Du bekommst, was immer du willst." Ich deutete auf einen frei werdenden Tisch. „Setz dich doch. Cynthia wird gleich deine Bestellung aufnehmen."

George warf einen neugierigen Blick über die Schulter, schenkte Cynthia jedoch nur flüchtig Aufmerksamkeit und wandte sich wieder mir zu. „Hast du Zeit für einen Kaffee?"

„Gerne, ich brauche aber noch ein paar Minuten. Danach wollte ich sowieso eine kurze Pause machen. Bestell mir doch schon mal einen Milchkaffee mit."

George lächelte zufrieden. „Alles klar, bis gleich."

Ein wenig besorgt registrierte ich den rötlichen Hauch auf seinen Wangenknochen und den leicht verklärten Blick, mit dem er mich bedachte. Sofort läuteten bei mir sämtliche Alarmglocken. Ob er sich Hoffnungen machte? Falls ja, würde er eine Enttäuschung erleben. Nach dem Fiasko mit Ash wollte ich die nächsten zwei Jahrzehnte nichts mehr mit Männern zu tun haben. Abgesehen davon konnte ich mir George beim besten Willen nicht als Liebhaber vorstellen. Er war lieb und sehr zuvorkommend und ich mochte ihn wahnsinnig gerne, doch das reichte nicht für eine Beziehung.

Zügig verschwand ich im Büro, druckte den Arbeitsvertrag aus und rief noch beim Großhändler an, um Unstimmigkeiten bei der Bestellung zu klären. Kurz darauf ging ich zurück und blieb wie angewurzelt an der Türschwelle zum Restaurant stehen. Cynthia kniete vor George auf dem Fußboden wie eine devote Sexsklavin und machte sich mit einem Lappen am Vorderteil seiner Hose zu schaffen. Vermutlich hatte sie Kaffee verschüttet und versuchte nun, den angerichteten Schaden zu beheben. Sie rieb wie verrückt auf den Fleck ein. George starrte wie versteinert auf sie herunter und ließ Cynthias Treiben an seinen Intimteilen mit sichtlichem

Entsetzen über sich ergehen, ehe er sich endlich rühren konnte.

„Jetzt reicht es aber!“ Energisch packte er ihr Handgelenk und hielt es fest. „Nehmen Sie Ihre Finger von mir.“

Cynthia schnellte wie eine Sprungfeder hoch und wusste vor Verlegenheit nicht mehr ein und aus. Ich eilte ihr zur Hilfe und stellte mich neben sie.

„Es tut mir so leid“, wisperte sie eingeschüchtert, sobald sie mich erblickte. Wie das sprichwörtliche Elend stand sie da, mit zitternden Lippen und hängenden Schultern. Am liebsten hätte ich sie in den Arm genommen.

Georges Entrüstung verflog bei ihrem jämmerlichen Anblick, er seufzte ergeben. „Schon gut, Sie müssen sich nicht entschuldigen. Jedem kann ein Missgeschick passieren.“

Pure Erleichterung spiegelte sich auf Cynthias Gesicht und ich hätte ihn für seine besonnene Reaktion am liebsten geknuddelt. Er war wirklich ein netter Kerl.

„Ich werde natürlich für die Reinigung aufkommen“, versicherte Cynthia gerade. „Meine Tollpatschigkeit ist mir schrecklich unangenehm. Ehrlich, ich weiß gar nicht, wie das passieren konnte.“

„Wie George schon sagte, das kann vorkommen“, beruhigte ich sie.

Nun schielte sie verstohlenen zu ihrem *Opfer* und ein Leuchten erhellte ihre haselnussfarbenen Augen. Offensichtlich gefiel ihr, was sie sah. Leider schenkte ihr George keine Aufmerksamkeit. Bevor es peinlich werden konnte, bat ich sie, ihre Arbeit wiederaufzunehmen, und setzte mich zu ihm an den Tisch.

Da er den Vorfall nicht mehr erwähnte, tat ich es auch nicht. Wir plauderten angeregt über dieses und jenes, während Cynthia immer wieder schmachtende Blicke in seine Richtung schickte. Nach einer halben Stunde verabschiedete er sich und machte sich auf den Weg zur Arbeit. Cynthia folgte mir, als ich hinter dem Tresen verschwand, und überfiel mich mit einer wortreichen Entschuldigung.

„Miss Nichols, ich weiß, Sie haben gesagt, es wäre nichts dabei, aber ich muss trotzdem wiederholen, wie leid mir die Angelegenheit tut. Wenn Sie mich deswegen wegschicken, dann könnte ich das verstehen."

Ihr betretener Blick ging mir nahe. Cynthia stand nicht gerade auf der Sonnenseite des Lebens. Dank ihres reizlosen Äußeren und ihrer angeborenen Schüchternheit wurde sie bestimmt von den meisten als dummes Mauerblümchen abgestempelt.

Lächelnd legte ich eine Hand auf ihren Arm und drückte ihn. „Machen Sie sich nicht so viele Sorgen, Cynthia. Ich habe auch schon Getränke verschüttet oder einen Burger versehentlich auf den Schoß eines Gastes rutschen lassen. Niemand ist perfekt und George nimmt ihnen die Sache nicht übel."

Sobald sein Name fiel, verklärte sich ihr Gesicht. „Er ist wirklich sehr nett", flüsterte sie verträumt.

Meine Mundwinkel zuckten. Das arme Ding war ja hin und weg. Schade, dass die Anziehung nicht auf Gegenseitigkeit beruhte. Die beiden hätten ein süßes Paar abgegeben.

„Ja, das ist er", bestätigte ich und lächelte. „Und was das Malheur von vorhin angeht, werden Sie noch oft die Möglichkeit haben, Ihren Fehler wiedergutzumachen."

Cynthias verdutzter Blick ruhte auf mir. „Wie meinen Sie das?"

„Ihr Arbeitsvertrag liegt im Büro und wartet auf Ihre Unterschrift. Wenn Sie möchten, sind Sie ab sofort ein festes Mitglied in unserem Team."

Zwei Sekunden später wurde ich fast erdrückt. Cynthia warf beide Arme um mich und presste sämtlichen Sauerstoff aus meiner Lunge. „Danke, danke, danke!"

Himmel, die Frau besaß die Kraft einer russischen Kugelstoßerin. Nach Luft ringend, machte ich mich los.

„Ich nehme an, das war ein Ja?", fragte ich nur der Form halber und grinste verstohlen über ihr heftiges Nicken.

„Ja, natürlich. Ich bin Ihnen so dankbar für diese Chance. Das werde ich Ihnen nie vergessen."

Cynthia konnte ihr Glück kaum fassen, und die plötzliche Gewissheit, dass eine simple Entscheidung von mir ein Leben wie das ihre nachhaltig beeinflussen konnte, jagte mir Ehrfurcht ein. Ich fühlte mich so gut wie schon lange nicht mehr.

Mein Hochgefühl hielt den ganzen Abend über an. Ich ging nach Hause, kochte für mich und Danny und brachte ihn anschließend ins Bett. Mit einem riesigen Plus-Size-Eisbecher auf dem Schoß machte ich es mir auf der Couch gemütlich und ließ mich vom Fernsehprogramm berieseln. Irgendwann blieb ich bei einer Klatschsendung hängen, wo Gerüchte geschürt und die Wahrheit oftmals völlig verdreht wiedergegeben wurde.

„So ein Unsinn", murmelte ich kopfschüttelnd und schabte den Rest der Eiscreme aus der Packung. Mit der anderen Hand griff ich nach der Fernbedienung, um mir ein spannenderes Programm zu suchen. Gerade als ich umschalten wollte, wechselte die Berichterstattung zu einer Veranstaltung, auf der unzählige festlich gekleidete Menschen umherschwirrten. Die Kamera schwenkte über einen überfüllten Saal und blieb schließlich an einem ganz bestimmten Gesicht hängen.

Ash.

Sofort explodierte mein Herzschlag. Wie hypnotisiert hing mein Blick an seinem attraktiven Gesicht mit den sinnlichen Lippen. Ich glaubte, sie wieder auf meinen zu spüren, und legte zwei Fingerspitzen auf die Unterlippe, erinnerte mich an seine Küsse und schloss schwer atmend die Augen. Sobald ich merkte, was ich da veranstaltete, ließ ich die Hand sinken und krampfte die Finger in den Stoff meiner Jogginghose.

Die Kamera zog sich zurück. Man konnte nun mehr von der unmittelbaren Umgebung erkennen, und so entdeckte ich Natasha, die sich bei ihm eingehakt hatte und übertrieben strahlend zu ihm hochsah. Der Stolz, einen so attraktiven Begleiter zu haben, stand ihr ins Gesicht geschrieben. Bittere Eifersucht stieg in mir hoch, ich wollte schreien, um mich schlagen und wusste doch, dass ich gar kein Recht dazu besaß.

Er gehörte mir nicht. Trotzdem konnte ich nichts gegen meine Empfindungen ausrichten, und spätestens als er den Kopf neigte und ihr einen Kuss auf die geschminkten Lippen hauchte, wurde mir richtig schlecht. Eine unkontrollierte Flutwelle an Emotionen spülte über mich hinweg. Die Luft um mich herum fing an zu sirren, sobald ich registrierte, dass er kein bisschen unglücklich oder verhärmt wirkte. Er lebte sein Leben weiter und verschwendete keinen Gedanken mehr an mich.

Was hast du denn erwartet, du dumme Kuh? Denkst du ernsthaft, er würde dir auch nur eine Träne nachweinen?

Dafür schossen sie mir in die Augen. Der blöde Löffel fiel scheppernd in den Eisbecher und ich presste den Handrücken auf den Mund, um Danny nicht mit meinem Schluchzen aufzuwecken. Gott, es hatte mich in den letzten Wochen so viel Kraft gekostet, mich nicht von meinen Gefühlen fortreißen zu lassen, und nun reichte ein Blick auf ihn und alles kochte wieder hoch. Egal, wie sehr ich mich auch abmühte, ich konnte ihn nicht vergessen. Genauso wenig wie er Caroline aus seinem Kopf verbannen konnte. Eigentlich hätten wir gut zusammengepasst. Zwei verlorene Seelen auf der Suche nach Erlösung. Doch unsere Wege drifteten still und heimlich auseinander, wir würden nie gemeinsam ans Ziel kommen.

Apathisch schaltete ich den Fernseher aus und kroch ins Bett. Die Nacht verbrachte ich schlaflos, mich suhlend in einem Schmerz, den ich nicht bekämpfen konnte, ohne noch mehr Schaden in meinem Herzen anzurichten. Sich dagegen zu wehren, bedeutete, die Gedanken an ihn zuzulassen, und genau das konnte ich im Moment nicht ertragen.

Am nächsten Morgen fiel es mir schwer, mich nicht hängen zu lassen. Dannys Geplapper wirkte jedoch Wunder und ich funktionierte wieder wie ein Schweizer Uhrwerk. Jeder Handgriff, jedes Lächeln und jedes Wort saßen, als hätte ich alles bis ins kleinste Detail einstudiert. Danny merkte nichts und ich ging einigermaßen gefasst zur Arbeit.

Gerade legte ich Tasche und Jacke ab, da tauchte Benton auf. Er trug einen langen dunkelgrauen Mantel über seinem Anzug, die Schuhe glänzten frisch poliert.

„Guten Morgen, Maxine."

Meine Mundwinkel zuckten unwillkürlich nach oben, sobald sein freundlicher Blick auf meinen traf. Ich mochte ihn, sehr sogar. Sein Lächeln verwandelte das gütige Gesicht dieses Mannes in eine Landschaft aus feinen Linien, die blaue Iris seiner Augen wirkte schon etwas verwässert vom Alter, doch der verschmitzte Ausdruck darin machte das wieder wett. Ob er in seiner Jugend blond oder dunkelhaarig gewesen war? Heute leuchteten Haar und Augenbrauen schlohweiß, man konnte die ursprüngliche Farbe nur erraten.

„Guten Morgen, Benton." Obwohl ich mir Mühe gab, einen optimistischen Ton anzuschlagen, klang ich unfassbar müde.

Augenblicklich erstarb sein Lächeln. Sorge blitzte in seinen Augen auf. „Sind Sie krank, Maxine?"

Kopfschüttelnd trat ich näher und zog fröstelnd die Schultern hoch. Doch es machte keinen Sinn, ihm zu erklären, dass die Kälte, die mich erstarren ließ, ihren Ursprung im Inneren meines Herzens hatte und nicht so schnell verschwinden würde. Der einzige Mensch, der das Eis zum Schmelzen bringen konnte, hing noch an seiner alten Liebe. Statt neue Gefühle für eine Frau zuzulassen, heiratete er eine High-Society-Prinzessin mit passendem Background und vegetierte als zügelloser Playboy vor sich hin. Seelenlos, herzlos, bis die Verbitterung einen gemeinen und schrecklichen Menschen aus ihm formen würde, mit dem keiner etwas zu tun haben wollte. Ich hätte diesen schleichenden Prozess durchbrochen, davon war ich felsenfest überzeugt.

„Warum setzen Sie sich nicht und ich hole Ihnen eine Tasse Tee? Sie sehen aus, als hätten sie einen nötig."

Benton führte mich fürsorglich zum Schreibtisch und drückte mich in den Sessel. Seine knorrigen Hände blieben für einen Moment beruhigend auf meinen Schultern liegen. Ein leichter Tadel schwang in seinem Ton mit, während er mich mit gefurchter Stirn musterte. „Sie sollten besser auf sich aufpassen. Seit ich hierherkomme, haben Sie Gewicht verloren. Das kann sich so eine zierliche Person wie sie eigentlich nicht erlauben."

„Ach, das nehme ich in Nullkommanichts wieder zu. Bei Stress vergeht mir nur der Appetit und die letzten Wochen waren sehr anstrengend."

Er schnaubte. „Kein Grund zu verhungern."

„Ich werde mehr auf mich achten", versprach ich und nahm dann meinen ganzen Mut zusammen. „Benton, seit wann ist Mr. Hunter wieder in der Stadt?"

Sofort spürte ich, wie sich die Atmosphäre im Raum veränderte. Bentons offenes Gesicht verschloss sich, als hätte er ein unsichtbares Visier heruntergelassen. Es dauerte einige Sekunden, ehe er mir antwortete.

„Seit ein paar Tagen. Er ist sehr beschäftigt."

„Sie müssen sein Fernbleiben nicht rechtfertigen", erwiderte ich leise und senkte den Blick auf meinen Schoß. „Er hat ja angekündigt, dass er vorerst nicht vorbeikommt."

„Darf ich offen mit Ihnen reden, Maxine?"

Verdutzt sah ich auf. „Ja, natürlich."

Benton zog sich einen Stuhl heran und starrte lange auf seine Hände. Ich konnte nicht einmal erahnen, was ihm durch den Kopf ging.

„Ich mache mir Sorgen um den Jungen", fing er an.

Mir galoppierten bei diesen Worten beinahe die Nerven davon. „Wieso … was ist denn mit ihm? Ist er krank?" Dünn wie Papier durchbrach meine Stimme die Stille im Raum.

„Körperlich geht es ihm bestens, es ist sein Herz, um das ich mir Gedanken mache."

Mein Brustkorb schnürte sich zusammen, ich konnte kaum noch atmen vor Anspannung.

Bentons nächste Worte drangen durch das Rauschen in meinen Ohren. „Ich kenne Ash schon seit seiner Kindheit. Ich habe ihn aufwachsen sehen, durfte voller Stolz miterlebt, wie er vom Jungen zu einem selbstbewussten und lebenslustigen

Mann heranwuchs. Es erfüllt mich mit Freude, dass ich einen Teil dazu beitragen habe, obwohl seine Eltern die wesentliche Arbeit geleistet haben. Die beiden sind wirklich großartige Menschen, die wissen, worauf es ankommt."

Benton räusperte sich. „Selbstverständlich war der Junge kein Heiliger. Er sieht gut aus und besitzt mehr Geld, als er jemals ausgeben könnte. Natürlich schlägt man da über die Stränge. Ash lebte lange Zeit auf der Überholspur, war rastlos und ständig auf der Suche nach einer neuen Herausforderung. Ich kann Ihnen sagen, er hat mit seinen Eskapaden seiner Mutter einige schlaflose Nächte bereitet. Aber … und das ist der entscheidende Punkt … er blieb dabei immer menschlich und hielt sich an gewisse Regeln. Dann lernte er Caroline kennen. Für ihn war dieses Mädchen eine Offenbarung. Seine große Liebe. Sie hat mit ihrem besonnenen Charakter den Sturm in seiner Seele gebändigt. Für Ash gab es keine Partys mehr, keine Weibergeschichten. Ihre Gesellschaft war ihm genug, er brauchte nur ihre Nähe, um glücklich zu sein. Er schien endlich seinen Platz an der Sonne gefunden zu haben, und dann starb sie und alles um ihn herum wurde dunkel. Nachdem er die schlimmste Trauerphase überwunden hatte, fing er an, sich zu verändern. Er wurde wieder der alte Ash. Nur fehlte die jungenhafte Leichtigkeit, die einen Großteil seines Charmes ausgemacht hat und das ist auch so geblieben. Ash erstickt seit Carolines Tod jeden Ansatz von Gefühl in seinem Herzen. Niemand kann auf Dauer so existieren und ich hatte wirklich Angst um ihn. Und dann geschah etwas Merkwürdiges."

„Was denn?", hauchte ich.

Benton lächelte mich fast schon liebevoll an. „Er hat *Sie* kennengelernt."

Ein simpler Satz, der so viel Raum für Hoffnung barg. Ich wollte das nicht zulassen, konnte es nicht. „Sie sagen das, als wäre es etwas Gutes. Aber wie Sie sicher bemerkt haben, will er nichts mit mir zu tun haben."

„Weil er sie gernhat. Er möchte sie vor Schlimmerem bewahren. Das allein ist schon ein riesiger Schritt. Jede andere hätte er in sein Bett geholt und dann kaltblütig abserviert."

„Das Herz hat er mir trotzdem gebrochen", wisperte ich tonlos und sah keinen Grund, ein Blatt vor den Mund zu nehmen.

„Ein gebrochenes Herz kann man wieder zusammenfügen, Maxine."

„Meines nicht", widersprach ich mit einem traurigen Lächeln. „Es war bereits vor Ash nicht in Ordnung. Er ist nicht der Erste, der mich enttäuscht hat und ich glaube nicht mehr daran, dass es je wieder für einen Mann schlagen kann. Man hat mich einmal zu oft verletzt und irgendwann ist es genug." Bittend richtete ich meinen Blick auf sein Gesicht. „Können Sie das verstehen, Benton?"

Seine Miene spiegelte Verständnis wider. „Natürlich. Es fällt Ihnen schwer, Vertrauen zu schenken, wenn es immer wieder missbraucht wurde. Dennoch möchte ich Sie um eines bitten."

Meine Augenbrauen formten einen fragenden Bogen.

„Geben Sie nicht auf. Ash braucht Sie, und ich wage zu behaupten, dass es sich umgekehrt genauso verhält."

„Aber er will mich doch gar nicht mehr."

„Das stimmt nicht, Maxine. Er fürchtet sich vor Ihnen und läuft vor seinen Gefühlen davon. Das macht mich unendlich traurig. Der Junge hat einen Weg eingeschlagen, der nur ins Unglück führen kann. Der Höhepunkt an falschen Entscheidungen ist die Verlobung mit dieser furchtbaren Person." Verständnislos schüttelte er das weiße Haupt. „Ich habe keine Ahnung, wieso er sich das antut. Es ist so unnötig."

„Vielleicht glaubt er, wenn er eine Ehe ohne Liebe führt, kommt er nicht in Versuchung, sich eines Tages wieder mehr zu wünschen. Er wird weitermachen wie bisher, nur diskreter, und sie wird es akzeptieren."

Benton nickte zustimmend. „So stellt er sich das vor und er lässt sich auch nicht davon abbringen. Und ich habe es versucht, das können Sie mir glauben. Es ist eine Schande, sein Leben auf diese Weise zu vergeuden, doch er will nicht auf mich hören. Sein sturer und unnachgiebiger Charakter schadet ihm mehr, als dass er ihm nutzt."

„Benton, wieso erzählen Sie mir das alles?"

Bitterer Ernst lag in Bentons Augen. „Weil ich der Meinung bin, dass nur Sie ihn noch retten können. Wenn er Natasha wirklich heiratet, wird vom wahren Ash bald nichts übrig sein. Er wird seine Zukunft an eine Frau vergeuden, die eine Shoppingtour für den Gipfel des Glücks hält."

„Bei allem Respekt, aber das ist Ashs Entscheidung. Nicht Ihre und erst recht nicht meine."

Müde rieb ich mir über die linke Schläfe. Mir wurde das alles zu viel, doch einen Punkt musste ich noch ansprechen, bevor ich dieses Gespräch abbrach. „Benton, ist Ihnen nie der Gedanke gekommen, dass er nicht gerettet werden *will*, dass es ihm vielleicht gefällt, wie es ist?"

Energisches Kopfschütteln folgte. „Nein, und ich sage Ihnen auch, wieso. Er durfte einmal erleben, was es bedeutet, sich vollständig zu fühlen. Die Sehnsucht danach wird ihn ein Leben lang begleiten. Ash weiß, mit Ihnen könnte er glücklich werden, und das jagt ihm eine Höllenangst ein. Einen Verlust wie den von Caroline würde er wohl nicht mehr überstehen. Die Furcht davor lähmt seinen Verstand, und deswegen tut er alles, um nicht in Versuchung zu geraten. Aber Sie könnten ihn heilen, ich weiß es einfach."

„Ich glaube, Sie überschätzen meinen Einfluss. Keine Ahnung, was er Ihnen über mich erzählt hat, doch er konnte mich gar nicht schnell genug loswerden."

„Er fürchtet sich", wiederholte Benton sanft.

„Das tue ich auch. Ich habe ständig Angst. Um meinen Sohn und seine Zukunft, davor, verrückt zu werden vor Sehnsucht, weil ich den Mann, den ich liebe, niemals haben kann."

Verdammt, so offen wollte ich meine Gefühle gar nicht bloßlegen. Der letzte Satz war mir einfach rausgerutscht.

Benton gefiel das ausgesprochen gut. „Zu hören, wie tief Sie für ihn empfinden, finde ich beruhigend. Wieso nehmen Sie keinen Kontakt zu ihm auf? Möglicherweise wird Ihr Mut belohnt."

„Bitte tun Sie das nicht, Benton. Machen Sie mir keine Hoffnung, wo längst keine mehr ist. Ich habe nicht die Kraft, ein solches Risiko einzugehen, um am Ende wieder allein dazustehen. Das könnte ich nicht aushalten."

Der Mann sackte zusammen, er schwieg eine ganze Weile und stieß hörbar den Atem aus.

„Es tut mir leid, Maxine. Ich will Sie nicht unter Druck setzen, und ich habe kein Recht, Sie um Hilfe zu bitten, weil ich nicht mehr weiterweiß."

Am liebsten hätte ich mich zusammengerollt und mir eine dicke Decke über den Kopf gezogen, um mich vor dem Rest der Welt zu verstecken. Nicht mehr denken, nicht mehr fühlen, nicht mehr hoffen. Einen winzigen Moment lang ergab ich mich dem Kummer, ehe ich ihn energisch beiseiteschob.

„Da wir das geklärt haben, sollten wir endlich mit der Arbeit beginnen." Mein übertrieben forscher Ton läutete das Ende dieser Unterhaltung ein.

„Das ist ein vernünftiger Vorschlag", stimmte Benton zu. „Lassen Sie uns in die unendliche Langeweile Ihres Buchungsprogramms abtauchen."

Während er versuchte, mir die Materie nahezubringen, konnte ich mich nur schwer konzentrieren. Alles in mir drängte darauf, meine Besonnenheit wie überflüssigen Ballast abzuwerfen und etwas zu riskieren, doch genau wie Ash fehlte es mir an dem nötigen Mut.

Ich durfte ihn nicht zum persönlichen Problem machen. Wenn er unbedingt mit Volldampf in einen gigantischen Scheißhaufen fahren wollte, weil er der Meinung war, völlig ohne Not und vor allem ohne Liebe heiraten zu müssen, dann lag es nicht in meiner Verantwortung, ihn davon abzuhalten.

Am Abend – Danny schlief schon längst – sortierte ich die Post und entdeckte unter den vielen Werbebriefen auch das Schreiben einer Rechtsanwaltskanzlei, das an mich adressiert war. Neugierig riss ich den Umschlag auf und faltete den Brief auseinander. Während mein Gehirn den Sinn der Buchstaben erfasste, gefror mir das Blut in den Adern. Corey hatte eine Anwältin beauftragt und bemühte sich um das alleinige Sorgerecht für Danny. Ich wurde zu einem Gespräch in die Kanzlei gebeten. Das Schreiben entglitt meinen Fingern und segelte zu Boden.

„Oh Gott“, wisperte ich tonlos und verspürte das dringende Bedürfnis, irgendwas zu zertrümmern. Nach all diesen Jahren wollte dieser Schweinehund auf einmal Daddy spielen?

„Nur über meine Leiche“, stieß ich hervor. Niemals hatte er Interesse an Dannys Wohlergehen gezeigt oder den Versuch unternommen, ihn kennenzulernen. Seine plötzlich erwachte Vaterliebe kaufte ich ihm daher nicht ab. Da musste etwas anderes dahinterstecken. Die Möglichkeit, er könnte Danny als Spielball für seine Machenschaften missbrauchen, entfachte brodelnde Wut in mir.

Ob ich den Brief der Anwältin einfach ignorieren sollte? Mein Bauchgefühl warnte mich davor, die Sache auf die leichte Schulter zu nehmen. Hastig griff ich nach dem Telefonhörer und rief Bibi an.

„Kannst du rüberkommen?“, flehte ich, sobald sie abnahm.

Natürlich registrierte sie umgehend, in welch aufgewühltem Zustand ich mich befand. „Bin sofort bei dir, Kleines.“

Gleich darauf saß sie bei mir in der Küche und las den Brief. Ihr Gesichtsausdruck verdüsterte sich mit jeder Sekunde.

„Was hältst du davon?“ Meine Beine und Hände zuckten, ich konnte kaum noch stillsitzen.

Ihre Antwort klang bedächtig. „Nun, ich denke, der Mistkerl will dich unter Druck setzen. Aber mach dir nicht so viele Sorgen. Er hat seit Dannys Geburt keinen Unterhalt gezahlt und den Umgang verweigert. Du wirst niemals einen Richter finden, der ihm das Sorgerecht zusprechen würde."

„Und wenn du dich irrst?" Anschließend erzählte ich ihr von meinen Bedenken. „Corey plant irgendetwas. Das kommt so unerwartet, sein plötzliches Interesse muss einen bestimmten Grund haben."

„Ich kann es nur wiederholen, Maxine: Man entzieht einer Mutter nicht so einfach das Sorgerecht. Schon gar nicht einer, die sich so rührend um ihr Kind kümmert wie du."

„Ich weiß nicht", flüsterte ich verhalten und kaute an der Innenseite meiner Wange herum. „Ich arbeite viel und kann mich nicht so um ihn kümmern, wie ich es gerne möchte. Vielleicht sehen die das vor Gericht ähnlich."

Bibi zog eine verärgerte Grimasse. „Sei doch nicht so pessimistisch! Bevor du dich in sinnlosen Spekulationen ergehst, warte lieber den Termin ab. Danach wirst du schlauer sein und kannst deine Strategie planen."

„Das sagst du so einfach", brummte ich, fühlte mich allerdings ein bisschen besser. Bibi gelang es immer, die Wogen in meinem Inneren zu glätten. Sie hatte ja recht. Man riss ein Kind nicht ohne triftigen Grund aus seiner gewohnten Umgebung, und es gab auch kein Gesetz, das es einer alleinerziehenden Mutter verbot, ihr Kind von vertrauenswürdigen Personen beaufsichtigen zu lassen.

„Ich werde versuchen, ruhig zu bleiben."

Bibi nickte zufrieden. „So gefällst du mir schon besser. Und jetzt mach ich dir einen Tee zur Beruhigung. Du zitterst ja richtig."

Ihre Bemutterung half mir, diese Krise zu überstehen und neuen Mut zu fassen. Ich würde um meinen Sohn kämpfen. Corey konnte nicht nach so vielen Jahren auftauchen und Ansprüche geltend machen. Das würde ich verhindern.

Kapitel 20

Mein Optimismus hielt nicht lange an. Die Ungewissheit, wieso er auf einmal auf seinen väterlichen Rechten beharrte und gleich den Weg zum Anwalt auf sich nahm, zermürbte mich. Ich kontaktierte das Anwaltsbüro, das ihn vertrat, und es wurde ein Termin im Dezember vereinbart. Bis dahin dauerte es noch einige Wochen. Von Schlaflosigkeit und Sorgen geplagt, verlor ich weiter an Gewicht und sah zunehmend blasser aus. Selbst Make-up konnte nicht mehr kaschieren, wie mies ich mich fühlte.

Ungefähr eine Woche später verglich ich mit Benton die Kostenvoranschläge eines Malerunternehmens, als er mir einen neugierigen Seitenblick zuwarf. „Maxine, Sie sind heute nicht richtig bei der Sache. Gibt es ein Problem, bei dem ich Sie unterstützen kann?“

Toll, sollte mir mein sprichwörtliches Pech hold bleiben, würde ich zu allem Überfluss auch noch den Job verlieren. Benton mochte mich, aber seine Loyalität galt Ash. Wenn ich Mist baute, würde ich schneller rausfliegen, als ich blinzeln konnte, und ohne festen Arbeitsplatz konnte ich das Sorgerecht für Danny gleich freiwillig abgeben.

Hüstelnd versuchte ich, mein Verhalten zu relativieren. „Es tut mir leid, ich habe schlecht geschlafen. Ich werde mich bemühen, von nun an konzentrierter zu sein.“

„Das klingt doch erfreulich.“ Benton räusperte sich ebenfalls und griff in den Kragen seines Hemdes, um ihn ein wenig zu lockern. „Übrigens, Ash wird demnächst vorbeikommen.“

Für einen klitzekleinen Moment rückten meine Probleme in den Hintergrund. Ich würde ihn wiedersehen. Mein Puls überschlug sich förmlich, und mich schockierte die unverfälschte Freude, die bei dieser Nachricht in mir aufstieg. Aufgewühlt grub ich die Zähne in die Unterlippe und gab mir Mühe, so desinteressiert wie möglich auszusehen. „Wissen Sie schon, wann genau er eintrifft?“

„Ich bin längst hier."

Mein Blick schoss zur Tür und mir schwindelte. Da stand er. Smart und unwahrscheinlich sexy in seinem dreiteiligen Anzug und mit der teuren Uhr am Handgelenk. Ich legte keinen gesteigerten Wert auf Statussymbole, weder bei Männern noch bei Frauen, doch er trug die luxuriöse Kleidung und die dazugehörigen Accessoires mit einer Natürlichkeit, die ein einfaches Mädchen wie mich schwer beeindruckte.

Hör auf zu sabbern und benimm dich wie eine Erwachsene.

Meine Mundwinkel bogen sich pflichtschuldig aufwärts. Wäre der krächzende Unterton in meiner Stimme nicht gewesen, hätte man meine Reaktion sogar als gelangweilt einstufen können. „Mr. Hunter, wie schön, Sie wieder hier begrüßen zu dürfen."

Ein unwilliges Knurren folgte. „Lass den Scheiß, Maxine. Ich bin heute nicht auf Small Talk programmiert."

Sofort schaltete ich auf Widerstand. Bei aller Liebe, aber so durfte er mich nicht behandeln. Der hatte sie doch nicht mehr alle.

Ash trat ein und schloss die Tür. „Hast du ein paar Minuten?"

Darauf bedacht, keinen Streit heraufzubeschwören, biss ich mir auf die Zunge, um jede provozierende Antwort zu vermeiden, und presste ein „Natürlich" heraus.

Du brauchst den Job, vergiss das nicht, soufflierte mir mein Verstand.

Ash überbrückte den Abstand und blieb neben Benton stehen. Er nickte seinem Mentor kurz zu. Anschließend traf sein stechender Blick auf meinen, seine Mundwinkel verzogen sich zu einer unwirschen Grimasse.

„Wie ich gesehen habe, hast du neues Personal eingestellt."

Misstrauisch wartete ich ab, worauf er hinauswollte. Sollte ich mich jetzt dafür rechtfertigen, dass ich meinen Job erledigte, oder war das nur eine allgemeine Feststellung gewesen, um eine unverfängliche Unterhaltung zwischen Chef und Angestellter in Gang zu bringen? Hin und wieder wünschte ich mir eine detailgetreue Gebrauchsanweisung für diesen Mann.

„Zwei Mitarbeiterinnen haben gekündigt, und die habe ich umgehend ersetzt."

Anscheinend stellte ihn meine Antwort nicht zufrieden. „Vielleicht solltest du deine Wahl überdenken."

„Inwiefern?"

„Die kleine Schwarzhaarige kenne ich aus Aarons Club. Sie hat Erfahrung im Service und sie ist hübsch. Die andere allerdings …"

„Ich nehme an, du redest über Cynthia", unterbrach ich ihn.

„Keine Ahnung, wie sie heißt. Ich spreche über die blasse Schreckschraube mit dem verängstigten Gesichtsausdruck. Sie ist fast in Ohnmacht gefallen, als ich mich vorgestellt habe. Sie hat keinen Ton rausbekommen."

Als ob du das nicht gewohnt wärst, dachte ich grimmig.

„Sie ist ein bisschen schüchtern", gab ich zu.

„Schüchtern? Das trifft es wohl nicht ganz." Ashs scharfe Züge verhärteten sich noch mehr. „Was hast du dir nur dabei gedacht, so eine Person auf unsere Gäste loszulassen?"

War er das? Der Ash, der keinerlei Empathie zeigte und dessen Blick jeden lebenden Organismus zu Eis erstarren ließ? Entschlossen, mich nicht von seiner Kälte einschüchtern zu lassen, bot ich ihm die Stirn.

„Du hast mich zur Geschäftsführerin ernannt, gegen meinen Willen wohlgemerkt, und jetzt solltest du mit meinen Entscheidungen leben können. Cynthia ist pünktlich, fleißig und die Gäste finden sie nett. Falls du sie loswerden möchtest, musst du sie schon selbst feuern, ich werde es ganz sicher nicht tun. Und danach kannst du dich auch gleich nach einer neuen Geschäftsführerin umsehen."

Du dumme Nuss, was machst du da? Du brauchst den Job. Wieso setzt du ihm die Pistole auf die Brust?

Zu meiner Erleichterung mischte sich Benton ein. „Ich kann Maxine nur beipflichten. Miss Simmons spleeniger Charme kommt gut bei den Leuten an. Lass dich von ihrem etwas seltsamen Äußeren nicht täuschen und vertrau auf Miss Nichols' Menschenkenntnis."

Sekunden verstrichen, ein grollender Laut kam aus seiner Kehle und er gab nach. „Also gut, sie kann vorerst bleiben, aber sobald es Beschwerden gibt, fliegt sie raus."

Du eingebildetes Arschloch.

„Beschwerden wirst du keine hören, das versichere ich dir. Im Gegensatz zu manch anderem verfügt Cynthia über eine gute Kinderstube und weiß, was sich gehört."

Sein grimmiges Lächeln machte jedem Eiswürfel Konkurrenz. „Benton, wärst du so nett und lässt uns allein? Ich möchte gern unter vier Augen mit Maxine reden."

Die Feuchtigkeit in meinem Mund verdampfte förmlich, er fühlte sich trocken und spröde an. Benton zog sich zurück, nicht ohne mir vorher noch einen aufmunternden Blick zuzuwerfen. Stocksteif saß ich auf dem Stuhl, nachdem mein einziger Verbündeter den Raum verlassen hatte, und versuchte, mich von Ashs frostklirrender Ausstrahlung nicht einschüchtern zu lassen.

„Und nun zu dir, Süße." Er umrundete den Tisch, packte mich blitzschnell am Arm und riss mich grob nach oben. Ich taumelte an seine Brust und spürte seinen Herzschlag unter meiner Handfläche, mit der anderen stemmte ich mich gegen seine Schulter, darum bemüht, Abstand zu wahren.

„Lass mich los!"

„Das hättest du wohl gerne."

Unter Aufbietung all meiner Kräfte wollte ich mich von ihm wegdrücken und scheiterte. Diese Wand aus harten Muskeln hielt jedem Abwehrversuch stand, er rückte keinen Millimeter von der Stelle.

„Du kannst mich nicht gegen meinen Willen festhalten."

„Das passiert nun einmal mit bösen Mädchen, die glauben, jemanden wie mich provozieren zu dürfen." Ash hauchte seinen Atem auf meine Wange und entzündete damit sämtliche Nervenstränge meines Körpers. „Wage es nie wieder, in so einem Ton mit mir zu sprechen, Maxine. Erst recht nicht, wenn andere Personen anwesend sind. Hast du das verstanden?"

„Und falls ich mich nicht an deine Anweisung halte?"

„Dann wirst du es bitter bereuen. Glaub mir, du willst nicht wissen, was ich tun würde."

Seine Brust stieß bei jedem Atemzug gegen meine. Als Reaktion darauf verhärteten sich die Nippel. Die verräterische Wärme, die von dieser Stelle ausging, sickerte nach unten und sammelte sich in Form brodelnder Hitze in meinen Unterleib. Himmel, ich wurde feucht. Der denkbar schlechteste Moment, um sexuelle Erregung zu empfinden.

„Du bist ein Scheusal. Ich kann nicht glauben, dass ich je was Nettes in dir gesehen habe."

„Nett sein gehört nicht zu meinem Repertoire, Süße. Ich sehe etwas, will es besitzen und dann nehme ich es mir. Ohne Rücksicht auf Verluste." Er lächelte lüstern. „Ich könnte dich jederzeit haben. Sogar jetzt, hier in diesem Büro."

Erschüttert lauschte ich den Worten. Er verhielt sich, als hätte unser letztes Gespräch, bei dem wir uns emotional so nahegekommen waren, nie stattgefunden. Was bezweckte er mit seinem widersprüchlichen Verhalten? Wollte er erreichen, dass ich ihn hasste? Als ob ihm das gelingen könnte! Dennoch gab er sich alle Mühe, mich mies zu behandeln.

Seine Hand fuhr zwischen meine Beine und presste sich auf die Naht meiner Hose. Keuchend umklammerte ich seinen Arm und schloss die Augen, sobald sein Daumen großzügige Kreise auf meinem Venushügel beschrieb. Bebend atmete ich aus und verlor mich sofort in einem mitreißenden Strudel aus Empfindungen. Heiße Blitze zuckten mir durch den Unterleib.

Ashs einschmeichelndes Flüstern drang an mein Ohr. „Hm, wenn du dein Gesicht sehen könntest. Du bist hilflos, sobald ich dich berühre." Er machte sich am Hosenknopf zu schaffen und fand den Weg unter meinen Slip. Ein leises Knurren begleitete diese Handlung. „Fuck, du bist ja total nass."

Oh ja. Nass und erregt und kein bisschen darauf aus, ihn zu stoppen. Ich wollte nur genießen und dabei das geschickte

Spiel seiner Hand an meinem vor Lust zitternden Fleisch spüren. Die Berührungen versetzten mich in Verzückung, das Rauschen in meinen Ohren nahm zu, und ich atmete, die Stirn gegen seine linke Schulter gepresst, in den festen Stoff seines Jacketts hinein.

„Oh Gott …“

Unter halb geschlossenen Lidern wand ich mich unter seiner köstlichen Stimulation. Seine Fingerspitzen fanden die feuchten Falten und glitten nach oben, bis sie auf meine pochende Klit stießen. Träge umkreiste er den empfindlichen Knoten, herrliche Lustgefühle krochen durch meinen angespannten Leib. Seine Finger wurden schneller, ich klammerte mich an ihm fest und biss mir auf die Lippen, um den lauten Schrei zu unterdrücken, als er mich innerhalb kürzester Zeit über die Kante schickte. Schwindelnd vor Genuss kam ich und konnte mich nicht daran erinnern, jemals so intensiven Eindrücken ausgeliefert gewesen zu sein. Auch die Geschwindigkeit, mit der er meine kaum vorhandene Gegenwehr außer Gefecht gesetzt und mich zum Höhepunkt gebracht hatte, erschütterte mich.

Die Realität setzte leider viel zu schnell wieder ein. Er zog die Finger aus der Hose und leckte sie genüsslich ab. Aus verschleierten Augen sah ich dabei zu, wie er sich säuberte. Mein Atem kam stoßweise und beruhigte sich nur langsam. Zwischen meinen Schenkeln spürte ich noch die verbliebenen Ausläufer sexueller Ekstase.

Da ich mich nicht rührte, schloss Ash meine Hose und trat mit einem blasierten Lächeln auf den Lippen einen Schritt zurück. „Siehst du! Du bist Wachs in meinen Händen.“

„Ach ja?“

Angriffslustig erwiderte ich seinen selbstgefälligen Blick.

„Natürlich. Schau dich nur an. Deine Nippel sind so hart, du könntest damit Löcher in die Tür bohren.“

Meine Wangen glühten noch mehr. Er betrachtete mich mit diesem speziellen distanziert arroganten Blick, der mich schon immer zur Weißglut getrieben hatte.

„Wir haben ja gerade gesehen, dass du mir nichts entgegenzusetzen hast. Aber du hast Glück, du bist mir einfach zu schwierig. Frauen wie du machen nur Ärger und bereiten einem Mann Kopfzerbrechen.“

Ich hätte ihn für diese Gemeinheit erschlagen können. „Wieso bist du so ekelhaft?“

Erneut umfasste er meinen Kiefer, seine Fingerspitzen gruben sich schmerzhaft in meine Haut, während er mich zwang, dem grünen Eis in seinen Augen standzuhalten. „Schau gut hin, Maxine, und sieh mein wahres Ich. Für mich gibt es nur zwei Kategorien von Frauen: Entweder sind sie fickbares Material oder nicht von Interesse für mich. Du hast den Fehler begangen und mehr in mir gesehen, als einen Pussy-Player. Sei dankbar, dass du noch so glimpflich davongekommen bist. Such dir einen netten Romantiker, und hör um Gottes willen auf, mich wie ein waidwundes Reh anzustarren.“

Beinahe hätte ich ihm geglaubt, doch gerade als ich mich verletzt von ihm abwenden wollte, blitzte in Ashs Augen düstere Qual auf. So verzweifelt und verloren, dass ich seine Pein fast körperlich spüren konnte. Etwas in mir brach auf, ich wurde ganz ruhig. Angst und Wut flossen einfach aus mir heraus. Mir wurde klar, dass Benton sich nicht getäuscht hatte. Ashton empfand mehr für mich, als er wollte und tat deswegen alles, um diesem Gefühl nicht nachzugeben.

Beherrscht griff ich nach seiner Hand und zog sie von meinem Kinn. „Ich durchschaue dich, Ash. Egal, wie eklig du dich mir gegenüber benimmst, ich kaufe dir diese Bad-Boy-Attitüde nicht länger ab.“

Ein Schatten huschte über sein Gesicht. „Ich mache dir nichts vor. Bildest du dir ein, mich zu kennen, weil ich dir von Caroline erzählt habe?“

„Du hast mir vertraut“, antwortete ich leise. „Das jagt dir Angst ein, und jetzt glaubst du, wenn du fies genug bist, würde ich von ganz allein die Flucht ergreifen. Das wäre natürlich am einfachsten für dich.“ Entschlossen sah ich zu ihm auf.

„Pech gehabt, da spiele ich nicht mit. Ich bin hier, Ash. Direkt vor dir. Vor ein paar Minuten bin ich durch deine Hand gekommen und es war schön. Nichts, was du sagst oder tust, wird mich dazu bringen, das zu bereuen."

Ganz unvermittelt verringerte ich den Abstand zwischen unseren Körpern und presste meinen Unterleib an seine Erektion. Seine Hände schlossen sich wie eiserne Ringe um meine Oberarme, er hielt mich ein Stück von sich weg, die Stirn ärgerlich verzogen.

„Weißt du eigentlich, was du willst?", fauchte er. „Wochenlang spielst du die spröde Jungfrau und jetzt benimmst du dich wie eine x-beliebige Schlampe und wirfst dich mir an den Hals."

Lass dich nicht provozieren, er sucht nur Streit.

„Ich spiele nicht und du solltest das auch nicht tun."

„Dafür ist es längst zu spät. Wir stecken mittendrin und am Ende wird es nur Verlierer geben."

Er ließ mich los und wandte sich ab. Zitternd schlang ich die Arme um mich und starrte auf seinen breiten Rücken. Er wirkte so verloren und gleichzeitig so unbeugsam. Wie sollte man zu einem Menschen durchdringen, der so hohe Mauern um sich türmte?

„Ich habe mich gegen dich gewehrt, weil ich nicht verletzt werden wollte. Kannst du das nicht verstehen?"

Er antwortete nicht. Bentons flehende Bitte kam mir in den Sinn und so langsam konnte ich seine Verzweiflung nachvollziehen. Mir ging es ja nicht anders. Ich wollte Ash helfen, ihn lieben und heilen, aber ich wusste nicht, wie.

„Bei unserer letzten Begegnung hast du gesagt, wenn du je wieder lieben könntest, dann wäre ich es. Hast du das ernst gemeint oder war das eine Lüge?"

Endlich drehte er sich um und rückte dicht an mich heran. Sein warmer Atem fächerte über mich hinweg.

„Es war eine Phrase, damit du dich besser fühlst", sagte er. „Du hast keine Macht über mich, Maxine. Bild dir das bloß nicht ein. Aber genau das scheinst du zu glauben, seit ich dir meine Geschichte mit Caroline erzählt habe.“

Das hämische Lächeln, das sich jetzt auf seinen Zügen ausbreitete, sollte mich verletzen und in meine Schranken weisen.

„Tu das nicht. Werd nicht gemein, nur weil du dir nicht anders zu helfen weißt“, flüsterte ich und empfand nichts als Traurigkeit, da ich Ashs Panik, die Kontrolle über seine Gefühle zu verlieren, fast körperlich spüren konnte.

„Gemein? Du hast mich noch nicht erlebt, wenn ich so bin.“ Sein Mund verzog sich zu einem strengen Lächeln. „Keine Ahnung, was du dir in deinem hübschen Köpfchen zusammengereimt hast, aber du wirst niemals ihren Platz einnehmen können.“

Mir stand ein Ash gegenüber, der nur darauf aus war, mich zu verletzen. Jede weitere Diskussion kam mir sinnlos vor. Keine Chance gegen die Kälte in seinem Herzen zu vertreiben. Jahrelanger Kummer ließ sich nicht einfach so auslöschen. Ich musste Geduld haben.

„Ich werde nicht um deine Liebe betteln, Ash“, erwiderte ich ruhig.

Ein heißes Stechen fuhr mir durch Mark und Bein, als sich Erleichterung auf seinem Gesicht abzeichnete. „Können wir jetzt endlich wieder zum geschäftlichen Teil meines Besuches übergehen?“

„Ich bitte darum.“

Ash atmete tief durch. Wie so oft schob er eine Maske der Gleichgültigkeit über seine Züge, seine Mimik versteinerte. „Ich habe einen Freund von mir mitgebracht“, teilte er mir kühl mit, sah mir dabei aber nicht in die Augen. „Er wartet draußen und will den Laden eventuell kaufen.“

Hätte er mir mit Thors Hammer eine übergezogen, hätte ich nicht verdatterter sein können. „Wie bitte?“ Meine Stimme überschlug sich fast.

Ash räusperte sich unbehaglich. „Der Kauf des Diners war eine spontane Aktion. Ich kann mit dem Restaurant nichts anfangen, und da sich die Sache zwischen uns erledigt hat, möchte ich es schnellstmöglich loswerden."

Nach dieser bestürzenden Eröffnung sah ich mich zu keiner Reaktion imstande. Gerade, wo ich mich dazu entschieden hatte, uns nicht kampflos aufzugeben, stellte er mich vor vollendete Tatsachen. Er kappte alle Verbindungen und würde einfach aus meinem Leben verschwinden. Als wäre er nie ein Teil davon gewesen. Erschüttert gestand ich mir ein, wie sinnlos es war, diesen Mann zur Vernunft bringen zu wollen. Er legte keinen Wert auf Hilfe.

Ash redete unterdessen unverdrossen weiter. „James plant eine Kette von Schnellrestaurants, die sich von den modernen Fresstempeln, die es sonst gibt, grundlegend unterscheidet. Die Restaurants sollen ein gemütliches und altmodisches Flair verströmen. So wie *Lou's Diner*."

Endlich löste sich der dicke Klumpen in meinem Hals. „Ich wette, du würdest das Diner sogar herschenken, um mich endgültig loszuwerden", platzte es aus mir heraus.

Manchmal verstand ich nicht, wieso ich so tiefe Gefühle für ihn hegte. Er kam und ging, wie es ihm in den Kram passte, und nahm sich, was er wollte. Mich, das Restaurant, einfach alles. Sobald er sich langweilte, schaffte er sich den Ballast wieder vom Hals und machte weiter wie gehabt. Die nächste Herausforderung, die nächste Frau.

„Für dich wird sich nichts ändern, falls du das befürchtest. James ist ein feiner Kerl und im Gegensatz zu mir ein echter Menschenfreund. Er wird dich fair behandeln."

„Tja, dann ist ja alles gut, nicht wahr?"

Er ging nicht auf meine sarkastische Bemerkung ein, dennoch glaubte ich, Beklommenheit in seinen Augen zu sehen. Ganz so eiskalt und glatt, wie er sich gerne darstellte, war er wohl doch nicht.

„Lass uns rausgehen, damit ich dir James vorstellen kann. Je schneller wir den Verkauf über die Bühne bringen, umso besser für alle Beteiligten."

Das glaubst du doch selbst nicht, dachte ich zynisch und folgte ihm.

Benton kam uns entgegen. Ash lief wortlos an ihm vorbei und verschwand im Lokal. Benton hinderte mich am Weitergehen. „Warten Sie, Maxine. Ich würde gerne wissen, ob alles okay ist. Hat er sich etwa danebenbenommen?“

Traurig genug, dass er das fragen musste. „Ich würde lieber nicht darüber reden“, erwiderte ich und biss mir auf die Lippe.

Benton seufzte. „Hören Sie, ganz gleich, was er gesagt hat, nehmen Sie ihn nicht ernst. Er weiß momentan nicht, was er tut. Auf seine verquere Weise will er Sie beschützen und merkt nicht, dass er nur Schaden anrichtet.“

„Das mag sein, aber für mich ändert das nichts. Abgesehen davon hat Ash das Problem bereits gelöst. Schon bald kann er so tun, als wären wir uns niemals begegnet.“

„Wie meinen Sie das?“

„Er will das Diner loswerden. Draußen sitzt wohl ein potenzieller Käufer.“

„James? Ich dachte, die beiden sind privat unterwegs.“

Bentons überraschter Miene nach zu urteilen, hatte Ash ihn nicht in seine Pläne eingeweiht. Ich glaubte, etwas Ähnliches wie „Dieser dumme Junge“ zu hören, ehe er mir fürsorglich die Hand auf den Rücken legte. „Kommen Sie, bevor er ungeduldig wird.“

Benton begleitete mich hinaus, wofür ich ihm sehr dankbar war. Ash stand draußen und begutachtete kritisch den Innenraum. Seine Miene spiegelte Zufriedenheit wider, dann wechselte er ein paar Worte mit Kendra, einer jungen hübschen Kellnerin, die seit circa einem Jahr hier arbeitete. Kendras Teint bekam eine hochrote Färbung. Ein Mann wie Ash lief ihr sicher nicht alle Tage über den Weg, und der Mistkerl war sich seiner Wirkung auf sie allzu bewusst. Er warf einen fiesen Blick in meine Richtung, ehe er sich zu ihr beugte, um ihr etwas ins Ohr zu flüstern. Kendra kicherte und lächelte geschmeichelt zu ihm auf.

In diesen Augenblicken empfand ich pure Mordlust. Auf ihn, auf die arme Kendra. Sein mieses Verhalten hätte mir nichts ausmachen dürfen, und doch waren seine Bemühungen von Erfolg gekrönt.

Mühevoll rang ich meine Eifersucht nieder und ging auf die beiden zu. „Kendra?“ Sie sah mich an und ich lächelte freundlich. „Wärst du so nett und hilfst Cynthia beim Abwischen der Tische, ehe der nächste Ansturm kommt?“

„Natürlich.“ Bevor sie sich an die Arbeit machte, warf sie Ash ein ganz reizendes Lächeln zu. „Ich wünsche Ihnen noch einen schönen Tag, Mr. Hunter“, säuselte sie und rauschte hüftwackelnd davon.

Ash schenkte ihrem Hintern mehr Aufmerksamkeit, als ich ertragen konnte, und grinste mich anschließend süffisant an. „Sehr niedliches Ding.“

„Du bist ein Ekel, Ashton Hunter.“

Mein böser Blick entlockte ihm lediglich ein Grinsen. Er setzte zu einer Antwort an, da trat ein elegant gekleideter Geschäftsmann an uns heran. „Ash, willst du mich nicht endlich vorstellen?“

Die sonore Stimme des dunkelblonden Fremden klang freundlich, aber bestimmt.

Ash zog mich an seine Seite. „James, das ist Maxine Nichols, sie leitet das Diner. Wenn du Fragen hast, kannst dich direkt an sie wenden. Maxine, das hier ist mein alter Freund James Barber.“

Freundlich lächelnd streckte ich Mr. Barber die Hand hin. „Sehr erfreut, Sie kennenzulernen.“

Er erwiderte die unverbindliche Begrüßung mit einem unpersönlichen Händedruck. „Die Freude ist ganz auf meiner Seit, Maxine. Ich nehme an, Ash hat Sie bereits eingeweiht, was meine Absichten angeht?“

„Nicht im Detail, aber ich wurde informiert.“

Da sich Mr. Barber als durchaus angenehmer Zeitgenosse entpuppte, entspannte ich mich zunehmend. Ash, der direkt neben mir stand, spürte das wohl auch und warf mir einen schrägen Seitenblick zu. Blitzte da Eifersucht in seinen Augen auf?

„Setzen wir uns“, meinte er brüsk und ging voraus. Ich folgte ihm an einen der freien Tische, James Barber blieb dicht hinter mir. Sobald wir Platz genommen hatten, registrierte ich Barbers prüfenden Blick auf meinem Gesicht.

„Die heutigen Neuigkeiten kommen sicher unerwartet für Sie.“ Er lehnte sich ein wenig zurück. Ganz im Gegensatz zu Ash machte er einen in sich ruhenden Eindruck auf mich. Wie jemand, der den Platz in seinem Leben gefunden hatte. Beneidenswert.

„Um ehrlich zu sein, habe ich nicht mit so einer Entwicklung gerechnet.“

Lügen wollte ich nicht, auch nichts schönreden. Das brachte nur Ärger mit sich.

„Machen Sie sich keine Sorgen.“ Barber zwinkerte mir zu. „Das Einzige, was Sie zu befürchten haben, sind ein paar Besuche von mir oder meiner Assistentin. Wenn ich mein Vorhaben tatsächlich so umsetzen kann, wie mir das vorschwebt, soll dieses Diner als Vorlage für weitere Schnellrestaurants dienen. Natürlich muss man den Laden optisch ein wenig aufmöbeln. Ein frischer Anstrich wirkt Wunder, dazu noch eine neuwertigere Einrichtung und eine bessere Küchenausstattung. Wichtig ist mir nur, dass das Flair vergangener Zeiten auf keinen Fall verloren geht.“

„Das hört sich alles sehr schön an“, sagte ich in einem Tonfall, der durchaus erkennen ließ, dass ich der Sache noch nicht so recht traute. „Ich hoffe nur, Sie bleiben uns eine Weile erhalten und verkaufen nicht nach kurzer Zeit an den nächsten Interessenten.“

Diesen Seitenhieb konnte ich mir nicht verkneifen, obwohl ich Gefahr lief, von James Barber als unhöflich abgestempelt zu werden.

Ich sorgte mich umsonst. Sein warmes Lächeln zeigte nichts als Anerkennung. „Sie sind sehr direkt, das gefällt mir.“

Ich blinzelte verlegen und sein Blick wurde eine Nuance wohlwollender. Ich konnte spüren, wie sich Ashs Körper neben mir versteifte. Es passte ihm nicht, wie gut ich und James harmonierten. Daraufhin lächelte ich Mr. Barber extra herzlich an. Um Ash zu ärgern und ihm seinen Flirt mit Kendra heimzuzahlen. „Ich stehe Ihnen jederzeit zur Verfügung, sollten Sie Gesprächsbedarf haben."

„Dann kann ja nichts mehr schiefgehen."

Barber zwinkerte mir erneut zu. Die stahlblauen Augen in dem kantigen Gesicht harmonierten perfekt mit dem dunkelblonden Haar. Tatsächlich fiel mir erst jetzt auf, wie gut er aussah.

„Noch habe ich nicht verkauft, also freu dich nicht zu früh", knurrte Ash und mit unverkennbar feindseligem Unterton. Erschrocken wandte ich den Kopf in seine Richtung. Pure Mordlust funkelte mir entgegen.

James entschärfte die Situation. Offenbar kannte er Ash ziemlich gut und wusste ihn zu nehmen. „Dessen bin ich mir bewusst. Trotzdem hoffe ich, wir können uns einigen. Schon um der alten Zeiten willen."

Dieser letzte Satz schien etwas in Ash auszulösen. Der Zorn, der sich immer tiefer in seine Gesichtszüge gegraben hatte, verschwand schlagartig. „Entschuldige bitte, ich wollte dich nicht so anpfeifen. Ich bin derzeit ein wenig angespannt." Er räusperte sich nachdrücklich. „Selbstverständlich will ich an dich verkaufen."

„Dann lasst uns das bei einem Abendessen besiegeln. Maxine, ich hoffe, Sie können für heute Abend so kurzfristig einen Babysitter organisieren. Ash hat mir erzählt, Sie hätten einen aufgeweckten kleinen Sohn."

Dass er ihn James gegenüber erwähnt hatte, überraschte mich. „Ähm … ja. Ich müsste das zuerst abklären, aber das lässt sich sicher einrichten."

„Wunderbar. Sobald ich reserviert habe, schicke ich Ihnen per Mail eine Nachricht, damit Sie wissen, wohin es geht." Barber erhob sich. „Ich muss Sie jetzt leider verlassen. Auf mich wartet jede Menge Arbeit." Er senkte seinen Blick in meinen. „Bis heute Abend, Maxine. Ash …" Dem schlug er zum Abschied kumpelhaft auf die Schulter und verließ das Restaurant.

„Du scheinst eine Vorliebe für betuchte Männer entwickelt zu haben."

Ash konnte sich solcherart geschmacklose Provokationen sparen.

„Gerade du solltest wissen, dass Geld nicht reicht, um mich zu ködern. Meine Liebe gibt es umsonst oder gar nicht, aber jemand wie *du* wird das nie kapieren."

„Ich verstehe mehr, als du denkst, Maxine. Maße dir nicht an, über mich zu urteilen."

„Und wieso nicht? Du tust das doch auch. Merkst du denn nicht, dass du dich unaufhaltsam in einen verbitterten und kalten Menschen verwandelst?"

„Irrtum, Maxine, das bin ich schon längst."

Danach herrschte Schweigen. Für ein paar Sekunden tauchten unsere Blicke ineinander, verschmolzen, und doch zerrte eine unsichtbare Kraft an dieser Verbindung und riss uns wieder auseinander. Ein Ruck ging ihm durch den Körper, seine Mundwinkel kräuselten sich zu zynischen Bögen.

„Ich verschwinde jetzt auch." Er erhob sich und blickte auf mich herunter. „Wir sehen uns dann heute Abend. Zieh dich nicht zu aufreizend an. James soll nicht den Eindruck bekommen, du wärst leicht zu haben."

Vor Empörung blieb mir fast die Spucke weg. Ich wollte etwas Schlaues entgegnen, doch er befand sich bereits auf halbem Weg hinaus und hätte mich sowieso nicht gehört.

Wütend erhob ich mich und lief auf den Tresen zu. Riley stand dahinter, dabei hatte ihre Schicht noch gar nicht begonnen.

„Hey, du bist ja schon da", begrüßte ich sie erstaunt und zwang mich, nicht mehr an Ash zu denken. Riley wischte mit einem Lappen über die bereits blitzblanke Oberfläche. „Hab nichts Besseres zu tun. Da kann ich ebenso gut hier herumhängen."

Ein Seufzen unterdrückend, lief ich um die Theke herum und stellte mich neben sie. Mein prüfender Blick hing an ihrem Gesicht und ich machte mir Sorgen. Der Kummer wegen Colin setzte ihr zu, und obwohl sie diesen selbst verursacht hatte, ging es ihr schlechter und schlechter.

„Du siehst schrecklich aus", sagte ich und musterte sie mitfühlend.

Zuerst zog sie einen beleidigten Schmollmund, dann fiel die Maske und sie schluckte hart. „Mir geht es auch nicht gut. Er fehlt mir."

„Willst du nicht mit ihm reden? Colin ist nicht wie Ash. Er würde dich auf Händen tragen, wenn du ihn lässt."

Rileys Augen schimmerten feucht. „Das kann ich nicht. Wir würden es nicht hinkriegen."

„Wer behauptet das? Wirf diese Chance nicht weg, weil du denkst, du wärst nicht gut genug für ihn."

„Aber das bin ich nicht. Sieh mich an! Ich bin eine drittklassige Bedienung in einem kleinen Schnellrestaurant. Colin lebt in einer ganz anderen Welt. Dort wimmelt es vor schnöseligen Upperclass-Pärchen. Die werden sich das Maul über mich zerreißen und die Nase rümpfen."

Langsam wurde ich sauer. „Weißt du was? Nicht er und seine Freunde sind die vorurteilsbehafteten Schnösel, sondern du!"

Ihr entgleisten die Gesichtszüge. „Wie kannst du so was sagen? Ich dachte, du bist auf meiner Seite."

„Das bin ich auch, deswegen nehme ich mir die Freiheit, dir hin und wieder die Augen zu öffnen."

Rileys betretene Miene besänftigte mich. „Riley, ich bin auf deiner Seite, aber du bewertest ihn und seinen Freundeskreis, ohne ihnen eine Chance zu geben. Vielleicht interessiert es sie gar nicht, was du beruflich machst oder wo du herkommst. Colin ist es doch auch egal. Außerdem macht er nicht den Eindruck, als würde er sich mit oberflächlichen Leuten umgeben. Hat er dir jemals das Gefühl vermittelt, seiner nicht wert zu sein?"

„Nein, natürlich nicht", gab sie leise zu. Sie sah an mir vorbei zum Fenster, da weiteten sich ihre Augen.

„Ach du Schande", brach es entgeistert aus ihr heraus, bevor sie zwei Schritte rückwärts stolperte.

Verdutzt folgte ich ihrem Blick und unterdrückte ein Lachen. Colin Hunters hochgewachsene Gestalt bewegte sich entschlossen auf den Eingang des Restaurants zu.

„Du kriegst Besuch", teilte ich ihr grinsend mit und amüsierte mich insgeheim königlich über Rileys panischen Gesichtsausdruck. Dieses Mal würde er sich nicht von ihren übertriebenen Ängsten verscheuchen lassen.

Es kam, wie es kommen musste. Riley ergriff die Flucht. „Maxine, ich verschwinde auf die Toilette. Wehe, du sagst ihm, wo ich bin."

Schneller, als ich blinzeln konnte, huschte sie zurück in die Personalräume. Colin betrat nur einen Wimpernschlag später das Restaurant, entdeckte mich hinter der Theke und stapfte mit langen Schritten auf mich zu.

„Wo ist sie?"

„Toilette! Durch die Tür da, den Gang entlang und dann die letzte Tür links."

„Danke!"

Colin verschwand im Personaltrakt, ich folgte ihm auf dem Fuße. Rileys Reaktion auf seinen Überfall wollte ich um nichts in der Welt verpassen. Ein klein wenig beneidete ich sie. Welche Frau träumte nicht davon, von einem heißen Kerl über die Schulter geworfen und ins nächste Bett geschleppt zu werden?

Er stand vor der Toilette und hämmerte gegen die Tür. „Mach auf, Riley. Ich weiß, dass du da drin bist."

„Verschwinde, ich habe dir nichts zu sagen."

Ihre Weigerung interessierte ihn nicht die Bohne. „Riley, mach die verdammte Tür auf, oder ich trete sie ein."

Es blieb still. Riley überlegte sicher, was sie tun sollte, und glücklicherweise siegte die Vernunft. Mit einem leisen Knarren ging die Tür auf. Riley starrte Colin trotzig an. „Sag, was du zu sagen hast, und dann verschwinde."

Colin verschränkte die Arme vor der Brust. „Du bist mit Abstand das sturste Weibsbild, das ich kenne, Riley. Ich bin deinetwegen durch die Hölle gegangen."

„Ach, hör auf", murmelte sie, ihre eisige Miene weichte allerdings auf, sobald sie in seine Augen sah. Die Sehnsucht nacheinander konnte man beiden an der Nasenspitze ansehen.

Er trat einen Schritt näher. „Es ist die Wahrheit. Ich kann nicht mehr schlafen, nicht mehr essen. Nichts macht mehr Spaß. Ich brauche dich, du verrücktes Ding, und es ist mir scheißegal, was die Leute denken. Ich will dich, und du wirst mir gehören."

Beinahe hätte ich geseufzt, doch Riley wäre nicht Riley gewesen, wenn sie nicht noch ein Haar in der Suppe gefunden hätte. „Es würde nicht funktionieren, Colin. Wir sind zu unterschiedlich, ich …"

„Wirst du den Mund halten!" Seine großen Hände umschlossen ihre Wangen, er presste die Lippen auf ihre und erstickte jedes weitere Wort. Nach etlichen Sekunden ließ er von ihr ab. „Du kommst jetzt mit mir und dann fahren wir zu meinen Eltern. Sie würden gern die Frau kennenlernen, die mir das Herz gestohlen hat."

Das überforderte sie komplett. Mit hochroten Wangen schüttelte sie den Kopf. „Deine Eltern? Aber das geht nicht. Schau mich an, so kann ich ihnen nicht gegenübertreten."

„Meinen Leuten ist es egal, was du anhast, solange du mich glücklich machst."

Zum ersten Mal erlebte ich sie absolut sprachlos. Auf Colins Gesicht breitete sich ein siegessicheres Lächeln aus. „Was ist? Kommst du freiwillig mit oder muss ich dich zwingen?"

„Du kannst mich nicht zwingen", entgegnete sie zickig.

Er seufzte übertrieben. „Du hast es ja nicht anders gewollt."

Gleich darauf griff er nach meiner Freundin und warf sie über die Schulter.

„Hey, bist du irre? Lass mich runter, du Neandertaler!"

Mit ihren kleinen Fäusten trommelte sie auf seinem breiten Rücken herum, während Colin mit seiner süßen Last den Gang entlanglief und an mir vorbei. Ich hielt ihm sogar die Tür auf.

„Ich bringe deine Personalplanung ungern durcheinander", rief er über die Schulter, „aber du musst für den Rest des Tages auf sie verzichten, Maxine."

„Hilf mir! Der Kerl hat den Verstand verloren", brüllte Riley atemlos und kiekste, als er ihr einen scharfen Klaps auf den Hintern verpasste. „Hast du das gesehen?", japste sie. „Er hat mich geschlagen."

Amüsiert beobachtete ich den Abgang der beiden und winkte Riley nach. „Sorry, aber manchmal muss man dich zu deinem Glück zwingen. Viel Spaß noch!"

„Du Verräterin. Das zahl ich dir heim. Und du lass mich *endlich* runter, du dämlicher Gorilla."

Unbeeindruckt trug er sie durch das Restaurant. Der Auftritt der zwei sorgte natürlich für Aufruhr und Begeisterung unter den Gästen. Ich hörte Gelächter und Klatschen, wohlwollende Ratschläge und Anfeuerungsrufe mischten sich darunter.

Ein wenig verloren sah ich den beiden nach und wünschte mir, Ash besäße nur den Bruchteil des Mutes, den sein Bruder zeigte. Doch er würde niemals ins Diner stürmen und mich entführen. Dafür bedeutete ich ihm einfach nicht genug.

Mit einer Mischung aus Melancholie und Neid brachte ich den Rest des Arbeitstages hinter mich und machte mich am Abend für das Essen fertig. Wie versprochen hatte mir James Barber eine E-Mail mit Zeitpunkt und Adresse zukommen lassen. Für Danny war gesorgt. Da er morgen keine Schule hatte, durfte er zu seiner großen Freude bei Bibi übernachten.

Zufrieden betrachtete ich mich im Spiegel. Dank einer ordentlichen Gehaltsaufstockung hatte ich mir nach Begleichung aller angefallenen Rechnungen und dem Kauf von Dannys Keyboard ein neues Kleid gegönnt.

Kein Designerstück, dennoch schmeichelte das schwarze Cocktailkleid meiner Figur und ließ sie ein wenig femininer wirken. Ich verabschiedete mich von Danny und stieg unten in das bestellte Taxi. Auch ein Luxus, den ich mir früher nie erlaubt hätte. Mittlerweile konnte ich mir das leisten, ohne einen halben Monat darauf sparen zu müssen. Geld machte nicht glücklich, das stimmte wohl, doch es erleichterte das Leben enorm.

Das Restaurant im Herzen Seattles war äußerst elegant. James wartete im Vorraum und musterte mich bewundernd, als ich mich des Mantels entledigte und ihn zum Aufhängen an einen Angestellten weitergab.

„Sie sehen wundervoll aus, Maxine."

Das ehrlich klingende Kompliment brachte mich in Verlegenheit. Scheu schlug ich die Augen nieder. „Danke."

„Kommen Sie, lassen Sie uns reingehen. Ash hat vorhin angerufen. Er wird sich wohl etwas verspäten."

Befangen folgte ich ihm. Es war mir ein wenig unangenehm, allein mit ihm zu sein. Worüber sollte ich mich mit ihm unterhalten? Doch James machte es mir leicht und erwies sich als amüsanter, aber zurückhaltender Gesprächspartner. Meine Schüchternheit legte sich im Verlauf der nächsten Minuten und ich lauschte aufmerksam seinen Geschichten. Er erzählte mir von seinem Werdegang als Geschäftsmann und dem Traum, etwas Dauerhaftes zu erschaffen, anstatt marode Firmen zu splitten, um die Überreste dann möglichst gewinnbringend zu verkaufen.

„Das klingt, als wären Sie die reale Ausgabe von Richard Gere in Pretty Woman", stellte ich reichlich amüsiert fest und nippte an meinem Aperitif.

James zeigte ein lausbubenhaftes Grinsen. „Wären Sie denn bereit, meine Pretty Woman zu sein?"

„Ich muss dich enttäuschen, aber Maxine hat nur einen Mann im Kopf, und das ist ihr Sohn."

Ashs Stimme fuhr mir durch Mark und Bein. Ich sah über die Schulter und begegnete seinem Blick. Er wirkte nicht gerade erfreut darüber, mich und James in so fröhlicher Stimmung vorzufinden. Barber deutete auf den freien Stuhl. „Setz dich doch, wir haben mit der Bestellung gewartet."

Ashs dünnes Lächeln zeigte keine Spur von Herzlichkeit. Sein Auftauchen hatte die angenehm warme Atmosphäre um etliche Grade abkühlen lassen und ich wünschte mich weit weg. Wieso zum Teufel reagierte er so eifersüchtig, wenn er mich sowieso nicht haben wollte?

Ein Kellner kam an unseren Tisch und wir bestellten. Es waren die unangenehmsten anderthalb Stunden meines Lebens. Ashs Blicke sprangen immer wieder von James zu mir, als versuchte er herauszufinden, was zwischen uns ablief. An James' Miene konnte ich nicht ablesen, was er von Ashs Verhalten hielt, er genoss das Essen und unterhielt uns mit einigen Anekdoten aus seiner Studentenzeit. Dabei erfuhr ich auch, dass die beiden sich schon seit dem College kannten.

„Erstaunlich, dass die Freundschaft bis heute Bestand hat", merkte ich an und nippte zurückhaltend an meinem Rotwein. „Bei den meisten schwächt sich der Kontakt nach dem Berufseinstieg ab."

„Nun, Ash und ich haben tatsächlich ein paar Jahre lang wenig miteinander zu tun gehabt", gestand James und warf ihm einen schwer zu deutenden Blick zu.

Ash versteifte sich, sein Gesichtsausdruck versteinerte. „Manchmal ist es besser, die Vergangenheit ruhen zu lassen. Findest du nicht auch?"

In Ashs Erwiderung lag eine unmissverständliche Warnung.

James´ verhaltenes Lächeln verlor sich und er wirkte mit einem Mal sehr ernst. „Das funktioniert nur, wenn man sich mit der Vergangenheit auseinandersetzt und mir ihr abschließt. Ansonsten holt sie einen immer wieder ein."

Endlich brachen sie den intensiven Blickkontakt ab. James fing sich als Erster und lächelte. „Vielleicht wäre ein Szenenwechsel angebracht. Ash meinte, ein Freund von ihm besitzt einen wirklich guten Club, in dem wir den Abend ausklingen lassen können. Was halten Sie davon, Maxine?"

Er konnte nur das *Night Runners* meinen. Seit dem Alkoholdesaster war ich nicht mehr dort gewesen, doch die Aussicht, hierzubleiben, mit zwei Männern, die sich offenbar nicht entscheiden konnten, ob sie lieber Freunde oder Feinde sein wollten, reizte mich genauso wenig. Außerdem arbeitete Jenna heute zum letzten Mal im Club. Möglicherweise brauchte sie moralische Unterstützung.

„Das klingt gut. Ich wäre dabei."

Natürlich hätte ich auch einfach behaupten können, dass ich nach dem langen Arbeitstag müde sei. Was durchaus der Wahrheit entsprach, dennoch wollte ich die Gelegenheit, Ash zu ärgern, nicht ungenutzt verstreichen lassen.

Eine halbe Stunde später fand ich mich zwischen James und Ash eingequetscht auf der Rückbank eines Taxis wieder und erstarrte, als ich plötzlich Ashs Finger spürte, die mir unter den Rock fuhren. James bekam davon gar nichts mit, er starrte gedankenverloren in die dunkle Nacht hinaus und blickte nicht einmal in unsere Richtung.

Ich traute mich nicht, Ashs Hand wegzuschieben, aus Angst, James könnte sehen, was sich direkt vor seiner Nase abspielte. Also beschränkte ich mich auf einen bitterbösen Blick, den Ash mit einem anmaßenden Grinsen erwiderte.

Mit klopfendem Herzen empfing ich die kosenden Bewegungen auf der Haut. Es war so unglaublich prickelnd, verboten und sinnlich, was er mit mir anstellte. Am liebsten hätte ich mich zurückgelehnt, die Beine gespreizt und mich von ihm verwöhnen lassen. Er tat jedoch nichts weiter, als immer wieder zärtlich über meinen Oberschenkel zu streicheln, was den Aufruhr in meinem Inneren nicht mindern konnte. Ich war froh, als wir endlich aus dem Taxi stiegen, ohne dass unser verbotenes Tun jemandem aufgefallen wäre.

Sobald wir den Club betraten, wartete die nächste böse Überraschung auf mich. Seine Verlobte war auch hier. Ash entdeckte sie kurz nach mir und ich hörte ihn leise fluchen.

„Sieh mal, Natasha ist hier“, ließ James neben mir verlauten und hob süffisant die Brauen. „Irgendwie habe ich das Gefühl, das überrascht dich, alter Freund.“

„Ach, halt den Mund“, erwiderte Ash und setzte ein gezwungenes Lächeln auf, da Natasha uns ebenfalls gesichtet hatte und auf uns zueilte. Sie blieb vor ihm stehen und klimperte mit den Wimpern.

„Ash, Darling, was für eine Überraschung! Du hast nicht erwähnt, dass du heute hierherkommst.“

„Du doch auch nicht. Ich dachte, du wärst bei deinen Eltern.“ Die kühle Begrüßung passte nicht zu einem frisch verlobten Paar. Das fiel ihm wohl ebenfalls auf. Er besann sich seiner Manieren und küsste sie auf die Wange.

„Gibt es einen Grund, warum du hier bist?“ Seine Frage hatte einen lauernden Unterton.

Sie kicherte und verdrehte die Augen. „Ach, du kennst sie doch. Mutter hat mal wieder etwas Besseres zu tun und kurzfristig alles abgesagt. Deswegen haben sich meine Pläne geändert.“

Sie warf mir und dann James einen neugierigen Blick zu. „Du bist in Begleitung“, stellte sie fest und rümpfte bei meinem Anblick die Nase. Vermutlich sah sie sofort, dass ich ein Kleid von der Stange trug.

„Nicht direkt. Maxine ist James’ Begleitung, ich werde *dir* Gesellschaft leisten“, erwiderte er liebenswürdig.

Sofort durchfuhr mich ein Stich der Eifersucht. Wollte er James auf diese Weise signalisieren, er hätte freie Bahn bei mir? Wozu die Aktion im Taxi? Wusste dieser Kerl eigentlich nicht, was er mir mit seinem diskrepanten Verhalten antat?

„Jetzt komm, ich will dir einen alten Freund von mir vorstellen“, säuselte Natasha und zog ihn mit sich, ohne mir großartig Beachtung zu schenken. James bekam immerhin noch ein heiteres Lächeln zugeworfen, ehe sie verschwanden.

„Also, was fangen wir beide mit dem Rest des Abends an?“ James’ Lippen streiften versehentlich mein Ohr; er hatte sich zu mir heruntergebeugt und lächelte mich freundlich an.

„Ein Cocktail wäre toll, aber bitte alkoholfrei."

„Kommt sofort. An der Bar werden gerade zwei Plätze frei, die sollten wir uns schnappen."

Souverän bahnte er sich den Weg dorthin. Juan begrüßte mich freudestrahlend. Immerhin hatten wir uns eine Weile nicht gesehen.

„Wo ist Jenna?"

Juan deutete auf die Tür, die in den Personaltrakt führte. „Aaron hat sie vorhin einfach mitgenommen." Ein besorgter Ausdruck überschattete seine leutselige Miene. „Das ist fast eine Stunde her. Langsam mache ich mir Gedanken."

Das konnte ich nachvollziehen. Aaron konnte recht temperamentvoll werden, wenn die Pferde mit ihm durchgingen, und Jenna stand ihm da in nichts nach. Bevor sich die beiden die Köpfe einschlugen, wollte ich mich lieber vergewissern, dass es ihnen gut ging und sie nicht im Streit seine Büroeinrichtung auseinandernahmen. Zumindest in Jenna hatte sich jede Menge Frust angestaut.

„James, würden Sie mich entschuldigen? Ich möchte nur kurz nachsehen, was da los ist."

James reagierte verständnisvoll und so machte ich mich auf den Weg. Vor Aarons Büro hielt ich an und lauschte. Es drangen keinerlei Geräusche nach außen, also klopfte ich beherzt an, trat ein und blieb wie angewurzelt stehen.

„Ach du Schande!", stieß ich hervor und konnte mir ein Grinsen nicht verkneifen.

Kapitel 21

Jenna und Aaron lagen zusammen auf der schwarzen Ledercouch. Eine Decke war über ihnen ausgebreitet, und die nackten Schultern, die darunter hervorlugten, verrieten eindeutig, was sie in der letzten Stunde getrieben hatten. Endlich hatte dieser Holzkopf verstanden, was er an ihr hatte.

„Wie ich sehe, seid ihr beschäftigt", sagte ich und trat sofort den Rückzug an. „Lasst euch nicht stören … und schließt um Gottes willen die Tür ab. Sonst steht bald der Nächste hier im Büro. Juan macht sich schon Sorgen."

„Danke für die Warnung." Aaron grinste frech und drückte Jenna einen liebevollen Kuss auf die Schläfe. Die vergrub errötend das Gesicht an seiner Schulter und wäre vor Verlegenheit am liebsten im Erdboden versunken.

Eilig verließ ich das Büro, um ihr weitere Peinlichkeiten zu ersparen. Gleich darauf hörte ich ein Klicken. Aaron beherzigte meinen Rat und schloss ab.

Obwohl ich mich wahnsinnig für Jenna freute, empfand ich auch Niedergeschlagenheit, weil jeder sein Glück zu finden schien, nur für mich gab es kein Happy End. Andererseits hatte ich dank Corey aktuell wichtigere Sorgen.

„Alles in Ordnung mit Ihrer Freundin?"

James und Juan musterten mich eingehend, als ich mich auf meinen Barhocker schob.

„Alles bestens. Die beiden sind beschäftigt und wollen nicht gestört werden", erklärte ich, ohne näher darauf einzugehen. Das musste ich auch nicht, die zwei verstanden trotzdem, was ich damit ausdrücken wollte. Während sich auf James' Gesicht ein verständnisvolles Grinsen ausbreitete, wirkte Juan bedrückt. Offenbar hatte sich unser Casanova ein wenig in Jenna verguckt, doch er fing sich schnell und verhielt sich wie immer.

„Kann ich euch noch was bringen?"

James und ich verneinten. Juan kümmerte sich um die anderen Gäste und so waren James und ich auf uns gestellt. Es war ungewohnt, die Gesellschaft eines attraktiven Mannes zu genießen, ohne ständig mit schlüpfrigen Bemerkungen konfrontiert zu werden. Er verhielt sich wie der perfekte Gentleman, besaß einen feinen Sinn für Humor und konnte zu fast allen Themen etwas Sinnvolles beisteuern. Männer wie ihn gab es nicht an jeder Straßenecke.

Nach einer halben Stunde angeregter Unterhaltung verabschiedete er sich kurz, um einen Bekannten zu begrüßen. Ich versprach ihm, an der Bar auf ihn zu warten.

Sobald er von der Menge verschluckt wurde, suchte ich nach Ash und es dauerte nicht lange, bis ich ihn entdeckte. Er stand nur wenige Meter von mir entfernt, Natasha war nicht mehr bei ihm. Während unser Blicke ineinander versanken, kam es mir so vor, als stünde ich unter einem Zauber. Alles wurde unwichtig. James, Natasha. Die Leute um uns verblassten zu nebensächlichen Randfiguren. Die Luft zwischen uns brannte förmlich, die Flammen griffen auf meinen Verstand über und steckten ihn in Brand. Willenlos gehorchte ich dem Befehl meines Herzens und glitt vom Hocker. Ich setzte einen Fuß vor den anderen, er tat es mir gleich und kam mir entgegen. Sekunden später standen wir direkt voreinander. Seine Augen, dunkel vor Lust, machten mich schwach.

Einmal, dachte ich, *nur noch einmal seine Lippen spüren, seinen Körper an meinem.*

Ich sehnte mich so unbeschreiblich danach, mich ganz in der Wonne seines Kusses zu verlieren. Wortlos packte er meine Hand und zog mich mit sich. Er kannte sich im Club aus und steuerte die Personalräume an. In dem langen Gang stolperte ich schwer atmend hinter ihm her. Ash zerrte mich in eine dunkle Kammer. Sein Mund lag auf meinem, noch bevor die Tür zufiel. Ein verzweifeltes Stöhnen entrang sich meiner Brust. Ich wollte ihn so sehr, es zerriss mich fast. Ungestüm teilte er meine Lippen mit seiner Zunge, verwöhnte mich und zog mich immer enger an seinen bebenden Körper.

„Maxine, du treibst mich in den Wahnsinn."
Sein heiseres Flüstern trieb meine Erregung auf die Spitze. Mir fehlten die Worte, ich konnte mich ihm nur entgegenbäumen und genoss die vielen kleinen Küsse auf meiner Haut. Er bedeckte meine Wangen, meine Schläfen und den Hals damit.
„Bitte …", wimmerte ich und griff in seinen Nacken, um ihn zurück an meinen Mund zu ziehen.
Als wäre ich zerbrechlich und unendlich kostbar, umfasste er mein Gesicht und sah mich aus lustverschleierten Augen an. Ganz langsam neigte er den Kopf. Der Kuss, der nun folgte, war erschütternd, nichts auf der Welt hätte mich darauf vorbereiten können. Gefühle, in ihrer Intensität kaum noch zu übertreffen, überschwemmten meine Sinne. Keuchend vergrub ich die Hände in seinen weichen Haaren, nahm mir den Halt, den ich so dringend brauchte, da meine Knie wegknickten.
Ash drehte sich mit mir in seinen Armen und presste mich mit dem Rücken gegen die Tür. Hungrig drang seine Zunge vor, seine Hände rutschten von meinen Schultern auf meine Brüste und umschlossen sie mit gieriger Zärtlichkeit. Er hielt sich aber nicht lange dort auf, sondern wanderte abwärts. Er streifte meine Seiten, die Hüften, packte kurz meinen Po, ehe er entschlossen den Stoff nach oben raffte und so meinen Unterleib freilegte. Er drängte sich zwischen meine Beine und stöhnte in meinen Mund, als ich zitternd meine Hand über seine Erektion schob. Ich konnte die Konturen ertasten.
„Oh ja, fass mich an." Seine seidige Stimme vibrierte vor Lust, ein rauer Klang legte sich darüber und verstärkte die animalische Wildheit unserer Begegnung. Selbst wenn es meinen Untergang bedeutete, ich wollte ihn nicht loslassen und strich begierig über sein Geschlecht. Sein genießerisches Stöhnen heizte die Stimmung zusätzlich auf.
„Fester, Süße. Nicht so schüchtern …"
Ohne zu zögern packte ich zu und seufzte befriedigt, sobald sich seine Lippen wieder auf meine senkten. Seine Zungenspitze verschaffte sich Zutritt, das sinnliche Spiel wurde

begleitet von den hungrigen Lauten, die unseren Kehlen entwichen, je inniger der Kuss wurde. Ash legte seine Hand über meine und zwang mir einen härteren Rhythmus auf.

Aufgrund akuten Luftmangels unterbrach er die intime Verbindung unserer Lippen und lehnte die Stirn gegen meine Schulter. Sein schwerer Atem strich über mich hinweg. Seine Finger schoben meine Hand an seinem Glied energischer auf und ab, er schwoll weiter an und mir schwanden beinahe die Sinne. Ashs Verlangen wurde zu meinem. Zwischen meinen Schenkeln ballte sich eine Hitze zusammen, unter deren Übermacht ich fast zusammenbrach.

Plötzlich vernahmen wir von draußen ein lautes Poltern und wir erstarrten. Still warteten wir ab, bis die Geräusche verklangen. Ash sagte kein Wort, blickte mich nur an, also war ich diejenige, die sich vorsichtig löste und einen Schritt zurücktrat.

„Ich muss gehen. James wird misstrauisch, wenn ich so lange wegbleibe."

Oh wow, war das wirklich meine Stimme? So piepsig und zittrig?

Ash entwich einen unwilligen Laut aus. „Wir können so nicht weitermachen, Maxine."

Da hatte er recht. Wir konnten und wir durften mit dieser selbstzerstörerischen Farce nicht fortfahren. Ständig stießen wir einander vor den Kopf, nur um uns kurz darauf wieder in den Armen zu liegen.

„Ash, ich begreife das nicht. Was hindert dich daran, mit mir zusammen zu sein? Wir sind gar nicht imstande, uns voneinander fernzuhalten. Wieso quälst du uns beide so sehr?"

Er wich meinem eindringlichen Blick aus. „Das würdest du nicht verstehen."

Vielleicht wäre es an dieser Stelle besser gewesen, die Sache auf sich beruhen zu lassen, mich umzudrehen und aus seinem Leben zu verschwinden.

„Ash, ich verlange ja nicht, dass du mich heiratest. Ich will auch kein Geld von dir. Mir geht es nur um dich. Warum kriegst du das nicht in deinen verdammten Dickschädel?"

Sein bedauerndes Lächeln zerstörte umgehend die leise Hoffnung, die nach dieser leidenschaftlichen Begegnung wieder in mir erwachen wollte.

Behutsam legte er eine Hand an meine Wange. „Es tut mir leid, aber ich kann nicht, Maxine. Wenn ich die Gefühle für dich zulasse, würde es sich wie Betrug an Caroline anfühlen. Mein Kopf sperrt sich dagegen, ich kriege es einfach nicht hin."

Gott, ich konnte das nicht mehr hören. Caroline, immer und immer wieder ging es um sie.

„Du würdest sie nicht betrügen. Weil sie tot ist, Ash. Kapier das endlich. Keiner verlangt von dir, dass du sie vergisst, aber sie wird nicht zurückkommen. Glaubst du, sie hätte gewollt, dass du in einer lieblosen Ehe gefangen bist und eine Frau wie Natasha heiratest?"

Unverfälschte Wut spiegelte sich auf seinem Gesicht. „Halt den Mund! Du weißt gar nichts über sie oder ihre Gefühle. Über meine übrigens auch nicht. Du hast keine Ahnung, wie tief sie noch sind. Das wird sich niemals ändern."

Er sollte genauso leiden wie ich, leider ich vergaß dabei, dass so ein Verhalten stets auf einen selbst zurückfiel.

„Zu spät, mein Lieber. Du empfindest etwas für mich, bist aber zu feige, dazu zu stehen, und klammerst dich verzweifelt an die Erinnerungen an eine Tote. Sie kann dir dein Bett nicht mehr wärmen und wird es auch niemals wieder tun. Sie kommt nicht zurück. Niemals wieder!"

Kaum ausgesprochen, taten mir die harschen Worte leid, obwohl ich nur die Wahrheit gesagt hatte. Sein Gesicht fiel förmlich zusammen. Verzerrt von einem Schmerz, der mich mit in den Abgrund riss, denn in der gleichen Sekunde wurde mir klar: Er würde mich nie an seiner Seite akzeptieren. Carolines Tod hatte ihm das Herz gebrochen, und egal, wie sehr ich mich danach sehnte, es zu heilen, er würde das niemals zulassen.

„Geh mir aus den Augen!“, zischte er, das Gesicht verzerrt in grenzenlosem Schmerz. Galt dieser gepeinigte Ausdruck mir, weil er mich so harsch zurückwies, oder eher meinen Worten über Caroline, weil er insgeheim genau wusste, wie recht ich doch hatte?

Zuerst wollte ich etwas sagen, dank seiner anklagenden Miene blieben mir allerdings weitere Silben im Hals stecken. Also wandte ich mich ab und ging. Ließ ihn allein, so wie er es wünschte. Völlig taub stolperte ich den Gang entlang. Mit jedem Schritt starb ein kleines Stück von meinem Herzen.

Wieder einmal hatte ich meine Lektion auf die harte Tour lernen müssen, und ich schwor mir, von nun an keine Gefühle mehr zuzulassen, nachdem mir die Aussichtslosigkeit meiner Liebe so brutal vor Augen geführt worden war. Von nun an würde ich mich nur noch um Danny kümmern, denn er war das einzige männliche Wesen auf dieser Welt, das mich ehrlich und wahrhaftig liebte.

Ende Teil 1.

41048467R00204

Printed in Poland
by Amazon Fulfillment
Poland Sp. z o.o., Wrocław

BIENVENUE EN NOUVELLE-AQUITAINE !

© NICOLAS THIBAUT

La vieille ville de Nérac au bord de la Baïse.

Fusion des anciennes régions Aquitaine, Limousin et Poitou-Charentes, la Nouvelle-Aquitaine s'étend sur le quart sud-ouest de la France, de Poitiers à Pau, en passant par Bordeaux, Limoges ou encore la Rochelle. Cette vaste région compte de multiples atouts, notamment liés à sa diversité géographique. Bordée par les Pyrénées et l'océan Atlantique, la Nouvelle-Aquitaine longe la Garonne, la Dordogne et le Lot. Elle est aussi baignée par le lac de Vassivière, le bassin d'Arcachon, l'estuaire de la Gironde et de la mer des Pertuis, ainsi que le Marais Poitevin, Venise verte du territoire.

Il y a les joyaux du patrimoine dont le centre historique de Bordeaux ou la grotte de Lascaux et de nombreux espaces naturels typés, plateau de Millevaches, dune du Pilat, forêt de pins des Landes de Gascogne, vallées d'Aspe et d'Ossau... S'ajoutent des fleurons touristiques dont le Futuroscope de Poitiers, des emblèmes et savoir-faire toujours vivants autour de la bande dessinée à Angoulême, la porcelaine à Limoges ou la tapisserie à Aubusson. Et bien d'autres petits bijoux, parmi lesquels l'île de Ré ou Collonges-la-Rouge.

La Nouvelle-Aquitaine a sa version gourmande. Vous êtes au pays des mogettes et de l'Axoa, de la piperade et de la garbure, du chèvre du Poitou et du jambon de Bayonne. S'invitent sur la table les vins du Bordelais et ceux du Médoc, le cognac et l'armagnac. Ici se pratiquent avec passion la pelote et le rugby, mais aussi le surf.

Alors difficile de choisir ! Plusieurs séjours s'imposent pour découvrir cette destination tout à la fois balnéaire et montagnarde, gourmande et sportive, culturelle et festive. Une destination qui recèle de nombreuses pépites touristiques toute en offrant convivialité et authenticité

Ce guide est l'essentiel de ce que propose cette si riche région. Pour chaque département, retrouvez un guide spécifique et vous avez plus d'information sur le site internet du CRTNA www.nouvelle-aquitaine-tourisme.com

SOMMAIRE

DÉCOUVERTE

Une riche tapisserie de différentes cultures 8
Les immanquables 18
Les 14 destinations 35
Fêtes et manifestations 56

DES EXPERIENCES MULTIPLES

Patrimoine et traditions 60
- De nombreux sites UNESCO 60
- Le berceau de l'humanité 64
- Des joyaux médiévaux 67
- 31 plus beaux villages 68
- Quelques musées emblématiques 68
- Terre de cultures 70
- Patrimoine immatériel 71

Bon appétit en Nouvelle-Aquitaine 72
- Des vins et spiritueux de renommée mondiale 72
- Première région agricole française 76
- Chefs étoilés, restaurants gourmands, producteurs passionnés 80

Un paradis pour les familles 82
- Un grand choix d'activités 82
- Tèrra Aventura 87

Au cœur de la nature 90
- Parcs naturels et grands sites 90
- Des jardins remarquables 92
- Itinérance pédestre, à vélo, à cheval… 92

L'eau dans tous ses états 96

© LAURA - STOCK.ADOBE.COM

Promenade dans les rues de Collonges-la-Rouge.